家持国守時代の越中

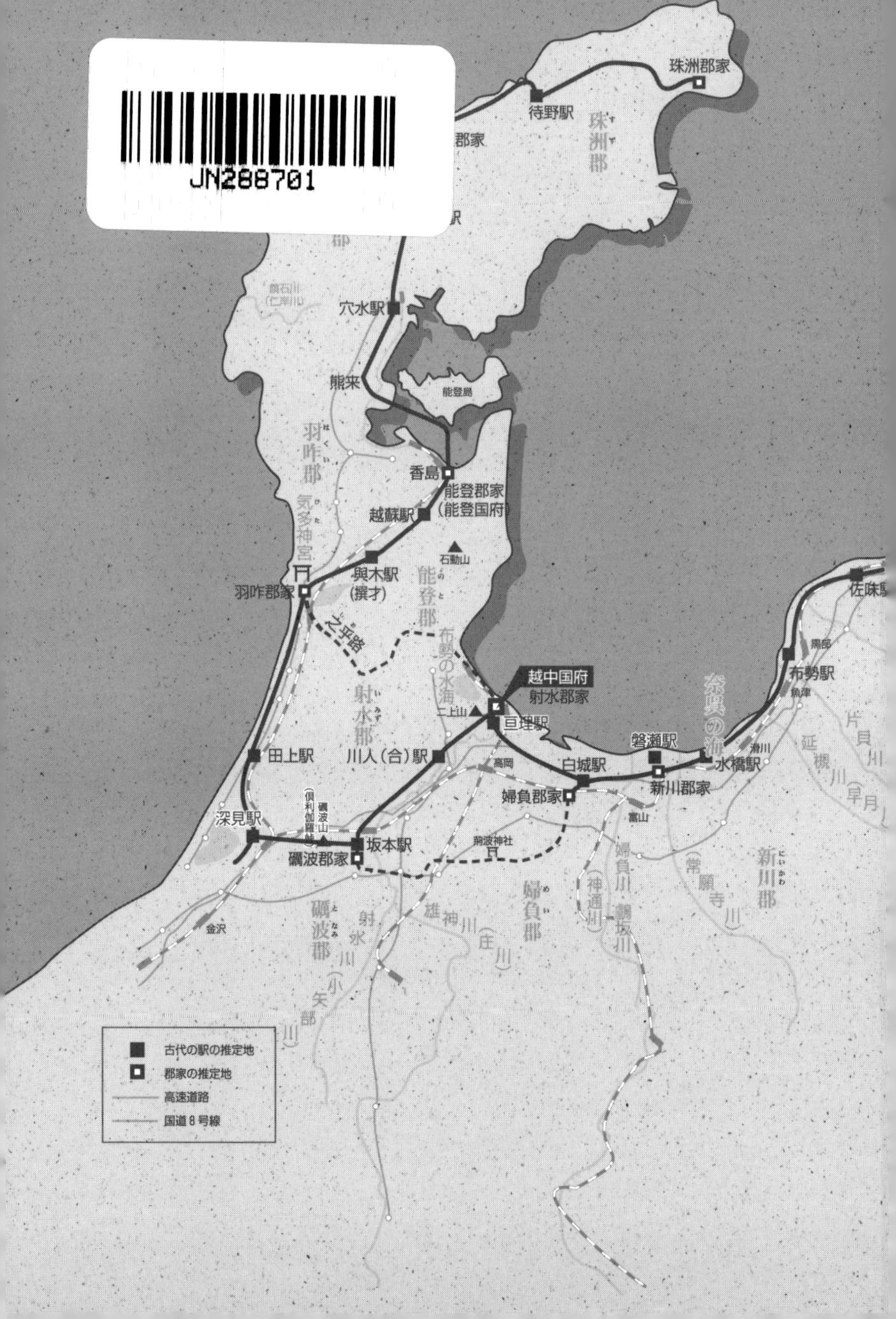
珠洲郡家
待野駅
珠洲郡
郡家
穴水駅
熊来
能登島
羽咋郡
香島
能登郡家
(能登国府)
越蘇駅
気多神宮
石動山
與木駅
(撰才)
羽咋郡家
能登郡
之乎路
布勢の水海
越中国府
射水郡家
二上山
亘理駅
射水郡
田上駅
川人(合)駅
高岡
白城駅
磐瀬駅
水橋駅
奈呉の海
新川郡家
婦負郡家
富山
深見駅
(俱利伽羅峠)
礪波山
坂本駅
礪波郡家
荊波神社
婦負郡
婦負川
(神通川)
鵜坂川
雄神川
(庄川)
射水川
(小矢部川)
礪波郡
金沢
新川郡
(常願寺川)
延槻川
(早月川)
片貝川
滑川
魚津
布勢駅
黒部
佐味駅
古代の駅の推定地
郡家の推定地
高速道路
国道8号線

越中万葉百科

高岡市万葉歴史館 編

笠間書院

大伴家持像（二上山）

渋谿の磯（現在の雨晴海岸）

ほほがしわ（ホウノキ）

目次

【凡　例】

一、『万葉集』巻十七・三九二七〜四〇三一、巻十八・四〇三二〜四一三八、巻十九・四一三九〜四二五六、および巻十六・三八七八〜三八八四の計三三七首を「越中万葉」とする。

一、本書は、その「越中万葉」三三七首を平易に解説し、鑑賞の便をはかるものとして、越中万葉の人名・地名・植物・動物・歴史用語の解説を設け、越中万葉カレンダー、越中万葉歌碑・関連碑等、越中万葉研究文献目録を付した。

一、漢字は、原則として常用漢字表にある漢字はそれによった。

一、本文中の、例えば⑰三九二七とあるのは、丸数字が『万葉集』の巻を示し、その下の漢数字は『国歌大観』の歌番号を示す。

一、本文中に次の省略記号を用いた。

題＝題詞《だいし》（歌の前の、作者名や作歌事情などを記述した部分）

題脚＝題詞脚注《きゃくちゅう》（題詞の下についている注）

左＝左注《さちゅう》（歌の左にある、作者名や作歌事情などを記述した部分）

一、巻十七の大伴家持と大伴池主の贈答書簡および漢詩についての略称は、「解説1」参照。

一、解説項目の見出し語は現代仮名遣いによる五十音順とし、（　）内に歴史的仮名遣いを記した。

越中万葉とは何か

小野　寛

万葉集と越中国

『万葉集』は現存する日本最古の和歌集です。それは世界に誇るべき、日本の生んだ最高の文化遺産です。全二十巻で、五世紀の雄略《ゆうりゃく》天皇の歌から、奈良時代の天平宝字《てんぴょうほうじ》三年（西暦七五九年）正月一日に歌った大伴家持《おおとものやかもち》の歌まで、四千五百三十首あまり収められています。それは日本人が、日本の風土の中で、日本人のこころをもって、日本人のことばで歌った歌なのです。

その『万葉集』の巻一から巻十六までが一くぎりで、そこには聖武《しょうむ》天皇の時代の天平十六年（西暦七四四年）までの歌が収められています。そこにはそれ以後の年の記載はないのです。

『万葉集』はその十六巻を、天平十七年ごろに一度まとめたに違いありません。その編集に大伴家持も加わっていたのです。大伴家持はその編集の中心メンバーでした。

大伴家持は天平十七年には二十八歳で、名門大伴家の若き当主でした。大伴氏の先祖は日本神話に、天孫降臨の時、天照大御神《あまてらすおおみかみ》の孫（天孫とはこのことです）邇々芸命《ににぎのみこと》が高天原からこの地上に降りて来る時、その身辺を守護し、先導をした武の神として語り継がれ、神武《じんむ》天皇以来、天皇を守り国を守ることを家の職掌として来ました。大伴の名は大きな伴の家というその職掌を示しているのです。

昔から反対勢力、対抗勢力を服従させるには、武力だけでなく、言葉の力が大切でした。相手を屈服させることを「ことむける（言向）」というのはそのことを表わしています。大伴氏は呪力を持った言葉を大切にしていました。武の家は言葉の家でもあったのです。大伴氏が日本の言葉の文化を伝えて来たのです。家持はそういう家に生まれ、その家のあるじになったのです。家持がこの天平時代の日本最初の和歌集の編纂の中心になったのは当然のことでした。

家持は十七、八歳から、聖武天皇の側近に仕える舎人《とねり》（これを内舎人《うどねり》という）として、天平十六年、二十七歳まで十年ほどつとめました。そして天平十七年正月の叙位の時に、家持は従五位下《じゅごいげ》に叙せられました。従五位下の位《くらい》から正式に貴族に列せられます。いわゆる昇殿が許されるのです。万葉歌人山上憶良《やまのうえのおくら》は官人として遅い出発の人でしたが、五十五歳で従五位下に叙せられ、六十七歳のころ筑前守になりましたが七十四歳で亡くなるまで生涯従五位下でした。家柄が低かったからです。大伴家持の叙位とは比べものになりません。

家持が内舎人《うどねり》をつとめ終えて従五位下になったことと、『万葉集』十六巻本の編集開始とは無関係でないと思われます。家持が側近に十年あまり仕えた聖武天皇の信頼があったこと、時の宰相左大臣橘諸兄《たちばなのもろえ》の旧家大伴氏への贔屓《ひいき》があったことによって、ここに公《おおやけ》の推挙と支援を得て家持を中心に伝統の和歌集編纂の作業が始まったと考えられます。

『万葉集』十六巻本のおおよその形が出来たであろう一年の後に、天平十八年三月、大伴家持は宮内省《くないしょう》の次官（宮内少輔《くないのしょうふ》）に任命され、そして間もなく六月二十一日、越中守《えっちゅうのかみ》の任命を受けました。越中国《えっちゅうのくに》の国守になったのです。

越中国は北陸道に属します。古代、日本列島は行政的に畿内《きない》と七道に分かれていました。畿内は都の周辺地域で、大和国《やまとのくに》を中心に山背《やましろ》（のちに山城）・河内《こうち》・摂津《せっつ》の四国と和泉《いずみ》国が遅れて設置されました。七道は東海道・東山道・北陸道・山陰道・山陽道・南海道と西海道です。その北陸道は今の福井・石川・富山・新潟の四県に当たります。

越中国は越《こし》の中《なか》の国です。古くは越の国が一つでした。それが耕地も増え、人口も増えて、越前・越中・越後の三国に分かれました。時代によって境界線の出入りがありましたが、八世紀の初め、越中国は射水《いみず》・礪波《となみ》・婦負《めひ》・新川《にいかわ》の四郡となり、天平十三年（西暦七四一年）十二月に、越前国から分かれて能登《のと》国になっていた羽咋《はくい》・能登《のと》・鳳至《ふげし》・珠洲《すず》の四郡が越中国に併合されました。これが天平勝宝《てんぴょうしょうほう》九歳（九年のこと、西暦七五七年）五月にまた分かれて能登国になります。大伴家持が越中守であったのは、越中国に能登四郡を含んでいた時でした。家持の越中国は大国でした。

その越中国府は射水郡伏木《ふしき》にありました。伏木には今に至るまで、古国府・古府・国分・一宮・東館などの字名が残っています。国庁はその伏木古国府にある浄土真宗本願寺派雲龍山勝興寺《しょうこうじ》の地にあったと伝えられています。境内に越中国庁碑が建てられています。

大伴家持と歌日記

天平十八年（西暦七四六年）七月、越中国守大伴家持は奈良の都を出発し、越中へ向かいましたが、その時叔母で母代わり（妻の母でもある）の大伴坂上郎女《おおとものさかのうえのいらつめ》が歌った餞別の歌が記録されています。

草枕《くさまくら》　旅行《ゆ》く君を　幸《さき》くあれと　斎瓮《いはひへ》据《す》ゑつ　我《あ》が床《とこ》の辺《へ》に（巻十七・三九二七）

今のごと　恋《こひ》しく君が　思《おも》ほえば　いかにかもせむ　するすべのなさ（同・三九二八）

叔母の慈愛の心の溢れた、恋人を思うような愛の歌二首を懐《ふところ》に、家持は越中に入ったはずです。ここから家持の越中での歌日記が始まります。「十六巻本万葉集」の編纂に係わった家持は、時に当たり、所に合わせて歌を詠むことを学び、歌を作った日時を記録する習いを身につけたのです。

越中に着いて、月改まって八月七日の夜に、国守館で家持主催の宴が開かれました。国守家持の歌に始まって、この宴席で詠まれた歌十三首が記録されています。その中に家持の作が六首ありますが、その最後にこんな歌を歌っています。

馬並《な》めて　いざうち行《ゆ》かな　渋谿《しぶたに》の　清き磯廻《いそみ》に　寄する波見《なみみ》に（巻十七・三九五四）

まだ見ぬ越中の名勝渋谿の磯に寄せる白波に胸躍らせて、今にもとび出して行きそうな家持の顔が目に見えるようです。以来家持は越中での自他の歌を、日を追って記録して行きました。

国庁には守《かみ》（長官）・介《すけ》（次官）・掾《じょう》（判官）・目《さかん》（佐官）の四等官（越中には大目と少目がおりました）五人と、史生《ししょう》（書記官）三人が都から赴任して勤務していました、越中掾は大伴池主《おおとものいけぬし》で、大伴一族で旧知の間柄でした。池主は漢詩文をよくし、天平十九年春、家持が病いに倒れ、しばらく病床にあった時、家持は池主と漢文書翰を交換し、歌を贈答し、池主に導かれて漢詩も作りました。これが家持のこれからの歌作りにどれほど大きな力になったか、計《はか》り知れないほどです。

これが、続く歴史的な作品、「越中三賦」と称せられる「二上山賦」と「立山賦」と「遊覧布勢水海賦」に実るのです。「賦」とは中国古典『文選《もんぜん》』の第一の詩文の形で、それを家持が初めて和歌の長歌をいう名称に使ったのです。

また宴のたびに歌い、越中の海や山や川を歌い、鳥や花を歌い、国司たちとの遊覧に共に歌いました。都から越中に送られて来た歌も記録しています。

家持の越中守赴任の年、天平十八年から、五年たった天平勝宝二年（西暦七五〇年）の春は、前年の秋に、それまで都に残していた妻坂上大嬢《さかのうえのおおいらつめ》を越中に連れて来たことから、今までにない、明るい、晴々とした、はずむような歌心を発揮して、その三月一日から三日まで、「越中秀吟」と称せられる美しい歌を十二首、作りました。その第一首がこれです。

春の苑《その》　紅《くれなゐ》にほふ　桃《もも》の花　下照《したで》る道に　出《い》で立つ娘子《をとめ》（巻十九・四一三九）

二日には、越中万葉のシンボルとなった、かたかごの花の歌を詠みました。

もののふの　八十娘子《やそをとめ》らが　汲《く》みまがふ　寺井《てらゐ》の上《うへ》の　堅香子《かたかご》の花（同・四一四三）

そして三日の朝明けには、

朝床《あさとこ》に　聞けばはるけし　射水河《いみづかは》　朝漕《こ》ぎしつつ　唱《うた》ふ船人《ふなびと》（同・四一五〇）

と歌っています。三月三日の「上巳《じょうし》の節句」に向けて歌いつづったのです。

この年には、いわゆる「興《きょう》に依《よ》りて作る」という歌が多く見られ、中でもほととぎすの鳴くのを待ちかねて、三月二十日（太陽暦で五月四日）ごろから四月二十二日まで、ほととぎすへの思いを続け、歌い続けたのは、その「興（歌を創作する興）」の心がずっと続いたのでした。

こうして六年目、天平勝宝三年（西暦七五一年）七月に、家持は少納言に任命されて都に帰ることになりました。八月四日に餞別の宴が開かれ、その席で家持が歌いました。

しなざかる　越《こし》に五年《いつとせ》　住み住みて　立ち別れまく　惜《を》しき宵《よひ》かも（巻十九・四二五〇）

越中で満五年を過ごした家持の気持がよく歌われています。翌五日早朝、越中国府をあとにして都へ向かいましたが、その道中の歌も記録しています。都に近付くにつれて、聖武上皇の側近く、宮中に少納言として勤務するよろこびがこみ上げ、次に左大臣橘卿のことを思いました。歌作りの興が湧いて、歌が出て来ました。それが次の二組の歌になりました（歌は略）。

京《みやこ》に向かふ路《みち》の上《うへ》にして、興《きよう》に依《よ》りて預《あらかじ》め作る侍宴応詔《じえんおうせう》の歌（巻十九・四二五四、四二五五）

左大臣橘卿《たちばなきやう》を寿《ほ》かむために預《あらかじ》め作る歌（同・四二五六）

越中国府から奈良の都までは十日の旅程と定められています。家持は八月十五日までには都に着いているはずですが、歌の記録はありません。ここで切れています。家持の歌日記は、その年の十月二十二日の友人紀飯麻呂《きのいいまろ》の家での宴歌三首（巻十九・四二五七〜四二五九）から再開します。

「越中万葉」とは

『万葉集』は最終的に十六巻本に四巻が加わって全二十巻に構成されたのですが、それはいつのことか、誰がそれを成し遂げたのか、分かっていません。全くその記録がないのです。しかし、その巻末四巻は家持の天平十八年からの歌日記によって編纂されたことは疑いありません。しかし、その歌日記の原型はどうなっていたか、それを今の『万葉集』に見る形に整えたのは家持自身なのか、誰か別の人物か、というようなことは、確かには分かりません。

『万葉集』巻末四巻の最初の巻十七は、冒頭に天平二年から十六年までの歌三十二首を補遺として載せ、天平十七年の歌記録はないまま、天平十八年正月の宮中での雪の肆宴の応詔歌五首を家持の記録から追補したあと、家持の越中守赴任の時の歌になります。家持の叔母大伴坂上郎女の三九二七番歌からです。ここから六年後の越中から都へ向かう路上での歌の最後四二五六番歌までを一くぎりとして、これを「越中万葉」ということにしたいと思います。

巻末四巻の内訳を一覧してみましょう。

巻十七　三八九〇～三九二一　天平二年～十六年の補遺
三九二二～三九二六　天平十八年正月の雪の肆宴応詔歌五首（家持の記録による）

三九二七〜四〇三一　一〇五首
巻十八　四〇三二〜四一三八　一〇七首
巻十九　四一三九〜四二五六　一一八首
四二五七〜四二九二　三六首
巻二十　四二九三〜四五一六　二二四首

「越中万葉」三三〇首

「越中万葉」はこの三三〇首の他に、『万葉集』巻十六に、

能登国歌三首（三八七八〜三八八〇）
越中国歌四首（三八八一〜三八八四）

があります。これはいわゆる地方の民謡を収録したものです。「能登国歌三首」は、越前国から能登四郡が能登国として分立していた養老三年から天平十三年の間に採集され、収録されたのでしょう。家持の越中国守時代は能登四郡が越中国に入っていましたから、これも「越中万葉」に加えます。それに「越中国歌四首」を合わせて七首。これで「越中万葉」は三三七首になりました。

「越中万葉」巻十七以降は家持によって記録されたのでした。越中守として越中に来た家持は二十九歳でした。家持は巻十六までと巻十七の補遺部分に、合わせて一五七首の歌を記録しています。そ

れは天平五年（西暦七三三年）十六歳から天平十六年（西暦七四四年）二十七歳までの十二年間の作品です。ここに一五七首もの歌を残している人は他にはいません。柿本人麻呂《かきのもとのひとまろ》が九十一首です、大伴坂上郎女が七十六首（巻十七以降に八首ある）、山上憶良は七十五首（七十六首とも）、大伴旅人《おおとものたびと》が七十一首、山部赤人《やまべのあかひと》が五十首です。

その家持が天平十八年正月の応詔歌一首のあと、「越中万葉」巻十七以降三三〇首の中に自らの作二二三首を記録しています。これは六七・七％に当ります。

「越中万葉」のその他の登場人物は次の通りです。

介内蔵縄麻呂《くらのなわまろ》　四首
掾（天平十九年まで、あとは越前掾として）大伴池主　二十六首
掾（天平二十年から）久米広縄《くめのひろつな》　九首
都からの使者として来越した田辺福麻呂《たなべのさきまろ》　十三首
餞別と都から便りの大伴坂上郎女　八首

あとの人は一首か二首を残すのみです。

「越中万葉」の世界は家持によって開かれ、家持によって広がってゆきました。それを越中歌壇と呼んでもいいでしょう。この中で家持は歌境を広げ、詩心を培い、表現の技術を磨いてゆきました。

越中の自然が家持の歌作りの心を育てたことは言うまでもありません。

能登半島の北端珠洲《すず》まで国守巡行の旅をした家持は、珠洲から船で国府に帰ったところを一首に詠みました。

珠洲《すず》の海に　朝開《あさびら》きして　漕《こ》ぎ来《く》れば　長浜《ながはま》の浦に　月照りにけり（巻十七・四〇二九）

朝の扉を開くような張り切った早朝の船出から、一日の漕行とその疲労と倦怠を包み込んで、一気に、月が皓々と照らす夜の長浜の浦に到着したことを歌う、大きな歌です。こんな歌はこれまでにありません。

こうして歌境を広げた家持は、歌人としての成長をここに遂げて、「しなざかる越に五年住み住みて」の歌を残して都へ帰って行ったのです。

都に帰ってからも家持の歌記録は生涯に渡って続いたことでしょうが、『万葉集』の編纂に合わせて天平宝字《てんぴょうほうじ》三年（西暦七五九年）正月一日の家持の賀歌を巻尾歌に選んで、ここに幕を閉じました。その歌は、

新《あらた》しき　年の始めの　初春の　今日《けふ》降る雪の　いや重《し》けよごと（巻二十・四五一六）

新しい年の初めの日に降る雪はその年の豊作のしるしと言われています。この降り積る雪のように、いよいよ吉き事が積み重なりますようにと祈念する歌です。『万葉集』二十巻の巻尾歌にまことにふさわしい歌です。

帰京後そこまで八年、この間に家持の歌は九十二首を数えます。越中守時代の四分の一のペースです。歌作りのペースは落ちましたが、越中で育《はぐく》んだ作歌の魂は終生消えることはなかったでしょう。

越中万葉百科

越中万葉の人名

凡例

一、見出しは氏《うじ》・姓《かばね》・名《な》を原則とした。

一、人名には官職などから判明する人物も掲出した。

一、見出し語に続く（　）内には、歴史的仮名遣いによるよみを記した。

一、歌索引は次のように分類した。

A＝人名の書かれている箇所（題詞、左注）　B＝歌（作品）　C＝歌中の人名

一、出典中、次のものは略語を用いた。

『続紀』（『続日本紀』）

『大』（『大日本古文書』巻・頁）

「交替記」（「越中国官倉納穀交替記《かんそうのうこくこうたいき》」『平安遺文』1所収）

『紹運録』（『本朝皇胤紹運録《ほんちょうこういんじょううんろく》』）

一、「令」は岩波日本思想大系3『律令』、「意見十二箇条」は岩波日本思想大系8『古代政治社会思想』を参照されたい。

あ

県犬養宿禰三千代《あがたいぬかいのすくねみちよ》（あがたいぬかひのすくねみちよ）

［？～七三三］県犬養宿禰東人《あずまひと》の娘。はじめ美努《みの》王と結婚、**葛城**《かずらき》王（橘諸兄《もろえ》）、佐為《さい》王（橘佐為）、牟漏《むろ》女王を生み、離婚後、藤原不比等《ふひと》と再婚して光明子《こうみょうし》を生んだ。和銅元年（七一〇）橘《たちばなの》宿禰と賜姓され、養老元年（七一七）正月従四位上から従三位、同五年正月正三位に昇叙。天平五年（七三三）正月十一日に薨《こう》ず。時に命婦《みょうぶ》。十二月従一位を追贈、さらに天平宝字四年（七六〇）八月正一位、大夫人《だいぶにん》と追尊された。

「太政大臣藤原家の県犬養命婦」（⑲四二三五題）は太政大臣であった藤原不比等の妻の三千代をさす。「命婦」は三千代のように五位以上の女性（内《ない》命婦《みょうぶ》）をいう場合と、五位以上の者の妻（外命婦《げみょうぶ》）をいう場合がある。藤原京出土木簡に「□養宿祢道代」（『奈良文化財研究所紀要』二〇〇四）とある。

A＝⑲四二三五題　B＝⑲四二三五

安努君広島《あののきみひろしま》（あののきみひろしま）射水郡の大領《だいりょう》（郡司の長官）。安努君では「古江郷戸安努君具足《ともたり》」（天平宝字三年（七五九））「射水郡鳴戸開田図」）が知られ、安努君は安努郷、古江郷など氷見市上庄川《かみしょうがわ》流域から仏生寺川《ぶっしょうじがわ》流域にかけての地を本拠とするか。天平勝宝三年（七五一）八月五日早朝に、家持帰任の送別の宴を広島邸の門前の林の中で行った。

A＝⑲四二五一題

粟田女王《あわたのおおきみ》（あはたのおほきみ）［～七六四］養老七年（七二三）正月従四位下、天平十一年（七三九）正月従四位上、同二十年三月正四位上、天平宝字五年（七六一）六月正三位、同八年五月薨ず。女王が左大臣橘諸兄《もろえ》宅の宴でよんだ歌を天平二十年（七四八）に田辺福麻呂《さきまろ》が越中で伝誦した。

A＝⑱四〇六〇題　B＝⑱四〇六〇

阿倍朝臣老人《あへのあそみおきな》（あへのあそみおきな）伝未詳。遣唐使の一員。阿倍は「あべ」、老人は「おゆひと」「おいひと」とも。老人と老人の母との悲別の歌を天平勝宝三年（七五一）に高安倉人種麻呂《たかやすのくらひとのたねまろ》が越中で伝誦した。天平五年（七三三）の遣唐使か。

A＝⑲四二四七題　B＝⑲四二四七

い

石川朝臣水通《いしかわのあそみみみち》（いしかはのあそみみみち）伝未詳。石川朝臣の旧姓は臣《おみ》、天武十三年（六八四）に朝臣を賜姓された。それ以前は蘇我《そが》臣。水通の橘の歌を天平十九年（七四七）に大伴池主《いけぬし》が越中で伝誦した。

A＝⑰三九九八題　B＝⑰三九九八

え

恵行《えぎょう》（ゑぎやう）僧侶。天平勝宝二年（七五〇）四月布勢の水海での遊覧の際に一首を残す（⑲四二〇四）。時に「講師僧《かうしそう》」とある。講師は法会で経典の意味を講義する僧侶のこと。同四年（七五二）に長門《ながと》（山口県）国司の日置山守《へきのやまもり》と家刀自《いえとじ》の三首那《みすな》とが発願した『報恩経《ほうおんきょう》』を書写した僧侶として「書写僧恵行」があり（『寧楽遺文』下、六二二）、また「唐招提寺用度帳《ようどちょう》」（奈良六大寺大観13『唐招提寺二』）にみる客僧の恵行も同一人の可能性が高い。東大寺の僧侶か。なお、同天平勝宝四年（七五二）の「開《かい》眼供養供奉《げんくようぐほう》僧名《そうみょう》帳《ちょう》」（『正倉院文書目録〔五〕』）に二人の恵行の名があるが、そのうちの一人がこの恵行ということになろう。

A＝⑲四二〇四左　B＝⑲四二〇四

お

大嬢《おおいらつめ》（おほいらつめ）大伴坂上大嬢をさす。大嬢は「おおおとめ」、「だいじょう」とも。→大伴坂上大嬢

A＝⑲四二二一左

大伴《おおとも》坂上《さかのうえの》郎女《いらつめ》（おほとものさかのうへのいらつめ）家持の叔母。父は大伴安麻呂《やすまろ》、母は石川内命婦《ないみょうぶ》。旅人の異母妹。氏名の坂上は居地の「坂上里」の地名に由来する。穂積《ほづみ》親王と結婚するが、穂積は和銅八年（七一五）七月に薨じた。その後大伴宿奈麻呂《すくなまろ》と再婚して坂上大嬢《おおいらつめ》、二嬢《おといらつめ》を生んだ。その前後、京《きょう》職大夫《しきだいぶ》（京職の長官）であった藤原麻呂《まろ》からも求婚されている（④五二二題、五二八左）。

A＝⑰三九二七題　⑱四〇八〇題　⑲四二二一左

B＝⑰三九二七、三九二八、三九二九、三九三〇　⑱四〇八〇、四〇八一　⑲四二二〇、四二二一

大伴坂上大嬢《おおとものさかのうえのおおいらつめ》（おほとものさかのうへのおほいらつめ）家持の妻。父は大伴宿奈麻呂《すくなまろ》、母は大伴坂上郎女。二嬢《おといらつめ》の同母姉。家持の従妹にあたる。「大嬢」は「おおおとめ」、「だいじょう」とも。

A＝⑲四二二一左

大伴宿禰池主《おおとものすくねいけぬし》（おほとものすくねいけぬし）家持と同族。天平十年（七三八）十月橘奈良麻呂《ならまろ》主催の宴に家持と同席（⑧一五九〇）、同年覓珠玉使《たままぎのつかい》（「駿河国正税帳」）、時に春宮坊《しゅんぐうぼう》少属（第四等官の次席）従七

位下。同十八年（七四六）八月越中掾《えっちゅうのじょう》（国司の第三等官）として新任国守家持主催の宴に列し（⑰三九四三題、三九四六左）、同二十年春に越前掾《えちぜんのじょう》として遷任。家持の部下、歌友であり、越中掾として十九首、越前掾として七首の歌を残す。天平勝宝五年（七五三）八月高円野の宴に家持らと列席、時に左《さ》京少進《きょうしょうしん》（第三等官の次席）。その後、式部少丞《しきぶしょうじょう》などを歴任。天平勝宝九歳（七五七）七月橘奈良麻呂の変で投獄された後は消息不明。

A＝⑰三九四六左、三九四九左、三九六一左、三九六五題、三九六八左、三九七二後漢詩、三九七五左、三九九四左、三九九五題、三九九八左、四〇〇五左、四〇〇七左、四〇一〇左　⑱四〇七三前文、四一二八前文　⑲四一七七題、四一八九題、四二五二題

B＝⑰三九四四、三九四五、三九四六、三九四九、三九六七、三九六八、三九七三、三九七四、三九七五、三九九三、三九九四、四〇〇三、四〇〇四、四〇〇五、四〇〇八、四〇〇九、四〇一〇　⑱四〇七三、四〇七四、四〇七五、四一二八、四一二九、四一三〇、四一三一、四一三二、四一三三

大伴宿禰書持《おおとものすくねふみもち》（おほとものすくねふみもち）［〜七四六］

大伴旅人《たびと》の子、家持の弟。天平十八年（七四六）九月に死去。佐保山で火葬されたか（⑰三九五七）。

A＝⑰三九五七題、三九五九左

大伴宿禰家持《おおとものすくねやかもち》（おほとものすくねやかもち）［〜七八五］

大伴旅人の子、書持《ふみもち》の兄。母は未詳。妻は大伴坂上大嬢、子に永主《ながぬし》がある。祖父大伴安麻呂、叔母に大伴坂上郎女がある。生年については『公卿補任《くぎょうぶにん》』宝亀十一年（七八一）に「六十四（歳）」とある記事をもとに、養老二年（七一八）生まれとする説が有力である。天平十年（七三八）以前から同十六年まで内舎人《うどねり》として仕え、天平十七年（七四五）正月正六位上より従五位下、同十八年（七四六）三月宮内少輔《くないしょうふ》、六月越中守《えっちゅうのかみ》となる。天平勝宝三年（七五一）七月少納言《しょうなごん》となり、八月に帰京。その間、足かけ六年、越中の自然と風土、国守としての所念などを詠んだ歌を『万葉集』に二二三首残している。天平宝字二年（七五八）因幡守《いなばのかみ》。翌年正月国庁で詠んだ新年の賀歌（⑳四五一六）が『万葉集』の最後

を飾る。藤原宿奈麻呂《すくなまろ》（良継《よしつぐ》）の変に連坐して天平宝字八年（七六四）正月薩摩守《さつまのかみ》。神護景雲元年（七六七）八月大宰少弐《だざいのしょうに》。宝亀元年（七七〇）六月民部《みんぶ》少輔《しょうふ》、十月、二十一年ぶりに正五位下に昇叙。その後左中弁《さちゅうべん》兼中務大輔《なかつかさだいふ》などを経て同十一年（七八〇）参議、天応元年（七八一）従三位となる。延暦元年（七八二）氷上川継《ひかみのかわつぐ》の謀反に連坐、同三年持節征東《じせっせいとう》将軍。延暦四年（七八五）四月中納言従三位兼春宮大夫・陸奥《むつ》按察使《あぜち》・鎮守将軍として陸奥二郡の設置を奏上、同年八月二十八日に死去。死後、藤原種継《たねつぐ》暗殺の首謀者として生前の官位を剥奪され（『続紀』）、延暦二十五年（八〇六）三月に本位の従三位に復された（『日本後紀』）。なお、家持は、越前国加賀郡（百余町）などに田を所有していたことが知られる（「意見十二箇条」）。

A＝⑰三九二七題、三九三一題、三九四三題・左、三九四八左、三九五〇左、三九五四左、三九五九左、三九六〇題、三九六一左、三九六五題、三九六六左、三九七二左、三九七七左、三九八二左、三九八四左、三九八七左、三九八八左、三九八九題、三九九〇左、三九九二左、三九九五題・左、三九九七左、三九九九題、四〇〇二左、四〇〇七左、四〇一五左、四〇二〇左、四〇二九左、四〇三一左 ⑱四〇三二題、四〇三七左、四〇四三左、四〇四八左、四〇五一左、四〇五五左、四〇六四左、四〇六六左、四〇六八左、四〇七〇左、四〇七一左、四〇七六題、四〇八〇題、四〇八二題、四〇八五題、四〇八六左、四〇八八左、四〇九二左、四〇九三左、四〇九七左、四一〇五左、四一〇九左、四一一〇左、四一一二左、四一一五左、四一一六題、四一二一左、四一二三左、四一二四左、四一二七左、四一三四左、四一三五左、四一三六左、四一三七左、四一三八左 ⑲四一五一題、四一九八左、四一九九左、四二〇五左、四二〇六左、四二一二左、四二一六左、四二二三左、四二二五左、四二二六左、四二二九左、四二三〇左、四二三四題、四二三八左、四二三九左、四二五〇題、四二五一題、四二五三題

B＝⑰三九四三、三九四七、三九四八、三九五〇、三九五三、三九五四、三九五七、三九五八、三九五九、三九六〇、三九六一、三九六二、三九六三、三

九六四、三九六五、三九六六、三九六九、三九七〇、三九七一、三九七二、三九七六、三九七七、三九七八、三九七九、三九八〇、三九八一、三九八二、三九八三、三九八四、三九八五、三九八六、三九八七、三九八八、三九八九、三九九〇、三九九一、三九九二、三九九五、三九九七、三九九九、四〇〇〇、四〇〇一、四〇〇二、四〇〇六、四〇〇七、四〇一一、四〇一二、四〇一三、四〇一四、四〇一五、四〇一七、四〇一八、四〇一九、四〇二〇、四〇二一、四〇二二、四〇二三、四〇二四、四〇二五、四〇二六、四〇二七、四〇二八、四〇二九、四〇三〇、四〇三一　⑱四〇三七、四〇四三、四〇四四、四〇四五、四〇四八、四〇五一、四〇五四、四〇五五、四〇六三、四〇六四、四〇六六、四〇六八、四〇七〇、四〇七一、四〇七二、四〇七六、四〇七七、四〇七八、四〇七九、四〇八二、四〇八三、四〇八四、四〇八五、四〇八六、四〇八八、四〇八九、四〇九〇、四〇九一、四〇九二、四〇九三、四〇九四、四〇九五、四〇九六、四〇九七、四〇九八、四〇九九、四一〇〇、四一〇一、四一〇二、四一〇三、四一〇四、四一〇五、四一〇六、四一〇七、四一〇八、四一〇九、四一一〇、四一一一、四一一二、四一一三、四一一四、四一一五、四一一六、四一一七、四一一八、四一一九、四一二〇、四一二一、四一二二、四一二三、四一二四、四一二五、四一二六、四一二七、四一三四、四一三五、四一三六、四一三七、四一三八　⑲四一三九、四一四〇、四一四一、四一四二、四一四三、四一四四、四一四五、四一四六、四一四七、四一四八、四一四九、四一五〇、四一五一、四一五二、四一五三、四一五四、四一五五、四一五六、四一五七、四一五八、四一五九、四一六〇、四一六一、四一六二、四一六三、四一六四、四一六五、四一六六、四一六七、四一六八、四一六九、四一七〇、四一七一、四一七二、四一七三、四一七四、四一七五、四一七六、四一七七、四一七八、四一七九、四一八〇、四一八一、四一八二、四一八三、四一八五、四一八六、四一八七、四一八八、四一八九、四一九〇、四一九一、四一九二、四一九三、四一九四、四一九五、四一九六、四一九七、四一九八、四一九九、四二〇五、四二〇六、四二〇七、四二〇八、四二一一、四

二一二、四二一三、四二一四、四二一五、四二一六、四二一七、四二一八、四二一九、四二二三、四二二五、四二二六、四二二九、四二三〇、四二三四、四二三八、四二三九、四二四八、四二四九、四二五〇、四二五一、四二五三、四二五四、四二五五、四二五六

大伴家持《おおとものやかもち》が妹《いもひと》（おほとものやかもちがいもひと）平城京に居住した妹。→留女《るめ》の女郎《いらつめ》

A＝⑲四一九八左

大原真人高安《おおはらのまひとたかやす》（おほはらのまひとたかやす）［～七四二］はじめ高安王。川内《こうち》王の子、天武天皇の曽孫、長《なが》親王の孫（『紹運録』）。娘に高田女王がある（⑧一四四四題脚）。和銅六年（七一三）正月無位より従五位下。紀《きの》皇女と密通事件を起こし伊予《いよ》守に左遷（⑫三〇九八左）。その後、按察使、摂津大夫《せっつだいぶ》、衛門《えもんの》督《かみ》などを歴任。天平十一年（七三九）四月臣籍降下を願い、大原真人の氏姓を賜る。同十四年十二月卒す、時に正四位下（『続紀』）。天平十八年（七四六）八月越中国守家持の館の宴で僧玄勝《げんしょう》が高安のつくった古歌一首を伝誦した。

A＝⑰三九五二題

憶良大夫《おくらだいぶ》の男《こ》（おくらだいぶのこ）山上憶良の子息の意。名は未詳。射水郡駅館の柱に書き付けてあった歌の作者は山上臣とされ、一説に「憶良大夫《だいぶ》」の子息かという。「大夫」は官庁の長官をさす場合と五位以上の人の敬称の場合がある。ここでは敬称。→山上臣。

A＝⑱四〇六五左　B＝⑱四〇六五

尾張連少咋《おわりのむらじおくい》（をはりのむらじをくひ）越中の史生《ししょう》（中央から派遣された国府の下級役人）。天平感宝元年（七四九）五月、家持が遊行女婦《うかれめ》の佐夫流《さぶる》に夢中となった部下の少咋を諭した歌がある。「交替記」天平勝宝三年（七五一）六月の項に「史生従八位下尾張連少咋」とある。

A＝⑱四一〇六題

か

笠朝臣子君《かさのあそみこきみ》（かさのあそみこきみ）伝未詳。笠朝臣の旧姓は臣、天武十三年（六八四）に朝臣を賜姓された。吉備《きび》の笠（岡山県笠岡市）を本拠とする。贈左大臣藤原北卿《ほっきょう》（藤原房前）の命を承けて三形沙弥《みかたのさみ》が作った歌二首（⑲四二二七〜八）を、子君が聞き伝え、それをさらに久米広縄《くめのひろなわ》が越中で伝誦した。
A＝⑲四二二八左

蒲生娘子《かもうのおとめ》（かまふのをとめ）遊行女婦《うかれめ》。「遊行女婦」は貴人の宴席に侍して興を添える教養ある女性。近江国蒲生郡出身の女性とする説がある。
A＝⑲四二三二題、四二三七左　B＝⑲四二三二

河辺朝臣東人《かわへのあそみあずまひと》（かはへのあそみあづまひと）河辺は「川辺」とも書く。河辺朝臣の旧姓は臣《おみ》、天武十三年（六八四）に朝臣を賜姓された。天平勝宝二年（七五〇）十月越中へ下向した際に藤原（光明）皇后の歌を伝誦した（⑲四二二四左）。神護景雲元年（七六七）正月正六位上より従五位下、宝亀元年（七七〇）十月石見《いわみ》守。
A＝⑲四二二四左

き

清足姫天皇《きよたらしひめのすめらみこと》（きよたらしひめのすめらみこと）元正天皇の諱《いみな》。「浄足姫」とも書く。→元正《りんしょう》天皇
A＝⑱四〇五六題脚

く

久米朝臣継麻呂《くめのあそみつぐまろ》（くめのあそみつぐまろ）伝未詳。久米朝臣の旧姓は臣《おみ》、天武十三年（六八四）に朝臣を賜姓された。久米は「来目」とも書き、大和国高市郡久米郷（奈良県橿原市）を本拠とする。継麻呂は「つぎまろ」とも。天平勝宝二年（七五〇）四月十二日布勢の水海を遊覧した際に一首を残す。
A＝⑲四二〇二左　B＝⑲四二〇二

久米朝臣広縄《くめのあそみひろなわ》（くめのあそみひろなは）越中掾《じょう》（国司の第三等官）。広縄は「ひろつな」、「ひろただ」、「ひろ

のり」とも。天平十七年（七四五）四月左馬少允《さめしょういん》（左馬寮の第三等官の次席）、従七位上とあり（「左馬寮移」『大』2・四二三）、天平二十年（七四八）池主が越前に転任したのち、三月には越中掾《じょう》（国司の第三等官）に着任（⑱四〇五〇左）。朝集使《ちょうしゅうし》として上京、天平感宝元年（七四九）閏五月に帰任（⑱四一一六題）。天平勝宝三年（七五一）二月正税《しょうぜい》帳使《ちょうし》として入京（⑱四二三八左）、八月帰任の途中、越前掾の大伴池主の邸宅で帰京の途次の家持と三人で歌宴をもった（⑱四二五二題）。

A＝⑱四〇五〇左、四〇五二題、四〇五三左、四〇六六題、四一一六題、四一三七題　⑲四二〇一左、四二〇三左、四二〇七題、四二一〇左、四二二三左、四二二八左、四二三一題、四二三五左、四二三八左、四二四八題、四二五二題、

B＝⑱四〇五〇、四〇五三　⑲四二〇一、四二〇三、四二〇九、四二一〇、四二二二、四二三二、四二五二

内蔵忌寸縄麻呂《くらのいみきなわまろ》（くらのいみきなはまろ）天平十九年（七四七）～天平勝宝三年（七五一）頃まで越中の介《すけ》（国司の次官）。姓を伊美吉、名を縄麿とも書く。内蔵忌寸の旧姓は直《あたい》、のち延暦四年（七八五）に宿禰を賜姓された。天平十七年（七四五）十月、時に正六位上、大蔵省の少丞《しょうじょう》（第三等官の次席）。天平十九年四月越中介《すけ》。家持が税帳使《ぜいちょうし》として上京する際の餞《はなむけ》の歌をはじめ、家持在任中に四首の歌を残す。天平勝宝三年（七五一）六月、越中介正六位上とあり（「交替記」意斐村）、また天平勝宝五年三月「判官《はんがん》」（第三等官）とみえるが（『大』12・四二八）、これを造東大寺司の判官とする説、あるいは装束司の判官とする説（山田英雄『万葉集覚書』）がある。

A＝⑰三九九六左　⑱四〇八七左　⑲四二〇〇左、四二三〇左、四二三三題、四二五〇題、四二五一題

B＝⑰三九九六　⑱四〇八七　⑲四二〇〇、四二三三

け

玄勝《げんしょう》（げんしょう）僧侶。天平十八年（七四六）八月、

越中万葉の人名

越中国守家持の館の宴で大原高安《おおはらのたかやす》の古歌一首を伝誦した。中央の僧侶か。
A＝⑰三九五二左

元正《げんしょう》天皇《てんのう》（げんしやうてんわう）［六八〇～七四八］在位七一五～七二四。草壁《くさかべ》皇子の皇女。母は阿閉皇女（のちの元明天皇）。天武天皇の孫。諱は氷高《ひたか》（日高）、新家《にいのみ》とも。和風諡号《しごう》（おくり名）は日本根《やまとね》子高瑞《こたかみず》浄足姫《きよたらしひめ》天皇。「太上皇《だいじやうわう》」（⑱四〇五六題）は元正太上天皇（上皇）をさす。
A＝⑱四〇五六題脚　B＝⑱四〇五七、四〇五八

こ

河内女王《こうちのおおきみ》（かふちのおほきみ）［～七七九］高市《たけち》皇子の娘。天平十一年（七三九）正月従四位下より従四位上、同二十年（七四八）三月正四位下、天平宝字二年（七五八）八月従三位、同四年五月正三位、その後某事件に連座して無位となったか。宝亀四年（七七三）正月に正三位に復し、同十年（七七九）十二月薨じた。元正太上天皇が難波宮にあった時に女王がよんだ歌を天平二十年に田辺史福麻呂《さきまろ》が越中で伝誦した。
A＝⑱四〇五九題　B＝⑱四〇五九

光明皇后《こうみょうこうごう》（くわうみやうくわうごう）［七〇一～七六〇］諱は安宿媛《あすかべ》。藤原不比等の第三女、母は県犬《あがたいぬ》養三千代《かいのみちよ》。天平元年八月聖武天皇の皇后となり、子に孝謙天皇、某王《ぼうおう》（基王《もといおう》とも）がある。「藤原皇后」（⑲四二二四左）、「藤原太后」（⑲四二四〇題）は光明皇后をさす。
A＝⑲四二二四左、四二四〇題
B＝⑲四二二四、四二四〇

さ

左夫流《さぶる》（さぶる）遊行女婦《うかれめ》。「遊行女婦」は貴人の宴席に侍して興を添える教養ある女性。家持歌中に登場する、部下の尾張少咋《おくい》が任地で夢中になった女性。
C＝⑱四一〇六、四一〇六歌脚、四一〇八、四一一〇

せ

清見《せいけん》（せいけん）国師《こくし》の従僧。清見は「しょうけん」とも。「国師」は令外《りょうげ》の官、大宝二年（七〇二）に国ごとに置かれた官僧。清見はその従者。国師の任期は六年。国分寺のない段階では国府や国府付属寺院に置かれたか。のち延暦十四年（七九五）に国師は講師と改称された。

A＝⑱四〇七〇左

た

高安倉人種麻呂《たかやすのくらひとのたねまろ》（たかやすのくらひとのたねまろ）越中の大目《だいさかん》（国司の第四等官）。高安は河内国高安郡の地名に由来する。また、倉人は朝廷の財政を司る倉に関した官職名がカバネ化したもの。光明皇后が藤原清河《きよかわ》に贈った歌、遣唐使阿倍老人《おきな》の母との悲別の歌など八首（⑲四二四〇～四二四七）を天平勝宝三年（七五一）越中で伝誦した（⑲四二四七左）。

A＝⑲四二四七左

高市連黒人《たけちのむらじくろひと》（たけちのむらじくろひと）持統・文武朝の下級官人。高市は大和国高市郡の地名に由来する。高市連の旧姓は県主《あがたぬし》、天武十二年（六八三）に連を賜姓された。三国真人五百国《いおくに》が黒人の歌を伝誦した。

A＝⑰四〇一六題　B＝⑰四〇一六

多治比真人土作《たじひのまひとはにつくり》（たぢひのまひとはにつくり）［?～七七一］宮内卿水守《みもり》の子、祖父は左大臣島。多治比は「丹比」、「多治」とも書く。旧姓は公《きみ》、天武十三年（六八四）に真人を賜姓された。天平十二年（七四〇）正月、正六位上より従五位下に昇叙。検校新羅《けんこうしらぎ》客使《きゃくし》、摂津介《せっつのすけ》を経て、同十八年民部少輔《みんぶしょうふ》（民部省の次官の次席）。大納言藤原家での入唐使の餞宴での歌一首を残す。仲麻呂の部下（紫微大忠《しびだいちゅう》）として列席したか。その後、尾張守《かみ》、左京大夫《だいぶ》などを経て宝亀元年（七七〇）七月参議。同二年六月卒す。時に参議・治部卿《じぶのかみ》・従四位上。

A＝⑲四二四三題　B＝⑲四二四三

多治比部北里《たじひべのきたさと》（たぢひべのきたさと）礪波《となみ》郡の郡司。多治比部は「蝮部」とも書く。名の北里は「北理」とも書く。天平勝宝二年（七五〇）二月、家持が墾田《こんでん》地《ぢ》検察の途中、北里の家に宿泊した歌がある。北里の家は「夜夫奈美《やぶなみ》の里」にあった。北里は「交替記」意斐《おい》村、天平勝宝三年（七五一）六月の項に「郡司主帳《しゅちょう》（第四等官）外大初位下蝮部北理」、天平宝字元年（七五七）十二月の項に「郡司主政《しゅせい》（第三等官）外大初位上蝮部北理」とみえる。A＝⑱四一三八題

橘宿禰諸兄《たちばなのすくねもろえ》（たちばなのすくねもろえ）［〜七五七］はじめ葛城《かずらき》王。父は美努《みの》王、母は県犬養宿禰《あがたいぬかいのすくね》三千代《みちよ》。栗隈《くるくま》王の孫。子に奈良麻呂《ならまろ》がある。和銅三年（七一〇）正月無位より従五位下。天平八年（七三六）十一月弟の佐為《さい》王とともに母の橘宿禰の姓を許され、名を諸兄と改めた。藤原四子が相継いで急逝すると、同九年大納言となる。同十年正月、正三位・右大臣。同十五年五月、従一位・左大臣。天平感宝元年（七四九）四月正一位。天平勝宝二年（七五〇）正月朝臣を賜姓、同八歳二月に致仕し、天平宝字元年（七五七）正月薨じた。「左大臣橘宿禰」（⑱四〇五六題）、「左大臣」（⑱四〇五七左）、「左大臣橘卿」（⑱四〇六〇左、⑲四二五六題）は諸兄をさす。

A＝⑱四〇五六題、四〇五七左、四〇六〇左、⑲四二五六題

B＝⑱四〇五六

田辺史福麻呂《たなべのふひとさきまろ》（たなべのふひとさきまろ）田辺は河内国の地名に由来する。天平二十年（七四八）三月二十三日、左大臣橘諸兄の使者として来越し、家持の館で宴をした。時に造酒司令史《さかん》［第四等官］（⑱四〇三二題）。三月二十五日に布勢の水海に遊覧（⑱四〇四四題）。

A＝⑱四〇三二題、四〇三五左、四〇三六左、四〇四二左、四〇四六左、四〇四九左、四〇五二題、四〇五二左、四〇六二左

B＝⑱四〇三二、四〇三三、四〇三四、四〇三五、四〇三六、四〇三八、四〇三九、四〇四〇、四〇四一、四〇四二、四〇四六、四〇四九、四〇五二

の

能登臣乙美《のとのおみおとみ》（のとのおみおとみ）伝未詳。羽咋《はくい》郡の擬《ぎ》主帳《しゅちょう》。「擬主帳」は仮に郡の主帳（第四等官）に任じられた者。

A＝⑱四〇六九左　B＝⑱四〇六九

は

秦伊美吉石竹《はだのいみきいわたけ》（はだのいみきいはたけ）越中国少目《しょうさかん》（国司の第四等官の次席）。「秦忌寸伊波太気」（『続紀』天平宝字八年十月条）とも書く。秦忌寸《いみき》の旧姓は造《みやつこ》。天武十二年（六八三）九月に連《むらじ》、同十四年六月に忌寸を賜姓された。天平感宝元年（七四九）五月と十二月に石竹の館で宴があったが、館主の石竹の歌は一首もない。天平勝宝二年（七五〇）十月、石竹が朝集使《ちょうしゅうし》となった餞に、労苦をねぎらう家持の歌がある（⑲四二二五）。天平宝字八年（七六四）には藤原仲麻呂《なかまろ》追討の功績により正六位上から外従五位下に昇叙。その後、宝亀五年（七七四）三月飛驒守《かみ》、同七年三月播磨介《すけ》。

A＝⑱四〇八六題、四一三五左　⑲四二二五左

秦忌寸八千島《はだのいみきやちしま》（はだのいみきやちしま）伝未詳。越中国大目《だいさかん》（国司の第四等官）。

A＝⑰三九五一左、三九五六題・左、三九八九題

B＝⑰三九五一、三九五六

土師《はにし》（はにし）伝未詳。遊行女婦《うかれめ》。→蒲生娘子《かもうのおとめ》

A＝⑱四〇四七左、四〇六七左

B＝⑱四〇四七、四〇六七

土師宿禰道良《はにしのすくねみちよし》（はにしのすくねみちよし）伝未詳。越中国史生《ししょう》。史生は中央から派遣された国府の下級役人。土師宿禰の旧姓は連《むらじ》、天武十三年（六八四）に宿禰を賜姓された。

A＝⑰三九五五左　B＝⑰三九五五

ふ

藤原朝臣清河《ふじわらのあそみきよかわ》（ふぢはらのあそみきよかは）父は藤原房前《ふささき》、光明皇后の甥に当たる。天平勝宝二年（七五〇）九月遣唐使に任命。同五年帰途に難破、以後唐朝に仕え、名を河清《かせい》と改めた。帰国することなく、唐土で薨じた。唐の女性との間に生まれた娘喜娘《きじょう》は、清河の死後、宝亀九年（七七八）に帰国した遣唐使とともに来日した。高安倉人種麻呂が入唐大使清河の歌二首（⑲四二四一、四二四四）を越中で伝誦した。

A＝⑲四二四〇題、四二四一題、四二四四題

B＝⑲四二四一、四二四四

藤原朝臣房前《ふじわらのあそみふささき》（ふぢはらのあそみふささき）［六八一〜七三七］不比等の次男。母は蘇我武羅自古《むらじこ》の娘の石川娼子《しょうし》（『尊卑分脈』）。北家《ほっけ》の祖。養老元年（七一七）朝政《ちょうせい》に参議《さんぎ》し、同五年には元明《げんめい》上皇から後事を託され内臣《ないしん》となった。神亀五年（七二八）中衛府《ちゅうえふ》の初代長官。天平九年（七三七）四月十七日疫病のため死去。同年正一位・左大臣、天平宝字四年（七六〇）太政大臣を贈られた。「贈左大臣藤原北卿」（⑲四二二八左）とあるのは房前をさす。

A＝⑲四二二八左

藤原二郎《ふじわらのじろう》（ふぢはらのじらう）藤原継縄《つぐただ》［七二七〜七九六］をさすか。二郎は次男の意か。天平勝宝二年（七五〇）五月二十七日、家持が「婿《むこ》の南右大臣家の藤原二郎の慈母を喪《うしな》ひつる患《うれ》へを」弔問した折の挽歌がある（⑲四二一六）。「南右大臣家」は藤原南家の右大臣の意。豊成《とよなり》説、仲麻呂《なかまろ》説があるが、この時期の南家右大臣は豊成で、在任期間は天平二十一年（七四九）から天平勝宝九歳（七五七）であった。「藤原二郎」は豊成の次男、継縄をさすとみられる。当時二四歳。「婿」は家持の娘の夫、あるいは妹の夫が想定されるが、家持の年齢（当時三三歳ほど）からすると妹の夫が穏当か（尾山篤二郎『大伴家持』、井上通泰『万葉集新考』）。右大臣を仲麻呂、二郎を訓儒麻呂《くずまろ》とする説もあるが（武田祐吉『万葉集全註釈』）、可能性は乏しい。なお、次男訓儒麻呂、三男真先《まさき》の兄弟順については真先を次男とする説もある。【参考文献】森田悌『古代国家と万葉集』、藤原

茂樹「藤原二郎の慈母への挽歌」（『セミナー万葉の歌人と作品』九）。
A＝⑲四二一六左

藤原皇后《ふじわらのおおきさき》（ふぢはらのおほきさき）→光明《こうみょう》皇后
A＝⑲四二二四左　B＝⑲四二二四

藤原太后《ふじわらのたいごう》（ふぢはらのたいごう）→光明皇后
A＝⑲四二四〇題　B＝⑲四二四〇

藤原朝臣仲麻呂《ふじわらのあそみなかまろ》（ふぢはらのあそみなかまろ）［七〇六～七六四］藤原武智麻呂《むちまろ》の第二子。豊成《とよなり》の弟。叔母光明皇后の信任を得て政界に進出、天平勝宝元年（七四九）には大納言、紫微中台《しびちゅうだい》の長官となり実権を握った。橘奈良麻呂《ならまろ》の変を未然に防ぎ、反対派を一掃した。天平宝字二年（七五八）八月に藤原恵美《えみ》朝臣押勝《おしかつ》を賜る。同八年（七六四）九月、孝謙上皇と結ぶ道鏡《どうきょう》の排除をはかり、挙兵したが斬死。⑲四二四二の歌は天平勝宝三年（七五一）の歌とみられる。題詞に「大納言藤原の家」とあるが、天平勝宝元年（七四九）七月に大納言となった仲麻呂をさす。また題詞脚注に「主人卿」とあるのも仲麻呂をさす。天平勝宝四年度の遣唐使で留学生となった息子刷雄《よしお》との離別を悲しむ歌とする説がある（岸俊男『藤原仲麻呂』）。
A＝⑲四二四二題　B＝⑲四二四二

へ

平栄《へいえい》（へいえい）東大寺の僧侶。平栄は「平永」とも書き、「ひょうよう」とも訓む。天平十五年（七四三）の文書に平永師、平永師所、天平十九年十二月東大寺知事僧とみえる。天平感宝元年（七四九）五月東大寺の荘園を占定するために、占墾地使《せんこんちし》として越中国府に赴き家持に歓待され（⑱四〇八五題）、ついで寺家野占使《じけやせんし》として越前国足羽《あすわ》郡に赴いている。天平勝宝三年（七五一）には東大寺寺主《じしゅ》（三綱の第二位）の地位にあり、神護景雲元年（七六七）に知事、同四年には中鎮進守大法師《ちゅうちんしんしゅだいほっし》となっている。一方で、天平勝宝七歳（七五五）～天平宝字六年（七六二）

の間、中央の僧尼統制の最高機関である僧綱所《そうごうしょ》の佐官《さかん》（記録を担当）。また、その間の天平宝字二年（七五八）に越前国の寺田勘使《じでんかんし》、翌年越中国の検田《けんでん》使《し》を務めた。A＝⑱四〇八五題

平群《へぐりの》氏《うじの》女郎《いつらめ》（へぐりのうじのいらつめ）伝未詳。大伴家持に恋歌を贈った女性の一人。氏名の平群は大和国平群郡平群郷（奈良県生駒郡平群町）の地名に由来する。

A＝⑰三九三一題

B＝⑰三九三一、三九三二、三九三三、三九三四、三九三五、三九三六、三九三七、三九三八、三九三九、三九四〇、三九四一、三九四二

み

三形沙弥《みかたのさみ》（みかたのさみ）「三方」とも書く。「沙弥」は「しゃみ」とも、見習い僧のこと。「園臣生羽《そののおみいくは》の女《むすめ》を娶《めと》り」（②一二三題）、「妻苑臣《そののおみ》」（⑥一〇二七左・或本云）とあるように、園（苑）臣の娘を妻とした。山田史御方《やまだのふひとみかた》が僧籍にあった時の名とする説がある（鹿持雅澄《かもちまさずみ》『万葉集古義《こぎ》』）。「贈左大臣藤原北卿（房前）」の命を承けて三形が作った歌を、笠子君《かさのこきみ》が聞き伝え、それを天平勝宝二年（七五〇）に越中で久米広縄《ひろなわ》が伝誦した。

A＝⑲四二二八左　B＝⑲四二二七、四二二八

三国真人五百国《みくにのまひといおくに》（みくにのまひといほくに）伝未詳。三国は越前国坂井郡三国（福井県坂井郡三国町一帯）の地名に由来する。三国真人の旧姓は公《きみ》、天武十三年（六八四）に真人姓を賜った。五百国は高市連黒人の歌を伝誦した。

A＝⑰四〇一六左

や

山上臣《やまのうえのおみ》（やまのうへのおみ）山上は「山於」とも書く。神護景雲二年（七六八）に朝臣を称した。射水郡駅館の柱に書き付けた歌の作者は山上臣、名は不明で、「憶良大夫《だいぶ》」の子息かという。「大夫」は官庁の長官

をさす場合と五位以上の人の敬称の場合がある。ここでは敬称。→憶良大夫《おくらだいぶ》の男《こ》。
A＝⑱四〇六五左　B＝⑱四〇六五

山上臣憶良《やまのうえのおみおくら》（やまのうへのおみおくら）「山於億良」とも書く。大宝元年（七〇一）正月、遣唐少録、時に無位。和銅七年（七一四）正月、正六位上より従五位下に昇叙。霊亀二年（七一六）四月、伯耆守《ほうき》。東宮侍講を経て神亀年中（七二四〜七二九）に筑前《ちくぜん》守。天平四年（七三二）前後に帰京、天平五年六月以降亡くなったか。天平勝宝二年（七五〇）三月、家持は憶良の歌に追和して二首の歌をつくった。従五位下で終わった憶良を「山上憶良臣」（⑲四一六五左）と敬称で、名を先にして姓を後に記していることからも家持の尊敬の念がうかがえる。
A＝⑱四〇六五左。⑲四一六五左

山田史《やまだのふひと》 君麻呂《きみまろ》（やまだのふひときみまろ）伝未詳。山田史は中国系渡来氏族。氏名の山田は河内国交野《かたの》郡山田郷（大阪府枚方市）の地名に由来する。天平宝字三年（七五九）に造《みやつこ》を賜姓された。君麻呂は越中での家持の鷹の飼育・管理係。⑰四〇一五左注に「養吏《ようり》」とある。中央では兵部省主鷹司《しゅようし》に鷹戸《たかかいべ》がいた（職員令29）。
A＝⑰四〇一五左

り

留女《るめ》の女郎《いつらめ》（るめのいらつめ）家持の妹。「留女」を都で留守居をする女性の意と解し、「るめ」、もしくは「りうぢよ（りゅうじょ）」と訓む説、人名と解して「とめ」と訓む説（鉄野昌弘「『留女之女郎』小考」『萬葉』193号）とがある。→大伴家持が妹。
A＝⑲四一八四左、四一九八左

ゑ

恵行《ゑぎやう》→恵行《えぎょう》

（川﨑　晃）

凡例

一、越中万葉の歌・題詞・左注等にみられる地名を五十音順に配列した。

一、見出し語に続く（ ）内には、歴史的仮名遣いによるよみを記した。

一、出典中『倭名類聚抄《わみょうるいじゅうしょう》』（二十巻本）は『和名抄《わみょうしょう》』と略した。また必要に応じて諸本を示した。

一、『和名抄』引用箇所中の〈 〉内は訓注を示す。

あ

英遠《あお》の浦《うら》（あをのうら）富山県氷見《ひみ》市阿尾《あお》の海岸。阿尾川河口に位置する。海岸中央部の城山《じょうやま》は海に突出した独立丘陵で、断崖絶壁の特異な景観をなしている。城山頂上には、中世末期の菊池氏の阿尾城があったが、現在は榊葉《さかきば》乎布《おふ》神社がある。

⑱四〇九三題、四〇九三

い

伊久里《いくり》の森（いくりのもり）大和（奈良県）説、越後（新潟県）説もあるが、⑰三九五二の作者大原高安《おおはらのたかやすの》真人《まひと》の一族の所領が、天平宝字三年（七五九）「礪《と》波《なみ》郡伊加流伎野《いかるきの》開田地図」に見えることから、富山県砺波《となみ》市井栗谷《いぐりだに》の地に比定する説が有力である。

⑰三九五二

五幡《いつはた》の坂《さか》（いつはたのさか）福井県敦賀《つるが》市五幡辺りの坂。奈良時代の越前国内の北陸道は松原から五幡・杉《すい》津《づ》・山中峠を越えて鹿蒜《かへる》に至ったと推測される。木の芽峠を越える「鹿蒜嶮道」が開かれたのは天長七年（八三〇）二月以後のことである（『類聚国史』）。

↓かへる

⑱四〇五五

射水河《いみずかわ》（いみづかは）小矢部《おやべ》川の古称。富山県西南部の大門《だいもん》山に発し、小矢部市を経て高岡市伏木《ふしき》で富山湾に注ぐ。奈良時代には、小矢部市津沢《つざわ》南方で雄神《おかみ》河（庄《しょう》川）と合流し、礪波《となみ》平野の西部を流れて越中国府付近から富山湾へ注いでいたとされる。その後、小矢部川・庄川の合流点は時代によって変動があったが、明治末期から大正初期にかけての河道切替工事によって庄川が分離した。
⑰三九八五、三九九三、四〇〇六　⑱四一〇六、四一一六　⑲四一五〇

射水郡《いみずのこおり》（いみづのこほり）越中国の郡名。『和名抄』に国府が置かれた郡と記されている。東北は海、東南は婦負《めい》郡、西南は礪波《となみ》郡、西北は能登《のと》国（石川県）羽咋《はくい》郡および能登郡に接する。現在の氷見《ひみ》市・高岡市の北半分、射水市（旧新湊《しんみなと》市、射水郡下《しも》村・小杉《こすぎ》町・大島《おおしま》町・大門《だいもん》町）および富山市の一部を含む地域である。郡家《ぐうけ》（郡の役所）の所在については、高岡市伏木の勝興寺《しょうこうじ》の南側の美野下《みのか》遺跡から「傳厨」墨書土器《ぼくしょどき》が出土しており、「伝使厨《でんしくりや》」に関わるとすれば、その近辺に所在した可能性も少なくない。
⑰三九八五題脚、三九九一題脚、四〇一五左　⑱四〇六五題　⑲四二五一題

射水《いみず》**の郷**《さと》（いみづのさと）射水郷という郷名は史料に見えない。射水郡の地を「射水の郷」と称したと考えられる。↓いみずのこおり
⑱四一三二前書簡

弥彦《いやひこ》（いやひこ）新潟県西蒲原《にしかんばら》郡弥彦《やひこ》村にある標高六三八メートルの弥彦《やひこ》山の東麓に、弥彦《やひこ》神社がある。天《あめの》香山命《かごやまのみこと》を祭神とする延喜式内社で、中世には越後《えちご》国の一宮とされた。『延喜式』では「伊夜比古《いやひこ》神社」と表記する。「越中国の歌」に弥彦神が見えるのは、大宝二年（七〇二）以前に蒲原郡が越中国に属していた徴証であろう。
⑯三八八三、三八八四

石瀬野《いわせの》（いはせの）庄《しょう》川西岸の高岡市石瀬《いしぜ》一帯の地とする説と、『和名抄』に「新川郡石勢〈伊波世《いはせ》〉」とある

ことから、これを根拠に富山市東岩瀬町《ひがしいわせ》付近とする説とがある。新川郡石勢郷は奈良県飛鳥池遺跡出土木簡に「高志□《国》新川評石背五十戸」とあり、七世紀後半に遡る地名である。

⑲四一五四、四二四九

う

鸕《う》坂河《さかがわ》（うさかがは）富山市婦中町《ふちゅう》鵜坂《うさか》の辺りを流れる神通川《じんづう》の古称。鵜坂の神通川左岸には延喜式内社鵜坂神社があり、古来社地に変遷がなかったとされる。神通川の名が文献に見えるのは戦国時代以降で、その古称が鸕坂河である。しかし、家持の巡行が西から東へ進んでいることや、春の増水期の神通川を馬で渡河することの危険性などから、大河神通川ではなく支流の井田川《いだ》とする説もある。井田川であれば馬での渡河も可能で、家持巡行の道順にもかなっているという。

⑰四〇二二題、四〇二二

宇《う》奈《な》比河《ひがわ》（うなひがは）富山県氷見市《ひみ》宇波《うなみ》を流れる宇波川。石動山《せきどう》の南斜面に発し、氷見市の北部を東流して富山湾に注ぐ。

⑰三九九一

卯《う》の花山《はなやま》（うのはなやま）卯の花の咲いている山の意で、固有名詞ではない。しかし、後世に越中の歌枕としてもてはやされて多くの歌に詠まれ、伝承地を生じた。芭蕉の『奥の細道』にも「卯の花山・くりからが谷をこえて…」と記されている。また、「倶利伽藍山中旧跡之圖」（文政七年・一八二四、富山県立図書館蔵）などにも礪波《となみ》山中の地名として明記されている。

⑰四〇〇八

え

越前《えちぜん》（ゑちぜん）旧国名。現在の石川県南半部、及び福井県東部の地。東は越中国（富山県）・美濃国（岐阜県）、南は美濃・近江国（滋賀県）、南西は若狭国

(福井県)に接し、北西は日本海に面している。『和名抄』に「古之乃三知乃久知《こしのみちのくち》」と訓まれている。七世紀末に高志《こし》国が分割され、高志道前国《こしのみちのくちのくに》となり、大宝四年(七〇四)の国印頒布により越前国と公定表記された。成立当初の越前国は能登・加賀両国を含む広大な国であったが、養老二年(七一八)に能登国を分置、ついで弘仁十四年(八二三)に加賀国を分置して、越前国の境域が確定した。大伴家持の越中守時代には加賀国はまだ無く、越前国に含まれていた。国府は『和名抄』に丹生《にう》郡と記され、旧武生《たけふ》市(現越前市)の市街に比定されている。

⑲四一七七題、四一八九題

越前国《えちぜんのくに》(こしのみちのくちのくに)→えちぜん

⑱四〇七三題、四一二八題　⑲四二五二題

越中《えっちゅう》(ゑつちう)旧国名。富山県の全域に当たる。ただし、越中国の領域は、後述するように変遷がある。大伴家持が赴任していた時期は能登国をも管下としており、この時期の越中国は富山県と石川県能登地方に当たる。『和名抄』に「古之乃三知乃奈加《こしのみちのなか》」とある。七世紀末に高志《こし》国が分割され、高志道中国《こしのみちのなかのくに》となり、大宝四年(七〇四)の国印頒布により越中国と公定表記された。成立当初は、礪波《となみ》・射水《いみず》・婦負《めい》・新川《にいかわ》の四郡と頸城《くびき》・古志《こし》・魚沼《いおぬ》・蒲原《かんばら》の四郡を併せた広大な国であったが、大宝二年三月、越中国の頸城郡以北の四郡を分割して越後国に移し、礪波・射水・婦負・新川の四郡となった。また、天平十三年(七四一)十二月に能登《のと》国四郡(羽咋《はくい》・能登・鳳至《ふげし》・珠洲《すず》)を越中国に編入し、再び八郡となったが、孝謙天皇の天平勝宝九歳(七五七)五月、旧に復し、以後は射水・礪波・婦負・新川の四郡を所管することになった。『延喜式』では京・越中間の行程日数を陸路上り十七日、下り九日、海路二十七日としている。奈良時代の国の等級は不明であるが、延暦二十三年(八〇四)六月に上国と定められた。国府は『和名抄』に射水郡と記され、高岡市伏木の勝興寺《しょうこうじ》一帯と推測されている。部分的な発掘調査が行われ、奈良〜平安時代の官衙《かんが》的建物跡が検出されているが、明証はない。

⑰三九三一題、三九五九左、三九六〇題、三九八四左　⑱四〇八〇題、四〇八二題　⑲四二三八左、四二四七左

越中国《えっちゅうのくに》（こしのみちのなかのくに）↓えっちゅう

⑯三八八一題　⑰三九二七題、三九二九題、三九六四左　⑱四〇七六題、四〇九七左　⑲四二一八左

お

大野路《おおのじ》（おほのぢ）大野路は大野へ往く道、あるいは大野を通る路の意であるが、現存する小字名を根拠に現在地比定がなされており、南砺市《なんと》（旧東礪波郡井《いの》口《くち》村）大野、氷見市《ひみ》大野、高岡市大野、高岡市福岡町大野の三日市《みっかいち》付近とする説などがある。しかし、大野を長屋王家木簡に「利波郡大野里」、『和名抄』に「礪波郡大野郷」とある地とすれば、承和八年（八四一）二月「某家政所告状案《ぼうけまんどころこくじょうあん》」（『平安遺文』1）に「大野郷井山庄」、大治五年（一一三〇）「東大寺諸荘文書絵図等目録」（『平安遺文』5）所載の「礪波郡司売買券文《ばいばいけんもん》」に「大野郷井山村」とみえることから、東大寺領井山荘のあった礪波平野東部の地に比定される。

⑯三八八一

雄神河《おかみがわ》（をかみがは）庄《しょう》川の古称。岐阜県にその源を発し、白川郷《しらかわ》を経て飛騨《ひだ》山間の水を集め、礪波《となみ》平野を貫流して射水市北西部（旧新湊市《しんみなと》）で富山湾に注ぐ。流路は時代によって異なるが、下流では小矢部川《おやべがわ》に合流していた。しかし、明治末期から大正初期にかけての河道切替工事によって、小矢部川と分離した。

⑰四〇二一題、四〇二二

平布《おふ》（をふ）富山県氷見市《ひみ》園《その》から大浦《おおうら》にかけて二上山塊の連なりが北側に突出した丘陵の辺りか。かつての布勢《ふせ》の水海《みずうみ》南岸の景勝地。湾入部が平布の浦、突出部が平布の崎である。

平布の浦《うら》（をふのうら）↓おふ

⑱四〇四九　⑲四一八七

平布の崎《さき》（をふのさき）↓おふ
⑰三九九三　⑱四〇三七

か

香島《かしま》（かしま）能登国能登郡にあった郷名で、石川県七《なな》尾《お》市内、七尾湾南湾の南部と推測される。平城宮跡出土、天平八年（七三六）の木簡に「鹿嶋郷」、『和名抄』に「加島〈加之萬《かしま》〉」とある。なお、鹿島郷を能登島全域に比定する説がある。
⑰四〇二七

香島嶺《かしまね》（かしまね）所在未詳。七尾湾南湾周辺の山名であろうと思われるが、どのあたりか明らかではない。
⑯三八八〇

香島《かしま》の津《つ》（かしまのつ）香島郷の地にあった港で、『延喜式』には「加嶋津」とあり、能登国の国津《くにのつ》として記されている。この地の港が早くから重要な役割を果たしたことは、南湾に臨む万行《まんぎょう》遺跡（四世紀）の巨大な倉庫跡からもうかがえる。↓かしま
⑰四〇二六題

片貝河《かたかいがわ》（かたかひがは）現在の片貝《かたかい》川。富山県立山《たてやま》連峰北方の毛勝《けかち》山（二四一四メートル）と猫又《ねこまた》山（二三七八メートル）の谷を水源とし、河口近くで布施《ふせ》川を合わせ、魚津《うおづ》市と黒部《くろべ》市との境をなして富山湾に入る。
⑰四〇〇〇、四〇〇五

片貝《かたかい》の河《かわ》（かたかひのかは）↓かたかいがわ
⑰四〇〇二

可敝流《かへる》（かへる）福井県南条郡南越前町（旧今庄町）今庄の一帯。敦賀郡の郷名で『和名抄』に「敦賀郡鹿蒜〈加倍留《かへる》〉」（古活字本）、「鹿蒜〈加比留《かひる》〉」（高山寺本）とあり、『延喜式』に「加比留《かひる》神社」がある。北陸道に置かれた鹿蒜駅（『延喜式』）はこの地に置かれたと推測される。平城宮跡出土木簡には「返駅」とある。
⑱四〇五五

く

熊来《くまき》（くまき）石川県七尾市中島《なかじま》町の西部。七尾湾西湾西岸熊木《くまき》川下流域の地で『和名抄』には「能登郡熊來〈久萬岐《くまき》〉」とある。熊木川にその名が残っており、昭和二十九年（一九五四）まで熊木村があった。
⑯三八七八、三八七九　⑰四〇二七

熊来村《くまきのむら》（くまきのむら）→くまき
⑰四〇二六題

け

気太神宮《けたのかむみや》（けたのかむみや）石川県羽咋《はくい》市寺家《じけ》町にある能登一の宮の気多大社。大己貴命《おおなむちのみこと》を祀る延喜式内社で、古代から神格が高く、上下の尊崇があつい。律令政府の日本海沿岸への関心の高まりによって北陸有数の神社と仰がれ、中世に入って能登一の宮と称された。神門・拝殿・本殿および摂社白山神社本殿・摂社若宮神社本殿は国重文、本殿背後の「入らずの森」とよばれる社叢《しゃそう》は国天然記念物。天平二十年（七四八）春に越中守大伴家持が参拝、神護景雲四年（七七〇）には称徳天皇の病気平癒のため幣帛《へいはく》を奉った。延暦三年（七八四）には従三位から正三位に昇叙。八世紀後半に神格が上昇したのは疫病神として畏怖されたことや、神仏習合が早く認められ、聖武・考謙（称徳）両天皇の仏教信仰とも合致したことによろう。祭祀遺跡である寺家遺跡との関連が注目される。
⑰四〇二五題

こ

越《こし》（こし）越前《えちぜん》・越中《えっちゅう》・越後《えちご》三国の総称。現在の福井（東部）・石川・富山・新潟の諸県に当たる。古代北陸一帯はコシと呼ばれ、「高志」（『古事記』）、「越」（『日本書紀』）、「古志」（『出雲国風土記』）、『万葉集』では「越」（⑰四〇一一、四〇一七歌中、⑲四二五〇）「故之」（⑰三九六九、⑱四〇七一）「故志」（⑲四一五四）「故事」（⑱四〇八一）「古之」（⑱四一一三）などと表記された。出土木簡例からすると、七世紀後半には「高志国」が置かれ、天武十二年（六八三）〜同十四年（六八五）にかけての国境画定作業により三国に分割されたと推測される。

⑰三九六九、四〇一一、四〇一七歌中　⑱四〇七一、四〇八一、四一一三　⑲四一五四、四二五〇

越路《こしじ》（こしぢ）越へ通じる道という意味であるが、越を含む広範な地域を指す。→こし

⑲四二二〇

越《こし》**の海**《うみ》（こしのうみ）古代北陸一帯の海。→こし

⑰三九五九、四〇二〇

越《こし》**の国**《くに》（こしのくに）ここでは越中を指す。→えっちゅう

⑲四一七三

越《こし》**の中**《なか》（こしのなか）→えっちゅう

⑰四〇〇〇

越前《こしのみちのくち》（こしのみちのくち）→えちぜん

越中《こしのみちのなか》（こしのみちのなか）→えっちゅう

さ

辟田河《さきたがわ》（さきたがは）国府のある富山県高岡市伏木《ふしき》から遠くない川であろうが、諸説がある。二上山中から発し伏木国分《こくぶ》地内を流れて富山湾に注ぐ加古《かこ》川に擬する説、二上山の北側西田《さいだ》を辟田の音便によって生じた地名としてその地を流れる泉《いずみ》川に擬する説、小矢部《おやべ》川支流の子撫《こなで》川に擬する説などがある。

⑲四一五七、四一五八

辟田《さきた》**の河**《かわ》（さきたのかは）→さきたがわ

⑲四一五六

し

之乎路《しおじ》（しをぢ）富山県氷見《ひみ》市から石川県羽咋《はくい》郡宝達志《ほうだつし》

水《みず》町へ出る山道。越中国府と羽咋郡家《ぐうけ》とを結ぶ路であった。谷あいを通る現在の幹線道路、氷見―小久米《おぐめ》―三尾《みお》―走入《はしり》―向瀬《むこせ》―石坂《いしさか》―志雄《しお》のルートよりむしろ山の尾根道をたどる小久米《おぐめ》―床鍋《とこなべ》―臼《うす》ケ峰《みね》―深谷《ふかたん》―下石《さがりいし》―志雄のルートが当該歌（⑰四〇二五）の「之乎路《しをぢ》から直越え来れば」の情景にふさわしい。江戸時代には御上使《ごじょうし》巡見の道で「御上使往来」と呼ばれた。床鍋の臼ケ峰へ登る山道の途中に「右見砂《みしゃご》道左子浦《しお》往来」と刻まれた古い石の道標が立てられている。

⑰四〇二五

叔羅河《しくらがわ》（しくらがは）福井県越前市を北流する日野川《ひの》。武生《たけふ》平野を潤し福井市で足羽川《あすわ》に合流する。江戸時代には白鬼女川《しらきじょ》、それ以前は信露貴川《しろき》と呼ばれた。

⑲四一八九、四一九〇

信濃《しなの》の浜《はま》（しなののはま）富山県射水市（旧新湊市《しんみなと》）放生津《ほうじょうづ》辺りの海浜とする説が有力である。魚津《うおづ》市にかつてあった砂浜とする説もあるが、⑰四〇二〇と同日の作歌に「奈呉《なご》の海人《あま》」や「奈呉の江《え》」が詠まれていることから、奈呉に近い浜とするのが穏当であろう。→なご

⑰四〇二〇

渋谿《しぶたに》（しぶたに）富山県高岡市渋谷《しぶたに》。二上山《ふたがみ》の東北、富山湾に面する辺りの海岸地帯。二上山の山脚が海に突き出た地が渋谿の崎である。越中国府があったとみられる同市伏木古国府《ふしきふるこくふ》の北約三キロメートルの地点。「渋谿の磯廻《いそみ》」は現在の雨晴海岸《あまはらし》で、当時の海岸線は現在よりも一〜二キロメートルの沖まで広がっていたという。この辺りの湾岸は男岩《おいわ》・女岩《めいわ》をはじめ、岩礁が露出した荒磯で、景勝の地である。

⑯三八八二　⑰三九五四、三九九三　⑲四二〇六

渋谿《しぶたに》の崎《さき》（しぶたにのさき）→しぶたに

⑰三九八五、三九八六、三九九一、⑲四一五九題

す

須加《すか》の山《やま》（すかのやま）天平宝字三年（七五九）「射水郡須加開田図」に描かれた須加山とみられる。須加荘を高岡市佐加野《さかの》付近に比定し、それを根拠にその北方の頭川《ずかわ》山に比定する説がある（『高岡市史（上巻）』）。御墓堂と呼ばれる丘陵は「サカ山」とも呼ぶという。近年では須加荘を百橋《どのはし》・五十里《いかり》・須田《すだ》周辺に比定する説が、須田藤ノ木遺跡の発掘調査からも有力視されており、その北方の山とするのが穏当であろう。

⑰四〇一五

杉《すぎ》の野《の》（すぎのの）原文に「椙野」とある。杉の生えている野の意味で、固有名詞ではない。かつて国庁の西北辺から二上《ふたがみ》山麓一帯にかけて杉木立の笹原が広がり、雉《きじ》の生息地であったのだろう。

⑲四一四八

珠洲《すず》（すず）能登《のと》国の郡名。石川県珠洲《すず》市と鳳珠《ほうす》郡能登《のと》町《ちょう》の一部を含む地。能登半島の北端に位置する。郡家《ぐうけ》は承久三年（一二二一）「能登国田数注文《でんすうちゅうもん》」（『鎌倉遺文』5）に見える「珠洲正院」の地（珠洲市正院《しょういん》町付近）に比定されているが、近年、掘立柱倉庫跡などが検出された上戸《うえど》町の北方《きたがた》E遺跡が注目されている。

⑱四一〇一

珠洲《すず》の海《うみ》（すずのうみ）→すず

⑰四〇二九

珠洲郡《すずのこおり》（すずのこほり）→すず

⑰四〇二九題

た

多祜《たこ》（たこ）富山県氷見《ひみ》市にかつてあった布勢《ふせ》の水海《みずうみ》の東南部。近年の布勢の水海の復元によれば、宮田・上泉《かみいずみ》付近が有力視される。下田子《しもたこ》の地に万葉の歌にちなんだ田子浦藤波《たごのうらふじなみ》神社がある。

多祜《たこ》の浦《うら》（たこのうら）⑲四一九九題に「多祜の湾《うら》」と記す。↓たこ
⑲四一九九題、四二〇〇、四二〇一

多祜《たこ》の崎《さき》（たこのさき）↓たこ
⑱四〇五一

多祜《たこ》の島《しま》（たこのしま）↓たこ
⑰四〇一一

立山《たちやま》（たちやま）富山県東南部北アルプス中の雄峰。中《なか》新川郡立山《にいかわぐんたてやま》町に属する。立山《たてやま》本峰は雄山《おやま》・大汝山《おおなんじやま》・富士《ふじ》の折立《おりたて》の三峰からなる。最も高いのは大汝山（三〇一五メートル）であるが、狭義には雄山神社の峰《みね》本社のある雄山（三〇〇三メートル）を立山と呼んでいる。また、これに浄土山《じょうどさん》・別山《べっさん》を加えて立山三山ともいうが、広く北アルプスを総称して立山連峰ということもある。古くは「たちやま」と呼ばれ「たてやま」と呼んだのは中世以降である。『万葉集』に詠まれた「たちやま」は「劔岳《つるぎだけ》」（二九九九メートル）を指すとする説がある。
⑰四〇〇〇題、四〇〇〇題脚、四〇〇〇、四〇〇一、四〇〇三題、四〇〇三、四〇〇四、四〇二四

垂姫《たるひめ》（たるひめ）富山県氷見《ひみ》市大浦《おおうら》辺りとされる。かつてあった布勢《ふせ》の水海《みずうみ》南岸の景勝地。湾入部を垂姫の浦、突出部を垂姫の崎という。
⑲四一八七

垂姫《たるひめ》の浦《うら》（たるひめのうら）↓たるひめ
⑱四〇四七、四〇四八

垂姫《たるひめ》の崎《さき》（たるひめのさき）↓たるひめ
⑱四〇四六

つ

机《つくえ》の島《しま》（つくえのしま）諸説があり不明。能登島やその東南の日出《ひで》ヶ島に擬する説、七尾南湾の雌島《めじま》・雄島《おじま》やその北の寺島などに擬する説、また七尾西湾の種

が島南端に接する机島に擬する説などがある。
⑯三八八〇

と

礪波郡《となみのこおり》（となみのこほり）越中国の郡名。越中国の西部に位置し、東は婦負《めい》郡、南は飛騨《ひだ》国（岐阜県）吉《よし》城《き》郡・大野《おおの》郡、西は越前国加賀郡（石川県）、北は射水《いみず》郡および能登国（石川県）羽咋《はくい》郡に接する。現在の砺波《となみ》市・南砺《なんと》市・小矢部《おやべ》市および高岡市の一部を含む。七世紀後半には礪波郡の前身である「利浪《となみの》評《こほり》《ひょう》」が置かれていた（飛鳥京苑池遺跡出土木簡）。郡家《ぐうけ》（郡の役所）は小矢部市道林寺《どうりんじ》遺跡から「郡」と書かれた平安時代前期の墨書土器が出土しており、その付近に比定される。背後の膿川《うみかわ》水系の丘陵には窯跡が分布しており、礪波の関とともに郡家の管下にあったと推測される。
⑰四〇二一題　⑱四一三八題

礪波《となみ》の関《せき》（となみのせき）古代の越前と越中の国境、越中国側に置かれた関所。富山県小矢部市の礪波山麓と推定される。小矢部市蓮沼《はすぬま》（西蓮沼）に関跡と伝える碑があるが、北側の小字関野の地名が残る石坂付近が有力視される。
⑱四〇八五

礪波山《となみやま》（となみやま）富山県小矢部市と石川県河北郡津《つ》幡《ばた》町とにまたがる倶利伽羅《くりから》山（標高二七七メートル）の古称。また、広義には矢立《やたて》山・源氏《げんじ》ヶ峰・国見《くにみ》山などを含む付近一帯の山地。越中・越前の国境の山で、奈良時代の北陸道は礪波山越え（倶利伽羅峠越え）の道をとっていた。「越中国手向《たむけ》神」（『三代実録』元慶元年）とあるが、現在、倶利伽羅峠の津幡町側に手向神社がある。
⑰四〇〇八　⑲四一七七

な

長浜《ながはま》の浦《うら》（ながはまのうら）⑰四〇二九題に「長浜の湾《うら》」と記す。「麻都太要《まつだえ》の長浜《ながはま》」（⑰三九九一）と同地とする説が有力、現在の雨晴から島尾付近に続く海浜である。しかし、『和名抄』の能登国能登郡の郷名にも「長濱〈奈加波萬《ながはま》〉」があり、七尾湾北湾の七尾市中島町北東部一帯とする説、七尾湾南湾の七尾市太《おお》田《た》付近とする説もある。

⑰四〇二九題、四〇二九

奈呉《なご》（なご）富山県射水市北西部（旧新湊市《しんみなと》）放生津町《ほうじょうづまち》付近の富山湾に面する地。その一帯の海が奈呉《なご》の海、奈呉の浦。

⑰三九五六、四〇一七　⑲四一六九

奈呉江《なごえ》（なごえ）奈呉の地にかつてあった入り江とする説、あるいは奈良時代の放生津潟《ほうじょうづがた》とする説などがある。昭和四十三年に富山新港が開港し、かつての放生津潟は大きく変貌をとげた。射水河口付近から放生津潟にかけての古代地形の復元研究が待望される（久々忠義「古代の射水川と放生津潟」日本海文化研究所公開講座『海・潟・川をめぐる日本海文化Ⅰ』）。→なご

⑱四一一六

奈呉《なご》の海《うみ》（なごのうみ）→なご

⑰三九八九　⑱四〇三二、四〇三四、四一〇六

奈呉《なご》の浦《うら》（なごのうら）→なご

⑱四〇三三　⑲四二一三

奈呉《なご》の江《え》（なごのえ）→なごえ

⑰四〇一八

に

新川《にいかわ》（にひかは）越中国の郡名。東は越後国（新潟県）頸城《くびき》郡および信濃国（長野県）安曇《あずみ》郡、南は飛騨《ひだ》国（岐阜県）吉城《よしき》郡、西は越中国婦負《めい》郡、北は日本海に面し、その郡域は越中国の東半分を占める。現在の神通《じんづう》川以東の地、富山県の東半分に当たる。七世紀後半には新川郡の前身である「新川評《こほり》《ひょう》」が置かれていた（飛鳥池遺跡出土木簡）。郡家《ぐうけ》は天平宝字三

年（七五九）の「東大寺領丈部荘《はせつかべしょう》開田図」の荘所《しょうしょ》に「古郡所」とあり、郡家《ぐうけ》は当初この地に置かれたとみられる。官衙跡とみられる富山市米田大覚《よねだだいかく》遺跡（八世紀末～九世紀後半）は移転後の郡家として有力視される。
⑰四〇〇〇

新川郡《にいかわのこおり》（にひかはのこほり）→にいかわ
⑰四〇〇〇題脚、四〇二四題

丹生《にう》の山《やま》（にふのやま）越前国府の置かれた丹生《にう》郡の山、旧武生《たけふ》市（現越前市）西方の山、もしくは『和名抄』の丹生郡丹生郷付近（越前市丹生郷町《にゅうのごうちょう》一帯）の山を漠然と呼んだものと考えられる。
⑲四一七八

饒石川《にぎしがわ》（にぎしがは）現在の仁岸川《にぎし》。石川県輪島市門前《もんぜん》町南端を西流し、剱地《つるぎじ》で日本海に注ぐ。剱地川とも称したが、「仁岸川」の表記は中世以降に行われた。
⑰四〇二八題、四〇二八

ね

婦負郡《ねいぐん》（ねひぐん）越中国の郡名。『和名抄』（古活字本）に「禰比《ねひ》」と訓《よ》むが、『万葉集』に「売比能野《めひのの》（婦負の野）」（⑰四〇一六）、「売比河波《めひがは》（婦負河）」⑰四〇二三）とあることから、奈良時代の婦負郡を「めひのこほり」と訓む。名古屋市立博物館本『和名抄』は「メイ」「子《ね》イ」二つの訓を記している。
→めいのこおり

の

能登国《のとのくに》（のとのくに）石川県能登半島の地。半島のほぼ全域を占め、北・西・東の三方は日本海に面し、南端部の東は越中国に接し、南は越前国加賀郡に接する。養老二年（七一八）越前国のうち、羽咋《はくい》、能登、鳳至《ふげし》・珠洲《すず》の四郡を分離して能登国とした（第一次立国）。その後、天平十三年（七四一）に越中国と合併し、天平勝宝九歳（七五七）に再び分立した（第二次立国）。国府は『和名抄』に能登郡とあり、

越中万葉の地名

七尾《ななお》市に古府《ふるこ》町などの地名が遺存することから旧七尾市街周辺に比定されているが、第一次能登国の時期からこの地に所在したかは未詳。

⑯三八七八題

能登郡《のとのこおり》（のとのこほり）能登国の郡名。東は富山湾に面し、北は鳳至《ふげし》郡、南は越中国射水《いみず》郡に接する。現在の石川県七尾《ななお》市と鹿島《かしま》郡中能登町の一部を含む地。鎌倉初期に鹿島郡と改称した。

⑰四〇二六題

能《の》登《と》の島山《しまやま》（のとのしまやま）石川県七尾市にある能登島。能登半島東岸の中央部、七尾湾内に浮かぶ島で、島《しま》の地《じ》・袋島・八太郎《やたろう》島・蝦夷《えぞ》島ともいう。

⑰四〇二六

は

延槻河《はいつきがわ》（はひつきがは）早月《はやつき》川の古称。剱岳《つるぎだけ》および大日《だいにち》岳《だけ》の水を集め、富山県滑川《なめりかわ》・魚津《うおづ》両市の境を北流して富山湾に注ぐ。片貝川とともに日本屈指の急流である。早月川の呼称になったのは室町時代以降である。

⑰四〇二四題

延槻《はいつき》の河《かわ》（はひつきのかは）→はいつきがわ

⑰四〇二四

羽咋《はくい》の海《うみ》（はくひのうみ）能登半島西側の南部、石川県羽咋市の外海。羽咋市の邑知潟《おうちがた》とする説もあるが賛同しがたい。邑知潟は能登半島基部を南西から北東に走る邑知潟低地帯西部に位置する潟湖《せきこ》であるが、発掘調査によれば、奈良時代には邑知潟南部はすでに水田化していた。

⑰四〇二五

羽咋郡《はくいのこおり》（はくひのこほり）能登国の郡名。現在の石川県羽咋郡志賀《しか》町、羽咋市、羽咋郡宝達志水《ほうだつしみず》町、かほく市の一部など、能登半島の西岸一帯。北は能登国鳳至《ふげし》郡、東は能登郡、南東は越中国射水《いみず》郡・礪波《となみ》郡、南は越前国加賀郡に接する。郡家《ぐうけ》は承久三年（一二二一）「能登国田数注文《でんすうちゅうもん》」に「羽咋正院《しょういん》」とあることから羽咋市街に比定されている。「正院」の地名は郡家《ぐうけ》（郡役所）の庁舎や倉庫に由来するとみられている（門脇禎二『日本海域の古代史』）。
⑱四〇六九左

ひ

氷見《ひみ》の江《え》（ひみのえ）富山県氷見《ひみ》市にかつてあった布勢の水海と富山湾を結ぶ水路で、氷見市街中心部の湊川河口付近とする説、氷見市沿岸の入り江とする説などがある。
⑰四〇一一

ふ

深見村《ふかみのむら》（ふかみのむら）⑱四一三二前書簡に「深海」とも記す。石川県河北《かほく》郡津幡《つばた》町加茂遺跡出土牓示札《ぼうじさつ》に「深見村」と記され、また同町北中条《きたちゅうじょう》遺跡出土の「深見駅」墨書土器などから津幡町津幡付近に比定する説が有力。越前国から加賀《かが》国を分置する以前、越中・越前両国の国境近くに深見村があり、そこに深見駅があった。約八キロメートル東の礪波山《となみやま》を越えると越中、河北潟に沿って北に向かえば能登《のと》に入る分岐点にあたる。
⑱四〇七三前書簡、四一三二前書簡

鳳至郡《ふげしのこおり》（ふげしのこほり）能登国の郡名。西と北は外浦（日本海）、南の大部分は内浦（富山湾と七尾湾北湾）に面し、東は能登国珠洲《すず》郡、南西部の外浦沿岸は能登国羽咋《はくい》郡、内浦沿岸は能登国能登郡に接する。現在の石川県輪島《わじま》市・鳳珠《ほうす》郡能登町・穴水《あなみず》町の地。奥能登の中央部から西部一帯を占める。郡家《ぐうけ》については、方格地割に着目して、輪島市街中心部とする説がある。
⑰四〇二八題

布勢《ふせ》の海《うみ》（ふせのうみ）→ふせのみずうみ
⑰三九九一、三九九二 ⑱四〇三八 ⑲四一八七

（二一例）

布勢《ふせ》の浦《うら》（ふせのうら）→ふせのみずうみ
⑱四〇三六、四〇三九、四〇四〇、四〇四三

布勢《ふせ》の水海《みずうみ》（ふせのみづうみ）富山県氷見《ひみ》市の十二町潟《じゅうにちょうがた》の古称。かつて氷見市南部の仏生寺川《ぶっしょうじがわ》流域に広がっていた潟湖《せきこ》。十二町潟は土砂の堆積と近世以降の相次ぐ干拓のため、その面影をわずかに十二町潟水郷公園に見るのみである。奈良時代の布勢の水海の湖岸線の復元については、鴻巣盛廣『北陸萬葉古蹟研究』（うつのみや、昭和十九年）、橋本芳雄『県営十二町潟沿岸配水改良事業事業誌』（富山県農地林務部耕地課、昭和四十五年）、松島洋『氷見市史9　資料編七　自然環境』（氷見市、平成十一年）などの諸研究があるが、近年では発掘調査による古代遺跡の確認に基づく大野究氏の研究が出された（図録『特別展　水辺の人々』氷見市立博物館、平成十六年）。これにより従来想定されていた水海より小規模であったことが確実となった。

⑰三九九一題、三九九三題、三九九三　⑱四〇三六題、四〇四四題　⑲四一八七題、四一九九題

二上《ふたがみ》（ふたがみ）ここでは二上山をさす。→ふたがみやま
⑰四〇一三

二上《ふたがみ》の峰《お》（ふたがみのを）→ふたがみやま
⑲四二三九

二上《ふたがみ》の山《やま》（ふたがみのやま）→ふたがみやま
⑰四〇一一　⑱四〇六七

二上山《ふたがみやま》（ふたがみやま）高岡市の北方にそびえる二上山。高岡市と氷見《ひみ》市の境をなし、東峰（標高二七四メートル）と西峰（城山、標高二五九メートル）の二つの峰からなる。越中の国では、東の立山に対して西の二上山もまた「すめ神」の鎮座する山として神格化され（⑰三九八五）、人びとの崇敬の対象であった。なお、西峰には南北朝から戦国時代にかけて、山城《やましろ》である守山《もりやま》城が築かれ、神保氏や前田利家の居城とされ、山容

も大きく変化したとみられている。現在は山腹を二上山万葉ラインが通り、大伴家持の銅像などがある。
⑯三八八二　⑰三九五五、三九八五題、三九八五、三九八七、三九九一、四〇〇六　⑲四一九二

旧江《ふるえ》（ふるえ）『和名抄』に見える射水郡十郷の一つで「古江〈布留江《ふるえ》〉」とある地。富山県氷見市神代《こうじろ》・堀田・矢方一帯に比定されている。二上山の北麓、布勢の水海の南岸一帯にわたっての広範な地域の呼称であろう。
⑰四〇一一

旧江《ふるえ》の村《むら》（ふるえのむら）↓ふるえ
⑰三九九一題脚　⑲四一五九題

古江村《ふるえのむら》（ふるえのむら）旧江村の別表記。↓ふるえ
⑰四〇一五左

ま

麻《ま》都《つ》太要《だえ》の長浜《ながはま》（まつだえのながはま）渋谿《しぶたに》の崎と氷見《ひみ》の江の間の長い砂浜。現在の富山県高岡市の北方、JR氷見線雨晴《あまはらし》駅付近から氷見市街地にかけての長汀白砂の海岸。
⑰三九九一

麻《ま》都《つ》太要《だえ》の浜《はま》（まつだえのはま）↓まつだえのながはま
⑰四〇一一

み

三島野《みしまの》（みしまの）天平勝宝年間の正倉院蔵紙箋《しせん》墨書に「射水郡三嶋郷」、『和名抄』に「三嶋〈美之萬《みしま》〉」とある地の野であろう。射水市の旧射水郡大門《だいもん》町から大島《おおしま》町にかけての一帯の地に比定される。
⑰四〇一一、四〇一二　⑱四〇七九

め

婦《め》負河《いがわ》（めひがは）婦負《めひ》郡を流れる河川。神通《じんづう》川、ある

いは鸕坂河《うさかがわ》下流を婦負河と称したか。また、古代の婦負郡が常願寺川西岸にまで及ぶという説を踏まえて、婦負河を常願寺川とする説もある。→鸕坂河。
⑰四〇二三

婦負郡《めいのこおり》（めひのこほり）越中国の郡名。越中国のほぼ中央に位置し、東は新川《にいかわ》郡、南は飛騨《ひだ》国（岐阜県）吉城《よしき》郡、西は礪波《となみ》郡・射水郡、北は富山湾に面する。現在の富山市西部及び射水市東部の一部にあたる。郡家《ぐうけ》は掘立総柱建物跡（倉庫群か）などを検出している射水市（旧射水郡小杉町）黒河の黒河尺目《くろかわじゃくめ》遺跡が有力視されている。遺跡の南に広がる窯跡など工業生産の場を管下に置くにも適した位置関係にある。
⑰四〇二二題

婦負の野《めいの》（めひのの）婦負《めい》郡の原野。古代の婦負郡は神通川を越えて常願寺川西岸まで及んでいたとする説もあり、どのあたりの野を婦負野と詠んだかは不明。
⑰四〇一六

や

夜夫奈美《やぶなみ》の里《さと》（やぶなみのさと）越中国礪波《となみ》郡内の地名。礪波郡主帳《しゅちょう》（第四等官）多治比部北里《たじひべのきたさと》の家があった地である。延喜式内社「荊波《やぶなみ》神社」のあった地とみられるが、現在、式内社荊波神社と称する神社は砺波市池原《いけのはら》、南砺《なんと》市岩木（旧西礪波郡福光町）、高岡市和田などにある。天平宝字三年（七五九）「礪波郡石粟《いしあわ》村官施入田《かんせにゅうでん》地図」には、石粟村の東に「荊波より紵《からむし》へ往く道」と書かれた南北道がある。「荊波」は石粟村の北に位置する。石粟村は礪波平野の東部に比定されており、荊波の里は和田川水系に求められる。石粟村の比定地によるが、高岡市今泉、砺波市東保《ひがしほ》・増山付近から砺波市池原付近にかけての範囲に想定される。
⑱四一三八

を

雄神河《をかみがわ》（をかみがは）→おかみがわ

越中万葉の地名

乎《を》布《ふ》（をふ）→おふ

乎《を》布《ふ》の浦《うら》（をふのうら）→おふ

乎《を》布《ふ》の崎《さき》（をふのさき）→おふ

（佐々木敏雄・川崎晃、文責は川崎にある）

焼大刀を
砺波の関に
明日よりは
守部やり添え
君を留めむ
越中守
大伴家持

「焼大刀を礪波の関に…」（⑱4085）歌碑〔420ページ・95〕

越中万葉の植物

凡例

一、見出し語に続く（）内には、越中万葉にみられる『万葉集』の原文表記のうち主なものの一つと、その歴史的仮名遣いによるよみを記した。
一、◎は、高岡市万葉歴史館でみられる植物であることを示す（平成十八年現在）。
一、歌番号に続く（）内の数字は、その語がみられる数を示す。
一、歌番号に続く（）内には、便宜のため該当部分の本文などを記したところもある。
一、本項末尾に「関連事項」を載せた。

あ

あかね（赤根・あかね）アカネ。多年生のつる植物。根が赤く緋《ひ》色の染料となる。セイヨウアカネが六つ葉なのに対し、ニホンアカネは四つ葉で根も華奢。「あかねさす」とうたわれ、日・昼・紫などにかかる枕詞としてみられる。越中万葉の歌には一例、昼にかかる枕詞としてみられる。
⑲四一六六

あし（安之・あし）アシ。水辺に群生する。垣根の材料や燃料につかわれた（⑰三九七五、三九七七）。万葉歌では、難波《なにわ》の水辺の風景と結びつくことが多い。射水《いみず》河に小舟で葦《あし》を刈る海人《あま》の風景がうたわれている（⑰四〇〇六）。
⑰三九七五（葦垣）、三九七五後漢詩、三九七七（葦垣）、四〇〇六 ⑱四〇九四（葦原）

あしつき（葦附・あしつき）食用の川藻。万葉集に一例のみ。「水松《みる》の類」という注がある。アシツキノリ・カワモヅクともいわれるが未詳。アシツキノリ説は、旧制礪波《となみ》中学校教諭だった御旅屋《おたや》太作《たさく》の見解が第四高等学校（現金沢大学）の教授鴻巣盛廣《こうのすもりひろ》によ

越中万葉の植物

ってとりあげられ広まった。「アシツキノリ」という命名は大正八年に御旅屋と理学博士小泉源一によってなされた。アシツキノリ説に反論した和田徳一《とくいち》のカワモヅク説もある。歌の内容は、雄神河《おかみ》で娘たちが葦附を採るさまがよまれている。アシツキノリは現在、高岡市中田にある庄川中田大橋橋詰めのいきもの公園で栽培されており、県指定の天然記念物。富山県南砺《なんと》市利賀《とが》の利賀川でも繁殖している。
⑰四〇二一

あやめぐさ（菖蒲・あやめぐさ）現在のサトイモ科のショウブのことで、今のアヤメ科のアヤメ・ハナショウブとは異なる。「あやめぐさ」は花だけではなく草全体をうたった。湿地に群生。初夏に黄色い小さな花をつける。万葉の時代から、五月には、邪気を払うためにこの草で玉や蘰《かずら》が作られたが、風雅を目的としたものでもあった。万葉集の用例の大半が大伴家持《おおとものやかもち》の歌。和歌では、橘《たちばな》・卯の花とともに夏を代表する植物。→関連事項「玉」・「蘰《かずら》」
⑱四〇三五、四〇八九、四一〇一、四一〇二、四一一六　⑲四一六六、四一七五、四一七七、四一八〇

う

◎うのはな（宇能花・うのはな）ウツギの花。日本原産。初夏に白い五弁の花をたくさんつける。万葉集では、ホトトギスと共によまれることが多い。和歌の中で、初夏を代表する植物の一つ。越中万葉で大伴家持《おおとものやかもち》は卯の花の咲く山を「卯の花山」（⑰四〇〇八）とよんだが、後に歌枕化して富山県礪波《となみ》地方の山の名となり、絵図にもみられ、『奥の細道』などにも登場する。→地名「卯の花山」
⑰三九七八、三九九三、四〇〇八　⑱四〇六六、四〇八九、四〇九一　⑲四二一七

◎うめ（梅・うめ）ウメ。中国渡来の植物。奈良時代には貴族の邸宅の庭園に植えられた。天平《てんぴょう》二年（七三〇）、大宰帥大伴旅人《だざいのそちおおとものたびと》邸で催された梅花《ばいか》の宴《えん》は有名。万葉時代の梅は白梅を指し、万葉集では萩についで多くよまれた植物だが、奈良時代以前の歌にはみら

れない。⑱四一三四は、雪・月・梅の三つの景物を取り合わせてよんだ歌で、雪月花の組み合わせでよまれた最初の文芸作品といわれる。

⑱四〇四一、四一三四題（梅花）、四一三四　⑲四一七四題（梅歌）、四一七四、四二三八、四二三八左（梅花）、四二四一

お

◎**おみなえし**（乎美奈敝之・をみなへし）オミナエシ。

山上憶良《やまのうえのおくら》のうたった秋の七草（⑧一五三八）の一つで、夏の終わりから秋に小さな黄色い花を枝の先端にたくさんつけて咲く。この花に対する万葉集の表記に「女郎花」はないが、「娘子部四《をみなへし》」（④六七五）・「姫部思《をみなへし》」（⑩一九〇五）といった表記はみられる。天平十八年（七四六）八月七日に、国守館《こくしゅかん》で催された大伴家持《おおとものやかもち》の越中赴任最初の宴では、掾大伴《じょうおおともの》池主《いけぬし》がおみなえしの花束を持参し、この花をもとに宴の歌が展開している。

⑰三九四三、三九四四、三九五一

か

かえ（柏・かへ）→関連事項「松柏」

◎**かたかご**（堅香子・かたかご）ユリ科の多年草のカタクリのこととされるが、コバイモ説などもある。カタクリは山野の木陰などの日陰に群生。年間の大半を地中で過ごし、雪が解けて程なくすると向かいあった二枚の葉を出し、葉の間からつぼみを一個だけつけた花茎が伸び、ピンク色をした六弁の小さな花を咲かせる。葉や茎は食用。地下茎から片栗粉《かたくりこ》を作ったという。高岡の人々の活動が実って、平成六年に三五〇円切手の図柄として採用され、平成七年には高岡市の花となる。万葉集・八代集中にかたかごの用例はこの歌のみ。平成十八年現在、高岡市では高岡市万葉歴史館・高岡古城公園・水道つつじ公園などで群生がみられるよう栽植している。

⑲四一四三題（堅香子草）、四一四三

越中万葉の植物

け

けい（蕙・けい）⑰三九六七序（蘭蕙）→らん

こ

◎こけ（苔・こけ）コケ。三月四日に大伴池主《おおとものいけぬし》が大伴家《やか》持《もち》に宛てた書簡の序文にみえる。三月三日の節句の麗しい光景として、桃の花の紅と対比しながら、「柳色苔を含《ふふ》みて緑を競《きほ》ふ」と柳の緑が苔と競うように美しいと表現している。

⑰三九七二後書簡

さ

◎さくら（桜・さくら）サクラ。山地に自生。春の代表的な花だが、万葉集では梅や萩より例が少ない。越中万葉では病床の大伴家持《おおとものやかもち》と大伴池主《いけぬし》の贈答歌（⑰三九六七、三九七〇）、三月三日の上巳《じょうし》の日の歌（⑲四一五一）、越前国に転任した大伴池主が住んでいた越中掾《じょう》の館の西北の隅に桜があったことがうたわれている（⑱四〇七七）。

⑰三九六七、三九七〇（山桜花）、三九七三　⑱四〇七四、四〇七七題（桜樹）、四〇七七　⑲四一五一

す

すぎ（椙・すぎ）スギ。山地に自生。万葉集では神木としてうたわれることが多いが、越中万葉では、暁に雉《きじ》がスギの野で妻を求めて鳴くことをうたったもののみ。

⑲四一四八

すげ（須気・すげ）スゲ。笠などの材料にも使われる。菅《すげ》の根はよく伸び絡み合っているので、「ねもころに（親しいさま）」を導き出す枕詞ともなる。越中万葉でも、奈呉《なご》江に生えた菅が「ねもころに」の枕詞として使用されている。

⑱四一一六

◎**すすき**（須々吉・すすき）ススキ。川原や山野に群生。和歌では、秋の重要な景物。山上憶良《やまのうえのおくら》の秋の七草の歌（⑧一五三八）によまれた「尾花《をばな》」もススキのこと。高市黒人《たけちのくろひと》が婦負野《めいの》のススキの上に降り積もる雪をよんだ旅の歌（⑰四〇一六）と、大伴家持《おおとものやかもち》の弟書持《ふみもち》の死を悼む歌にみられる（⑰三九五七）。
⑰三九五七、四〇一六

◎**すみれ**（須美礼・すみれ）スミレ。大伴池主《おおとものいけぬし》が病床の大伴家持《やかもち》に対して送った長歌《ちょうか》にみられる。池主は歌の中で、家持の病気回復を願い、春の野で娘たちがすみれを摘みながら待っているので一緒に行きましょうと誘っている。万葉集にすみれをうたった歌は、四例ある。
⑰三九七三

◎**すもも**（李・すもも）スモモ。春に白い花をつける。中国からの渡来種で、万葉集には大伴家持《おおとものやかもち》作の一首のみ。花の白さを庭の残雪にたとえた。
⑲四一三九題（桃李）、四一四〇

た

たちばな（橘・たちばな）特定の植物というよりはミカン類の総称か。花に主眼をおいた「花橘《はなたちばな》」という表現も多く見られ、実も花もうたわれる。初夏の頃に二、三センチほどのさわやかな香りのする白い花をつける常緑小高木。越中万葉歌では、大伴家持《おおとものやかもち》が、橘諸兄《たちばなのもろえ》を讃《たた》える歌（⑱四〇六三、四〇六四）や、「時《とき》じくのかくの木《こ》の実《み》」と田道間守《たじまもり》の説話に取材した歌（⑱四一一一、四一一二）などがある。⑰三九八四左注に「越中の風土は橙橘《たうきつ》のあること希《まれ》らなり」とある。「橙橘」は柑橘系植物全般をいうか。
↓関連事項「玉」・「蘰《かずら》」
⑰三九八四、三九八四左（橙橘）、三九九八題、三九九八　⑱四〇五八（3）、四〇五九、四〇六〇、四〇六三、四〇六四、四〇九二、四一〇一、四一〇二、四一一一題、四一一一（2）、四一一一（かくの木の実2）、四一一二　⑲四一六六、四一六九、四一七二、四一八〇、四一八九、四二〇七

越中万葉の植物

ち

◎ちさ（知左・ちさ）エゴノキ。チシャ、チシャノキ説などがある。エゴノキは落葉小高木。山野に自生。春から初夏にかけて白い五弁の花が咲く。万葉集に三例。露でしなだれる花の様子をたとえた恋歌など。越中万葉の歌は、部下の尾張少咋《おわりのおくい》が越中の女性と浮気したことを大伴家持《おおとものやかもち》がいさめる歌で、都の妻子の愛らしさをたとえる花としてうたわれている。
⑱四一〇六

ちちのみ（知智乃実・ちちのみ）未詳。万葉集に二例。いずれも「ちちの実の父」と父にかかる枕詞で、同音のくり返しによる枕詞として、「ははそ葉の母」と対にして大伴家持《おおとものやかもち》が生み出した表現。乳（ちち）の音の連想から、白い樹液を出すイヌビワの実、あるいは幹に垂れ下がる気根が乳房のようなイチョウの実とも。→ははそは
⑲四一六四

つ

つが（都我・つが）ツガ。常緑高木で山地に自生。万葉集では「とが」とも（⑤九〇七）。「つぎつぎに」を導く語としてよく使われる。柿本人麻呂《かきのもとのひとまろ》（①二九）、山部赤人《やまべのあかひと》（③三二四）などの表現を大伴家持《おおとものやかもち》はとりいれて歌をよんでいる（⑲四二六六）。越中万葉では、家持が都に上る大伴池主《いけぬし》に贈った歌にみられる。そこでは二上山《ふたがみ》に生える神聖な樹木とし、「本《もと》も枝《え》も同じ常磐《ときは》に」と二人の親《おや》しさを寓意している。
⑰四〇〇六

つた（都多・つた）ツタ。万葉集では蔓《つる》が伸び広がって別れていくことから「別れ」を導く序詞に登場することが多い。越中万葉歌では、「布勢《ふせ》の水海《みずうみ》に遊覧する賦《ふ》」で二上山に這う蔦《つた》から「行きは別れず」を導き出し、別れ別れにならずに毎年親しい者と共に布勢水海に通いたいという気持ちをよんでいる（⑰三九九一）。
⑰三九九一　⑲四二二〇

◎つばき（海石榴・つばき）ツバキ。常緑高木。日本原産の植物。室町時代以降園芸品種が多い。万葉集のツバキは、南方系のヤブツバキ、あるいは雪国に多いユキツバキを指すと思われる。ツバキにあてた「椿」という字は、中国ではセンダン科のチャンチンを指し、ツバキは隋・唐の時代には「海石榴」と表した。万葉集では巻一などに「椿」の字を使用した例がみられる（①五四）。山に自生する様をうたう例が多いが、市の街路樹としての椿もよまれている（⑫二九五一・三一〇一）。庭園に移植された椿の例もある（⑳四四八一）。越中万葉では、大伴《おおとも》家持《やかもち》が「つばらかに（はっきりと）」を導く序として（⑲四一五二）よんだ歌や、ホトトギスが鳴く頃に谷に咲く椿がうたわれている（⑲四一七七）。

⑲四一五二・四一七七

◎つまま（都万麻・つまま）タブノキ。マツ説などもあるが鴻巣盛廣《こうのすもりひろ》『北陸萬葉集古蹟研究』により、タブノキ説が定説化している。タブノキはイヌグスとも呼ばれる常緑高木。暖地の海岸近くに多い。防風樹としての効果も大きい。葉は厚く光沢を持ち、五、六月頃に多数の黄緑色の地味な花をつける。枝葉はほのかに樟脳《しょうのう》のような香がある。各地に大きな幹に盛り上がった根を持つ巨木がみられ、霊木と崇められている。万葉集では、越中万葉の歌一例のみ。天平勝宝《てんぴょうしょうほう》二年（七五〇）三月、大伴家持《おおとものやかもち》が出挙《すいこ》のため旧江《ふるえ》村に行く途中、渋谿《しぶたに》の崎の巌《いわお》の上に神さびて生える様子をうたった。氷見市長坂には、県の天然記念物に指定されている大イヌグスがある。また、石川県羽咋《はくい》市の気多《けた》大社の社叢《しゃそう》は『入《い》らずの森』と呼ばれ、国の天然記念物に指定されており、タブやスダジイの原生林がある。

⑲四一五九題脚、四一五九

◎つるはみ（都流波美・つるはみ）クヌギ。落葉高木で、その実ドングリを煮て鉄や灰を媒染剤にして布を染める。橡《つるばみ》染めは鉄を使うと黒・紺黒に、灰を使うと茶に染まる。万葉集では染料としてうたわれている。越中万葉の歌では、大伴家持《おおとものやかもち》が、越中の遊行女《うかれ》婦《め》に浮気した部下の尾張少咋《おわりのおくい》に対し、遊行女婦を色が褪《あ》せやすい紅花《べにばな》染めの衣に、都にいる妻を着慣れた橡染めの衣にたとえて、浮気をいさめた。
⑱四一〇九

と

とう（橙）→たちばな　⑰三九八四左

な

◎なでしこ（奈泥之故・なでしこ）カワラナデシコ。多年草で夏から秋にかけて咲く。山上憶良《やまのうえのおくら》のうたった秋の七草（⑧一五三八）の一つ。山野や川原に自生するが、庭に植えられたなでしこの歌もある。ピンク色の繊細な五弁の花は乙女にたとえられた。「瞿麦」「石竹」と書くなでしこは平安時代に中国から渡来したカラナデシコのこととされるが、万葉集にもこの表記がみられる。「撫子」の表記は万葉集にはない。なでしこを「常夏《とこなつ》」とも呼ぶようになるのは平安時代になってからである。万葉集には二十六首に詠まれるが、このうちの十二首は大伴家持《おおとものやかもち》の作で、家持の好んだ花であったと思われる。越中万葉では、大伴池主《いけぬし》が都に上る家持に対し、なでしこの咲く時期に再会したいとよんだ（⑰四〇〇八）。また、家持は、都にいる妻を思って、自分の住む館の庭になでしこの種を蒔いたことをうたっている。天平勝宝三年（四五一）正月に、雪を岩山のように仕立て、そこになでしこなどの造花を挿して楽しんだ風流な宴での歌がある（⑲四二三一、四二三二）。
⑰四〇〇八、四〇一〇　⑱四〇七〇題、四〇七〇、四一一三（2）、四一一四　⑲四二三一、四二三二

ぬ

◎ぬばたま（夜干玉・ぬばたま）「ぬばたま」の語は「黒」「夜」「髪」などにかかる枕詞「ぬばたま」として使用される。「ぬばたま」は「烏玉・黒玉・夜干玉・野干玉」と書く。「夜干玉・野干玉」と書くのは、「夜干・野干」がヒオウギをいう「射干《やかん》」（『本草和名《ほんそうわみょう》』・『和名抄《わみょうしょう》』など）と同音であり、ヒ

オウギの実が黒い玉なので、「ぬばたま」の表記に当てたのである。しかし、「夜干玉・野干玉」は万葉第三期の歌からしか見られない。それ以前の柿本人麻呂歌集歌や柿本人麻呂作歌では「烏玉・黒玉」の表記しかない。ヌバが黒い色を言う古語だったのだろう。ヒオウギは多年草で、夏に五センチほどの褐色の斑点のあるオレンジ色の花をつける。葉は幅の広い剣状。葉のつきかたが檜扇《ひおうぎ》に似ているため、その名がついた。

⑰三九三八、三九五五、三九六二、三九八〇、三九八八　⑱四〇七二、四一〇一　⑲四一六〇、四一六六

は

◎はぎ（芽子・はぎ）　ハギ。万葉集には一四〇首余りの例があり、最も多くうたわれた植物。山野に自生するが庭にも栽植された。「秋萩」と呼ばれるように秋の代表的な植物で、奈良時代以降に用例が多い。山上憶良《やまのうえのおくら》の秋の七草の歌で筆頭にあげられている（⑧一五三八）。万葉集では「萩」という表記はみられず「芽」「芽子」と表記する。「萩」の字は平安時代以後に使われた。萩の花は宴会の時など、かざしにしている（⑩二一〇六）。露や鹿とのよみ合わせも多い。越中万葉歌では、大伴家持《おおとものやかもち》が狩りをした石《いわ》瀬野《せの》に咲く萩（⑲四一五四、四二四九）、国守館《こくしゅかん》に植えられた萩の初花《はつはな》（⑲四二一九）などがあり、越前掾《じょう》大伴池主《いけぬし》の館の萩もうたわれている（⑲四二五二、四二五三）。

⑰三九五七　⑲四一五四、四二一九、四二一九左、四二二四、四二四九、四二五二題、四二五二、四二五三

◎ははそは（波播蘇葉・ははそは）　ハハソはブナ科のナラ・クヌギなどの総称で、ハハソハはその葉のこと。万葉集に三例。一例は藤原宇合《うまかい》の山科《やましな》の小野の歌（⑨一七三〇）。二例はいずれも大伴家持《おおとものやかもち》作で、「ははそ葉の母」と同音の繰り返しによる枕詞。越中万葉歌には一例で、「ちちの実の父」とともに、父母に対する敬愛の情をしめす表現の中に用いられてい

越中万葉の植物

る。→ちちのみ
⑲四一六四

はり（榛・はり）ハンノキ。落葉高木。早春に花穂が垂れる。樹皮と実は茶・黒の染料として使われた。万葉集に十四首の例があり、「真野《まの》の榛原《はりはら》」（③二八一）のように、榛の林が多くうたわれ、また大半が摺《す》り染めにすることをうたっている。越中万葉歌の大伴《おおともの》家持《やかもち》の歌は、久米広縄《くめのひろなわ》の館の近くの榛の枝でほととぎすが鳴くことをよんでいる。
⑲四二〇七

ふ

◎ふじ（藤・ふぢ）フジ。山野に自生する植物だが、山《やま》部赤人《べのあかひと》の歌から庭にも栽植されていたことがわかる（⑧一四七一）。万葉集では三十例近くあり、春・夏両季節の素材として、多くが「藤波」とうたわれる。ほととぎすとの取り合わせでよくよまれた。海人《あま》が着る粗末な衣としてうたわれる藤の繊維から作った藤衣《ふじごろも》をよんだ歌が二例ある（③四一三、⑫二九七一）。越中万葉歌では、布勢《ふせ》の水海《みずうみ》遊覧の時に多くよまれ、なかでも多祜《たこ》の地は藤の名勝で、のちに歌枕となった。白藤で有名な氷見《ひみ》市下田子《しもたこ》の田子浦藤波神社は、謡曲「藤」の舞台。芭蕉がこの地を訪ねようと思いながらも果たせなかったことが『奥の細道』に記述されている。長く親しまれた田子浦藤波神社の藤の古木は、平成十六年の台風で倒れた。
⑰三九五二、三九六七序、三九六九序、三九九三 ⑱四〇四二、四〇四三 ⑲四一八七、四一八八、四一九二題、四一九二、四一九三、四一九三の一云、四一九九題、四一九九、四二〇〇、四二〇一、四二〇二、四二〇七、四二一〇

ほ

◎ほほがしわ（保宝葉・ほほがしは）ホオノキ。落葉高木。山地に自生。葉が大きく二十〜四十センチになる。五、六月に若枝の先に十五センチ程の芳香あるクリーム色の花をつける。葉は食物を盛るのに用い

られた。万葉集には、大伴家持《おおとものやかもち》と僧恵行《えぎょう》が、その大きな葉を貴人がかざす蓋《きぬがさ》と杯《さかずき》にたとえた越中万葉歌のみ。
⑲四二〇四題、四二〇四、四二〇五

ほよ（保与・ほよ）ヤドリギ。ケヤキ・ブナなどの落葉樹に寄生する常緑低木。緑のくきが二股に枝分かれを繰り返し成長。実は小鳥の好物でついばむことができるほどの球状、オレンジ色・黄色に熟す。実を食べた小鳥の糞が他の枝に付くことによって繁殖する。用例は越中万葉歌の大伴家持《おおとものやかもち》の歌のみ。冬枯れした木に生える常緑の枝に、古代人は呪的な生命力を感じたようで、天平勝宝《てんぴょうしょうほう》二年（七五〇）の正月に越中国庁《えっちゅうこくちょう》で行われた宴で、「ほよ」をかざしたことがうたわれた。
⑲四一三六

ま

◎まつ（松・まつ）マツ。常緑高木。万葉集には松をよむ歌が八十首近くある。海辺の風景としてよまれることが多い。常緑のため神聖視されてきた植物でもある。マツと「待つ」をかけた内容の歌もある。越中万葉歌の例には、松の枝に鳴くほととぎすを想像する大伴家持《おおとものやかもち》の歌がある（⑲四一七七）。枕詞「松《まつ》反《がへ》り」（⑰四〇一四）という用例もある。↓関連事項「松柏《まつかえ》」
⑰三九四二（松の花）、四〇一四　⑲四一六九（松柏）、四一七七

も

も（藻・も）水中に生える藻類・海草・水草などの総称。↓関連事項「藻《そう》」
⑰三九九三、三九九四　⑲四二一一、四二一四

◎もも（桃・もも）モモ。落葉小高木。春に桃色の花をつける。実は食用で正倉院文書にも記録が残る。大陸からかなり古い時代に伝来したもので、中国では邪気百鬼を払い制する仙木とされていた。日本神話

にもイザナキが黄泉国から脱出するのを助ける話がみられる。万葉集では果実のなることを恋の成就と重ねた歌がある。越中万葉歌の大伴家持《おおとものやかもち》による春苑の桃の樹下に立つ娘子《おとめ》の歌（⑲四一三九）や、女性の容貌を桃の花の色でたとえた歌（⑲四一九二）は、漢詩文の影響下にある。

⑰三九六七序（紅桃）、三九七二後書簡（桃花）⑲四一三九題（桃李）、四一三九、四一九二

や

◎**やなぎ**（柳・やなぎ）ヤナギ。中国では枝が垂れるものを「柳」、垂れないものを「楊」と区別するが、万葉集では区別されていない。しだれる柳をうたったものが多く、平城京の街路樹や貴族の邸宅にも植えられた。万葉集には四十首ほどみられ、十二例は「青柳《あをやぎ》」とある。梅との取り合わせが多く見られるほか、糸に見立てられたり、「柳の眉」といった漢詩文の影響も見られる。越中万葉歌では、宴席で柳を蘰《かずら》にした歌（⑱四〇七一）や、都の街路樹を思って作った望郷歌（⑲四一四二）などがある。→関連事項「蘰《かずら》」

⑰三九六七序（翠柳）、三九七二後書簡（柳色）、三九七二後漢詩（柳陌）⑱四〇七一 ⑲四一四二題（柳黛）、四一四二、四一九二（青柳）、四二三八、四二三八左（柳絮）

◎**やまたちばな**（山橘・やまたちばな）ヤブコウジ。藪柑子と書き、五、六ミリの小さな赤い実を数粒つける。常緑小低木。夏に白い小さな花をつける。実は秋に赤く熟し、春までついている。平安時代以降、正月初卯《う》の日の飾りとして用いられる。万葉集の五例のうち二例は大伴家持《おおとものやかもち》の作で、残雪の中に実が照るという表現で用いられている。

⑲四二二六

◎**やまぶき**（山吹・やまぶき）ヤマブキ。落葉低木。庭木として親しまれているが、野生のものも多く、谷川沿いの湿った斜面に群生する。一重のものは黄色の五弁の花をつけるが大半は結実しない。八重のも

のは実をつけない。万葉集では「山振」とも書く。和歌では晩春から初夏にかけての代表的な景物。万葉集には十七例ほどあるが、水辺の風景としてよまれているものが多い。結実しないことをよんだ例もある（⑩一八六〇）。越中万葉歌では、鶯《うぐいす》が「立ち潜《く》く」といった表現や（⑰三九七一）、大伴家持《おおとものやかもち》が谷辺に咲くヤマブキを家に植えて都の妻をしのんだこと（⑲四一八五）がよまれている。
⑰三九六八、三九七一、三九七四、三九七六　⑲四一八四、四一八五題、四一八五、四一八六、四一九七

ゆ

◎**ゆり**（由理・ゆり）ユリ。山野に自生する多年草。『古事記』にもその名がみえる。万葉集には十一首にみられるが、ほとんど「さゆり」とうたわれている。山野に自生するゆり以外にも、庭に栽植したゆりもうたわれている（⑱四一一三）。平安朝では和歌の素材としてはほとんどうたわれなくなった。万葉集のゆりの品種は特定できないが、ヤマユリは関東に多く、花弁は白色で赤褐色の斑点があり、中央の脈に沿って黄色の線がある。一方ササユリは、関西を中心に分布しており、笹に似た光沢のある葉をまばらにつけ、花弁は淡いピンク、または白である。越中万葉歌では、秦石竹《はだのいわたけ》の館で行われた宴で、ゆりの花蘰《はなかずら》が来客に捧げられ（⑱四〇八六）、また「後（ゆり）」を導く枕詞や序詞として用いられた（⑱四〇八七など）。都から戻った久米広縄《くめのひろなわ》の帰任祝いの宴では、大伴家持《おおとものやかもち》が広縄の笑顔をゆりの花にたとえている（⑱四一一六）。→関連事項「蘰」
⑱四〇八六題、四〇八六、四〇八七、四〇八八、四一一三（2）、四一一五、四一一六

よ

◎**よもぎ**（余母疑・よもぎ）ヨモギ。多年草で秋に小さく地味な筒型の花をつける。葉に香りがあり、中国では邪気を払う力があると信じられていた。万葉集の歌によまれた例は、越中万葉歌一例のみ。平安時

代になると、『源氏物語』の「蓬生《よもぎう》」の帖《ちょう》の名が末摘花《すえつむはな》の住む館の荒廃を意味するように、蓬は邸宅などの荒廃と結びつく表現となる。→関連事項「蘰」
⑱四一一六

ら

らん（蘭・らん）「蘭蕙《らんけい》 藂《くさむら》を隔て」（⑰三九六七序）は、大伴池主《おおとものいけぬし》が病気の大伴家持《やかもち》に贈った書簡にみられ、家持が病気のため自分（池主）と一緒に宴席に出られない状態を表現している。蘭も蕙《けい》も共に香草で、賢人君子にたとえて用いられる。ここは、二人をたとえた。「蘭契《らんけい》光を和げたり」（⑰三九七二後書簡）は、蘭のような香り高い君臣の交流の様子をいう。
⑰三九六七序（蘭蕙）、三九七二後書簡（蘭契）

―関連事項―

春花・春の花 ⑰三九六三、三九六五序、三九六五、三九六六、三九六九、三九七八、三九八二、三九八五
⑱四一〇六 ⑲四一八七、四二一一

黄葉《もみち》 万葉集で、秋に葉が色づくこと、あるいは紅葉した葉は「黄葉」と表記する場合が多い。黄葉という言葉以外にも、「秋の葉」「にほふ」「色づく」といった表現もある。万葉時代はモミチと清音であった。
⑰三九九三 ⑲四一四五、四一六〇、四一六一、四一八七（黄色）、四二二二、四二二三、四二二五

秋の葉 ⑰三九八五 ⑲四一八七、四二一一

初花《はつはな》 ⑱四一一一（橘） ⑲四二五二（萩）

常初花《とこはつはな》 いつでも初花のように初々しい状態をいう。家持が都に残してきた妻をたとえた表現。万葉集ではこの一例のみ。
⑰三九七八

木立《こだち》 ⑰四〇二六

木末《こぬれ》 ⑰三九五七、三九九一 ⑱四一一一、四一三六 ⑲四一六〇

木の暗《こくれ》 木陰のこと。⑱四〇五一、四〇五三 ⑲四一六六、四一八七、四一九二

つげおぐし ツゲは関東から西の山地に自生する常緑低木。三～四月頃に、黄色の小さな花をつける。櫛などの材料として使われており、万葉集では、この木から作った櫛や枕がよまれている。植物自体をよんだ例はない。越中万葉歌では、大伴家持《おおとものやかもち》が処女《おとめ》の墓の伝説をモチーフにした歌を残す。⑲四二一一、四二一二

舟木《ふなぎ》 ⑰四〇二六

梓弓《あずさゆみ》 梓の木で作った弓のこと。「梓弓 手に取り持ちて」「梓弓 末振《すゑふ》り起こし 投矢持ち」と梓弓を持つもののふの描写や、「梓弓 爪弾《つまび》く夜音《よおと》の 遠音《とほおと》にも」（⑲四二一四）と、夜に番士などが梓弓を爪弾く音が、遠くからの便りを導く表現としてうたわれている。正倉院（中倉）には三張の梓弓が伝えられている。⑱四〇九四 ⑲四一六四、四二一四

松柏《まつかえ》 「松柏《しょうはく》」の訓読語。「柏」はヒノキの類。マツとヒノキはともに常緑の植物で、「松柏《まつか》の栄えいまさね」と長久を言祝《ことほ》いでいる。「柏」は漢字に対して誤った植物名が当てはめられた。中国では「柏」はカシワではなくヒノキ科の樹木を指す。→まつ ⑲四一六九

玉《たま》 五月にショウブなどの香草や花を玉のように細工して用いた玉のこと。中国では、五月五日の節句に邪気を払うために肘《ひじ》に「長命縷《ちょうみょうる》」「続命縷《ぞくみょうる》」などと呼ばれる五色の紐《ひも》を巻く風習があり、今も正倉院《しょうそういん》（北倉）にはその紐を巻いた糸巻「百索縷軸《ひゃくさくるじく》」のみ伝わる。万葉集には、平安時代の文献にみられる「薬玉《くすだま》」という語はみられないが、「玉に貫《ぬ》く」とうたわれ

た風習は、そうした中国伝来の風習を、香草や香薬を玉のように縷《る》に通して身につけたり部屋に飾ったりして、模したのかもしれない。越中万葉歌では、⑰四〇〇六・四〇〇七のように、ほととぎすの声を玉に貫《ぬ》いて手にまき持って行きたいとうたわれている。（⑰四〇〇六・四〇〇七）

⑰三九八四、三九九七、三九九八、四〇〇六、四〇〇七 ⑱四〇八九、四一一一 ⑲四一八九

穂《ほ》 ⑰三九四三（稲）、三九五七（すすき）

藻《そう》 漢籍では文章のことを美的に言う語。

⑰三九六九序（横翰之藻）、三九七五後書簡（玉藻）

紅《くれない》 紅色のこと。植物の紅花《べにばな》の花びらは華やかな赤の染料になることから、「紅《くれなゐ》の赤裳《あかも》裾引《すそび》き」（⑰三九七三）のように赤系統の色彩や、明るい容貌を表現するようになった。越中万葉歌に「紅」の語の用例は、漢文中の用例二例を含む十二例。女性の裳の色、桃の花、女性の容貌、染色の衣などの形容としてみられる。

⑰三九六七序（紅桃）、三九六九、三九七二後書簡（分紅）、三九七三、四〇二一 ⑱四一〇九、四一一一 ⑲四一三九、四一五六、四一五七、四一六〇、四一九二

蘰《かずら》 つる草や草木の花や枝などで作った髪飾り。または、髪にかざること。橘・あやめぐさ・よもぎ・百合・柳・梅などがみられる。

⑰三九九三 ⑱四〇三五、四〇七一、四〇八六題、四〇八六、四一〇一、四一一六、四一二〇 ⑲四一五三、四一七五、四一八〇、四一八九、四二三八

桂《けい》 桂は桂酒のこと。桂酒は、肉桂・木犀などの香木をいれたかぐわしい酒。大伴池主《おおとものいけぬし》の漢詩に「桂《けい》を酌《く》みて」とみられる。桂の木は、万葉歌では月に生える樹としてうたわれており、高岡市万葉歴史館にも植えられている。

⑰三九七二後漢詩

（田中夏陽子）

凡例

一、見出し語に続く（　）内には、越中万葉にみられる万葉集の原文表記のうち主なもの一つと、その歴史的仮名遣いによるよみを記した。

一、歌番号に続く（　）内の数字は、その語がみられる数を示す。

一、歌番号に続く（　）内には、便宜のため該当部分の本文などを記したところもある。

一、本項末尾に「関連事項」を載せた。

＜とりあげた項目一覧＞

獣類　うま・しか・鼠《そ》

鳥類　あじ・う・うぐいす・かおとり・かも・かり・きぎし・鴻《こう》・しぎ・たか・たづ・ちどり・つばめ・とり（総称）・とり（鶏）・におどり・ぬえどり・ほととぎす・わし

魚貝類　あゆ・あわび・かい・したたみ・しび・しらたま（関連事項）・つなし

昆虫類　蝶《ちょう》・ひぐらし

あ

あじ（安遅・あぢ）現在でもトモエガモをアジガモと呼ぶことから、トモエガモのことかといわれるが未詳。トモエガモは全長四十センチほどの小型の鴨。雄の顔には黄褐色と緑色からなる巴形《ともえ》の斑文《はんもん》がある。シベリアで繁殖し、秋に飛来し冬を越す。冬には巨大な群れを形成する。近年、飛来する個体数が急速に減っている。他の鴨に比べてやや小型。万葉集中に九例。岡本天皇の歌（④四八五、四八六）が一番早い用例。アジとは花のアジサイ・魚のアジのように、群れる状態を示す語であり、万葉歌の中でも「あぢ群《むら》」と群棲することがよまれている。越中万葉歌に

越中万葉の動物

は一例みられ、布勢《ふせ》の水海《みずうみ》の渚に群棲し騒いでいるさま（⑰三九九一）がうたわれているが、トモエガモは冬鳥であり、歌がよまれた初夏の時期には見られないはずなので、群れた鴨一般をさす語か。↓かも

⑰三九九一

あゆ（鮎・あゆ）アユ。背はオリーブ色、腹は白色、黄色の斑紋《はんもん》がある。春に河川をさかのぼり、秋に川の中・下流で産卵して親魚は死ぬ。春の若鮎は五～七センチ、秋のいわゆる落ち鮎は二十センチほどになる。エサはコケ類。産卵期になると、全体的に黒ずみ、錆鮎《さびあゆ》とも呼ばれる。幼魚はいったん川を下り海で越冬。越中万葉歌では、鵜飼《うか》いの対象としてよまれている。「年魚」という表記もみられ、「年のはに鮎し走らば」（⑲四一五八）と毎年川をさかのぼることや、川をさかのぼる若鮎の様を「鮎子《あゆこ》さ走《はし》る」（⑲四一五六）とうたわれている。和歌では夏を代表する魚で「鮎走る夏の盛りに」という表現もみられる。↓う

⑰四〇一一　⑲四一五六、四一五八、四一九一

あわび（安波妣・あはび）アワビ。あわびの肉は、奈良時代から食用された。地方でとれたあわびの肉は乾物にして税としておさめられた。万葉集には食用としての例はない。「あはびたま・白玉・真珠」と玉のことがうたわれた。↓関連事項「しらたま」

う

う（鸕・う）ウ。大型の黒色の水鳥で、万葉集には「水鳥」という表記もある。漢字の「鵜」は本来ペリカンをさす。水に潜って魚を捕り、のどにある嚢《そのう》に一時貯える習性がある。現在日本には四種類のウがいるが、鵜飼《うか》いにはウミウを慣らして使う。古代には鵜養部《うかいべ》という職業集団がいた。万葉集には十二首にみられるが、大伴家持《おおとものやかもち》の歌が大半を占め、特に越中時代に多く、鵜飼いを好んだようである。鵜飼いは「鵜川立《うかはた》つ」と表現される（⑰三九九一、四〇二三、⑲四一九〇、四一九一）。鵜飼いは主に夏に行われ

(⑰四〇一一、⑲四〇五六)、かがり火を焚《た》いた(⑰四〇二三)。家持は、越前に赴任した大伴池主《いけぬし》に鵜を贈っている(⑲四一九一)。平成十四年には二上山でもカワウが観察されている(二上山総合調査研究会『二上山総合調査研究発表資料』平成十六年二月)。↓あゆ

⑰三九九一、四〇一一、四〇二三題、四〇二三 ⑲四一五六題、四一五六、四一五八、四一八九題、四一八九、四一九〇、四一九一

うぐいす(鶯・うぐひす)ウグイス。万葉集にみられる鳥の中で、ほととぎす・雁に続いて多い。和歌では春を告げる鳥としてよくよまれる。梅と鶯の取り合わせも万葉集にみられ、風雅の対象とされた。越中万葉歌でも、大伴家持《おおとものやかもち》が病臥《びょうが》の時の贈答歌に、春の盛りの景の一部としてよまれている(⑰三九六六、三九六八)。また、初鳴きの遅いことを恨む歌(⑰四〇三〇)などもある。越中から帰京後の家持の秀歌「春の野に霞たなびきうら悲しこの夕影に鶯鳴くも」(⑲四二九〇)のような春愁《しゅんしゅう》をよんだ独自のものもある。高岡市万葉歴史館周辺では春先から初夏にかけて鶯の鳴き声を多く耳にすることができる。

⑰三九四一、三九六五序(春鶯)、三九六六、三九六七序(嬌鶯)、三九六八、三九六九、三九七一、四〇三〇 ⑲四一六六

うま(馬・うま)ウマ。万葉集の中ではコマともいうが、越中万葉歌には、コマという表現はない。越中万葉歌の例はすべて乗用の馬。渋谿《しぶたに》・布勢《ふせ》の水海《みずうみ》などの景勝地遊覧や、越中国内巡行の際にも、馬で出掛けている(⑰四〇二二)。

⑰三九五四、三九五七、三九九一、三九九三、四〇二二、四〇四四題 ⑱四〇八一、四〇八三、四一一〇(駅馬)、四一二二、四一二三 前書簡(胡馬)⑲四一五四、四二〇六、四二四九

か

かい(貝・かひ)万葉集では海辺の旅の土産としてよくよまれる(⑦一一四五、⑮三七〇九)。越中万葉歌

の例は一例。田辺福麻呂《たなべのさきまろ》が来越した時の宴で、大伴《おおとも》家持《やかもち》に対する敬慕の念を、奈呉《なご》の浦に絶え間なく寄せる貝に託してうたう。↓あわび・しただみ

⑱四〇三三

かおとり（可保等利・かほとり）カッコウ、アオバト、美しい鳥などをさす説があるが未詳。万葉集に五例。春の鳥としてうたわれている。越中万葉歌の例は一例で、病臥《びょうが》の大伴家持《おおとものやかもち》に宛てた大伴池主《いけぬし》の作。里人が山辺で鳴いていることを知らせたと、春の盛りの光景としてうたっている。

⑰三九七三

かも（鴨・かも）カモ。現在、カモの多くは秋に飛来し、春に帰る冬鳥。ただし、カルガモ、オシドリなど夏にみられるものもある。万葉集中に約三十例。越中万葉歌では二例。布勢《ふせ》の水海《みずうみ》に遊覧した時によまれた大伴池主《おおとものいけぬし》の長歌（⑰三九九三）と、大伴家持《やかもち》の逃げた鷹をよんだ歌（⑰四〇一一）に「葦鴨《あしがも》」と水辺に生える葦とともにみられる。この葦鴨をヨシガモのこととする説もあるが、季節があわない。いずれも布勢の水海の景。↓あじ

⑰三九九三、四〇一一

かり（雁・かり）ガン。秋から冬にかけてシベリア方面より飛来、春に帰る渡り鳥。総体的に雁の方が鴨より大きく首と脚が長い。『古事記』・『日本書紀』にみられる。万葉集には、約七十首にみられ、ほととぎすについで多くよまれる鳥。秋を代表する景物だが、帰雁は春の訪れを告げる景である。「雁がね」という語は雁をさすが、本来鳴き声を意味した。和歌では鶴などと同様に聴覚的にとらえられることが多い。越中万葉の大伴家持《おおとものやかもち》の歌には、『漢書』蘇武《そぶ》伝の故事を踏まえて、遠く離れた人の便りを運ぶ使者としてとらえた例（⑰三九五三）や、「雁」にかかる枕詞「遠つ人」（⑰三九四七）、春の帰雁をよんだ珍しい例がある（⑲四一四四・四一四五）。↓鴻《こう》

⑰三九四七、三九五三　⑲四一四四題、四一四四、四一四五の一云、四二二四

き

きぎし（雉・きぎし）キジ。平地や低山などに棲息し、四〜七月頃にかけて繁殖する。三月頃から、雄はケーン、ケーンと大きな鳴き声で存在を知らせ、縄張りをつくる。また、羽を打ち鳴らしドドドと音を出す「ほろうち」と呼ばれる動作を繰り返し、存在を雌にアピールする。留鳥で、雄は大きく尾も長く鮮やかな羽を持つ。狩猟の対象にもなった。『古事記』にも神の使者として登場する。万葉集には八首の用例があるが、越中万葉歌も含めて大伴家持《おおとものやかもち》が三例、他は作者未詳である。雉の鳴き声がよまれているものが多い。越中万葉歌の暁に鳴く雉をうたった二首の作歌時期は繁殖期にあたる。高岡市万葉歴史館周辺でもキジをみることがある。

⑰四〇一五左　⑲四一四八題、四一四八、四一四九

こ

鴻《こう》

鴻はハクチョウ（白鳥）やヒシクイ（大雁）をいい、大きい鳥の意から大きい意にも用いられる（鴻恩・鴻業など）。万葉集には大伴家持《おおとものやかもち》の漢詩に「帰鴻《きこう》」とあり、「来燕」と並べて春の景をあらわし、春になって雁が北へ帰ることをいう。→かり・たづ

⑰三九七五後漢詩

し

しか（鹿・しか）シカ。万葉集では、カ・サヲシカとも言う。子鹿および夏毛には白い斑点《はんてん》がある。秋の発情期には雄がさかんに鳴いて雌をよび、春から初夏に一頭の子を産む。狩猟の対象になる獣だが、神の使者として神聖視もされる。農作物をあらすこともある。鹿の肩甲骨を焼く占いは鹿卜《ろくぼく》という。鹿は、万葉集に約六十首の例があり、妻恋いする切ない鳴き声がよくうたわれ、萩の花との取りあわせも多い。越中万葉歌では、巻十六の「越中国の歌」の中に弥《いや》彦《ひこ》の神の麓に伏している鹿がよまれているが、他の越中万葉歌にはみられない。

⑯三八八四

しぎ（鴫・しぎ）シギ。現在鴫と呼ばれる鳥の種類は多いが、大半は雀から鳩くらいの大きさで、鴨や千鳥に比べてくちばしと足が長い水鳥をさす。河口近くの干潟や砂浜、湖沼、河岸、水田などに群棲。旅鳥《たびどり》が多い。狩猟の対象にされた。万葉集では越中万葉歌の天平勝宝《てんぴょうしょうほう》二年（七五〇）三月一日の夜中に田で羽音をたてて鳴く鴫をよんだ歌のみ。平安朝でもうたわれることが少ないが、田園の景とともに配されることが多い。なお、「鴫」は国字。
⑲四一四一題、四一四一

しただみ（小螺・しただみ）大型の巻貝に対し、小型の巻貝をさす総称か。キサゴ・タマキビ・アマガイ・イシダタミ・モノアラガイ・バテイラ・コシダカガンガラなどとする説もある。万葉集では巻十六の「能登国の歌」にみられるのみ。現在でも石川県能登地方にはニシキウズガイ科の貝をしただみと呼び、それを使った郷土料理がある。
⑯三八八〇

しび（鮪・しび）マグロ。マグロなどサバ科の大型の魚全般を指すとも考えられる。万葉集中では山部赤人《やまべのあかひと》の神亀《じんき》三年（七二六）播磨《はりま》国印南野行幸《いなみのぎょうこう》の従駕《しゅうが》歌《か》で、鮪を釣る海人《あま》の姿がよまれている（⑥九三八）のが早い例。『古事記』清寧《せいねい》天皇条にも歌垣の歌として「大魚《おふを》よし　鮪突く海人《あま》よ　しがあれば　心恋《うら》しけむ　鮪突く志毘《しび》」という歌謡がみられる。越中万葉歌の例では、海人が漁火《いさりび》を焚《た》いて鮪を突くことがよまれている。現在でも富山県の氷見《ひみ》漁港では、ホンマグロもサバも共に水揚げされている。
⑲四二一八

そ

鼠《そ》
鼠はネズミ。「腐鼠《ふそ》」はくさったネズミの意だが、一般に死んだネズミのことで、鷹を呼び寄せるための餌に用いる。家持のかわいがっていた鷹《たか》が逃げた際に呼び戻すために用いたことが「放逸《はういつ》せし鷹を思ひ、夢《いめ》に見て感悦《かんえつ》して作る歌」の左注《さちゅう》に記されている。

⑰四〇一五左

た

たか（鷹・たか）タカ。タカ目（旧ワシタカ目）タカ科の鳥のうち、小形ないし中形のものをタカ、大形のものをワシといい、厳密な区別はない。生きた動物を食し、鋭いつめをもち、くちばしの先は鋭くかぎ形に曲がっている。本州各地の山地に棲息。かなり早くから、鷹狩りは行われていた。『日本書紀』仁徳《にんとく》天皇四十三年九月に鷹甘部《たかかいべ》が組織されたとある。鷹狩りは『続日本紀《しょくにほんぎ》』によると、奈良時代には仏教の影響でたびたび禁止されたが、桓武《かんむ》天皇は鷹狩りを愛好した。「職員令《しきいんりょう》」には主鷹司《たかつかさ》という官職がある。万葉集の鷹の例は、すべて越中時代の家持のもの。ただし、鷹狩りを意味する「とがり」の例は越中万葉歌を含め五例（⑦一二八九、⑪二六三八、⑭三四三八、⑰四〇一一、⑲四二四九）ある。越中万葉歌からは、家持が鷹狩りを愛好したことがわかり、「大黒《おおぐろ》」という逃げた鷹の名前が見える。もう一羽みられる鷹は、妻屋（寝室）のなかに止まり木を設けて飼っていたこと（⑲四一五四）がうたわれている。鷹狩りの狩場として、三島野《みしまの》（⑰四〇一一）と石瀬野《いわせの》（⑲四二四九）がうたわれている。鷹狩りの猟期は晩秋から初冬。

⑰四〇一一題、四〇一一（3）、四〇一一歌注、四〇一二、四〇一三、四〇一五左（2）、⑲四一五四題、四一五四、四一五五、四二四九

たづ（鶴・たづ）ツルの歌語。白い大型の水鳥全般をさす可能性もある。冬鳥で湿原に群棲。万葉集には四十六首によまれている。作者がわかる歌で、早いものは文武《もんむ》天皇三年（六九九）の忍坂部乙麻呂《おさかべのおとまろ》の作（①七一）や高市黒人《たけちのくろひと》の作（③二七一）などがあるが、第三期以降の作品に多くよまれる。都を離れた海辺の羈旅《きりょ》歌が多く、その鳴き声に望郷の念をかき立てられた。越中万葉歌には三例あるが、奈呉《なご》の海辺の鶴をよんだもの。↓鴻《こう》

⑰四〇一八　⑱四〇三四、四一一六

越中万葉の動物

ち

ちどり（千鳥・ちどり） チドリ科に分類される鳥の種類は多く、その総称か。海浜、沼沢、川岸、水田などの水辺に群棲する。旅鳥が多い。その特徴は、シギに較べ、頭が丸く、くちばしが短い。目も大きく尾も短いので、総じて愛らしい印象がある。万葉集中二十余首によまれている。越中万葉歌には二首あり、「朝狩《あさがり》に五百《いほ》つ鳥立《とりた》て　夕狩《ゆふがり》に千鳥《ちどり》踏《ふ》み立《た》て」（⑰四〇一一）は群れる鳥の意で、チドリではない。巻十九の二首は、家持が夜中に川で鳴く千鳥の鳴き声をよんだもの。川は国守館のそばを流れる射水《いみず》河（現小矢部《おやべ》川）。
⑲四一四六題、四一四六、四一四七

蝶《ちょう》 チョウ。「戯蝶《きてふ》は花を廻《めぐ》りて舞《ま》ひ」（⑰三九六七序）とあり、遊ぶ蝶は花をめぐって舞うと、春の美しい風景を表現した。
⑰三九六七序

つ

つなし（都奈之・つなし） ツナシ。コノシロの幼魚。コノシロは体長二〇～三〇センチぐらいになる魚。成長するに従いコハダ、ツナシ、コノシロと名前が変わる。近海魚で背は黒く、斑点があり、腹は白い。食用。越中万葉歌に見えるのが万葉集の唯一例。逃げた鷹の歌に氷見《ひみ》の江で捕る魚としてよまれる。コノシロは、現在も氷見漁港で水揚げされている。
⑰四〇一一

つばめ（燕・つばめ） ツバメ。夏鳥で現在北陸地方では三月中旬頃から渡りが始まり、奈良よりやや早い。『和名抄《わみょうしょう》』にはツバクラメの訓がある。歌と漢詩に例があり、万葉集では越中万葉に見える二例のみ。家持の漢詩では、「来燕《らいえん》」「帰鴻《きこう》」と対句になっている。燕と鴻《こう》（雁）の対は『懐風藻《かいふうそう》』にも例がある。
⑰三九七五後漢詩　⑲四一四四

と

とり（鳥・とり）鳥類の総称。越中万葉歌の例では、ほととぎすと思われる例（⑰三九八七）、鷹狩りの対象となる鳥（⑲四一六六）、鵜《う》にかかる枕詞である「島つ鳥」（⑰四〇一一、⑲四一五六）、群れる鳥の様子をいう「群鳥《むらとり》」「百鳥《ももとり》」（⑰四〇〇八、⑱四〇八九）、水際にいる鳥を指す「州鳥《すどり》」（⑰三九九三、四〇〇六）といった言葉などがみられる。

⑰三九八七、三九九三、四〇〇六、四〇〇八、四〇一一（4島つ鳥・鳥・五百つ鳥・千鳥）⑱四〇八九（2百鳥・あはれの鳥）⑲四一五四、四一五六、四一六六（鳴く鳥）

とり（鶏・とり）ニワトリ。古くから家で飼育されていたので、「庭つ鳥」といった。夜明けを告げる鳥として認識されており、『古事記』では、その鳴き声をカケと表現している。『日本書紀』天武《てんむ》天皇四年（五六七）四月には、牛・馬・鶏・犬・猿を食べることが禁止されている。『日本霊異記《にほんりょういき》』（中巻・八）には聖武《しょうむ》天皇の時代のこととして、卵を食べた男が焼け死んだ話がある。越中万葉歌では、夜明けを告げる鳴き声がよまれている（⑱四二三三、四二三四）。⑱四〇九四、四一三一は、東の国を意味する「東《あずま》」にかかる枕詞「鶏《とり》が鳴《な》く」としてつかわれている。

⑱四〇九四、四一三一、四二三三題、四二三三、四二三四

に

におどり（尓保騰里・にほどり）カイツブリ。カイツブリは湖沼、河川などの水上で生活し、巣は水面に水草で作る水鳥。鳩ぐらいの大きさで、夏羽は背が暗褐色、のどは栗赤色。冬羽は色が淡くなる。巧みに水中に潜って魚などを捕る。万葉集に七例。水中に潜る性質や（④七二五）、水に浮かび泳ぐ様子から「なづさふ」にかかる例（⑪二四九二）、つがいで行動するところから「二人並び居《ゐ》」にかかる例（⑤七九四）がある。越中万葉歌の例は、「尾張少咋《をはりのをくひ》に教《おし》

越中万葉の動物

へ喩《さと》す歌」（⑱四一〇六）に見られ、夫婦仲の睦まじさをもって、浮気心を戒《いまし》める表現として用いられている。平成十四年には二上山でカイツブリが観察されている（二上山総合調査研究会『二上山総合調査研究発表資料』平成十六年二月）。

⑱四一〇六

ぬ

ぬえどり（奴要鳥・ぬえどり）トラツグミ。ツグミよりやや大型。背は黄褐色で腹は黄白色、羽の先端に黒い斑点がある。林に住み、夜に口笛のような声で鳴く。想像上の動物鵺《ぬえ》の声として気味悪がられた。万葉集に六例。舒明天皇時代の軍《いくさのおおきみ》王の例（①五）が古く、その物悲しげな鳴き声から「うら嘆《な》け」に掛かる例が四例。越中万葉歌には家持《やかもち》の「恋緒《れんしょ》を述ぶる歌」に一例。都で帰りを待つ妻の様子をいう。

⑰三九七八

ひ

ひぐらし（日晩・ひぐらし）ヒグラシ。丘陵の林地に多く、夏から秋の朝や夕方にカナカナと鳴く。日中はほとんど鳴かない。全長四～五センチ。万葉集に九首みられる。原文表記には「日晩（之）」とある。朝・夕といった恋心をかきたてる時間帯に鳴くため、恋に泣く歌によまれ（⑩一九八二、⑮三六二〇）、また「今よりは秋づきぬらし」（⑮三六五五）とその鳴き声は秋の到来をつげるものでもあった（⑩二二三一）。越中万葉歌の例は、天平十八年（七四六）八月七日の夜の国守館での作で、おみなえしと共にうたわれており、秋を感じさせる歌である。作者は大目《だいさかん》（四等官）の秦八千島《はだのやちしま》で、宴の終盤でうたわれている。

⑰三九五一

ほ

ほととぎす（霍公鳥・ほととぎす）ホトトギス。カッコウに似るが、小形で、鳩より小さい。背は灰褐色で、腹は白地に横斑がある。雌には、赤褐色をしたもの

越中万葉の動物

もいる。カッコウ・ツツドリとよく似ており、鳴き声で見分ける。聞きなしは「テッペンカケタカ」「ホッチョンカケタカ」。夜も盛んに鳴く。夏鳥で、日本には五月に各地に渡来し、八~九月に南方へ去る。鶯がいる山林に生息することが多く、自分で巣は作らないで鶯などの巣に五~八月頃産卵し、仮親に育てさせる。早くふ化すると仮親の生んだ卵は落としてしまう。この托卵の習性は越中万葉歌でもうたわれている(⑲四一六六)。万葉集には歌中にほととぎすの語がある歌が一五三首あり、そのうち六十三首は大伴家持《おおとものやかもち》の作、更に越中万葉歌で家持作は四十三首(小野寛「家持と越中と霍公鳥」『高岡市万葉歴史館紀要』一号)。この用例数以外にも、歌中に語としてはみられないがほととぎすを歌ったものもある。万葉集によまれた動物として最多。万葉集の原文表記は「霍公鳥」のほかは表音表記であり、「不如帰」「杜鵑」「時鳥」などの表記はまだない。夏の訪れを告げる鳥として風雅の対象になった。家持はほととぎすの初鳴きは立夏の日と考えた。都に比べてなかなか鳴かないことを嘆く歌が多く(⑰三九八三、三九八四)、「二上山《ふたがみやま》の賦《ふ》」の反歌《はんか》でも「玉《たま》くしげ二上山《ふたがみやま》に鳴く鳥の声《こゑ》の恋《こひ》しき時は来《き》にけり」(⑰三九八七)とその声を待ちわびる気持ちがよまれている。また、鳴き声は望郷を誘うものであった(⑱四一一九)。藤波を「立ち潜《く》くと羽触《はぶ》れに散らす」(⑲四一九二)などの細かい観察による表現もある。家持は鳴き声を聞くために館の庭に橘を植えた(⑲四二〇七)。越中万葉歌のほととぎすの歌には、風雅の対象としての表現や、その声に触発され望郷をうたった表現が見られる。今でも二上山では、六月頃にホトトギスの鳴き声を聴くことができる(平成十八年現在)。

⑰三九四六、三九七八、三九八三題、三九八三、三九八四、三九八四左、三九八七、三九八八題、三九八八、三九九三、三九九六、三九九七、四〇〇六、四〇〇七、四〇〇八 ⑱四〇三五、四〇四二、四〇四三の一云、四〇五〇、四〇五一、四〇五二、四〇五三、四〇五四、四〇六六、四〇六七、四〇六八、四〇六九、四〇八四、四〇八九題、四〇八九、四〇九〇、四〇九一、四〇九二、四一〇一、四一一一、

四一一六、四一一九題、四一一九 ⑲四一六六題、四一六六、四一六八、四一六九、四一七一題、四一七一、四一七二、四一七五題、四一七五、四一七六、四一七七題、四一七七、四一七八、四一七九、四一八〇題、四一八〇、四一八一、四一八二、四一八三、四一八九、四一九二題、四一九二、四一九三、四一九四題、四一九四、四一九五、四一九六、四二〇三題、四二〇三、四二〇七題、四二〇七、四二〇八、四二〇九題、四二〇九、四二一〇、四二三九題、四二三九

わ

わし（鷲・わし）ワシ。現在タカ目（旧ワシタカ目）タカ科の大形のものをワシという。多くは暗褐色の大きな羽を持つ。くちばし、つめは鋭く、小型の鳥獣や魚を補食する。万葉集中に三例。筑波山に関係する例が二例（⑨一七五九、⑭三三九〇）。越中万葉歌の例は巻十六の「越中国の歌」のうちの一首で、「二上山《ふたがみやま》に鷲そ子産む」とある（⑯三八八二）。平成十四年には二上山でワシの仲間のミサゴが数カ所で繁殖していることが確認されている（二上山総合調査研究会『二上山総合調査研究発表資料』平成十六年二月）。

⑯三八八二（2）

——関連事項——

しらたま（白玉・しらたま）「あはびたま」「真珠（白玉）」「たま」と呼ばれ、旅の土産として珍重され歌にもよまれている。現在、真珠はアコヤ貝で養殖されることが多いが、あわびからもまれに採取できる。太安万侶《おおのやすまろ》（『古事記』の筆者）の墓からも真珠は出土している。越中万葉歌では、大伴家持《おおとものやかもち》が都の家に贈るために真珠を求める長歌（⑱四一〇一）がある。「珠洲《すず》の海人《あま》の　沖つ御神《みかみ》に　い渡りて　潜《かづ》き取る　といふ　鮑玉《あはびたま》」（⑱四一〇一）の沖つ御神を、海女の活躍で有名な石川県輪島市北方の七ツ島や舳倉島《へくらじま》とする説がある。「藤波《ふぢなみ》の影なす海《うみ》の底清《そこきよ》み沈《しづ》く石をも玉とそ我《あ》が見る」（⑲四一九九）や⑱四〇三八

の玉は真珠を比喩したものとも考えられる。↓あわび
⑱四〇三八、四一〇一、四一〇二、四一〇三、四一〇四、四一〇五　⑲四一六九、四一七〇、四一九九、四二二〇

（田中夏陽子）

かも

「立山の雪し来らしも…」（⑰4024）歌碑〔405ページ・5〕

越中万葉の歌

【凡　例】

一、以下は、訓み下し文・原文・現代語訳・注の順になっている。

一、原文は西本願寺本を底本として『校本萬葉集』を精査し諸本を参考に定めた。

一、訓み下し文および現代語訳は、諸本・諸注釈書を参考に作成した。

一、現代語訳では枕詞は訳出せず、すべて平仮名にして（　）でくくって枕詞であることを示した。

一、注は、歌などを読解する上で最小限必要と考える語について、右肩に小字で注番号を付し、簡単な解説を施した。

一、注に記した太陽暦は、「ユリウス暦」ではなく、「グレゴリオ暦」で換算している。詳細については「越中万葉カレンダー」の凡例を参照。

一、注にある「↓ カレ 」・「↓ 植物 」・「↓ 歴史 」は、それぞれ「越中万葉カレンダー」・「越中万葉の植物」・「越中万葉の歴史用語」に詳述されていることを示す。また、「↓三九三八」とあるのは、参照すべき歌番号を示している。

一、訓み下し文中の「★」は、「解説２（越中万葉の特徴的な歌語・用語）」で詳述されていることを示す。

※なお、テキスト作成にあたっては、塙書房刊『ＣＤ―ＲＯＭ版 萬葉集 本文篇』を参考にしたことを付記しておく。

新谷　秀夫
関　隆司
田中夏陽子

巻十七

「みなと風寒く吹くらし…」（⑰4018）歌碑〔408ページ・21〕

大伴宿禰《おほとものすくね》家持《やかもち》、天平《てんぴやう》十八年閏《うるふ》[1]七月をもちて越中国《こしのみちのなかのくに》の守《かみ》に任《にん》ぜらる。すなはち七月をとりて任所《にんしよ》に赴《おもぶ》く。時に、姑《をば》大伴氏坂上郎女《おほとものうぢさかのうへのいらつめ》の、家持に贈る歌二首

大伴宿禰家持以天平十八年閏七月被任越中国守　即取七月赴任所　於時姑大伴氏坂上郎女贈家持歌二首

大伴《おおとも》宿禰家持は、天平《てんぴょう》十八年閏《うるう》七月に越中国《えっちゅうのくに》の守に任命された。そこで七月に赴任することになった。その時に、叔母《おば》の大伴氏の坂上郎女《さかのうえのいらつめ》が、家持に贈った歌二首

1天平十八年の閏月は九月。→カレ「太陰太陽暦と閏月」

＊『続日本紀《しょくにほんぎ》』では、家持の越中守任命は六月二十一日。この時家持、従五位下《じゅごいげ》、二十九歳。

3927 **草枕《くさまくら》　旅行《ゆ》く君を　幸《さき》くあれと　斎瓮《いはひへ》[1]据《す》ゑつ　我《あ》が床《とこ》の辺《へ》に**

久佐麻久良　多妣由久吉美乎　佐伎久安礼等　伊波比倍須恵都　安我登許能敝尓

（くさまくら）旅に出て行くあなたが無事なようにと、斎瓮《いわいべ》を据えて祈りました。わたしの寝床のそばに。

1斎瓮は神事に用いる神聖なかめ。

3928 **今のごと　恋《こひ》しく君が　思《おも》ほえば　いかにかもせむ　するすべのなさ**

伊麻能其等　古非之久伎美我　於毛保要婆　伊可尓加母世牟　須流須辺乃奈左

今からもうこんなに恋しくあなたのことが思われたならば、どうすればよいのでしょうね。なすすべもありません。

さらに越中《こしのみちのなか》国に贈る歌二首

更贈越中国歌二首

さらに越中《えっちゅうのくに》国に贈って来た歌二首

3929
旅に去《い》にし　君しも[1]継《つ》ぎて　夢《いめ》に見ゆ　我《あ》が片恋《かたこひ》の　繁《しげ》ければかも

多妣尓伊仁思　吉美志毛都芸氏　伊米尓美由　安我加多孤悲乃　思気家礼婆可聞

旅に出て行ったあなたが続けて夢に見えます。わたしの片思いがしきりにつのるからでしょうか。

1シは強意、モは詠嘆の助詞。

3930
道の中　国つ御神《みかみ》は　旅行《ゆ》きも　し[1]知らぬ君を　恵みたまはな[2]

美知乃奈加　久尓都美可未波　多妣由伎母　之思良奴伎美乎　米具美多麻波奈

越《こし》の道《みち》の中《なか》（越中）の国の神さま、旅暮らしなど慣れないあの人をいつくしんでやってください。

1シはサ変動詞。「する」の意。2ナは意志を表すが、タマフにつく時は希求・願望の意。

平群氏女郎《へぐりうぢのいらつめ》、越中守大伴宿禰家持《ゑつちうのかみおほとものすくねやかもち》に贈る歌十二首

平群氏女郎贈越中守大伴宿禰家持歌十二首

平群氏の女郎が、越中守《えっちゅうのかみ》大伴《おおとも》宿禰家持に贈った歌十二首

3931
君により　わが名はすでに　1竜田山《たつたやま》　絶えたる恋《こひ》の　繁《しげ》きころかも

吉美尓余里　吾名波須泥尓　多都多山　絶多流孤悲乃　之気吉許呂可母

あなたのせいでわたしの浮き名はすでに立ってしまったという名の竜田山、その名のように断《た》ち切れたはずの恋心がしきりにつのるこのごろです。

1奈良県西部から大阪府にまたがる山地一帯。＊名が「立つ」ことから一・二句が「竜田山」の序となり、「竜」に「絶つ」をかけて、上三句が「絶ゆ」の序となる。

3932
1須磨人《すまひと》の　海辺《うみへ》常去《つねさ》らず　焼く塩《しほ》の　2辛《から》き恋《こひ》をも　我《あれ》はするかも

須麻比等乃　海辺都祢佐良受　夜久之保能　可良吉恋乎母　安礼波須流香物

須磨の人が海辺にいつもいて焼く塩のように、辛くつらい恋をもわたしはしています。

1須磨は神戸市須磨区一帯。2カラキはつらい状態を意味する。

3933

ありさりて[1]　後《のち》も逢《あ》はむと　思へこそ　露の命《いのち》も　継《つ》ぎつつ渡れ

阿里佐利氏　能知毛相牟等　於母倍許曽　都由能伊乃知母　都芸都追和多礼

こんな状態がずっと続いて、いずれは逢えるだろうと思うからこそ、露のようにはかない命でもつなぎ止めて生きているのです。

1アリシアリテの約まったもの。

3934

なかなかに　死なば安《やす》けむ　君が目を　見ず久《ひさ》ならば　すべ[1]なかるべし

奈加奈加尓　之奈婆夜須家牟　伎美我目乎　美受比佐奈良婆　須敝奈可流倍思

いっそのこと死んだら楽でしょうね。あなたにお目にかかれぬままに久しくなったら、どうしてよいのかわからなくなるでしょう。

1スベは手段・方法のこと。

3935

隠《こも》[1]り沼《ぬ》の　下《した》[2]ゆ恋《こ》ひあまり　白波の　いちしろく[3]出《い》でぬ　人の知るべく

巻十七

許母利奴能　之多由孤悲安麻里　志良奈美能　伊知之路久伊泥奴　比登乃師流倍久

（こもりぬの）心の底に隠していた恋心があふれ出て、（しらなみの）はっきりと顔に出てしまいました。人が知ってしまうほどに。

1「隠り沼」は出口のない淀んだ沼。「下ゆ恋ふ」の枕詞。2下ユのユは奈良時代以前特有の格助詞で「から」の意。3イチシロクは「いちじるし」の古い形で「はっきりと」の意。

3936

草枕《くさまくら》　旅にしばしば　かくのみや　君を遣《や》りつつ　我《あ》が恋《こ》ひ居《を》らむ

久佐麻久良　多妣尓之婆之婆　可久能未也　伎美乎夜利都追　安我孤悲乎良牟

（くさまくら）旅に何度もこんなふうにあなたを送り出しては、わたしは恋いこがれていなければならないのでしょうか。

＊家持は、かつて聖武《しょうむ》天皇の伊勢行幸《ぎょうこう》に従駕《じゅうが》して、長い間平城京に戻らなかったことがある。

3937

草枕《くさまくら》　旅去《い》にし君が　帰《かへ》り来《こ》む　月日を知らむ　すべ[1]の知らなく

草枕　多妣伊尓之伎美我　可敝里許牟　月日乎之良牟　須辺能思良難久

（くさまくら）旅に出たあなたがいつ帰って来られるのか、その月日を知る手段・方法さえもわからなくて。

1→三九三四。

3938
かくのみや　我《あ》が恋《こ》ひ居《を》らむ　ぬばたまの[1]　夜《よる》の紐《ひも》だに　解《と》き放《さ》けずして
可久能未也　安我故非乎浪牟　奴婆多麻能　欲流乃比毛太尒　登吉佐気受之氐

こうまでもわたしは恋いこがれていなければならないのでしょうか。（ぬばたまの）夜着の紐さえも解き放たないままに。

1→植物「ぬばたま」。＊家持と共寝ができないことを嘆いている。

3939
里近く　君がなりなば　恋《こ》ひめやと　もとな[1]思ひし　我《あれ》そ悔《くや》しき
佐刀知加久　伎美我奈里那婆　古非米也等　母登奈於毛比此　安連曽久夜思伎

わたしの里近くにあなたが帰って来られたならば恋しく思わなくなるだろうと、わけもなく思っていたわたしが悔しくてなりません。

1モトナはなんのわけもなく、やたらになどの意。＊家持が平城京に帰って来たのは、前年の天平十七年五月。

3940
万代《よろづよ》に　心は解《と》けて　わが背子《せこ》が　捻《つ》[1]みし手見つつ　忍びかねつも
余呂豆代尒　許己呂波刀気氐　和我世古我　都美之手見都追　志乃備加祢都母

いつまでも一緒と仲直りして、あなたがつねった手を見つめながら、恋しさに堪えられずにいます。

1ツミは「摘み」や「積み」とする説もある。

3941 **鶯《うぐひす》の　鳴くくら谷に[1]　うちはめて[2]　焼けは死ぬとも　君をし[3]待たむ**

鶯能　奈久々良多尓　宇知波米氏　夜気波之奴等母　伎美乎之麻多武

鶯《うぐいす》の鳴くくら谷に身を投げて焼け死ぬことがあっても、あなただけをお待ちします。

1断崖や岩壁を「くら谷」と呼ぶところが今もある。「暗い谷」の意か。2何を「うちはめ」るのか不明。自分の身と解釈しておく。3シは強意。

3942 **松[1]の花　花数《はなかず》にしも　わが背子《せこ》が　思へらなくに　もとな[2]咲きつつ**

麻都能波奈　花可受尓之毛　和我勢故我　於母敝良奈久尓　母登奈佐吉都追

松の花は、花の数のうちともあなたは思っていらっしゃらないのに、やたらに咲き続けています。

1松の花を詠んだのは、万葉集ではこの歌のみ。松に「待つ」をかけている。2→三九三九。

右の件《くだり》の十二首の歌は、時々便使《つかひ》に寄せて来贈《おこ》せたり。一度《ひとたび》に送る所にあらず。

右件十二首歌者時〻寄便使来贈　非在一度所送也

右の一連の十二首の歌は、折々に便りの使者に託して贈られてきたものである。一度に贈ってきたものではない。

八月[1]七日の夜に、守大伴宿禰家持《かみおほとものすくねやかもち》の館《むろつみ》[2]に集《つど》ひて宴《うたげ》する歌

八月七日夜集于守大伴宿禰家持館宴歌

八月七日の夜に、守大伴《おおとも》宿禰家持の館に集まって宴会を開いた時の歌

1太陽暦の八月三十一日。2高岡市伏木気象資料館（旧伏木測候所）前庭には「越中国守館跡」の石碑が建つが、正確な所在地は不明。

3943

秋の田の　穂向見《ほむきみ》[1]がてり　わが背子《せこ》が　ふさ手折《たを》り来《け》る　をみなへしかも

秋田乃　穂牟伎見我氐里　和我勢古我　布左多乎里家流　乎美奈敝之香物

秋の田の稲穂の実りぐあいを見回りかたがた、あなたがどっさりと手折《たお》って来てくださったのですね。このおみなえしの花は。

1ガテラに同じ。

右の一首、守大伴宿禰家持《かみおほとものすくねやかもち》の作。

右一首守大伴宿禰家持作

右の一首は、守大伴《おおとも》宿禰家持の作。

3944

をみなへし　咲きたる野辺《のへ》を　行《ゆ》きめぐり　君を思ひ出《で》　たもとほり来《き》ぬ[1]

乎美奈敝之　左伎多流野辺乎　由伎米具利　吉美乎念出　多母登保里伎奴

おみなえしが咲いている野辺を行きめぐっているうちに、あなたを思い出して回り道をして摘んで来てしまいました。

1「たもとほり来」は、思う相手の家に回り道をして行く意で用いられる表現。

3945

秋の夜《よ》は　暁《あかとき》寒し　白たへの　妹《いも》が衣手《ころもで》　着むよし[1]もがも[2]

安吉能欲波　阿加登吉左牟之　思路多倍乃　妹之衣袖　伎牟余之母我毛

秋の夜は明け方が寒いですよ。（しろたへの）いとしい人の着物を着て寝る手だてがあればよいのですが。

1ヨシは、手段・方法のこと。2モガモは、詠嘆をこめて望み願う意。

3946

ほととぎす　鳴きて過ぎにし　岡辺《をかび》から　秋風吹きぬ　よしもあらなくに[1]

保登等芸須　奈伎氐須疑尓之　乎加備可良　秋風吹奴　余之母安良奈久尓

ほととぎすが初夏に鳴いて通っていった岡のあたりから、もう秋風が吹いてきました。（いとしい人の着物を着て寝る）手だてもないのに。

1前歌の下二句を承ける。

右の三首、掾《じょう》大伴宿禰《おほとものすくね》池主《いけぬし》の作。

右三首掾大伴宿禰池主作

右の三首は、掾《じょう》大伴《おおとも》宿禰池主の作。

3947 今朝《けさ》の 朝明《あさけ》[1] 秋風寒し 遠《とほ》[2]つ人《ひと》 雁《かり》が来鳴《きな》かむ 時近《ときちか》みかも

家佐能安佐気　秋風左牟之　登保都比等　加里我来鳴牟　等伎知可美香物

今朝の夜明けは秋風が冷たかった。（とほつひと）雁が来て鳴く時が近いからだろうね。

1アサアケの約まったもの。2「雁」の枕詞。

3948 天《あま》ざかる 鄙《ひな》に月経《つきへ》ぬ しかれども 結《ゆ》ひてし紐《ひも》を 解《と》きも開《あ》けなくに

安麻射加流　比奈尓月歴奴　之可礼登毛　由比氐之紐乎　登伎毛安気奈久尓

（あまざかる）鄙の地に来てひと月経ちました。しかし、出がけに妻が結んでくれた着物の紐を解き放ってもいないのに。

右の二首、守《かみ》大伴宿禰《おほとものすくね》家持《やかもち》の作。

右二首守大伴宿禰家持作

右の二首は、守大伴《おおとも》宿禰家持の作。

3949

天《あま》ざかる　鄙《ひな》にある我《われ》を　[1]うたがたも　紐解《ひもと》き放《さ》けて　[2]思ほすらめや

安麻射加流　比奈尓安流和礼乎　宇多我多毛　比母登吉佐気氏　於毛保須良米也

（あまざかる）鄙の地にいるわたしたちを、よもや着物の紐を解き放ってくつろいでいるとはお思いになるはずがありません。

1「や」と呼応して、「よもや…はずがない」の意。2「思ほす」のは家持の妻。

右の一首、掾《じょう》大伴宿禰《おほとものすくね》池主《いけぬし》。

右一首掾大伴宿禰池主

右の一首は、掾《じょう》大伴《おおとも》宿禰池主。

3950

家《いへ》にして　結《ゆ》ひてし紐《ひも》を　解《と》き放《さ》けず　思ふ心を　誰《たれ》か知らむも

伊敝尓之氏　由比弖師比毛乎　登吉佐気受　念意緒　多礼賀思良牟母

家で妻が結んでくれた着物の紐を解き放たずに恋しく思っている心を、誰がわかってくれるだろうか。（あなただけがわかってくれるのでしょう。）

右の一首、守大伴宿禰家持《かみおほともすくねやかもち》作。

右一首守大伴宿禰家持作

右の一首は、守大伴《おおとも》宿禰家持の作。

3951

ひぐらしの　鳴きぬる時は　をみなへし　咲きたる野辺《のへ》を　行《ゆ》きつつ見べし

日晩之乃　奈吉奴流登吉波　乎美奈敝之　佐伎多流野辺乎　遊吉追都見倍之

ひぐらしの鳴いている時は、おみなえしの咲いている野辺を行きめぐり、その花を見られるのがよいでしょう。

右の一首、大目秦忌寸八千島《だいさくわんはだのいみきやちしま》。

右一首大目秦忌寸八千島

右の一首は、大目《だいさかん》秦忌寸八千島。

古歌《こか》一首　大原高安真人《おほはらのたかやすのまひと》作　年月審《つばひ》らかならず。ただし、聞きし時のままに、ここに

巻十七

記載す。

古歌一首　大原高安真人作　年月不審　但随聞時記載茲焉

古歌一首　大原《おおはら》高安真人の作。　作った年月は不明である。ただ聞いた時のままに、ここに記し載せておく。

3952
妹《いも》[1]が家《いへ》に　伊久里《いくり》の森の　藤《ふぢ》の花　今来《こ》む春も　常《つね》かくし見む

伊毛我伊敝尓　伊久里能母里乃　藤花　伊麻許牟春母　都祢賀久之見牟

（いもがいへに）伊久里の森の藤《ふじ》の花を、またやって来る春もずっとこうして見ていたいものです。

1　「伊久里の森」の枕詞で、「妹が家に行ク」とかけてある。

右の一首、伝誦《でんしょう》するは僧玄勝《げんしょう》これなり。

右一首伝誦僧玄勝是也

右の一首は、伝誦《でんしょう》したのは僧の玄勝《げんしょう》である。

3953
雁《かり》[1]がねは　使ひに来《こ》むと　騒《さわ》くらむ　秋風寒み　その川《かは》の上《へ》に

雁我祢波　都可比尓許牟等　佐和久良武　秋風左無美　曽乃可波能倍尓

雁は使いとしてやって来ようと鳴き騒いでいることでしょう。秋風が寒くなってきたので、その川のほとりで。

1カリガネは「雁が音」で、本来雁の鳴き声だが、雁そのものも指す。

3954

馬並《な》[1]めて　いざうち行《ゆ》かな　渋谿《しぶたに》の　清き磯廻《いそみ》に　寄する波見《なみみ》に

馬並氏　伊射宇知由可奈　思夫多尓能　伎欲吉伊蘇未[2]尓　与須流奈弥見尓

馬を並べて、さあ出かけようじゃないか。渋谿の清らかな磯辺に打ち寄せる波を見るために。

1「並む」は「並べる」の意。2「末」とする写本があるので「磯ま」とする説もある。

右の二首、守大伴宿禰家持《かみおほとものすくねやかもち》。

右二首守大伴宿禰家持

右の二首は、守大伴《おおとも》宿禰家持。

3955

ぬ[1]ばたまの　夜《よ》はふけぬらし　玉《たま》[2]くしげ　二上山《ふたがみやま》に　月傾《かたぶ》きぬ

奴婆多麻乃　欲波布気奴良之　多末久之気　敷多我美夜麻尓　月加多夫伎奴

（ぬばたまの）夜はすっかり更けたようです。（たまくしげ）二上山に月が傾いてきました。

1→三九三八。2櫛笥《くしげ》にはふたがあるので、「フタ」の枕詞。＊七日の月は午後九時前後には没する。

右の一首、史生《ししやう》土師宿禰《はにしのすくね》道良《みちよし》。

右一首史生土師宿禰道良

右の一首は、史生《ししょう》土師宿禰道良。

大目《だいさくわん》秦忌寸《はだのいみき》八千島《やちしま》の1館《むろつみ》に宴《うたげ》する歌一首

大目秦忌寸八千島之館宴歌一首

大目《だいさかん》秦忌寸八千島の館で宴会を開いた時の歌一首

1大目の館からは奈呉《なご》の海が眺望できた。

3956

奈呉《なご》の海人《あま》の　釣《つり》する舟は　今こそば　1舟棚《ふなだな》打ちて　あへて漕《こ》ぎ出《で》め

奈呉能安麻能　都里須流布祢波　伊麻許曽婆　敷奈太那宇知氏　安倍弓許芸泥米

奈呉の海人たちが釣りをする舟は、今こんな時こそ舟の棚板を威勢よくたたいて、無理してでも漕ぎ出してくれればいいのに。

1「舟棚」は、舷側《げんそく》の横板。

右、館の客屋《かくをく》に居《ゐ》つつ蒼海《さうかい》を望み、よりて主人《あろじ》この歌を作る。

右館之客屋居望蒼海　仍主人作此歌也

右は、館の客間から居ながらにして海が眺められるので、主人の八千島がこの歌を作ったのである。

長逝《ちやうせい》せる 弟《おとひと》[1] を哀傷《かなし》ぶる歌一首 并《あは》せて短歌

哀傷長逝之弟歌一首并短歌

死んだ弟を悲しみ痛んだ歌一首 と短歌

1大伴書持《ふみもち》を指す。

3957
天《あま》ざかる　鄙治《ひなをさ》めにと
★大君《おほきみ》の　任《ま》けのまにまに
出《い》でて来《こ》し　我《われ》を送ると

（あまざかる）鄙の地を治めるためにと、
大君《おおきみ》の仰せのままに、
出かけてきたわたしを見送るといって、

あをによし　[1]奈良山《ならやま》過ぎて
[2]泉河《いづみがは》　清き川原《かはら》に
馬留《とど》め　別れし時に
ま幸《さき》くて　我帰《あれかへ》り来《こ》む
平《たひら》けく　斎《いは》ひて待てと
語らひて　来《こ》し日の極《きは》み
玉桙《たまほこ》の　道をた遠《どほ》み
山川《やまかは》の　へなりてあれば
恋《こひ》しけく　日長《けなが》きものを
見まく欲《ほ》り　思ふ間《あひだ》に
玉梓《たまづさ》の　使ひの来《け》れば
嬉しみと　我《あ》が待ち問ふに
逆言《およづれ》の　狂言《たはこと》とかも
はしきよし　汝弟《なおと》の命《みこと》
なにしかも　時しはあらむを
はだすすき　穂《ほ》に出《い》づる秋の
萩の花　にほへるやどを

（あをによし）奈良山を過ぎて、
泉《いずみ》河の清らかな川原で
馬を留めて別れたときに、
「無事にわたしは帰ってこよう、
おまえも元気で、無事を祈りながら待っていておくれ」と
語りあった日を最後に、
（たまほこの）道は遠いし、
山や川も隔てているので、
恋しさは日ごとにつのるばかりで、
逢いたいと思っているところへ、
（たまづさの）使いが来たので、
なんとうれしいことかとわたしが待ちかまえて問うと、
でたらめなふざけたうそではないのか、
いとしいわが弟よ、
いったいどういうことだ、死ぬべき時はいつだってあろうに、
すすきが穂を出す秋の、
萩の花の咲きにおっている家の庭を

言ふこころは、この人、人となり
花草花樹を好愛《め》でて多く寝院《しんゐん》の庭《には》
に植ゑたり。ゆゑに「花薫《にほ》へる庭」
といふ

朝庭《あさには》に　出《い》で立ち平《なら》し
夕庭《ゆふには》に　踏《ふ》み平《たひら》げず
[3]佐保《さほ》の内の　里を行《ゆ》き過ぎ
あしひきの　山の木末《こぬれ》に
[4]白雲《しらくも》に　立ちたなびくと
我《あれ》に告《つ》げつる

佐保山に火葬す。ゆゑに「佐保の
内の　里を行き過ぎ」といふ。

こう歌ったのは、この人は生来、
花草・花樹が好きで、いっぱい母屋の庭
に植えていたからだ。それで「花薫へる庭」
と言ったのである。

朝の庭に出て立ちならすことも、
夕べの庭に踏みならすこともせずに、
佐保の内の里を通り過ぎて、
（あしひきの）山の梢に
白雲となって立ちたなびいているなどと、
どうしてわたしに知らせたのか。

佐保山で火葬した。それで「佐保の
内の　里を行き過ぎ」と言った。

安麻射加流　比奈乎佐米尓等　大王能　麻気乃麻尓末尓　出而許之　和礼乎於久流登　青丹余之　奈良夜麻須疑氐　泉河　伎欲吉可波良尓　馬駐　和可礼之時尓　好去而　安礼可敝理許牟　平安　伊波比氐待登　可多良比氐　許之比乃伎波美　多麻保許能　道乎多騰保美　山河能　敝奈里氐安礼婆　孤悲之家口　気奈我枳物能乎　見麻久保里　念間尓　多麻豆左能　使乃家礼婆　宇礼之美登　安我麻知刀敷尓　於余豆礼能　多波許登等可毛　波之

巻十七

伎余思　奈弟乃美許等　奈尓之加母　時之波安良牟乎　波太須酒吉　穂出秋乃　芽子花
尓保敝流屋戸乎　言斯人為性好愛花草花樹而多植於寝院之庭　故謂之花薫庭也　安佐尓波
尓　伊泥多知奈良之　暮庭尓　敷美多比良気受　佐保能宇知乃　里乎往過　安之比紀乃
山能許奴礼尓　白雲尓　多知多奈妣久等　安礼尓都気都流　佐保山火葬　故謂之　佐保乃
宇知乃　佐刀乎由吉須疑

1奈良県と京都府の境にある丘陵。2今の木津川。3奈良市北部の地域。平城京の東北の郊外で、大伴氏の邸宅は佐保にあった。4火葬の煙を雲に見立てた。

3958

ま幸《さき》くと　言ひてしものを　白雲《しらくも》に　立ちたなびくと　聞けば悲しも

麻佐吉久登　伊比氏之物能乎　白雲尓　多知多奈妣久登　伎気婆可奈思物

「元気でいろよ」と言っておいたのに、白雲になって立ちたなびいていると聞くと悲しい。

3959

[1]かからむと　かねて知りせば　越《こし》の海の　[2]荒磯《ありそ》の波も　見せましものを

可加良牟等　可祢弖思理世婆　古之能宇美乃　安里蘇乃奈美母　見世麻之物能乎

こうなると前々から知っていたならば、この越の海の荒磯にうち寄せる波でも見せてやるのだったのに。

1カカラムはカクアラムの約まったもの。2アリソはアライソの約まったもの。

右、天平《てんぴやう》十八年秋九月[1]二十五日に、越中守大伴宿禰家持《ゑっちうのかみおほとものすくねやかもち》、はるかに弟《おとひと》の喪を聞き、感傷《かなし》びて作る。

右天平十八年秋九月廿五日越中守大伴宿禰家持遥聞弟喪感傷作之也

右は、天平《てんぴょう》十八年秋九月二十五日に、越中守大伴《えっちゅうのかみおおとも》宿禰家持が、遠くにあって弟の亡くなったことを聞き、悲しんで作ったものである。

1太陽暦の十月十八日。

[1]相歓《あひよろこ》ぶる歌二首　越中守大伴宿禰家持《ゑっちうのかみおほとものすくねやかもち》の作

相歓歌二首　越中守大伴宿禰家持作

ともに喜びあった歌二首　越中守大伴《えっちゅうのかみおおとも》宿禰家持の作

1「相歓」は互いに親しみ歓ぶこと。

3960

庭《には》に降る　雪は千重《ちへ》敷《し》く　しかのみに[1]　思ひて君を　我《あ》が待たなくに

庭尓敷流　雪波知敝之久　思加乃未尓　於母比氐伎美乎　安我麻多奈久尓

庭に降る雪は千重に積もりました。しかし、その程度に思ってあなたのお帰りをわたしは待っていたのではありません。

1低く軽く扱うこと。

3961
白波の　寄する磯廻《いそみ》を　漕ぐ舟の　梶《かぢ》取る間《ま》なく　思ほえし君

白浪乃　余須流伊蘇[1]未平　榜船乃　可治登流間奈久　於母保要之伎美

白波のうち寄せる磯辺を漕ぐ舟が櫂《かい》をしきりに動かすように、絶えず恋しく思われたあなたですよ。

1→三九五四。

右、天平《てんぴやう》十八年八月をもちて、掾《じよう》大伴宿禰《おほとものすくね》池主《いけぬし》大帳使《だいちやうし》に附《ふ》して、京師《みやこ》に赴《おもぶ》き向かふ。しかして同じ年十一月、本任に還《かへ》り至りぬ。よりて詩酒の宴《うたげ》を設け、弾糸《だんし》飲楽す。この日、白雪たちまちに降り、地に積むこと[1]尺余《しやくよ》なり。この時また、漁夫の船、海に入り瀾《なみ》に浮けり。ここに守《かみ》大伴宿禰家持《やかもち》、情《こころ》を二眺《にてう》に寄せ、いささかに所心《おもひ》を裁《つく》る。

右以天平十八年八月掾大伴宿禰池主附大帳使赴向京師　而同年十一月還到本任　仍設詩酒之宴弾糸飲楽　是日也白雪忽降積地尺余　此時也復漁夫之船入海浮瀾　爰守大伴宿禰家持寄情二眺聊裁所心

右は、天平《てんぴょう》十八年八月に、掾《じょう》大伴《おおとも》宿禰池主が大帳使《だいちょうし》となって、都に赴いた。そして同年十一月、越中に帰ってきて元の任務に戻った。そこで詩酒の宴を設けて、音楽を奏で酒を楽しんだ。この日は、白雪がにわかに降り、一尺以上も地に積もっていた。この時また、漁夫の舟が、海に漕ぎ出して波に浮かんでいた。そこで守大伴宿禰家持は雪と舟とのふたつの眺めに託して、まずは思うところを歌に詠んだのである。

1 一尺は約三十センチメートル。

たちまちに枉疾《わうしつ》に沈み、ほとほと泉路《せんろ》に臨《のぞ》む。よりて歌詞を作り、もちて悲緒《ひしょ》を申《の》ぶる一首 并《あは》せて短歌

忽沈枉疾[1]殆臨泉路　仍作歌詞以申悲緒[2]一首并短歌

突然思いもかけない病気になって、あやうく死地に赴くところであった。そこで歌を作って、悲しみの心を晴らす一首 と短歌

1「忽」は突然。「枉疾」は思いもかけぬ病。「殆臨泉路」とあることから、家持が重病であったことがわかる。2「申悲緒」はただ悲しみの心を歌にするの意味ではなく、歌で悲しみの心を晴らす意。

3962

★大君《おほきみ》の　任《ま》けのまにまに

大君《おおきみ》の仰せのままに、

ますらをの　心振《ふ》り起こし
あしひきの　山坂越えて
天《あま》ざかる　鄙《ひな》に下《くだ》り来《き》
息だにも　いまだ休めず
年月《としつき》も　いくらもあらぬに
うつせみの　世の人なれば
うちなびき　床《とこ》に臥《こ》い伏し
痛《いた》けくし　日《ひ》に異《け》に増さる
たらちねの　母の命《みこと》の
大船《おほぶね》の　ゆくらゆくらに
下恋《したごひ》に　いつかも来《こ》むと
待たすらむ　心さぶしく
はしきよし　妻の命《みこと》も
明け来《く》れば　門《かど》に寄り立ち
衣手《ころもで》を　折《を》り返しつつ
夕《ゆふ》されば　床《とこ》うち払ひ
ぬばたまの　黒髪敷《し》きて

ますらおの心を奮い立たせて、
（あしひきの）山や坂を越えて、
（あまざかる）鄙の地に下ってきて、
一息さえ入れる間もなく、
年月もどれほども経っていないのに、
（うつせみの）生身の人間ゆえ、
ぐったりと病の床に伏せってしまって、
苦しみは日増しにつのるばかりだ。
（たらちねの）母君が、
（おほぶねの）ゆらゆらと心落ち着かずに、
心の中で「いつ帰ってくるか」と
待ってらっしゃるお気持ちも寂しかろう。
いとしい大事な妻も、
夜が明けると門にたたずんでは
着物の袖を折り返し、
夕方になると床をうち払っては、
（ぬばたまの）黒髪を敷いて独り寝をして、

いつしかと　嘆かすらむそ
妹《いも》も兄《せ》も　若き子どもは
をちこちに　騒《さわ》き泣くらむ
玉桙《たまほこ》の　道をた遠《どほ》み
間使《まつか》ひも　遣《や》るよしもなし
思ほしき　言伝《ことつ》て遣《や》らず
恋《こ》ふるにし　心は燃えぬ
たまきはる　命惜《いのちを》しけど
せむすべの　たどきを知らに
かくしてや　荒《あら》し男《を》すらに
嘆き伏せらむ

「早く帰って来てほしい」と嘆いてくれているだろう。
女の子も男の子も幼い子どもたちは、
あちこちで泣き騒いでいることだろう。
（たまほこの）道が遠いので、
使いの者を遣る手だてもないし、
思っていることも言ってやることもできず、
恋い慕うので心は燃えたぎるばかりだ。
（たまきはる）命は惜しいけれど、
さりとてどうすればよいかも解らず、
こうやって勇猛な男たるものが、
嘆き伏せっていなければならないというのか。

大王能　麻気能麻尓〻〻　大夫之　情布里於許之　安思比奇能　山坂古延弖　安麻射加流
比奈尓久太理伎　伊伎太尓毛　伊麻太夜須米受　年月毛　伊久良母阿良奴尓　宇都世美能
代人奈礼婆　宇知奈妣吉　等許尓許伊布之　伊多家苦之　日異益　多良知祢乃　波〻能美
許等乃　大船乃　由久良〻〻〻尓　思多呉非尓　伊都可聞許武等　麻多須良牟　情左夫
之苦　波之吉与志　都麻能美許登母　安気久礼婆　門尓余里多知　己呂母泥乎　遠理加敝
之都追　由布佐礼婆　登許宇知波良比　奴婆多麻能　黒髪之吉氏　伊都之加登　奈気可須
良牟曽　伊母毛勢母　和可伎児等毛波　乎知許知尓　佐和吉奈久良牟　多麻保己能　美知

巻十七

乎多騰保弥　間使毛　夜流余之母奈之　於母保之伎　許登都氐夜良受　孤布流尓思　情波
母要奴　多麻伎波流　伊乃知乎之家騰　世牟須弁能　多騰伎乎之良尓　加苦思氐也　安良
志乎須良尓　奈気枳布勢良武

3963
世間《よのなか》は　数なきものか　春花《はるはな》の　散りのまがひに　死ぬべき思へば
世間波　加受奈枳物能可　春花乃　知里能麻我比尓　思奴倍吉於母倍婆
人の生きるこの世ははかないものだ。春花の散り乱れる時に死んでしまうかと思うと。

3964
山川《やまかは》の　そきへ[1]を遠《とほ》み　はしきよし　妹《いも》を相見《あひみ》ず　かくや嘆かむ
山河乃　曽伎敝乎登保美　波之吉余思　伊母乎安比見受　可久夜奈気加牟
山や川を隔てて遠くに離れているので、いとしいあの人にも逢うこともできず、こうして嘆いていなければならないのか。
1遠く隔たったところ。ソクヘに同じ。

右、天平《てんぴやう》十九年春二月[1]二十日に、越 中 国《こしのみちのなかのくに》の守《かみ》の館《むろつみ》に病に臥《ふ》して悲傷《かなし》び、いささかにこの歌を作る。
右天平十九年春二月廿日越中国守之館臥病悲傷聊作此歌

右は、天平《てんぴょう》十九年春二月二十日に、越中国《えっちゅうのくに》の守の館で病に臥して悲しみ傷み、まずはこの歌を作ったのである。

1太陽暦の四月八日。

守大伴宿禰家持《かみおほとものすくねやかもち》、掾《じょう》大伴宿禰池主《いけぬし》に贈る悲歌《ひか》二首

守大伴宿禰家持贈掾大伴宿禰池主悲歌二首

守大伴《おおとも》宿禰家持が、掾《じょう》大伴宿禰池主に贈った悲しみの歌二首

1たちまちに枉疾《わうしつ》に沈《しづ》み、累旬《るいじゅん》痛み苦しむ。百神を禱《こ》ひ恃《たの》み、まさに消損《せうそん》すること得たり。しかれどもなほし身体疼羸《どうるい》、筋力怯軟《きんりきけふぜん》なり。いまだ展謝《てんしゃ》に堪《あ》へず、係恋《けいれん》いよいよ深し。方今《いまし》、春朝《しゅんてう》に春花《しゅんくわ》は、馥《にほ》ひを春苑《しゅんゑん》に流し、春暮《しゅんぼ》に春鶯《しゅんあう》は、声《こゑ》を春林《しゅんりん》に囀《さひづ》る。この節候《せつこう》に対《むか》ひ、琴鐏《きんそん》翫《もてあそ》ぶべし。興《きょう》に乗る感あれども、杖《つゑ》を策《つ》く労《らう》に耐《あ》へず。独り帷幄《ゐあく》の裏《うち》に臥《ふ》して、いささかに寸分の歌を作る。軽《かろがろ》しく机下《きか》に奉り、玉頤《ぎょくい》を解《と》かむことを犯《をか》す。その詞《うた》に曰《いは》く、

忽沈枉疾累旬痛苦　禱恃百神且得消損　而由身体疼羸筋力怯軟　未堪展謝係恋弥深　方今春朝春花流馥於春苑春暮春鸎囀声於春林　対此節候琴罇可翫矣　雖有乗興之感不耐策杖之労　独臥帷幄之裏聊作寸分之歌　軽奉机下犯解玉頤　其詞曰

巻十七

突然思いもかけない病気になって、何十日も痛み苦しみました。もろもろの神に祈って、やっと少しましになりました。しかしながらまだ身体がうずいて痛み疲れ、筋力も弱っております。まだお礼を述べにうかがうこともできず、思慕の情はますます募るばかりです。今まさに、春の朝の春の花は、芳香を春の庭に漂わせ、春の夕暮れの春のうぐいすは、春の林にさえずっていることでしょう。この時季にこそ、音楽と酒は楽しむべきなのです。興じたい思いはあっても、杖をついて出かける力はありません。ひとり部屋の帳《とばり》のなかに臥して、まずはつまらない歌を作りました。軽々しく机下に奉り、お笑いぐさにしようと思います。その歌とは、

3965 **春の花　今は盛りに　にほふらむ　折《を》りてかざさむ　手力《たぢから》[1]もがも**

波流能波奈　伊麻波左加里尓　仁保布良牟　乎里氏加射佐武　多治可良毛我母

春の花は、今を盛りと咲きにおっていることでしょう。手折《たお》って髪に挿《さ》す手力があったらよいのに。

1→三九六二。＊この前後のやりとりは→解1。

3966 **鶯《うぐひす》の　鳴き散らすらむ　春の花　いつしか君と　手折《たを》りかざさむ**

1→三九四五。

宇具比須乃　奈枳知良須良武　春花　伊都思香伎美登　多乎里加射左牟

鶯《うぐいす》が鳴いては散らしているだろう春の花を、早くあなたと手折《たお》って髪に挿《さ》したいものです。

[1]二月二十九日、大伴宿禰《おほとものすくね》家持《やかもち》。

二月廿九日大伴宿禰家持

二月二十九日、大伴《おおとも》宿禰家持。

1太陽暦の四月十七日。

たちまちに芳音《はういん》を辱《かたじけな》みし、翰苑《かんゑん》雲を凌《しの》ぐ。兼《か》ねて倭詩《わし》を垂《た》れ、詞林《しりん》錦《にしき》を舒《の》ぶ。もちて吟じもちて詠じ、能《よ》く恋緒《れんしよ》を蠲《のぞ》く。春は楽しぶべく、暮春《ぼしゆん》の風景を最《もと》も怜《あは》れぶべし。紅桃《こうたう》灼々《しやくしやく》、戯蝶《きてふ》は花を廻《めぐ》りて舞《ま》ひ、翠柳《すいりう》依々《いい》、嬌鶯《けうあう》は葉に隠りて歌ふ。楽しぶべきかも。淡交に席を促《ちかづ》け、意を得て言を忘る。楽しきかも美《うるは》しさかも、幽襟《いうきん》賞《め》づるに足れり。あに慮《はか》りけめや、蘭蕙《らんけい》藂《くさむら》を隔《へだ》て、琴罇《きんそん》用ゐることところなく、空《むな》しく令節を過ぐして、物色《ぶつしよく》人を軽《いるかせ》にせむとは。怨《うら》むる所ここにあり、黙已《もだを》ること能《あた》はず。俗《よ》の語《ことば》に云《い》はく、[1]藤《ふぢ》をもちて錦に続《つ》ぐといふ。いささかに談咲《だんせう》に擬《あてはか》らくのみ。

忽辱芳音翰苑凌雲　兼垂倭詩詞林舒錦　以吟以詠能蠲恋緒　春可楽暮春風景最可怜　紅桃灼〻戯蝶廻花舞　翠柳依〻嬌鶯隠葉歌　可楽哉　淡交促席得意忘言　楽矣美矣幽襟足賞哉　豈慮乎蘭蕙隔藂琴罇無用空過令節物色軽人乎　所怨有此不能默已　俗語云以藤続錦聊擬談咲耳

突然お手紙をいただきましたが、その文章は雲を凌《しの》ぐほどに高尚なものです。その上いただいた歌も、言葉の林に錦を広げたように見事です。小声で吟じたり声高く朗詠してみたりして、思慕の情をまぎらしております。春は楽しむべきものであり、中でも晩春三月の風景はまことにすばらしいものです。紅《くれない》の桃の花は明るく咲き誇り、遊ぶ蝶はその花をめぐって舞い飛び、緑の柳はしなだれて、美しい鶯《うぐいす》はその葉に隠れて歌っています。本当に楽しむべき時季です。私たちは君子の交わりをして膝《ひざ》を近づけ合い、互いに気持ちが通い合って言葉も必要ありません。楽しい時季です、麗しい時季です、私たちの風流な心にはまことに珍重すべき時季です。ところが思いがけないことに、蘭蕙にも比すべき親友同士なのに逢うこともできず、音楽も酒の遊びもできず、いたずらに好季節を過ごして、春の風物に軽蔑されることとなるとは。恨むと申すのはこのことで、もはや黙っているわけにはいきません。世俗の言葉では「藤布《ふじぬの》を錦に継ぐ」とか申します。ほんのお笑いぐさとしてこれを差し上げます。

1粗末な藤布を錦に縫いつけること。駄作で秀作に答えることを恥ずかしいというあいさつのことば。2→三九六二。＊この前後のやりとりは→解1。

3967
山峡《やまがひ》に　咲ける桜を　ただ一目　君に見せてば　何をか思はむ

夜麻我比迩　佐家流佐久良乎　多太比等米　伎美尓弥西氏婆　奈尓乎可於母波牟

山あいに咲いている桜を、一目だけでもあなたにお見せできたら、何を不足に思うことがありましょう。（それができないのが残念です。）

3968
鶯《うぐひす》の　来鳴《きな》く山吹《やまぶき》　うたがたも[1]　君が手触《たふ》れず　花散らめやも

宇具比須能　伎奈久夜麻夫伎　宇多賀多母　伎美我手敷礼受　波奈知良米夜母

鶯《うぐいす》がやって来て鳴く山吹ですが、よもやあなたが手を触れないままに、花が散ることはないでしょう。

1→三九四九。

[1]沽洗《やよひ》二日、掾《じょう》大伴宿禰《おほとものすくね》池主《いけぬし》。

沽洗二日掾大伴宿禰池主

三月二日、掾《じょう》大伴《おおとも》宿禰池主。

1「沽洗」は三月の異名。ただし一般には「姑洗《こせん》」。太陽暦の四月十九日。

さらに贈る歌一首 并《あは》せて短歌

更贈歌一首并短歌

さらに贈った歌一首と短歌

含弘《がんこう》の徳は、恩《おん》を蓬体《ほうたい》に垂れ、不貲《ふし》の恩は、慰を陋心《ろうしん》に報《こた》ふ。来眷《らいけん》を戴荷《たいか》し、喩《たと》ふる所に堪《あ》ふるものなし。ただし、稚《わか》き時に遊芸《いうげい》の庭《には》に渉《わた》らざらしをもちて、横翰《わうかん》の藻《さう》、おのづから彫虫《てうちう》に乏《とも》し。幼年にいまだ山柿《さんし》[1]の門《もん》に逕《いた》らず、裁歌《さいか》の趣《おもぶき》、詞《ことば》を藂林《じゅりん》に失ふ。ここに藤《ふぢ》[2]をもちて錦に続《つ》ぐの言《げん》を辱《かたじけな》みし、さらに石を将《も》ちて瓊《たま》に間《まじ》ふる詠《うた》を題《しる》す。固《もと》よりこれ俗愚にして癖を懐《むだ》き、黙已《もだを》ること能《あた》はず。よりて数行《すかう》を捧げ、もちて嗤咲《しせう》に酬《むく》いむ。その詞に曰《いは》く、

含弘之徳垂恩蓬体　不貲之恩報慰陋心　戴荷来眷無堪所喩也　但以稚時不渉遊芸之庭横翰之藻自乏乎彫虫焉　幼年未逕山柿之門　裁歌之趣詞失乎藂林矣　爰辱以藤続錦之言更題将石間瓊之詠　固是俗愚懐癖不能黙已　仍捧数行式酬嗤咲　其詞曰

広大なあなたのご仁徳は、いやしいわが身にもご厚情をかけてくださり、計り知れないご恩情は、いやしいこの心を慰めてくださいました。いただいたご厚意の重さは、

はたして何にたとえることができましょうか。ただ、幼いときに学芸に励まなかったので、文章もおのずと技巧に欠けるわけです。若いときに山柿の門に学ばなかったので、歌を作るのにも、多くの言葉の林のなかを迷うばかりです。ここに、「藤布《ふじぬの》を錦に継ぐ」というご謙遜の言葉に恐縮しつつ、さらに石を宝石に交えるような拙詠を書き記します。もともと愚かで妙な癖があり、黙っておれないのです。ここで数行の歌を捧げて、お笑いぐさにしようと思います。その歌とは、

1「山柿《さんし》」は柿本人麻呂《かきのもとのひとまろ》。「山」を山上憶良《やまのうえのおくら》や山部赤人《やまべのあかひと》と考える説もある。2→三九六七序。
＊この前後のやりとりは→解1。

3969

★大君《おほきみ》の　任《ま》けのまにまに
★しなざかる　越《こし》を治《をさ》めに
出《い》でて来《こ》し　ますら我《われ》すら
世の中の　常しなければ
うちなびき　床《とこ》に臥《こ》い伏し
痛けくの　日に異《け》に増せば
悲しけく　ここに思ひ出《で》
いらなけく　そこに思ひ出

大君《おおきみ》の仰せのままに、
（しなざかる）越の国を治めに
やってきたますらおのわたしとしたことが、
世の人並みに常無き身なので、
ぐったりと病の床に伏せってしまって、
苦しみは日増しにつのるばかりなので、
悲しいことをあれこれ思い出し、
つらいことをいろいろ思い出しては、

巻十七

[1]嘆くそら　安けなくに
思ふそら　苦しきものを
あしひきの　山きへなりて
玉桙《たまほこ》の　道の遠《とほ》けば
間使《まつか》ひも　遣《や》るよしもなみ
思ほしき　言《こと》も通はず
たまきはる　命惜《いのちを》しけど
せむすべの　たどきを知らに
隠《こも》り居《ゐ》て　思ひ嘆かひ
慰《なぐさ》むる　心はなしに
春花《はるはな》の　咲ける盛りに
[2]思ふどち　手折《たを》りかざさず
春の野の　茂み飛び潜《く》く
鶯《うぐひす》の　声《こゑ》だに聞かず
娘子《をとめ》らが　春菜《はるな》摘《つ》ますと
紅《くれなゐ》の　赤裳《あかも》の裾《すそ》の
春雨《はるさめ》に　にほひひづちて

嘆く心も安らかでなく、
思う心も苦しいのですが、
（あしひきの）山に隔てられて、
（たまほこの）道が遠いので、
使いの者を遣る手だてもないし、
思っていることも言ってやることもできず、
（たまきはる）命は惜しいけれど、
さりとてどうすればよいかも解らず、
家にとじこもって思い悩んではため息をつき、
気が晴れることもなくて、
春花の咲いている盛りなのに、
気のあった仲間たちと手折《たお》って髪にも挿《さ》さず、
春の野の茂みを飛びくぐって鳴く
鶯《うぐいす》の声さえも聞くこともなく、
少女たちが春菜を摘もうとして、
紅《くれない》色の赤裳の裾が
春雨に濡れていっそう照り映えながら

通ふらむ　時の盛りを
いたづらに　過ぐし遣《や》りつれ
しのはせる　君が心を
うるはしみ　この夜《よ》すがらに
眠《い》も寝《ね》ずに　今日《けふ》もしめらに
恋《こ》ひつつそ居《を》る

行き来している、この良い季節を
空しくも過ごしてしまったので、
心にかけてくださっているあなたの気持ちが
ありがたく、昨夜も夜通し
眠りもせず、明けた今日も一日
恋しく思っております。

於保吉民能　麻気乃麻尓〻〻　之奈射加流　故之乎袁佐米尓　伊泥氐許之　麻須良和礼須良　余能奈可乃　都袮之奈家礼婆　宇知奈妣伎　登許尓己伊布之　伊多家苦乃　日異麻世婆　可奈之家口　許己尓思出　伊良奈家久　曽許尓念出　奈気久蘇良　夜須家奈久尓　於母布蘇良　久流之伎母能乎　安之比紀能　夜麻伎敝奈里氐　多麻保許乃　美知能等保家婆　間使毛　遣縁毛奈美　於母保之吉　許等毛可欲波受　多麻伎波流　伊能知乎之家登　勢牟須弁能　多騰吉乎之良尓　隠居而　念奈気加比　奈具佐牟流　許己呂波奈之尓　春花乃　佐家流左加里尓　於毛敷度知　多乎里可射佐受　波流乃野能　之気美登妣久久〻　鸎　音太尓伎加受　乎登売良我　春菜都麻須等　久礼奈為能　赤裳乃須蘇能　波流佐米尓　〻保比〻豆知弖　加欲敷良牟　時盛乎　伊多豆良尓　須具之夜里都礼　思努波勢流　君之心乎　宇流波之美　此夜須我浪尓　伊母祢受尓　今日毛之売良尓　孤悲都追曽乎流

1ソラは気持ち、心地。2気のあった者同士。ドチは同士。

巻十七

3970

あしひきの　山桜花《やまさくらばな》　一目だに　君とし見てば　我恋《あれこ》ひめやも

安之比奇能　夜麻左久良婆奈　比等目太尓　伎美等之見氐婆　安礼古非米夜母

（あしひきの）山に咲く桜の花を一目だけでもあなたと一緒に見られたならば、わたしはこんなに恋いこがれることなどありましょうか。

＊サクラが「左」と清音で表記されていることから、「山桜の花」ではなく「山の桜花」と解釈する。

3971

山吹《やまぶき》の　茂み飛び潜《く》く　鶯《うぐひす》の　声《こゑ》を聞くらむ　君はともしも[1]

夜摩扶枳能　之気美登眦久〻　鸎能　許恵乎聞良牟　伎美波登母之毛

山吹の茂みを飛びくぐって鳴く鶯《うぐいす》の声を聞いていられるあなたは、なんとうらやましいことか。

1トモシは、うらやましい意。

3972

出《い》で立たむ　力をなみと　隠《こも》り居《ゐ》て　君に恋《こ》ふるに　心どもなし[1]

伊泥多〻武　知加良乎奈美等　許母里為弖　伎弥尓故布流尓　許己呂度母奈思

出かけてゆく元気がないと引きこもってばかりいて、あなたを恋しく思っていると心が落ち着きません。

1ココロドは、しっかりした心か。

三月三日、[1]大伴宿禰家持《おほとものすくねやかもち》。

三月三日大伴宿禰家持

三月三日、大伴《おおとも》宿禰家持。

1太陽暦の四月二十日

七言《しちごん》[1]、晩春[2]三日遊覧一首 并《あは》せて序

七言晩春三日遊覧一首并序

七言、晩春三日の遊覧《ゆうらん》の詩一首 と序

1各句が七字の漢詩の形式。この日の作は八句からなる七言律詩。2陰暦三月の異名。

＊この前後のやりとりは→解1。

上巳《じやうし》[1]の名辰《めいじん》は、暮春《ぼしゆん》の麗景なり。桃花《たうくわ》は瞼《まなぶた》[2]を昭《て》らして紅《くれなゐ》を分《わか》ち、柳色《りうしよく》苔を含《ふふ》みて緑を競《きほ》ふ。ここに手を携へ、江河《かうが》の畔《ほとり》を曠《はる》かに望み、酒を訪《とぶら》ひ、野客《やかく》の家《いへ》に逈《とほ》く過《よぎ》

る。すでにして、琴罇《きんそん》性を得、蘭契《らんけい》光を和《やはら》げたり。嗟乎《ああ》、今日《けふ》恨むる所は[3]徳星すでに少なきことか。もし寂《じやく》を扣《う》ち章を含まずは、何をもちてか逍遥《せうえう》の趣《おもぶき》を攄《の》べむ。たちまちに短筆に課《おほ》せ、いささかに四韻《しゐん》を勒《ろく》すと云尓《いふ》。

余春の媚日《びじつ》は怜賞《れんしやう》するに宜《よ》く、上巳《じやうし》の風光は覧遊するに足る。
柳陌《りうばく》は江《かは》に臨みて袨服《げんぷく》を縟《まだらか》にし、桃源《たうげん》は海に通ひて仙舟《せんしう》を泛《うか》ぶ。
雲罍《うんらい》に[4]桂《けい》を酌《く》みて三清湛《たた》ひ、羽爵《うしやく》人を催《うなが》して九曲《きうきよく》流る。
縦酔陶心《しやうすいたうしん》彼我《ひが》を忘れ、酩酊《めいてい》し処《ところ》として淹留《えんりう》せぬこと無し。

[5]三月四日、大伴宿禰池主《おほとものすくねいけぬし》

上巳名辰暮春麗景　桃花昭瞼以分紅　柳色含苔而競緑　于時也携手曠望江河之畔訪酒逈過野客之家　既而也琴罇得性蘭契和光　嗟乎今日所恨徳星已少歟　若不扣寂含章何以攄逍遥之趣　忽課短筆聊勒四韻云尓

余春媚日宜怜賞　上巳風光足覧遊
柳陌臨江縟袨服　桃源通海泛仙舟
雲罍酌桂三清湛　羽爵催人九曲流
縦酔陶心忘彼我　酩酊無処不淹留

三月四日大伴宿禰池主

上巳《じょうし》の佳き日、晩春三月の麗しい時季です。桃の花は女性のまぶたを照らして紅色を分かちあたえ、柳の色は苔を含んで緑を競っています。そこで、手に手を取って、川のほとりをはるかに望み、酒を求めて、隠者の家までも遠く立ち寄ります。こうなるともう、音楽も酒もその本領を発揮して、虚飾を捨てて君子の交わりをなごやかに結んでおります。ああ、今日残念なことは、徳高き賢人であるあなたがいらっしゃらないことです。もし詩章をつづらなくしては、この野遊びの趣をどのように書き表せばいいでしょうか。とりあえず拙い筆を駆って、まずは四韻の律詩を作ったというわけです。


晩春のうららかな日は喜び楽しむのにふさわしく、上巳の景色は遊覧《ゆうらん》に十分値します。柳並木は川に沿って見る人の晴れ着を美しく染め、桃の花咲く桃源郷は海に通じて仙人の舟を浮かべております。

雷雲文様の酒瓶には桂《けい》のかぐわしい酒が満ちあふれ、鳥の翼形の盃は人の作詩をせきたてて曲がりくねった川岸を流れます。

存分に酔って陶然となり人と我との区別さえも忘れ、いい気分になってところかまわず座り込む有様です。

三月四日　大伴《おおとも》宿禰池主。

1「上巳」は三月三日の異名。2「臉」とする写本をとれば、頬の意となる。3道徳のある人。
4→植物 関連事項「桂」。5太陽暦の四月二十一日。

1昨日短懐《たんくわい》を述べ、今朝耳目《じもく》を汙《けが》す。さらに2賜書《ししよ》を承り、また不次《ふし》を奉る。死罪死罪。下賤を遺《わす》れず、頻《しき》りに徳音《とくいん》を恵む。英霊星気あり、逸調《いつてう》人に過ぐ。智水《ちすい》仁山、すでに琳瑯《りんらう》の光彩を韞《つつ》み、3潘江陸海《はんかうりくかい》、おのづからに詩書の廊廟《らうべう》に坐《ざ》す。思ひを非常に騁《は》せ、情《こころ》を有理《いうり》に託し、4七歩《しちほ》にして章を成し、数篇紙に満てり。巧みに愁人《しうじん》の重患《ぢうくわん》を遣《や》り、能《よ》く恋者《れんじや》の積思《せきし》を除く。5山柿《さんし》の歌泉は、これに比《くら》ぶれば蔑《な》きが如く、6彫竜《てうりよう》の筆海は、粲然《さんぜん》として看《み》ること得たり。まさに僕《わ》が 幸《さきはひ》有ることを知る。敬《つつし》みて和《こた》ふる歌、その詞に云《い》はく、

昨日述短懐今朝汙耳目　更承賜書且奉不次　死罪〻〻
不遺下賤頻恵徳音　英霊星気逸調過人　智水仁山既韞琳瑯之光彩　潘江陸海自坐詩書之廊廟　騁思非常託情有理七歩成章数篇満紙　巧遣愁人之重患　能除恋者之積思　山柿歌泉比此如蔑彫竜筆海粲然得看矣　方知僕之有幸也　敬和歌其詞云

昨日は拙い思いを述べ、今朝またお目を汚しました。さらにまたお手紙をいただき、またまた乱文を差し上げますことは死罪にもあたる非礼、お許しください。いやしい身にもかかわらず、たびたび徳あるお手紙をくださいました。優れた才能には星の精気が感じられ、すばらしい文の調子には、人並みならぬものを感じます。智の川、仁の山のようなあなたの徳は、すでに宝玉の輝きを内に包んでおられ、江のような潘岳《はんがく》、海のような陸機《りくき》にも比すべきあなたの才能は、生まれながらに詩文の殿堂に列するほどです。着想を非凡のかなたに馳せ、詩情は理にかなっておられ、かの曹《そう》植《しょく》の七歩《しちほ》の詩と同じようにまたたく間に文章はできあがり、数篇が紙に満ちあふれるという有様です。それは愁いに沈む人の重い煩いをうまく忘れさせ、恋する者の積もる思いをよく晴らします。山柿の歌も、これに比べれば物の数ではなく、技巧を凝らした詞の海も、輝くばかりに見て取れます。いまや私は身に余る幸せを思い知っています。敬んでお答えする歌を作りました、その歌とは、

1三月四日。2三九六九序〜三九七二。3晋の潘岳・陸機の文才を江と海にたとえた。4魏の曹植が、七歩歩くあいだに詩を作った故事による。5→三九六九序。6「彫竜」は竜を彫るように、文章をうまく飾ること。

3973

大君《おほきみ》の　命　恐《みことかしこ》み

大君《おおきみ》の仰せを恐れ謹《つつし》んで、

あしひきの　山野障《やまのさは》らず
天《あま》ざかる　鄙《ひな》も治《をさ》むる
ますらをや　なにか物思《ものも》ふ
あをによし　奈良《なら》道《ぢ》来《き》通《かよ》ふ
玉梓《たまづさ》の　使ひ絶えめや
隠《こも》り恋《こ》ひ　息づきわたり
下思《したもひ》に　嘆かふわが背《せ》
いにしへゆ　言ひ継《つ》ぎ来《く》らし
世の中は　数なきものそ
慰《なぐさ》むる　こともあらむと
里人《さとびと》の　我《あれ》に告ぐらく
山びには　桜花《さくらばな》散り
かほ鳥の　間《ま》なくしば鳴く
春の野に　すみれを摘むと
白たへの　袖折《を》り返《かへ》し
紅《くれなゐ》の　赤《あか》裳《も》裾《すそ》引《び》き
娘子《をとめ》らは　思ひ乱れて

（あしひきの）山や野もものともせずに踏み越えて、
（あまざかる）鄙の地だって治められる、
ますらおが、何を思い悩まれることがありましょうか。
（あをによし）奈良の都への道を往来する
（たまづさの）使いが絶えることなどありましょうか。
とじこもって恋いこがれてため息をついては、
心中ひそかに嘆きつづけていらっしゃるあなたよ、
昔からの言い伝えに、
世の中ははかないものだと申します。
気がまぎれることもあろうと思って、
里の人がわたしに言うには、
山辺には桜の花が咲き散り、
かお鳥が絶え間なく鳴きたてる、
その春の野ですみれを摘もうと、
（しろたへの）袖を折り返して、
紅色の赤裳の裾を引きながら、
少女たちは思い乱れながら、

君待つと　うら恋《ごひ》すなり
[1]心ぐし　いざ見に行《ゆ》かな
[2]ことはたなゆひ

あなたを待って心恋しく思っているということです。気にかかります。さあ一緒に見に行きましょう。ことはたなゆひ

憶保枳美能　弥許等可之古美　安之比奇能　夜麻野佐波良受　安麻射可流　比奈毛乎佐牟流　麻須良袁夜　奈迩可母能毛布　安乎尓余之　奈良治伎可欲布　多麻豆佐能　都可比多要米也　己母理古非　伊枳豆伎和多利　之多毛比尓　奈気可布和賀勢　伊尓之敝由　伊比都芸久良之　余乃奈加波　可受奈枳毛能曽　奈具佐牟流　己等母安良牟等　佐刀毗等能安礼迩都具良久　夜麻備尓波　佐久良婆奈知利　可保等利能　麻奈久之婆奈久　春野尓須美礼乎都牟等　之路多倍乃　蘇泥乎利可敝之　久礼奈為能　安可毛須蘇妣伎　乎登売良波於毛比美太礼弖　伎美麻都等　宇良呉悲須奈理　己許呂具志　伊謝美尓由加奈　許等波多奈由比

1悩ましい。せつない。2語義未詳。

3974

山吹《やまぶき》は　日《ひ》に日《ひ》に咲きぬ　うるはしと　我《あ》が思《も》ふ君は　[1]しくしく思ほゆ

夜麻夫枳波　比尓比尓佐伎奴　宇流波之等　安我毛布伎美波　思久思久於毛保由

山吹は日ごとに咲いています。すばらしいとわたしが思うあなたのことが、しきりに恋しく思われてなりません。

巻十七

1シクシクは、ひっきりなしに。＊三九七六から、実際に山吹の枝を添えたと考えられる。

3975
わが背子《せこ》に　恋《こ》ひすべながり[1]　葦垣《あしかき》の　外《ほか》に嘆かふ　我《あれ》し悲しも

和賀勢故迩　古非須敝奈賀利　安之可伎能　保可尓奈気加布　安礼之可奈思母

あなたが恋しく思われてどうしようもないので、（あしかきの）離れて嘆いているわたしがあわれでなりません。

1仕方がない意のスベナシが動詞化したスベナガルの連用形。

三月五日[1]、大伴宿禰池主《おほとものすくねいけぬし》。

三月五日大伴宿禰池主

三月五日、大伴《おおとも》宿禰池主。

1太陽暦の四月二十二日。

昨暮[1]の来使は、幸《さきは》ひにも[2]晩春遊覧の詩を垂れ、[3]今朝の累信《るいしん》は、辱《かたじけ》なくも[4]相招望野《さうせうばうや》の歌を貺《たま》ふ。一《ひと》たび[5]玉藻《ぎょくさう》を看《み》るに、やくやく鬱結《うっけつ》を写《のぞ》き、二たび[6]秀句《しうく》を吟じて、すでに愁緒《しうしょ》を蠲《のぞ》きつ。この眺翫《てうぐわん》に非《あら》ずは、たれか能《よ》く心を暢《の》べむ。但惟《ただし》下僕《われ》、稟性《ひんせい》彫《ゑ》り難く、闇神《あんしん》瑩《みが》くこと靡《な》し。翰《かん》を握り毫《がう》を腐《くた》し、研《げん》に対《むか》ひて渇《かわ》くを忘れ、終日目《もく》流《る》して、これを綴《つづ》るに能《あた》はず。所謂《いはゆる》文章は天骨《てんこつ》にして、これを習ふに得ず。あに字

を探り韻を勒《ろく》するに、雅篇《がへん》に叶和《けふわ》するに堪《あ》へめや。はた鄙里《ひり》の小児《せうに》に聞くに、古人は言《げん》に酬《むく》いずといふこと無しといふ。いささかに拙詠《せつえい》を裁《つく》り、敬みて解咲《かいせう》に擬《あてはか》らくのみ。如今《いまし》言を賦《ふ》し韻を勒し、この雅作の篇に同ず。あに石を将《も》ちて瓊《たま》に間《まじ》へ、声《こゑ》に唱《とな》へ[7]走《わ》が曲《しらべ》に遊ぶに殊《こと》ならめや。はた小児の濫《みだ》りなる謡《うた》の譬《ごと》し。敬みて葉端《えふたん》に写し、もちて乱に擬りて曰《いは》く

[8]七言《しちごん》一首

[9]杪春《べうしゅん》の余日《よじつ》媚景《びけい》麗《うるは》しく、[10]初巳《しよし》の和風払ひておのづからに軽《かろ》し。
来燕《らいえん》は泥《ひぢ》を銜《ふふ》み宇《いへ》を賀《ほ》きて入り、帰鴻《きこう》は蘆《あし》を引き逈《とほ》く瀛《おき》に赴《おもぶ》く。

聞くならく君は侶《とも》に嘯《うそぶ》き流曲を新たにし、禊飲《げいいん》に爵《さかづき》を催《うなが》して河清《かせい》に泛《うか》べつと。

良きこの宴を追ひ尋ねまく欲《ほ》りすれど、還《かへ》りて知る懊《やまひ》に染《そ》みて脚《あし》の跉［足丁］《れいてい》することを。


昨暮来使幸也以垂晩春遊覧之詩今朝累信辱也以貺相招望野之歌　一看玉藻稍写欝結二吟秀句已蠲愁緒　非此眺翫孰能暢心乎　但惟下僕稟性難彫闇神靡瑩　握翰腐毫対研忘渇終日目流綴之不能　所謂文章天骨習之不得也　豈堪探字勒韻叶和雅篇哉　抑聞鄙里小児古人言無不酬　聊裁拙詠敬擬解咲焉　如今賦言勒韻同斯雅作之篇　豈殊将石間瓊唱声遊走曲歟　抑小児譬濫謡　敬写葉端式擬乱曰

七言一首

杪春余日媚景麗　初巳和風払自軽

巻十七

来燕銜泥賀宇入　帰鴻引蘆迵赴瀛
聞君嘯侶新流曲　禊飲催爵泛河清
雖欲追尋良此宴　還知染懊脚跉跰

昨晩の使者によって、かたじけなくも晩春遊覧《ゆうらん》の詩をいただき、今朝の重ねてのお手紙で、恐縮にも誘いあって野遊びしたという歌をいただきました。ひとたび玉のような文章を拝見すると、しだいにふさいだ気持ちも晴れ、ふたたび優れた句を吟じますと、愁いもすっかり消えてしまいました。このように楽しい眺めの歌よりほかに、誰がいったい心を晴らしてくれましょうか。ただし私は、生まれつき才能がなく、愚かな心は磨きようがありません。筆をとればそれを腐らせ、硯に向かってもいつのまにやら墨を乾かしてしまい、一日中外を眺めているばかりで、文章をつづることができません。言われているように、文章の才能は天分の問題で、習っても駄目なようです。韻字を求めてその通りに詩を作って、あなたの立派な詩に唱和しようとしても無理でしょう。そもそも田舎の子どもに聞いても、昔の人は他人から何か言われるとかならず返事をしたということを知っています。仮に拙い詩を作り、謹《つつし》んでお笑いぐさといたします。いま詩を作って韻字を整え、あなたの立派な詩に唱和します。それは石を宝石に混ぜ合わせ、他人が歌うのをまねして歌うのと変わるところがありません。まあ子どもがでたらめ歌を歌うようなものです。謹んで紙の端に書き記して、こたえの詞として言うには、

七言一首

晩春の残り日は少なく春景色《はるげしき》は美しく、上巳《じょうし》の日ののどかな風はそよいで軽やかに吹く。

来たばかりのつばめは泥を口に含んで家を祝福して入ってきて、帰る雁は葦をくわえて遠く沖のほうへ行きます。

聞けばあなたは仲間と一緒に曲水《きょくすい》の宴をあらたに開いて、禊《みそ》ぎの酒を飲んでせっせと盃を川の清水に浮かべたとのこと。

その楽しい宴席に列席したいと思いますが、なお病気のためにすっかり足がふらついております。

1三月四日の池主の使い。2三九七二後書簡と漢詩を指す。3三九七三序～三九七五を指す。4野遊びへの誘い。5 2と同じ。6三九七三～三九七五を指す。7「走」は下僕の意と解釈しておく。8↓三九七三序。9「暮春」に同じ。10「上巳」に同じ。↓三九七三序。

短歌二首

短歌二首

短歌二首

3976

咲けりとも　知らずしあらば　黙《もだ》もあらむ　この山吹《やまぶき》を　見せつつもとな[1]

佐家理等母　之良受之安良婆　母太毛安良牟　己能夜万夫吉乎　美勢追都母等奈

咲いたとも知らずにいたならば、黙ってもいましょう。この山吹を心なくもお見せになったりして。

1→三九三九。ツツモトナは迷惑な気持ちを表す時に用いられている。

3977

葦垣《あしかき》の　外《ほか》にも君が　寄り立たし　**[1]恋《こ》ひければこそば　夢《いめ》に見えけれ**

安之可伎能　保加尓母伎美我　余里多〻志　孤悲家礼許曽婆　伊米尓見要家礼

葦の垣根の外でも、あなたが寄り立たれながら恋い慕ってくださったからこそ、夢に見えたのですね。

1「恋ひければこそ」と同じ。夢に見えるのは相手が自分を思っているという考え方による。

[1]**三月五日、大伴宿禰《おほとものすくね》家持《やかもち》病に臥《ふ》して作る。**

三月五日大伴宿禰家持臥病作之

三月五日、大伴《おおとも》宿禰家持が病に臥せって作ったものである。

1太陽暦の四月二十二日

恋緒《れんしょ》を述ぶる歌一首 并《あは》せて短歌

述恋緒歌一首并短歌

3978

恋の思いを述べた歌一首 と短歌

妹《いも》も我《あれ》も　心は同《おや》じ[1]
比《たぐ》へれど　いやなつかしく
相見《あひみ》れば　常初花《とこはつはな》に
[2]心ぐし　[3]めぐしもなしに
はしけやし　我《あ》が奥妻《おくづま》
大君《おほきみ》の　命恐《みことかしこ》み
あしひきの　山越え野《ぬ》行《ゆ》き
天《あま》ざかる　鄙治《ひなをさ》めにと
別れ来《こ》し　その日の極《きは》み
あらたまの　年行《ゆ》きかへり
春花《はるはな》の　うつろふまでに
相見《あひみ》ねば　いたもすべなみ
しきたへの　袖返《そでかへ》しつつ

いとしい妻もわたしも　同じ気持ち。
一緒にいても、ますます慕わしく思うし、
顔を合わせていると、いつも初花のように初々しく、
つらいことも苦しくもなく、
いとしいばかりのわたしの大切な妻よ。
大君《おおきみ》の仰せを恐れ謹《つつし》んで、
（あしひきの）山を越え野をたどりして、
（あまざかる）鄙の地を治めにと
別れてきたあの日から、
（あらたまの）年が改まって、
春花の散るころまでも逢っていないので、
どうにもやるせなくて、
（しきたへの）袖をしょっちゅう折り返して

寝《ぬ》る夜おちず　夢《いめ》には見れど
うつつにし　直《ただ》にあらねば
恋《こひ》しけく　千重《ちへ》に積もりぬ
近くあらば　帰《かへ》りにだにも
うち行《ゆ》きて　妹《いも》が手枕《たまくら》
さし交《か》へて　寝《ね》ても来《こ》ましを
玉桙《たまほこ》の　道はし遠《とほ》く
関さへに　へなりてあれこそ
よしゑやし　よしはあらむそ
ほととぎす　来鳴《きな》かむ月に
いつしかも　早くなりなむ
卯《う》の花《はな》の　にほへる山を
よそのみも　ふりさけ見つつ
近江路《あふみぢ》に　い行《ゆ》き乗り立ち
あをによし　奈良の我家《わぎへ》に
ぬえ鳥《どり》の　うら嘆《な》けしつつ
下恋《したごひ》に　思ひうらぶれ

寝ると毎晩夢には見るが、
現実にじかに逢うわけではないので、
恋しさは千重にも積もるばかりだなあ。
近かったら、日帰りにでも
ちょっと行って、妻と手枕を
さし交わして寝ても来ようが、
（たまほこの）道は遠くて、
関所さえも間にあるので、
ええ、それならそれで、なんとかなるだろう。
ほととぎすがやって来て鳴く四月に
今すぐに早くならないものか。
そうしたら、卯の花の咲きにおう山を
遠くからでも振り仰ぎ見ながら、
近江路に足を踏み入れ、
（あをによし）奈良のわが家で、
（ぬえどりの）人知れず泣き続けては、
胸のなかで思いしおれて、

門《かど》に立ち　4夕占《ゆふけ》問ひつつ
我《あ》を待つと　寝《な》すらむ妹《いも》を
逢《あ》ひてはや見む

門口に立っては夕占をしたりして、
わたしを待って寝ているであろう妻に
早く逢って顔を見たいものだ。

妹毛吾毛　許己呂波於夜自　多具敝礼登　伊夜奈都可之久　相見婆　登許波都波奈尓　情具之　眼具之毛奈之尓　波思家夜之　安我於久豆麻　大王能　美許登加之古美　阿之比奇能　夜麻古要奴由伎　安麻射加流　比奈乎左米尓等　別来之　曽乃日乃伎波美　荒璞能登之由吉我敝利　春花乃　宇都呂布麻泥尓　相見祢婆　伊多母須敝奈美　之伎多倍能　蘇泥可敝之都追　宿夜於知受　伊米尓波見礼登　宇都追尓之　多太尓安良祢婆　孤悲之家口知敝尓都母里奴　近在者　加敝利尓太仁母　宇知由吉氏　妹我多麻久良　佐之加倍氏　祢天蒙許方思乎　多麻保己乃　路波之騰保久　関左閇尓　敝奈里氏安礼許曽　与思恵夜之余志播安良武曽　霍公鳥　来鳴牟都奇尓　伊都之加母　波夜久奈里那牟　宇乃花能　尓保敝流山乎　余曽能未母　布里佐気見都追　淡海路尓　伊由伎能里多知　青丹吉　奈良乃吾家尓　奴要鳥能　宇良奈気之都追　思多恋尓　於毛比宇良夫礼　可度尓多知　由布気刀比都追　吾乎麻都等　奈須良牟妹乎　安比氏早見牟

1オナジと同じ。 2→三九七三。 3かわいそうだ。 4「夕占」は夕方道を行く人の言葉で吉凶をうらなう占い。

3979

あらたまの　年かへるまで　相見《あひみ》ねば　心もしのに　思ほゆるかも

安良多麻乃　登之可敝流麻泥　安比見袮婆　許己呂毛之努尓　於母保由流香聞

（あらたまの）年が改まってしまうまで逢っていないので、心もうちしおれるばかりに妻のことが恋しく思われてならない。

＊三九七八には「あらたまの　年行きかへり　春花の　うつろふまでに　相見ねば」とある。

3980 ぬばたまの　夢《いめ》にはもとな[1]　相見《あひみ》れど　直《ただ》にあらねば　恋止《こひや》まずけり

奴婆多麻乃　伊米尓波母等奈　安比見礼騰　多太尓安良祢婆　孤悲夜麻受家里

（ぬばたまの）夢ではやたらと逢ってはいるが、じかに逢っているわけではないので、恋しさは止むことがありません。

1→三九三八。＊三九七八には「夢には見れど」「直にあらねば恋しけく」とある。

3981 あしひきの　山きへなりて　遠《とほ》けども　心し行《ゆ》けば　夢《いめ》に見えけり

安之比奇能　夜麻伎敝奈里氏　等保家騰母　許己呂之遊気婆　伊米尓美要家利

（あしひきの）山が隔てとなって遠く離れているけれども、心が通じ合っているので、夢に見えたよ。

3982

春花《はるはな》の　うつろふまでに　相見《あひみ》ねば　月日数《つきひよ》みつつ　妹《いも》待つらむそ

春花能　宇都路布麻泥尓　相見祢婆　月日余美都追　伊母麻都良牟曽

春花が散り果てるまで逢っていないので、月日を指折り数えて、いとしい妻は待っていることでしょう。

右、三月二十日夜裏《よのうち》[1]に、たちまちに恋情を起して作る。大伴宿禰家持《おほとものすくねやかもち》

右三月廿日夜裏忽兮起恋情作　大伴宿禰家持

右は、三月二十日の夜中に、ふと急に恋の感情をもよおして作ったものである。大伴《おおとも》宿禰家持。

1 三月二十五日とする古写本もある。太陽暦の五月十二日。

立夏《りふか》[1]四月、すでに累日《るいじつ》を経《へ》ぬるに、なほしいまだ霍公鳥《ほととぎす》の喧《な》くを聞かず。よりて作る恨《うら》みの歌二首

立夏四月既経累日而由未聞霍公鳥喧　因作恨歌二首

立夏《りっか》四月となって、すでに数日経過したのに、まだほととぎすの鳴く声を聞かない。そこで作った恨みの歌二首

1天平十九年の立夏は、三月二十一日。まだ三月中だが、立夏を迎えたので四月と表記したか。

3983 **あしひきの　山も近きを　ほととぎす　月立《つきた》[1]つまでに　なにか来鳴《きな》かぬ**

安思比奇能　夜麻毛知可吉乎　保登等芸須　都奇多都麻泥尓　奈仁加吉奈可奴

（あしひきの）山も近いのに、ほととぎすよ、月が改まるまで、どうしてやって来て鳴かないのか。

1「月立つ」は本来新月が現れること。ここでは四月になったこと。

3984 **玉[1]に貫《ぬ》く　花橘《はなたちばな》を　乏《とも》[2]しみし　このわが里に　来鳴《きな》かずあるらし**

多麻尓奴久　波奈多知婆奈乎　等毛之美思　己能和我佐刀尓　伎奈可受安流良之

玉に通す橘の花が少ないと思っているから、このわたしの住む里に来て鳴かないのだろう。

1→植物 関連事項「玉」。2このトモシは少ないの意味。

霍公鳥《ほととぎす》は、立夏《りふか》の日に来鳴《きな》くこと必定《ひつぢやう》[1]なり。また越中《ゑつちう》の風土★は橙橘《たうきつ》[2]あること希《まれ》らなり。これによりて、大伴宿禰家持《おほとものすくねやかもち》懐《こころ》に感発《かんぱつ》して、いささかにこの歌を裁《つく》る。 三月[3]二十九日

霍公鳥者立夏之日来鳴必定　又越中風土希有橙橘也　因此大伴宿禰家持感発於懐聊裁此歌
三月廿九日

ほととぎすは、立夏《りっか》の日に来て鳴くものと決まっている。また越中《えっちゅう》の土地がらは橙橘《とうきつ》類が少ない。そこで、大伴《おおとも》宿禰家持が心に感じて、まずはこの歌を作ったのである。　三月二十九日。

1立夏にほととぎすが鳴くことは、漢籍に記されている。2↓植物「たちばな」。3太陽暦の五月十六日。

二上山《ふたがみやま》の★賦《ふ》一首　この山は射水郡《いみづのこほり》にあり

二上山賦一首　此山者有射水郡也

二上山の賦一首　この山は射水《いみず》郡にある

3985
射水河《いみづかは》　い行《ゆ》きめぐれる
1玉《たま》くしげ　二上山は
春花《はるはな》の　咲ける盛りに
秋の葉の　にほへる時に

射水《いみず》河がふもとをめぐって流れゆく
(たまくしげ)二上山は、
春花の盛りの時も、
秋の葉の色づく時にも、

出《い》で立ちて　ふり[2]さけ見れば
[3]神《かむ》からや　[4]そこば貴《たふと》き
山からや　見が欲《ほ》しからむ
[5]すめ神《かみ》の　裾廻《すそみ》の山の
渋谿《しぶたに》の　崎の荒磯《ありそ》に
朝なぎに　寄する白波
夕《ゆふ》なぎに　満ち来《く》る潮《しほ》の
いや増しに　絶ゆることなく
いにしへゆ　今[6]のをつつに
かくしこそ　見る人ごとに
かけてしのはめ

外に出て振り仰いで見ると、
この山の神性ゆえにあんなにも貴いのだろうか、
山のもつ品格のせいで見たくてならないのだろうか。
だからこそ、この神の住む山のふもとの山の、
渋谿の崎の荒磯に、
朝なぎのときにうち寄せる白波や、
夕なぎのときに満ちてくる潮のように、
いよいよますます絶えることなく、
遠い昔から今に至るまでずっと、
こんなにも見る人すべてが、
この山を心にかけてほめたたえるのだろう。

伊美都河泊　伊由伎米具礼流　多麻久之気　布多我美山者　波流波奈乃　佐家流左加利尓
安吉能葉乃　尓保敝流等伎尓　出立氐　布里佐気見礼婆　可牟加良夜　曽許婆多敷刀伎
夜麻可良夜　見我保之加良武　須売加未能　須蘇未乃夜麻能　之夫多尓能　佐吉乃安里蘇
尓　阿佐奈芸尓　余須流之良奈美　由敷奈芸尓　美知久流之保能　伊夜麻之尓　多由流許
登奈久　伊尓之敝由　伊麻乃乎都豆尓　可久之許曽　見流比登其等尓　加気氐之努波米

1↓三九五五。2フリサケミルは、目を上げて遠くをはるかに眺めやる意。3カラはそのもの

が持つ本来の性質。4ソコバはあれほどに甚しく。5国土の守護神。ここは二上山を神とあがめている。6ヲツツはウツツに同じか。

3986
渋谿《しぶたに》の　崎の荒磯《ありそ》に　寄する波　いやしくしく[1]に　いにしへ思ほゆ

之夫多尓能　佐伎能安里蘇尓　与須流奈美　伊夜思久思久尓　伊尓之敝於母保由

渋谿の崎の荒磯にうち寄せる波のように、いよいよしきりに、遠い昔のことがしのばれます。

1→三九七四。

3987
玉《たま》[1]くしげ　二上山《ふたがみやま》に　鳴く鳥[2]の　声《こゑ》の恋《こひ》しき　時は来《き》にけり

多麻久之気　敷多我美也麻尓　鳴鳥能　許恵乃孤悲思吉　登岐波伎尓家里

（たまくしげ）二上山に鳴く鳥の声が恋しくてならない時が、とうとうやってきた。

1→三九五五。2この「鳥」はほととぎすと考えられているが、家持はこの時点ではまだ二上山のほととぎすの鳴き声を聞いていない。

右、三月[1]三十日に、興《きよう》[2]に依《よ》りて作る。大伴宿禰家持《おほとものすくねやかもち》

右三月卅日依興作之　大伴宿禰家持

右は、三月三十日に、興《きょう》によって作ったものである。大伴《おおとも》宿禰家持。

[1]太陽暦の五月十七日。[2]「依興」は想像による作詠か。

[1]四月十六日夜《よ》の裏《うち》に、はるかに霍公鳥《ほととぎす》の喧《な》くを聞きて、懐《こころ》を述ぶる歌一首

四月十六日夜裏遥聞霍公鳥喧述懐歌一首

四月十六日の夜中に、はるかにほととぎすの鳴く声を聞いて、思いを述べた歌一首

[1]太陽暦の六月二日。

3988

[1]ぬばたまの　月に向かひて　ほととぎす　[2]鳴く音《おと》遥《はる》けし　里遠《どほ》みかも

奴婆多麻乃　都奇尓牟加比氏　保登等芸須　奈久於登波流気之　佐刀騰保美可聞

（ぬばたまの）月に向かってほととぎすが鳴く声が、はるか遠くから聞こえてくる。
人里から離れたところにいるのだろうか。

[1]→三九三八。月にかかるのはこの例のみ。[2]鳥の声を「音」と詠むのは珍しい。

右、大伴宿禰《おほとものすくね》家持《やかもち》作る。

右大伴宿禰家持作之

右は、大伴《おおとも》宿禰家持が作ったものである。

大目《だいさくわん》秦《はだ》忌寸《いみき》八千島《やちしま》の館《むろつみ》にして、守《かみ》大伴《おほとも》宿禰《すくね》家持《やかもち》に餞《せん》する宴《うたげ》の歌二首

大目秦忌寸八千島之館餞守大伴宿禰家持宴歌二首

大目《だいさかん》秦忌寸八千島の館で、守大伴《おおとも》宿禰家持の送別の宴を開いた時の歌二首

3989

奈呉《なご》の海の　沖つ白波　しくしくに[1]　思ほえむかも　立ち別れなば

奈呉能宇美能　意吉都之良奈美　志苦思苦尓　於毛保要武可母　多知和可礼奈婆

奈呉の海の沖に立つ白波のように、しきりに思い出されることでしょう。旅立ってお別れしてしまったならば。

1→三九七四。＊八千島の館から海が見えた。→三九五六。

3990

わが[1]背子《せこ》は　玉にもがもな[2]　手に巻きて　見つつ行《ゆ》かむを　置きて行《い》かば惜《を》し

和我勢故波　多麻尓母我毛奈　手尓麻伎氐　見都追由可牟乎　於吉氐伊加婆乎思

あなたが玉であればよいのになあ。そしたら手に巻いて見ながら行くことができるの

巻十七

に。置いて行くのは残念です。

1主人八千島を指す。2→三九四五。

右、守大伴宿禰家持《かみおほとものすくねやかもち》、正税帳《しやうぜいちやう》をもちて京師《みやこ》に入らむとす。よりてこの歌を作り、いささかに相別《あひわか》るる嘆きを陳《の》ぶ。[1]四月二十日

右守大伴宿禰家持以正税帳須入京師　仍作此歌聊陳相別之嘆　四月廿日

右は、守大伴《おおとも》宿禰家持が、正税帳《しょうぜいちょう》を持って都に上ることになった。そこでこの歌を作って、まずは別れの嘆きを述べたものである。四月二十日。

1太陽暦の六月六日。＊六日後にも宴が開かれている（三九九五）のは、当時の官人の休暇が六日に一日であったことと関係するか。

布勢《ふせ》の[1]水海《みづうみ》に遊覧する賦《ふ》★一首 并《あは》せて短歌　この海《うみ》は射水郡《いみづのこほり》の旧江《ふるえ》の村にあり

遊覧布勢水海賦一首并短歌　此海者有射水郡旧江村也

布勢の水海《みずうみ》に遊覧《ゆうらん》する賦一首と短歌　この水海《みずうみ》は射水《いみず》郡旧江村にある

1「水海」は漢籍に例がない。湖の和製語か。

3991

もののふの　八十伴《やそとも》の男《を》の
思ふ[1]どち　心遣《や》らむと
馬並《な》めて　[2]うちくちぶりの
白波の　荒磯《ありそ》に寄する
渋谿《しぶたに》の　崎《さき》[3]たもとほり
麻都太要《まつだえ》の　長浜《ながはま》過ぎて
宇奈比河《うなひがは》　清き瀬《せ》ごとに
鵜川《うかは》立ち　か行《ゆ》きかく行《ゆ》き
見つれども　そこも飽《あ》かにと
布勢《ふせ》の海《うみ》に　舟浮け据《す》ゑて
沖辺《おきへ》漕《こ》ぎ　辺《へ》に漕ぎ見れば
渚《なぎさ》には　あぢ群騒《むらさわ》き
島廻《しまみ》には　木末《こぬれ》花咲き
ここばくも　見《み》のさやけきか
[4]玉《たま》くしげ　二上山《ふたがみやま》に
延《は》ふつたの　行《ゆ》きは別れず
あり通《がよ》ひ　いや年のはに

（もののふの）たくさんの官人たちが、
親しい者同士で気晴らししようと、
馬を連ねて、うちくちぶりの、
白波が荒磯に寄せる
渋谿の崎をぐるりとめぐり、
麻都太要の長浜を通り過ぎて、
宇奈比河の清らかな瀬ごとに
鵜飼を楽しんだり、あちらこちらに行って、
見てまわったけれど、それでも物足りないと、
布勢の水海に舟を浮かべて、
沖を漕ぎ岸辺を漕ぎなどして見わたすと、
波打ち際にはあじが群れ遊び、
島のまわりには木々の梢に花が咲いていて、
これほどにすばらしい眺めはほかにあるだろうか。
（たまくしげ）二上山に
はい延びた蔦のように、別れ別れになったりせず、
通いつづけてずっと毎年、

思ふどち　かくし遊ばむ
今も見るごと

気心知れた仲間同士、こうして遊ぼう。
今見ながら楽しんでいるように。

物能乃敷能　夜蘇等母乃乎能　於毛布度知　許己呂也良武等　宇麻奈米氏　宇知久知夫利
乃　之良奈美能　安里蘇尓与須流　之夫多尓能　佐吉多母登保理　麻都太要能　奈我波麻
須義氏　宇奈比河波　伎欲吉勢其等尓　宇加波多知　可由吉賀久遊岐　見都礼騰母　曽許
母安加尓等　布勢能宇弥尓　布祢宇気須恵氏　於伎敝許芸　辺尓己伎見礼婆　奈芸左尓波
安遅牟良佐和伎　之麻未尓波　許奴礼波奈左吉　許己婆久毛　見乃佐夜気吉加　多麻久之
気　布多我弥夜麻尓　波布都多能　由伎波和可礼受　安里我欲比　伊夜登之能波尓　於母
布度知　可久思安蘇婆牟　異麻母見流其等

1→三九六九。2語義未詳。3→三九四四。4→三九五五。

3992

布勢《ふせ》の海の　沖つ白波　あり通《がよ》ひ　いや年のはに　見つつしのはむ

布勢能宇美能　意枳都之良奈美　安利我欲比　伊夜登偲能波尓　見都追思努播牟

布勢の海の沖に立つ白波のように、ずっと通い続けて、毎年毎年この眺めを見て愛《め》でよう。

右、守大伴宿禰《かみおほとものすくね》家持《やかもち》の作。四月[1]二十四日

右守大伴宿禰家持作之　四月廿四日

右は、守大伴《おおとも》宿禰家持の作。四月二十四日。

1太陽暦の六月十日。

3993

敬《つつし》みて布勢《ふせ》の水海《みづうみ》に遊覧する賦《ふ》★に和《わ》する一首 并《あは》せて一絶《[1]ぜつ》

敬和遊覧布勢水海賦一首并一絶

敬んで「布勢の水海《みずうみ》に遊覧《ゆうらん》する賦」に唱和する一首と短歌一首

1 解2「賦」を参照。

藤波《ふぢなみ》は　咲きて散りにき
卯《う》の花《はな》は　今そ盛りと
あしひきの　山にも野にも
ほととぎす　鳴きし[1]とよめば
うちなびく　心もしのに
そこをしも　うら恋《ごひ》しみと
[2]思ふどち　馬うち群れて
携《たづさ》はり　出《い》で立ち見れば

「藤《ふじ》の花は咲いてもう散り果てたが、
卯の花は今がまっさかりだ」とばかりに、
（あしひきの）山にも野にも
ほととぎすがしきりに鳴きたてるので、
ひたすら寄せる心もうちしおれるほどに、
そのことを心恋しく思って、
親しい者同士馬を連ねて、
連れだって出かけて来て見ると、

射水河《いみづかは》　[3]みなとの州鳥《すどり》
朝なぎに　潟にあさりし
潮《しほ》満てば　夫婦《つま》呼びかはす
[4]ともしきに　見つつ過ぎ行《ゆ》き
渋谿《しぶたに》の　荒磯《ありそ》の崎に
沖つ波　寄せ来《く》る玉藻《たまも》
片搓《かたよ》りに　蘰《かづら》に作り
妹《いも》がため　手に巻き持ちて
[5]うらぐはし　布勢《ふせ》の水海《みづうみ》に
海人舟《あまぶね》に　ま梶櫂《かぢかい》貫《ぬ》き
白たへの　袖《そで》振り返《かへ》し
[6]率《あども》ひて　わが漕《こ》ぎ行《ゆ》けば
乎《を》布《ふ》の崎　花散りまがひ
渚には　葦鴨《あしがも》騒《さわ》き
さざれ波　立《た》ちても居《ゐ》ても
漕ぎめぐり　見れども飽《あ》かず
秋さらば　黄葉《もみち》の時に

射水《いみず》河の河口の州鳥《すどり》は、
朝なぎに干潟で餌をあさり、
夕潮が満ちてくると夫婦で呼び合っています。
それにも心は引かれるが、横目に見ながら素通りして、
渋谿の荒磯の崎に
沖の波が寄せ来る玉藻を、
一本に縒《よ》りをかけてかずらに作って、
いとしい人へのみやげに手に巻き持って、
心にしみいるように美しい布勢の水海《みずうみ》で、
海人の小舟に櫂《かい》を取り付け、
（しろたへの）袖を振り交わしながら、
声を掛けあって漕いで行くと、
乎《お》布《ふ》の崎には花が散り乱れ、
波打ち際では葦鴨が鳴き騒ぎ、
（さざれなみ）立って見ても座って見ても、
漕ぎめぐりながら見ても見飽きることはありません。
秋になったら紅葉の時に、

春さらば　花の盛りに
かもかくも　君がまにまと
かくしこそ　見《み》も明《あき》らめめ
絶ゆる日あらめや

春が来たら花の盛りに、
とにもかくにもあなたのお供をして、
こうやって見に来て気を晴らしましょう。
ここを見に来ることが絶える日などありましょうか。

布治奈美波　佐岐弖知里尓伎　宇能波奈波　伊麻曽佐可理等　安之比奇能　夜麻尓毛野尓毛　保登等芸須　奈伎之等与米婆　宇知奈妣久　許己呂毛之努尓　曽己乎之母　宇良胡非之美等　於毛布度知　宇麻宇知牟礼弖　多豆佐波理　伊泥多知美礼婆　伊美豆河泊　美奈刀能須登利　安佐奈芸尓　可多尓安佐里之　思保美弖婆　都麻欲妣可波須　等母之伎尓美都追須疑由伎　之夫多尓能　安利蘇乃佐伎尓　於枳追奈美　余勢久流多麻母　可多与理尓　可都良尓都久理　伊毛我多米　氏尓麻吉母知弖　宇良具波之　布勢能美豆宇弥尓　阿麻夫祢尓　麻可治加伊奴吉　之路多倍能　蘇泥布理可辺之　阿登毛比弖　和賀己芸由気婆乎布能佐伎　波奈知利麻我比　奈伎佐尓波　阿之賀毛佐和伎　佐射礼奈美　多知弖毛為弖母　己芸米具利　美礼登母安可受　安伎佐良婆　毛美知能等伎尓　波流佐良婆　波奈能佐可利尓　可毛加久母　伎美我麻尓麻等　可久之許曽　美母安吉良米々　多由流比安良米也

1トヨムは、下二段活用、声を周囲に響かせるの意。2→三九六九。3ミナトは水門で、河口のこと。4→三九七一。5ウラは心。グハシは心に美しく感じるもの。6引き連れて。

3994

白波の　寄せ来《く》る玉藻《たまも》　世の間《あひだ》も　継《つ》ぎて見に来《こ》む　清き浜辺《はまび》を

之良奈美能　与世久流多麻毛　余能安比太母　都芸弖民仁許武　吉欲伎波麻備乎

白波が寄せて運んでくる玉藻を、命ある限り続けて見に来ましょう。この清らかな浜辺を。

右、掾《じょう》大伴宿禰《おほとものすくね》池主《いけぬし》の作。[1]四月二十六日追和《ついわ》

右掾大伴宿禰池主作　四月廿六日追和

右は、掾《じょう》大伴《おおとも》宿禰池主の作。四月二十六日追和したものである。

1太陽暦の六月十二日。

[1]四月二十六日、掾《じょう》大伴宿禰《おほとものすくね》池主《いけぬし》の館《むろつみ》に、税帳使《ぜいちやうし》の守《かみ》大伴宿禰家持《やかもち》に餞《せん》する宴《うたげ》の歌并《あは》せて古歌《こか》四首

四月廿六日掾大伴宿禰池主之館餞税帳使守大伴宿禰家持宴歌并古歌四首

四月二十六日に、掾《じょう》大伴《おおとも》宿禰池主の館で、税帳使《ぜいちょうし》の守大伴宿禰家持の送別の宴を開いた時の歌と古歌の四首

1太陽暦の六月十二日。

3995

玉桙《たまほこ》の　道に出《い》で立ち　別れなば　見ぬ日さまねみ　恋《こひ》しけむかも　一《いっ》[1]に云《い》ふ「見ぬ日久しみ　恋しけむかも」

多麻保許乃　美知尓伊泥多知　和可礼奈婆　見奴日佐麻祢美　孤悲思家武可母　一云　不見日久弥　恋之家牟加母

（たまほこの）道に旅立ちしてお別れしたならば、逢わない日が多くなるので、恋しくてならないでしょう。また「久しく逢わないので、恋しくてならないでしょう」。

[1]巻十七以降で「一云」と異伝があるのはすべて家持の歌。推敲の跡を残すと考えられる。

右の一首、大伴宿禰《おほとものすくね》家持《やかもち》作る。

右一首大伴宿禰家持作之

右の一首は、大伴《おおとも》宿禰家持が作ったものである。

3996

わが背子《せこ》が　国へましなば　ほととぎす　鳴かむ五月《さつき》は　さぶしけむかも

和我勢古我　久尓敝麻之奈婆　保等登芸須　奈可牟佐都奇波　佐夫之家牟可母

あなたが奈良の都へいらっしゃってしまったならば、ほととぎすが鳴く五月は、きっと寂しいことでしょう。

右の一首、介《すけ》内蔵《くらの》忌寸《いみき》縄麻呂《なはまろ》作る。

右一首介内蔵忌寸縄麻呂作之

右の一首は、介内蔵忌寸縄麻呂《なわまろ》が作ったものである。

3997

我《あれ》なしと　なわびわが背子《せこ》　ほととぎす　鳴かむ五月《さつき》は　玉を貫《ぬ》かさね

安礼奈之等　奈和備和我勢故　保登等芸須　奈可牟佐都奇波　多麻乎奴香佐祢

わたしがいないと気落ちしないでください、あなた。ほととぎすが鳴く五月には、玉をお作りになってください。

1ナは禁止。ワブは落胆すること。2→三九八四。

右の一首、守《かみ》大伴《おほとも》宿禰《すくね》家持《やかもち》和《こた》ふ。

右一首守大伴宿禰家持和

右の一首は、守大伴《おおとも》宿禰家持が唱和したものである。

石川《いしかはの》朝臣《あそみ》水通《みみち》の橘《たちばな》の歌一首

石川朝臣水通橘歌一首

石川《いしかわ》朝臣水通の橘の歌一首

3998 **わがやどの　花橘《はなたちばな》を　花ごめに[1]　玉にそ[2]我《あ》が貫《ぬ》く　待たば苦しみ**

和我夜度能　花橘乎　波奈其米尓　多麻尓曽安我奴久　麻多婆苦流之美

わが家の庭の橘の花を、花とともに玉としてわたしは糸に通します。待っていると苦しいので。

1花とともに、の意か。未詳。2→三九八四。

右の一首、伝誦《でんしょう》するは主人《あろじ》大伴《おほとも》宿禰《すくね》池主《いけぬし》なりと云尓《いふ》。

右一首伝誦主人大伴宿禰池主云尓

右の一首は、伝誦《でんしょう》したのは主人大伴《おおとも》宿禰池主であった。

守大伴宿禰《かみおほとものすくね》家持《やかもち》の館《むろつみ》に飲宴《いんえん》する歌一首[1] 四月二十六日

守大伴宿禰家持館飲宴歌一首　四月廿六日

守大伴《おおとも》宿禰家持の館で酒宴を開いた時の歌一首 四月二十六日

1太陽暦の六月十二日。

3999

都辺《みやこへ》に　立つ日近づく　飽《あ》くまでに　相見《あひみ》て行《ゆ》かな　恋《こ》ふる日多《おほ》けむ

美夜故敝尓　多都日知可豆久　安久麻弖尓　安比見而由可奈　故布流比於保家牟

都へと出発する日が近づきました。心ゆくまで皆さんのお顔を見たいものです。恋しく思う日が多くなるでしょうから。

＊三九九五～三九九九は同日の歌。

[1]立山《たちやま》の賦《ふ》★一首　并《あは》せて短歌　この立山は新川郡《にひかはのこほり》にあり

立山賦一首并短歌　此立山者有新川郡也

立山《たちやま》の賦一首　と短歌　この立山は新川《にいかわ》郡にある

[1]立山連峰に立山という単独峰はない。最高峰は大汝山《おおなんじやま》。

4000

天《あま》ざかる　鄙《ひな》に[1]名かかす
越《こし》の中《なか》　国内《くぬち》ことごと
山は[2]しも　[3]しじにあれども
川《かは》はしも　さはに行《ゆ》けども
[4]すめ神《かみ》の　[5]うしはきいます

（あまざかる）鄙の地のなかでも名高い
越中の国中のいたるところに、
山は数々あり、
川はたくさん流れているが、
国の神が鎮座されている

新川《にひかは》の　その立山《たちやま》に
[6]常夏《とこなつ》に　雪降り敷《し》きて
帯《お》ばせる　片貝河《かたかひがは》の
清き瀬《せ》に　朝夕《あさよひ》ごとに
立つ霧の　思ひ過ぎめや
あり通《がよ》ひ　いや年のはに
よそのみも　ふりさけ見つつ
万代《よろづよ》の　語らひぐさと
いまだ見ぬ　人にも告げむ
音《おと》のみも　名のみも聞きて
ともしぶる[7]がね

新川郡《にいかわ》のその名も高き立山《たちやま》には、
夏だというのに雪が降り積もっていて、
山裾を流れる片貝川《かたかい》の
清らかな瀬に朝夕ごとに
立つ霧のように、この山を忘れることなどあろうか。
通いつづけて、ずっと毎年、
遠くからでも仰ぎ見て、
万代《よろずよ》の語りぐさとして、
まだ見たことのない人にも話そう。
噂だけでも名前だけでも聞いて、
うらやましがるように。

安麻射可流　比奈尓名可加須　古思能奈可　久奴知許登其等　夜麻波之母　之自尓安礼登毛　加波ゝ之母　佐波尓由気等毛　須売加未能　宇之波伎伊麻須　尓比可波能　曽能多知夜麻尓　等許奈都尓　由伎布理之伎弖　於婆勢流　可多加比河波能　伎欲吉瀬尓　安佐欲比其等尓　多都奇利能　於毛比須疑米夜　安里我欲比　伊夜登之能播仁　余増能未母　布利佐気見都ゝ　余呂豆余能　可多良比具佐等　伊末太見奴　比等尓母都気牟　於登能未毛名能未母伎吉氏　登母之夫流我祢

1カカスは、語義未詳。2→三九二九。3シジニは、ぎっしりと。密に。4国土の守護神。5ウシハクは、支配すること。6「常夏」は、正確には語義未詳。7意志や希望をあらわす。

4001 **立山《たちやま》に　降り置ける雪を　常夏《とこなつ》に　見れども飽《あ》かず　神《かむ》からならし**

多知夜麻尓　布里於家流由伎乎　登己奈都尓　見礼等母安可受　加武賀良奈良之

立山《たちやま》に降り置いている雪は、夏のいま見ても見あきることがない。神の山だからにちがいない。

4002 **片貝《かたかひ》の　河《かは》の瀬清く　行《ゆ》く水の　絶《た》ゆることなく　あり通《がよ》ひ見む**

可多加比能　可波能瀬伎欲久　由久美豆能　多由流許登奈久　安里我欲比見牟

片貝《かたかい》の川の瀬も清く流れゆく水のように、絶えることなくずっと通い続けてこの山を見よう。

[1]四月二十七日に、大伴宿禰《おほとものすくね》家持《やかもち》作る。

四月廿七日大伴宿禰家持作之

四月二十七日に、大伴《おおとも》宿禰家持が作ったものである。

1太陽暦の六月十三日。

敬《つつし》みて立山《たちやま》の賦★《ふ》に和《わ》する一首 并《あは》せて二絶《ぜつ》[1]

敬和立山賦一首并二絶

敬んで「立山《たちやま》の賦」に唱和する一首と短歌二首

→解2「賦」を参照。

4003

朝日さし [1]そがひに見ゆる
神《かむ》ながら み名に帯《お》ばせる
白雲の 千重《ちへ》を押し別《わ》け
天《あま》そそり 高き立山《たちやま》
冬夏《ふゆなつ》と 別《わ》くこともなく
白[2]たへに 雪は降り置きて
いにしへゆ あり来《き》にければ
こごしかも 岩《いは》の神《かむ》さび
たまきはる 幾代《いくよ》経《へ》にけむ
立ちて居《ゐ》て 見れども怪《あや》し
峰高み 谷を深みと

朝日がさし、遠くはるかに離れて見える、
神のままに名を持っておられる、
白雲の重なりを押し分けて、
空にそびえて立つ高い立山《たちやま》には、
冬夏と区別することなく
白栲《しろたえ》のように雪は降り置いて、
昔からずっとこうあったので、
険しくそびえ立っている岩は神々しく、
（たまきはる）幾代経たことであろうか。
立って見ても座って見ても、霊妙だ。
峰が高く谷が深いので、

巻十七

落ち激《たぎ》つ　清き河内《かふち》に
朝さらず　霧立ち渡り
夕《ゆふ》されば　雲居《くもゐ》たなびき
雲居なす　心もしのに
立つ霧の　思《おも》ひ過ぐさず
行《ゆ》く水の　音もさやけく
万代《よろづよ》に　言ひ継《つ》ぎ行《ゆ》かむ
川《かは》し絶えずは

ほとばしり落ちる清らかな谷あいの流れに、
朝ごとに霧が立ちわたり、
夕方になると雲がたなびいて、
その雲のように胸いっぱいにつまって、
その霧のように忘れ去ることなく、
行く水の瀬音のようにすがすがしく、
万代《よろずよ》ののちまでも語り伝えてゆきましょう。
この川の流れが絶えない限りは。

阿佐比左之　曽我比尓見由流　可無奈我良　弥奈尓於婆勢流　之良久母能　知辺乎於之和気　安麻曽々理　多可吉多知夜麻　布由奈都登　和久許等母奈久　之路多倍尓　遊吉波布里於吉弖　伊尓之辺遊　阿里吉仁家礼婆　許其志可毛　伊波能可牟佐備　多末伎波流　伊久代経尓家牟　多知氏為弖　見礼登毛安夜之　弥祢太可美　多尓乎布可美等　於知多芸都吉欲伎可敷知尓　安佐左良受　綺利多知和多利　由布佐礼婆　久毛為多奈毗吉　久毛為奈須　己許呂毛之努尓　多都奇理能　於毛比須具佐受　由久美豆乃　於等母佐夜気久　与呂豆余尓　伊比都芸由可牟　加波之多要受波

1ソガヒは語義未詳。2夕へは、楮《こうぞ》などの繊維で織った布。

4004

立山《たちやま》に　降り置ける雪の　常夏《とこなつ》に　消《け》ずて渡るは　神《かむ》ながらとそ

多知夜麻尓　布理於家流由伎能　等許奈都尓　気受弖和多流波　可無奈我良等曽

立山《たちやま》に降り置いている雪が、夏のまっさかりにも消えずにあり続けるのは、神の山だからだそうです。

＊四〇〇一と上三句ほぼ同じ。

4005

落ち激《たぎ》つ　片貝河《かたかひがは》の　絶えぬごと　今見る人も　止《や》まず通はむ

於知多芸都　可多加比我波能　多延奴期等　伊麻見流比等母　夜麻受可欲波牟

高い山々からほとばしり落ちる片貝《かたかい》川の絶えることのないように、今この山を見る人も、絶えることなく通い続けることでしょう。

右、掾《じよう》大伴宿禰《おほとものすくね》池主《いけぬし》和《こた》ふ。四月二十八日[1]

右掾大伴宿禰池主和之　四月廿八日

右は、掾《じょう》大伴《おおとも》宿禰池主が唱和したものである。四月二十八日。

1 太陽暦の六月十四日。

巻十七

京《みやこ》に入ることやくやく近づき、悲情撥《はら》ひ難《がた》くして、懐《おもひ》を述ぶる一首 并《あは》せて一絶[1]《ぜつ》

入京漸近悲情難撥述懐一首并一絶

上京する日がしだいに近づき、悲しみの心が払いがたくて、思いを述べた一首 と短歌一首

1→解2「賦」を参照。

4006

かき数《かぞ》ふ　二上山《ふたがみやま》に
神《かむ》さびて　立てるつがの木
本《もと》も枝《え》も　[1]同《おや》じ常磐《ときは》に
はしきよし　わが背《せ》の君を
朝さらず　逢ひて言問《ことど》ひ
夕《ゆふ》されば　手携《てたづさ》はりて
射水河《いみづかは》　清き河内《かふち》に
出《い》で立ちて　わが立ち見れば
★あゆの風　いたくし吹けば
[2]みなとには　白波高み
夫婦《つま》呼ぶと　州鳥《すどり》は騒《さわ》く

（かきかぞふ）二上山に
神々しく生い立っているつがの木が、
幹も枝も同じようにいつも青々としているように、
いとしいあなたと、
朝ごとに逢っては語りあい、
夕方になると手を取りあって、
射水《いみず》河の清らかな川べりに
出かけて行ってたたずんで見ると、
あゆの風がひどく吹いて、
河口は白波が荒いので、
夫婦で呼び合って州鳥《すどり》が鳴き騒いでいるし、

葦《あし》刈ると　海人《あま》の小舟《をぶね》は
入江《いりえ》漕《こ》ぐ　梶《かぢ》の音高し
そこを[3]しも　あやにともしみ
しのひつつ　遊ぶ盛りを
天皇《すめろき》の　食《を》す国なれば
御言《みこと》持《も》ち　立ち別れなば
後《おく》れたる　君はあれども
玉桙《たまほこ》の　道行《ゆ》く我《われ》は
白雲の　たなびく山を
岩根《いはね》踏《ふ》み　越えへなりなば
恋《こひ》しけく　日《け》の長けむそ
そこ思《も》へば　心し痛し
ほととぎす　声《こゑ》にあへ貫《ぬ》く
[4]玉にもが　手に巻き持ちて
朝夕《あさよひ》に　見つつ行《ゆ》かむを
置きて行《い》かば惜《を》し

葦を刈る海人《あま》の小舟は、
入江を漕ぐ櫂《かい》の音も高く響かせている。
そんなところが、ほんとうにおもしろくて、
愛《め》でながら遊ぶのにいちばん良い時季なのに、
天皇の治めたまう国であるから、
そのご命令をいただいて立ち別れてしまったならば、
あとに残るあなたはともかくとして、
（たまほこの）道を行くわたしは、
白雲のたなびく山を、
岩根を踏み越えて遠く離れてしまったならば、
あなたを恋しく思うことが幾日も続くことになるのです。
そのことを思うと、今から心が痛みます。
ほととぎすの声にあわせて緒《お》に通す
玉であなたがあったならば、手に巻き持って、
朝ごと宵ごとに見ながら行くことができるのに。
あなたを置いて行くのはつらい。

巻十七

可伎加蘇布　敷多我美夜麻尓　可牟佐備弖　多氏流都我能奇　毛等母延毛　於夜自得伎波尓　波之伎与之　和我世乃伎美乎　安佐左良受　安比弖許登騰比　由布佐礼婆　手多豆佐波利弖　伊美豆河波　吉欲伎可布知尓　伊泥多知弖　和我多知弥礼婆　安由能加是　伊多久之布気婆　美奈刀尓波　之良奈美多可弥　都麻欲夫等　須騰理波佐和久　安之可流等安麻乃乎夫祢波　伊里延許具　加遅能於等多可之　曽己乎之毛　安夜尓登母志美　之怒比都追　安蘇夫佐香理乎　須売呂伎能　乎須久尓奈礼婆　美許登母知　多知和可礼奈婆　於久礼多流　吉民婆安礼騰母　多麻保許乃　美知由久和礼播　之良久毛能　多奈妣久夜麻乎伊波祢布美　古要敝奈利奈婆　孤悲之家久　気乃奈我家牟曽　則許母倍婆　許己呂志伊多思　保等登芸須　許恵尓安倍奴久　多麻尓母我　手尓麻吉毛知弖　安佐欲比尓　見都追由可牟乎　於伎弖伊加婆乎思

1↓三九七八。2↓三九九三。3↓三九二九。4↓三九八四。

4007

わが背子《せこ》は　玉[1]にもがもな　ほととぎす　声《こゑ》にあへ貫《ぬ》き　手に巻きて行《ゆ》かむ

和我勢故波　多麻尓母我毛奈　保登等伎須　許恵尓安倍奴吉　手尓麻伎弖由可牟

あなたが玉であればよいのになあ。ほととぎすの声と一緒に糸に通して、手に巻いて行きたいものだ。

1↓三九八四。三九九〇では八千島に対して同様に表現している。

右、大伴宿禰《おほとものすくね》家持《やかもち》、掾《じよう》大伴宿禰池主に贈る。[1]四月三十日

右大伴宿禰家持贈掾大伴宿禰池主　四月卅日

右は、大伴《おおとも》宿禰家持が、掾《じょう》大伴宿禰池主に贈ったものである。四月三十日。

1 太陽暦の六月十六日。

たちまちに京《みやこ》に入らむとして懐《おもひ》を述ぶる作を見るに、生別《せいべつ》は悲しく、断腸万回《だんちやうよろづたび》にして、怨《うら》むる緒《こころ》禁《や》み難《がた》し。いささかに所心《おもひ》を奉る一首　并《あは》せて二絶《ぜつ》[1]

忽見入京述懐之作生別悲兮断腸万廻怨緒難禁聊奉所心一首并二絶

はからずも「京《みやこ》に入らむとして懐《おもひ》を述ぶる」の作を見て、生き別れの悲しみを感じ、断腸の思いはくりかえし、恨めしい思いが抑えがたいばかりです。ともかくも思うところを捧げる一首と短歌二首

1→解2「賦」を参照。

4008
あをによし　奈良を来《き》離れ
天ざかる　鄙《ひな》にはあれど
わが背子《せこ》を　見つつし居《を》れば

（あをによし）奈良の家を離れ、
（あまざかる）鄙の地ではあるが、
あなたにお逢いしているので、

思ひ遣《や》る　こともありしを
大君《おほきみ》の　命恐《みことかしこ》み
食《を》す国の　事取り持ちて
若草の　足結手作《あゆひたづく》り
群鳥《むらとり》の　朝立ち去《い》なば
後《おく》れたる　我《あれ》や悲しき
旅に行《ゆ》く　君かも恋《こ》ひむ
思ふ[1]そら　安《やす》くあらねば
嘆《なげ》かくを　留《とど》めもかねて
見渡せば　卯《う》の花山《はなやま》の
ほととぎす　音《ね》のみし泣かゆ
朝霧の　乱るる心
言《こと》に出《い》でて　言《い》はばゆゆしみ
礪波山《となみやま》　手向《たむけ》の神に
幣奉《ぬさまつ》り　我《あ》が乞《こ》ひ禱《の》まく
はしけやし　君が[2]ただかを
ま幸《さき》くも　あり[3]たもとほり

気がまぎれることもありましたが、
大君《おおきみ》の仰せを恐れ謹《つつし》んで、
ご領土の公務を帯びて、
（わかくさの）足ごしらえをして、
（むらとりの）朝に出発して行かれたならば、
あとに残るわたしはどんなに悲しいことでしょう。
旅行くあなたもどんなにか恋しく思われるでしょう。
思う心が不安なので、
ため息をこらえることもできず、
見わたすと、向こうに見える卯の花の咲く山で鳴く
ほととぎすのように、声をあげて泣けてきます。
（あさぎりの）乱れる心を
口に出して言うのは不吉なので、
礪波山の峠の神に、
幣を捧げてこうお祈りします。
「いとしいあなたを、
何事もなく無事にずっと離れず守って、

月立たば　時もかはさず
なでしこが　花の盛りに
相見《あひみ》しめとそ

月が変わってもまだ夏のうちの、
なでしこの花のまっさかりのうちに、
お逢いさせてください」と。

安遠迩与之　奈良乎伎波奈礼　阿麻射可流　比奈尓波安礼登　和賀勢故乎　見都追志乎礼婆　於毛比夜流　許等母安利之乎　於保伎美乃　美許等可之古美　乎須久尓能　許等登理毛知弖　和可久佐能　安由比多豆久利　無良等理能　安佐太知伊奈婆　於久礼多流　阿礼也可奈之伎　多妣尓由久　伎美可母孤悲無　於毛布蘇良　夜須久安良祢婆　奈気可久乎等騰米毛可祢氐　見和多勢婆　宇能波奈夜麻乃　保等登芸須　祢能未之奈可由　安佐疑理能　美太流々許己呂　許登尓伊泥弖　伊波婆由遊思美　刀奈美夜麻　多牟気能可味尓　奴佐麻都里　安我許比能麻久　波之家夜之　吉美賀多太可乎　麻佐吉久毛　安里多母等保利都奇多々婆　等伎毛可波佐受　奈泥之故我　波奈乃佐可里尓　阿比見之米等曽

1→三九六九。2その人自身。3→三九四四。

4009

玉桙《たまほこ》の　道の神《かみ》たち　賂《まひ》はせむ　我《あ》が思ふ君を　なつかしみせよ

多麻保許乃　美知能可未多知　麻比波勢牟　安賀於毛布伎美乎　奈都可之美勢余

（たまほこの）道の神さまたちよ、お供《そな》えは十分にしましょう。わたしが恋しく思っているこの人を、見守ってください。

4010

うら恋《ごひ》し　わが背《せ》の君は　なでしこが　花に[1]もがもな　[2]朝《あさ》な朝《さ》な見む

宇良故非之　和賀勢能伎美波　奈泥之故我　波奈尓毛我母奈　安佐奈佐奈見牟

心恋しいあなたはなでしこの花であればよいのに。そうしたら、毎朝毎朝見られるのに。

1→三九四五。2アサナサナは、アサナアサナの約まったもの。

右、大伴宿禰《おほとものすくね》池主《いけぬし》が報《かへ》し贈る和《こた》への歌。[1]五月二日

右大伴宿禰池主報贈和歌　五月二日

右は、大伴《おおとも》宿禰池主が返し贈った唱和の歌。五月二日。

1太陽暦の六月十八日。

放逸《はういつ》せし鷹《たか》を思《おも》ひ、夢《いめ》に見て感悦《かんえつ》して作る歌一首 并《あは》せて短歌

思放逸鷹夢見感悦作歌一首并短歌

逃げ去った鷹を思い、夢に見て感激して作った歌一首と短歌

4011

大君《おほきみ》の　遠《とほ》の朝廷《みかど》そ

ここは遠く離れた大君《おおきみ》の役所で、

★[1]み雪降る　越《こし》と名に負《お》へる
天《あま》ざかる　鄙《ひな》にしあれば
山高《たか》み　川《かは》とほしろし
野を広み　草こそ茂《しげ》き
鮎走《あゆはし》る　夏の盛りと
島つ鳥　鵜養《うかひ》が伴《とも》は
行《ゆ》く川の　清き瀬《せ》ごとに
篝《かがり》さし　なづさひ[2]上《のぼ》る
露霜《つゆしも》の　秋に至れば
野もさはに　鳥集《すだ》けりと
ますらをの　伴誘《ともいざな》ひて
鷹《たか》はしも[3]　あまたあれども
矢形尾《やかたを》の　我《あ》が大黒《おほぐろ》に
大黒《おほぐろ》といふは蒼鷹《おほたか》の名なり
白塗《しらぬり》の　鈴取り付けて
朝狩《あさがり》に　[4]五百《いほ》つ鳥立て
夕狩《ゆふがり》に　千鳥踏《ちとりふ》み立て

（みゆきふる）越という名を負う
（あまざかる）鄙の地であるから、
山は高くて川は雄大だし、
野が広くて草は生い茂っている。
鮎が躍る夏の盛りには、
（しまつとり）鵜飼たちが、
流れゆく川の清らかな瀬ごとに
かがり火を焚きながら川をさかのぼって行く。
（つゆしもの）秋ともなれば、
野原いっぱいに鳥が集まっていると言うので、
国府の仲間たちを誘い出して、
鷹はまあたくさんいるけれど、
矢形尾のわが大黒に
大黒とは蒼鷹《おおたか》の名である。
白く光った鈴を取り付けて、
朝狩に五百もの鳥を追い出し、
夕狩に千もの鳥を踏み立てて、

追ふごとに　許すことなく
手放《たばな》ちも　[5]をちもかやすき
これをおきて　またはありがたし
さ馴《なら》へる　鷹《たか》はなけむと
心には　思ひ誇りて
笑《ゑ》まひつつ　渡る間《あひだ》に
狂《たぶ》れたる　醜《しこ》つ翁《おきな》の
言《こと》だにも　我《われ》には告げず
との曇《ぐも》り　雨の降る日を
鳥狩《とがり》すと　名のみを告《の》りて
三島野《みしまの》を　[6]そがひに見つつ
二上《ふたがみ》の　山飛び越えて
雲隠《くもがく》り　翔《かけ》り去《い》にきと
帰《かへ》り来《き》て　しはぶれ告《つ》ぐれ
招《を》くよしの　そこになければ
言ふすべの　たどきを知らに
心には　火さへ燃えつつ

追うたびに取り逃がすことはなく、
手離れも戻りも思いのままな、
これのほかにまたとは得がたい、
これほど手慣れた鷹はないだろうと、
心の中で自慢に思って
ほほえみながら過ごしていたその矢先、
間抜けなろくでなしの爺《じじい》が、
一言も自分に挨拶もなしに、
空一面に雲がたちこめて雨の降る日に、
鷹狩をしますとほんの形だけ告げて、
その挙げ句に「三島野を遠くはるかに見ながら、
二上の山を飛び越えて、
雲に隠れて飛んで行きました」と、
帰ってきて咳き込みながら告げた。
だが、呼び返す手だてがないので、
何とも言いようもしようもないほど惜しく、
心のなかでは憤りが火と燃えて、

思ひ恋《こ》ひ　息づき余《あま》り
[7]けだしくも　あふことありやと
あしひきの　[8]をてもこのもに
鳥網《となみ》張《は》り　守部《もりへ》を据《す》ゑて
ちはやぶる　神《かみ》の社《やしろ》に
照る鏡　[9]倭文《しつ》に取り添《そ》へ
乞《こ》ひ禱《の》みて　我《あ》が待つ時に
娘子《をとめ》らが　夢《いめ》に告《つ》ぐらく
汝《な》が恋《こ》ふる　その秀《ほ》つ鷹《たか》は
麻都太要《まつだえ》の　浜行《ゆ》き暮《く》らし
つなし捕《と》る　氷見《ひみ》の江《え》過ぎて
多祜《たこ》の島　[10]飛びたもとほり
葦鴨《あしがも》の　集《すだ》く旧江《ふるえ》に
一昨日《をとつひ》も　昨日《きのふ》もありつ
近くあらば　いま二日《ふつか》[11]だみ
遠《とほ》くあらば　七日《なぬか》のをちは
過ぎめやも　来《き》なむわが背子《せこ》

思い恋しくて、ため息をついてもつき足りず、
ひょっとして見つかることもあろうかと、
（あしひきの）山のあちらこちらに
鳥網を張り番人を置いて、
（ちはやぶる）神の社に、
照り輝く鏡を倭文織に添えて捧げ、
ただひたすらお祈りしながらわたしが待っているとき、
少女が夢にあらわれて、こう告げてくれた。
「あなたが待ちこがれるそのすぐれた鷹は、
麻都太要の浜を一日中飛びつづけ、
つなし漁をする氷見の江を通り過ぎて、
多祜の島あたりをぐるぐる回り、
葦鴨の群れている旧江に、
一昨日も昨日もいました。
早ければもう二日ほど、
遅くとも七日以上には
なりますまい。きっと帰ってきますよ、あなた。

ね[12]もころに　な恋《こ》ひそよとそ
いまに告《つ》げつる

そんなに胸いっぱいに恋いこがれないでください」と、
今あるがごとく、ありありと告げてくれた。

大王乃　等保能美可度曽　美雪落　越登名尓於敝流　安麻射可流　比奈尓之安礼婆　山高
美　河登保之呂思　野乎比呂美　久佐許曽之既吉　安由波之流　奈都能左加利等　之麻都
等里　鵜養我登母波　由久加波乃　伎欲吉瀬其等尓　可賀里左之　奈豆左比能保流　露霜
乃　安伎尓伊多礼婆　野毛佐波尓　等里須太家里等　麻須良乎能　登母伊射奈比弖　多加
波之母　安麻多安礼等母　矢形尾乃　安我大黒尓　大黒者蒼鷹之名也　之良奴里能　鈴登
里都気弖　朝猟尓　伊保都登里多氏　暮猟尓　知登理布美多氏　於敷其等迩　由流須許等
奈久　手放毛　乎知母可夜須伎　許礼乎於伎氏　麻多波安里我多之　左奈良敝流　多可波
奈家牟等　情尓波　於毛比保許里弖　恵麻比都追　和多流安比太尓　多夫礼多流　之許都
於吉奈乃　許等太尓母　吾尓波都気受　等乃具母利　安米能布流日乎　等我理須等　名乃
未乎能里弖　三島野乎　曽我比尓見都追　二上　山登妣古要氏　久母我久理　可気理伊尓
伎等　可敝理伎弖　之波夫礼都具礼　呼久余思乃　曽許尓奈家礼婆　伊敷須敝能　多騰伎
乎之良尓　心尓波　火佐倍毛要都追　於母比孤悲　伊伎豆吉安麻利　気太之久毛　安布許
等安里也等　安之比奇能　乎氏母許乃毛尓　等奈美波里　母利敝乎須恵氏　知波夜夫流
神社尓　氐流鏡　之都尓等里蘇倍　己比能美弖　安我麻都等吉尓　乎登売良我　伊米尓都
具良久　奈我古敷流　曽能保追多加波　麻追太要乃　波麻由伎具良之　都奈之等流　比美
乃江過弖　多古能之麻　等妣多毛登保里　安之我母乃　須太久旧江尓　乎等都日毛　伎能
敷母安里追　知加久安良婆　伊麻布都可太未　等保久安良婆　奈奴可乃乎知波　須疑米也

母　伎奈牟和我勢故　祢毛許呂尒　奈孤悲曽余等曽　[13]伊麻尒都気都流

1実景と見る説もある。2ナヅサフは、流れにもまれながら抵抗すること。3→三九二九。4たくさんの意か。次句の「千鳥」を意識した表現。5「をち」は戻ってくる。6ソガヒは→四〇〇三。7ひょっとして。もしや。8ヲテモはヲチオモ（彼面）、コノモはコノオモ（此面）の約まったもの。9シツは日本古来の織物。10→三九四四。11ばかり、あたりの意。12ネモコロは、ねんごろの意。心をこめて。13結句の「伊麻」は、上に「娘子らが　夢に告ぐらく」とあり、四〇一三結句にも「夢（伊米）に告げつも」とあるので不審。

4012

矢形尾《やかたを》の　鷹《たか》を手に据《す》ゑ　三島野《みしまの》に　狩《か》らぬ日まねく[1]　月そ経《へ》にける

矢形尾能　多加乎手尓須恵　美之麻野尓　可良奴日麻祢久　都奇曽倍尓家流

矢形尾の鷹を手に据えて三島野で狩りをしない日が積もり、もう一月が経ってしまった。

1日数などが多いこと。

4013

二上《ふたがみ》の　をてもこのもに[1]　網《あみ》さして　我《あ》が待つ鷹《たか》を　夢《いめ》に告《つ》げつも

二上能　乎弖母許能母尓　安美佐之弖　安我麻都多可乎　伊米尓都気追母

二上山のあちらこちらに網を張ってわたしが待っている鷹のことで、夢にお告げがあった。

1↓四〇一一。

4014
[1]松反《がへ》り　しひにてあれかも　さ山田《やまだ》の　翁《をぢ》がその日に　求めあはずけむ

麻追我敝里　之比尓弖安礼可母　佐夜麻太乃　乎治我其日尓　母等米安波受家牟

（まつがへり）老いぼれてしまったせいなのか、山田の爺《じじい》がその日のうちに探し出せなかったとは。

1「松反り」シヒとかかるのだが、語義・かかり方とも未詳。

4015
心には　[1]緩《ゆる》ふことなく　須加《すか》の山　すかなく[2]のみや　恋《こ》ひわたりなむ

情尓波　由流布許等奈久　須加能夜麻　須可奈久能未也　孤悲和多利奈牟

心の中では惜しむ気持ちが薄らがないまま、（すかのやま）すっかりしょげ返って恋い慕い続けることになるのであろうか。

1ユルフはユルムの古形。2スカナシは心が楽しくない状態。

右、射水郡《いみづのこほり》の古江村《ふるえのむら》にして蒼鷹《おほたか》を取獲《と》る。形容《かたち》美麗《うるは》しく、雉《きぎし》を鷙《と》ること群に秀《すぐ》れたり。ここに養吏《ようり》山田史君麻呂《やまだのふひときみまろ》、調試節《てうしせつ》を失ひ、野猟候《やれふこう》を乖《そむ》く。風を搏《う》つ翅《つばさ》は、高く翔《かけ》りて雲に匿《かく》り、腐鼠《ふそ》の餌《ゑ》も、呼び留《とど》むるに験靡《しるしな》し。ここに羅網《らまう》を張り設《まう》けて、非常《ひじやう》を窺《うかか》ひ、神祇《じんき》に奉幣《ほうへい》して、不虞《ふぐ》を恃《たの》む。ここに夢《いめ》の裏《うち》に娘子《をとめ》あり。喩《をし》へて曰《いは》く「使君《しくん》、勿《まな》苦念を作《な》して空《むな》しく精神を費やすこと。放逸《はういつ》せるその鷹《たか》は獲り得むこと幾《いく》だもあらじ」といふ。須臾《しゆゆ》にして覚き寤《さ》め、懐《こころ》に悦びあり、よりて恨《うら》みを却《す》つる歌を作り、式《も》ちて感信を旌《あらは》す。守大伴宿禰家持《かみおほとものすくねやかもち》[1] 九月二十六日に作る

右射水郡古江村取獲蒼鷹　形容美麗鷙雉秀群也　於時養吏山田史君麻呂調試失節野獦乖候搏風之翅高翔匿雲腐鼠之餌呼留靡験　於是張設羅網窺乎非常奉幣神祇恃乎不虞也　粤以夢裏有娘子　喩曰　使君勿作苦念空費精神　放逸彼鷹獲得未幾矣哉　須臾覚寤有悦於懐因作却恨之歌式旌感信　守大伴宿禰家持　九月廿六日作也

右は、射水《いみず》郡古江《ふるえ》村で蒼鷹《おおたか》を捕獲した。その姿は美しく見事で、雉《きじ》を捕らえる技術も抜群であった。時に、飼育係の山田史君麻呂が、調教する時期を誤り、野原で狩りをする季節には早すぎた。風に羽ばたく翼は、空高く翔《かけ》り去って雲のなかに隠れてしまい、腐ったねずみの餌《えさ》も、呼び戻すのに効果がない。そこで網を張り設けて、もしやの機会をうかがい、天地の神々に幣《ぬさ》を捧げて、予期せぬ幸せの来るのを頼みにした。すると、夢のなかに少女があらわれた。それが教え諭して言うには「長官さま、心配して悩まれることは無用です。逃げたあの鷹を捕らえるのはそう遠い先のことではございません」と。すぐに目が覚

めて、心うれしく思ったことである。そこで、恨みを忘れる歌を作って、夢のお告げを信ずる気持ちを述べたのである。守大伴《おおとも》宿禰家持。　九月二十六日に作った。

1太陽暦の十一月七日。

高市連黒人《たけちのむらじくろひと》の歌一首　年月審《としつきつばひ》らかならず

高市連黒人歌一首　年月不審

高市連黒人の歌一首　作られた年月は不明である。

4016

婦負《めひ》の野の　すすき押しなべ[1]　降る雪に　宿借《か》る今日《けふ》し　悲しく思ほゆ

売比能野能　須〻吉於之奈倍　布流由伎尓　夜度加流家敷之　可奈之久於毛倍遊

婦負《めい》の野のすすきを押し倒すばかりに降り積もる雪の中で宿を借りる今日は、ひとしお悲しく感じられる。

1ナブは、なびかせる。押し伏せる。

右、この歌を伝誦《でんしょう》するは三国真人《みくにのまひと》五百国《いほくに》これなり。

右伝誦此歌三国真人五百国是也

右、この歌を伝誦《でんしょう》したのは三国真人五百国《いおくに》である。

4017
★東風《あゆのかぜ》 越《こし》の俗《くにひと》の語《ことば》に東風をあゆのかぜといふ　いたく吹くらし　奈呉《なご》の海人《あま》の　釣する小《を》舟《ぶね》　漕《こ》ぎ隠《かく》る見ゆ

東風　越俗語東風謂之安由乃可是也　伊多久布久良之　奈呉乃安麻能　都利須流乎夫祢　許芸可久流見由

あゆの風　越の方言で、東風を「あゆのかぜ」と言う。が激しく吹いているらしい。奈呉の海人たちの釣りをする小さな舟が漕ぎ進むのが、高波のあいだから見え隠れしている。

4018
みなと風[1]　寒く吹くらし　奈呉《なご》の江《え》に　夫婦《つま》呼びかはし　鶴《たづ》さはに鳴く　一《いっ》に云《い》ふ「鶴騒《さわ》くなり」

美奈刀可是　佐牟久布久良之　奈呉乃江尓　都麻欲妣可波之　多豆左波尓奈久　一云　多豆佐和久奈里

河口の風が寒々と吹いているらしい。奈呉の江で、夫婦で呼び合いながら、鶴《つる》がたくさん鳴いている。また「鶴の鳴く声が聞こえる」。

1↓三九九三。

4019
天《あま》ざかる　鄙《ひな》とも著《しる》く[1]　ここだくも[2]　繁《しげ》き恋《こひ》かも　和《な》ぐる日もなく

安麻射可流　比奈等毛之流久　許己太久母　之気伎孤悲可毛　奈具流日毛奈久

（あまざかる）鄙の地だけのことはあって、こんなにも恋しさがつのるのか。心なごむ日とてなく。

1シルシは、顕著である、もっともであるの意。2こんなにもはなはだしく。

4020
越《こし》の海の　信濃《しなの》[1]浜の名なり　の浜を　行《ゆ》き暮《く》らし　長き春日《はるひ》も　忘れて[2]思へや

故之能宇美能　信濃　浜名也　乃波麻乎　由伎久良之　奈我伎波流比毛　和須礼弖於毛倍也

越の海の信濃浜の名である。の浜を一日中歩き続けても余るこんな長い春の日でさえ、妻のことを忘れてしまったりするものか。片時も忘れられないものだ。

1「濃」は、ヌの仮名だが、美濃《みの》・信濃に古く「野」で表記された例のあることから、固有名詞では濃はノに当てられたとする説による。2忘レテ思フは、忘れることも思い方のひとつと見た表現。

右の四首、天平《てんぴやう》二十年春正月[1]二十九日、大伴宿禰家持《おほとものすくねやかもち》。

右四首天平廿年春正月廿九日大伴宿禰家持

右の四首は、天平《てんぴょう》二十年春正月二十九日、大伴《おおとも》宿禰家持。

[1]太陽暦の三月七日。

礪波郡《となみのこほり》の雄神河《をかみがは》の辺《へ》にして作る歌一首

礪波郡雄神河辺作歌一首

礪波郡の雄神《おかみ》河のほとりで作った歌一首

4021

雄神河《をかみがは》　[1]紅《くれなゐ》にほふ　娘子《をとめ》らし[2]　葦附《あしつき》 水松《みる》の類 **取ると　瀬《せ》に立たすらし**

乎加未河泊　久礼奈為尓保布　乎等売良之　葦附　水松之類。　等流登　湍尓多ゝ須良之

雄神《おかみ》河が一面に赤く照り映えている。あでやかな少女たちが葦附 水松《みる》の類 を採るために瀬に立っているらしい。

[1]赤く照り輝くの意。[2]→三九四一。

婦負郡《めひのこほり》の鸕坂河《うさかがは》の辺《へ》にして作る歌一首

婦負郡鸕坂河辺作歌一首

婦負郡《めい》の鸕坂河のほとりで作った歌一首

4022
鸕坂河《うさかがは》　渡る瀬《せ》多《おほ》み　この我《あ》が馬《ま》の　足掻《あが》きの水に　衣濡《きぬぬ》れにけり

宇佐可河泊　和多流瀬於保美　許乃安我馬乃　安我枳乃美豆尓　伎奴ゝ礼尓家里

鸕坂河には渡る瀬がいくつも流れているので、このわたしの乗る馬の足がかきあげる水しぶきで、着物がすっかり濡れてしまった。

鸕《う》を潜《かづ》くる人を見て作る歌一首

見潜鸕人作歌一首

鵜《う》を潜《もぐ》らせる人を見て作った歌一首

4023
婦負河《めひがは》の　速き瀬《せ》ごとに　篝《かがり》さし　八十伴《やそとも》の男《を》は　鵜川《うかは》立ちけり

売比河波能　波夜伎瀬其等尓　可我里佐之　夜蘇登毛乃乎波　宇加波多知家里

婦負《めい》河の流れの速い瀬ごとに、かがり火をたいて、たくさんの官人たちが鵜飼《うかい》を楽しんでいる。

新川郡《にひかはのこほり》にして延槻河《はひつきがは》を渡る時に作る歌一首

新川郡渡延槻河時作歌一首

新川郡《にいかわ》で延槻河《はいつき》を渡る時に作った歌一首

4024

立山《たちやま》の　雪し来《く》らしも　延槻《はひつき》の　河《かは》の渡《わた》り瀬《ぜ》　鐙《あぶみ》浸《つ》かすも

多知夜麻乃　由吉之久良之毛　波比都奇能　可波能和多理瀬　安夫美都加須毛

立山《たちやま》の雪が解けて流れてきたらしい。延槻河《はいつき》の渡り瀬で、ふえた水かさであぶみまでも水に濡らした。

1クは、下二段動詞「消」の終止形とする説もある。

気太神宮《けたのかむみや》に赴《おもぶ》き参《まゐ》り、海辺《うみへ》を行《ゆ》く時に作る歌一首

赴参気太神宮行海辺之時作歌一首

気太神宮に参詣するために、海辺を通った時に作った歌一首

4025

之乎路《しをぢ》から　直越《ただこ》え来《く》れば　羽咋《はくひ》の海　朝なぎしたり　船梶《ふねかぢ》もがも

之乎路可良　多太古要久礼婆　波久比能海　安佐奈芸思多理　船梶母我毛

之乎路《しおじ》の山道をまっすぐに越えてくると、羽咋《はくい》の海は今まさに朝凪《あさなぎ》している。船の櫂《かい》

でもあったらよいのに。

1船梶は、フナカヂと訓む説がある。2→三九四五。

能登郡《のとのこほり》にして香島《かしま》の津より船を発し、熊来村《くまきのむら》をさして往《ゆ》く時に作る歌二首

能登郡従香島津発船射熊来村往時作歌二首

能登郡で香島の津から船出して、熊来村を目指して行った時に作った歌二首

4026

1とぶさ立て　船木《ふなき》伐《き》るといふ　能登《のと》の島山《しまやま》　今日《けふ》見れば　木立《こだち》茂《しげ》しも　幾代《いくよ》神《かむ》びそ

登夫佐多氐　船木伎流等伊布　能登乃島山　今日見者　許太知之気思物　伊久代神備曽

とぶさをたてて祭りをしては船材を伐《き》り出すという能登の島山を、今日見ると木立が茂っている。幾代を経ての神々しさなのか。

1トブサは枝葉の茂った梢。それを立てて木を伐る儀礼については未詳。

4027

香島《かしま》より　熊来《くまき》をさして　漕《こ》ぐ舟《ふね》の　梶《かぢ》取る間《ま》なく　都し思ほゆ

香島欲里　久麻吉乎左之氐　許具布祢能　可治等流間奈久　京師之於母倍由

香島から熊来を目指して漕ぎ進む舟が櫂《かい》の手を休めることのないように、ひっきりなしに都のことが思われる。

鳳至郡《ふげしのこほり》にして饒石川《にぎしがは》を渡る時に作る歌一首

鳳至郡渡饒石川之時作歌一首

鳳至郡で饒石川を渡る時に作った歌一首

4028
妹《いも》に逢《あ》はず　久《ひさ》しくなりぬ　饒石河《にぎしがは》　清き瀬《せ》ごとに　[1]水占《みなうら》はへてな

伊毛尓安波受　比左思久奈里奴　尓芸之河波　伎欲吉瀬其登尓　美奈宇良波倍弖奈

あの子に逢わないまま日数がたってしまった。無事かどうか、饒石川の清らかな瀬ごとに水占をしてみよう。

1どのような占いであったかは未詳。

珠洲郡《すずのこほり》より船を発し、[1]治布《ちふ》に還《かへ》る時に、長浜《ながはま》の湾《うら》に泊《と》まり、月の光を仰《あふ》ぎ見て作る歌一首

従珠洲郡発船還治布之時泊長浜湾仰見月光作歌一首

巻十七

珠洲郡から船出して、治布に還った時に、長浜の浦に停泊して、月の光を仰ぎ見て作った歌一首

1写本によって「治布」「治郡」「太沼郡」の違いがある。「治布」を「治府」の誤写と見て国府と考える説が一般的。

4029

珠洲《すず》の海に　朝開《あさびら》きして　漕《こ》ぎ来《く》れば　長浜《ながはま》の浦に　月照りにけり

珠洲能宇美尓　安佐妣良伎之弖　許芸久礼婆　奈我波麻能宇良尓　都奇氏理尓家里

珠洲の海に朝早く舟を出して漕いで来ると、長浜の浦にはもう月が照り輝いていた。

[1]右の件《くだり》の歌詞は、春の[2]出挙《すいこ》によりて、諸郡を巡行し、時に当たり所に当たり、属目《しょくもく》して作る。　大伴宿禰家持《おほとものすくねやかもち》

右件歌詞者　依春出挙巡行諸郡　当時当所属目作之　大伴宿禰家持

右の一連の歌は、春の出挙のために、諸郡を巡回し、その時その場で、目に触れたものを詠んだものである。　大伴《おおとも》宿禰家持。

1→四〇二一～四〇二九。2→[歴史]。

鶯《うぐひす》の晩《おそ》く[1]哢《な》くを恨《うら》むる歌一首

怨鶯晩哢歌一首

鶯の鳴くのが遅いことを恨んだ歌一首

1「哢」はさえずる意。

4030

鶯《うぐひす》は　今は鳴かむと　片待《かたま》[1]てば　霞たなびき　月は経《へ》につつ

宇具比須波　伊麻波奈可牟等　可多麻氐婆　可須美多奈妣吉　都奇波倍尓都追

鶯《うぐいす》がもうそろそろ鳴くだろうと待ちかねているのに、霞が一面にたなびき、月日はどんどん過ぎていくばかりです。

1「片待つ」は、ひたすら待つの意。

酒を造《つく》る歌一首

造酒歌一首

酒造りの歌一首

4031

中臣《なかとみ》の　太祝詞言《ふとのりとごと》　言《い》ひ祓《はら》へ　贖《あか》ふ命《いのち》も　誰《た》がために汝《なれ》

奈加等美乃　敷刀能里等其等　伊比波良倍　安賀布伊能知毛　多我多米尓奈礼

中臣の太祝詞のことばを唱えてけがれを祓《はら》って、長くあれと祈る命も、だれのためであろうか、あなたのためです。

右、大伴宿禰《おほとものすくね》家持《やかもち》作る。

右大伴宿禰家持作之

右は、大伴《おおとも》宿禰家持が作ったものである。

巻十八

「…海行かば水漬く屍…」（⑱4094）歌碑〔414ページ・63〕

天平《てんぴやう》二十年春三月二十三日[1]、左大臣橘《たちばな》家の使者造酒司令史田辺福麻呂《さけのつかさのさくわんたなべのさきまろ》を守大伴宿禰家持《かみおほとものすくねやかもち》の館《むろつみ》に饗《あへ》す。ここに新《あら》しき歌を作り、并《あは》せてすなはち古詠を誦《よ》み、各《おのもおのも》心緒《おもひ》を述ぶ

天平廿年春三月廿三日左大臣橘家之使者造酒司令史田辺福麻呂饗于守大伴宿禰家持館爰作新歌并便誦古詠各述心緒

天平《てんぴょう》二十年春三月二十三日、左大臣橘（諸兄《もろえ》）家の使者で、造酒司の令史《さかん》である田辺福麻呂を大伴《おおとも》宿禰家持の館で饗応《きょうおう》した。その時新しい歌を作り、またついでに古歌を誦詠《しょうえい》したりして、各人が思いを述べた。

1太陽暦の四月二十九日。

4032

奈呉《なご》の海に　舟しまし貸せ[1]　沖に出《い》でて　波立ち来《く》やと　見て帰《かへ》り来《こ》む

奈呉乃宇美尓　布祢之麻志可勢　於伎尓伊泥弖　奈美多知久夜等　見氏可敝利許牟

奈呉の海に出るのに、舟をしばらくの間貸してください。沖に出て、波が立って来ないかと見て帰って来ましょう。

1しばらく。

4033

波立てば　奈呉《なご》の浦廻《うらみ》に　寄る貝《かひ》の　間《ま》なき恋《こひ》にそ　年《とし》は経《へ》にける

奈美多氏波　奈呉能宇良未[1]尓　余流可比乃　末奈伎孤悲尓曽　等之波倍尓家流

波が立つたびに奈呉の浦あたりに寄ってくる貝のように、絶え間なく恋しているうちに、年月が経ってしまいました。

1写本には「末」とあるが、「未」の誤写とする説による。なお、「末」のままで「浦ま」とする説もある。

4034

奈呉《なご》の海に　潮《しほ》のはや干《ひ》ば　あさりしに　出《い》でむと鶴《たづ》は　今そ鳴くなる

奈呉能宇美尓　之保能波夜非波　安佐里之尓　伊泥牟等多豆波　伊麻曽奈久奈流

奈呉の海に潮《しお》が引いたらすぐに餌を求めに出ようと、鶴《つる》は今鳴いています。

4035

ほととぎす　厭《いと》ふ時なし　あやめ草《ぐさ》　蘰《かづら》にせむ日　こゆ鳴き渡れ

保等登芸須　伊等布登伎奈之　安夜売具左　加豆良尓勢武日　許由奈伎和多礼

ほととぎすよ、いつ聞いてもいやな時などない。あやめ草をかずらにする日にはここを鳴いて通っておくれ。

＊巻十・一九五五と同じ歌。題詞に見える「古詠」はこの歌を指すか。

右の四首、田辺史福麻呂《たなべのふひとさきまろ》。

右四首田辺史福麻呂

右の四首は、田辺史福麻呂。

ここに、明日布勢《ふせ》の水海《みづうみ》に遊覧せむと期《ちぎ》り、よりて懐《おもひ》を述べ各《おのもおのも》作る歌

于時期之明日将遊覧布勢水海仍述懐各作歌

その時に、明日布勢の水海《みずうみ》に遊覧《ゆうらん》しようと約束して、そこで思いを述べて各人が作った歌

4036

いかにある　布勢《ふせ》の浦そも　ここだくに[1]　君が見せむと　我《われ》を留《とど》むる

伊可尓安流　布勢能宇良曽毛　許己太久尓　吉民我弥世武等　和礼乎等登牟流

どんなところなのだろう、布勢の浦は。これほどにあなたが見せようとして、わたし を引き留めるとは。

1→四〇一九。

右の一首、田辺史福麻呂《たなべのふひとさきまろ》。

右一首田辺史福麻呂

右の一首は、田辺史福麻呂。

4037
乎布《をふ》の崎　漕《こ》ぎたもとほり[1]　**ひねもすに**[2]　**見とも飽《あ》くべき　浦にあらなくに**　一《いっ》に云《い》ふ「君が問はすも」

乎敷乃佐吉　許芸多母等保里　比祢毛須尓　美等母安久倍伎　宇良尓安良奈久尓　一云
伎美我等波須母

乎布《おふ》の崎は、漕ぎまわりつつ一日じゅう見ていても飽きるような浦ではないですよ。
また「あなたがお尋ねになることよ」。

1行きつ戻りつする。2終日。

右の一首、守大伴宿禰《かみおほとものすくね》家持《やかもち》。

右一首守大伴宿禰家持

右の一首は、守大伴《おおとも》宿禰家持。

4038
玉《たま》くしげ　いつしか明けむ　布勢《ふせ》の海の　浦を行《ゆ》きつつ　玉も拾《ひり》はむ

多麻久之気　伊都之可安気牟　布勢能宇美能　宇良乎由伎都追　多麻母比利波牟

（たまくしげ）いつになったら夜が明けるのだろう。布勢の水海の浦を行きながら玉

巻十八

を拾いたいのに。

4039 **音のみに　聞きて目に見ぬ　布勢《ふせ》の浦を　見ずは上《のぼ》らじ　年《とし》は経《へ》ぬとも**

於等能末尓　伎吉氏目尓見奴　布勢能宇良乎　見受波能保良自　等之波倍奴等母

噂にだけ聞いてまだ見たことのない布勢の浦を、見ないままに帰京しますまい、年が過ぎるとしても。

4040 **布勢《ふせ》の浦を　行《ゆ》きてし見てば　ももしきの　大宮人《おほみやひと》に　語り継《つ》ぎてむ**

布勢能宇良乎　由吉氏之見弖婆　毛母之綺能　於保美夜比等尓　可多利都芸氏牟

布勢の浦を行って見ることができたならば、（ももしきの）大宮人たちに語り伝えましょう。

4041 **梅《うめ》の花　咲き散る　園《その》[1]に　我《われ》行《ゆ》かむ　君が使《つか》ひを　片待《かたま》[2]ちがてら**

宇梅能波奈　佐伎知流曽能尓　和礼由可牟　伎美我都可比乎　可多麻知我氏良

梅の花が咲いて散る庭園にわたしは行きましょう。君からの使いをひたすら心待ちしながら。

1地名とする説もある。2→四〇二〇。＊巻十・一九〇〇は、結句が「片待ちがてり」とある。

4042

藤波《ふぢなみ》の　咲きゆく見れば　ほととぎす　鳴くべき時に[1]　近づきにけり

敷治奈美能　佐伎由久見礼婆　保等登芸須　奈久倍吉登伎尓　知可豆伎尓家里

藤《ふじ》の花が次々と咲いてゆくのを見ると、ほととぎすの鳴くべき時がとうとう近づいてきました。

1本来「時は」とあるべき。

右の五首、田辺史福麻呂《たなべのふひとさきまろ》。

右五首田辺史福麻呂

右の五首は、田辺史福麻呂。

4043

明日の日の　布勢《ふせ》の浦廻《うらみ》の　藤波《ふぢなみ》に　けだし[1]来鳴《きな》かず　散らしてむかも　一《いつ》に頭《かみ》に云《い》ふ「ほととぎす」

安須能比能　敷勢能宇良未能[2]　布治奈美尓　気太之伎奈可受　知良之氐牟可母　一頭云　保等登芸須

明日という日の布勢の浦あたりの藤《ふじ》の花には、もしや来て鳴かないで、散るにまかせてしまうのではないでしょうか。また初句が「ほととぎす」。

1↓四〇一一。2↓三九五四。

右の一首、大伴宿禰《おほとものすくね》家持《やかもち》和《こた》ふ。

前の件《くだり》の[1]十首の歌は、[2]二十四日の宴に作る。

右一首大伴宿禰家持和之

前件十首歌者廿四日宴作之

右の一首は、大伴《おおとも》宿禰家持が唱和したものである。

前の一連の十首の歌は、二十四日宴席で作ったものである。

1四〇三六~四〇四三は八首。平安時代のはじめごろに生じた巻十八の破損によって二首失ったと考えられている。二例の異伝を含めて十首と考える説もある。2太陽暦の四月三十日。

[1]二十五日に、布勢《ふせ》の水海《みづうみ》に往《ゆ》き、道中馬上にして口号《こうがう》する二首

廿五日往布勢水海道中馬上口号二首

二十五日、布勢の水海《みずうみ》に行く時に、途中馬上で声に出して歌った二首

1三月二十五日。太陽暦の五月一日。

4044
浜辺《はまへ》より　わがうち行《ゆ》かば　海辺《うみへ》より　迎へも来《こ》ぬか　海人《あま》の釣舟《つりぶね》

波万へ余里[1]　和我宇知由可波　宇美辺欲理　牟可倍母許奴可　安麻能都里夫祢

浜辺を通ってわたしが行ったならば、沖のほうから迎えに来てくれないものか、海人の釣舟が。

1「へ」は平仮名と見る説もあるが、木簡等には「部」の一部を草書化して使われている例がある。

4045
沖辺《おきへ》より　満ち来《く》る潮《しほ》の　いや増しに　我《あ》が思《も》ふ君が　み舟かもかれ

於伎敝欲里　美知久流之保能　伊也麻之尓　安我毛布支見我　弥不根可母加礼

沖のあたりから満ちて来る潮《しお》のように、いよいよますますわたしが大切に思うあなたのお舟でしょうか、あれは。

水海《みづうみ》に至りて遊覧する時に、各《おのもおのも》懐《おもひ》を述べて作る歌

至水海遊覧之時各述懐作歌

水海《みずうみ》に着いて遊覧《ゆうらん》した時に、各人が思いを述べて作った歌

4046

神《かむ》さぶる　垂姫《たるひめ》の崎　漕《こ》ぎめぐり　見れども飽《あ》かず　いかに我《われ》せむ

可牟佐夫流　多流比女能佐吉　許支米具利　見礼登毛安可受　伊加尓和礼世牟

何とも神々しい垂姫の崎は、舟で漕ぎめぐって見ても見飽きることがない、わたしはどうすればいいでしょうか。

右の一首、田辺史福麻呂《たなべのふひとさきまろ》。

右一首田辺史福麻呂

右の一首は、田辺史福麻呂。

4047

垂姫《たるひめ》の　浦を漕《こ》ぎつつ　今日《けふ》の日は　楽しく遊べ　言《い》ひ継《つ》ぎにせむ

多流比売野　宇良乎許芸都追　介敷乃日波　多努之久安曽敝　移比都支尓勢牟

垂姫の浦を舟を漕ぎつつ、今日の日は楽しく遊んでください。のちのちまでずっと言い伝えましょう。

右の一首、遊行女婦《うかれめ》土師《はにし》。[1]

右一首遊行女婦土師

右の一首は、遊行女婦の土師。

1ウカレメは、アソビ、またアソビメとも。貴人の宴に侍して歌も作り、古い歌を披露したりもした。

4048

垂姫《たるひめ》の　浦を漕《こ》ぐ舟　梶間《かぢま》にも　奈良の我家《わぎへ》を　忘れて思へや[1]

多流比女能　宇良乎許具不祢　可治末尓母　奈良野和芸弊乎　和須礼氐於毛倍也

垂姫の浦を漕ぐ舟の櫂《かい》を取るほどの、わずかな間でさえも、奈良のわが家を忘れてしまったりするものか。片時も忘れられないものだ。

1→四〇二〇。

右の一首、大伴家持《おほとものやかもち》。

右一首大伴家持

右の一首は、大伴《おおとも》家持。

4049

おろかにそ[1]　**我《われ》は思ひし　乎布《をふ》の浦の　荒磯《ありそ》のめぐり　見れど飽《あ》かずけり**

於呂可尓曽　和礼波於母比之　乎不乃宇良能　安利蘇野米具利　見礼度安可須介利

おろそかに私は思っていたことだ。乎布《おふ》の浦の荒磯のあたりは、見ても見飽きないですね。

1オロカはいいかげんなこと。

右の一首、田辺史福麻呂《たなべのふひとさきまろ》。

右一首田辺史福麻呂

右の一首は、田辺史福麻呂。

4050

めづらしき[1]　君が来《き》まさば　鳴けと言ひし　山ほととぎす　なにか来鳴《きな》かぬ

米豆良之伎　吉美我伎麻佐婆　奈家等伊比之　夜麻保登等芸須　奈尓加伎奈可奴

すてきなあなたが来られたら鳴け、と言っておいた山にいるほととぎすよ、なぜ来て鳴かないのか。

右の一首、掾久米朝臣広縄《じょうくめのあそみひろなは》。

1心ひかれる意。珍しいと解釈する説もある。

右一首掾久米朝臣広縄

右の一首は、掾《じょう》久米朝臣広縄《ひろなわ》。

＊ここに広縄の名があることによって、これ以前に池主が転出したことがわかる。

4051

多祜《たこ》の崎　木《こ》の暗茂《くれしげ》に　ほととぎす　来鳴《きな》き[1]とよめば　はだ[2]恋《こ》ひめやも

多胡乃佐伎　許能久礼之気尓　保登等芸須　伎奈伎等余米婆　波太古非米夜母

多祜《たこ》の崎の木陰が暗くなるほどの茂みに、ほととぎすが来て鳴きたててくれたら、こんなにも恋い慕うことなどないのに。

1↓三九九三。2ハダは、はなはだ。非常に。

右の一首、大伴宿禰《おほとものすくね》家持《やかもち》。

前の件《くだり》の十五首[1]の歌は、二十五日[2]に作る。

右一首大伴宿禰家持

前件十五首歌者廿五日作之

右の一首は、大伴《おおとも》宿禰家持。

前の一連の十五首は、二十五日に作ったものである。

1四〇四四～四〇五一は八首。平安時代の破損説の他に、四〇五六～四〇六一の古歌が本来ここにあったと考える説もある。2三月二十五日。太陽暦の五月一日。

掾《じよう》久米朝臣《くめのあそみ》広縄《ひろなは》の館《むろつみ》に、田辺史《たなべのふひと》福麻呂《さきまろ》を饗《あへ》する宴《うたげ》の歌四首

掾久米朝臣広縄之館饗田辺史福麻呂宴歌四首

掾《じょう》久米朝臣広縄《ひろなわ》の館で、田辺史福麻呂に饗応《きょうおう》する宴席を開いた時の歌四首

4052

ほととぎす　今鳴かずして　明日越えむ　山に鳴くとも　験《しるし》あらめやも

保登等芸須　伊麻奈可受之弖　安須古要牟　夜麻尓奈久等母　之流思安良米夜母

ほととぎすよ、今鳴かないで、明日越えて行く山で鳴いたとしても、何の甲斐があるだろうか。

右の一首、田辺史福麻呂《たなべのふひとさきまろ》。

右一首田辺史福麻呂

右の一首は、田辺史福麻呂。

4053

木《こ》の暗《くれ》に　なりぬるものを　ほととぎす　なにか来鳴《きな》かぬ　君に逢《あ》へる時

許能久礼尓　奈里奴流母能乎　保等登芸須　奈尓加伎奈可奴　伎美尓安敝流等吉

木立が茂って暗がりになる季節になったというのに、ほととぎすよ、どうして来て鳴かないのか、大事な客人と逢っているこの時に。

右の一首、久米朝臣広縄《くめのあそみひろなは》。

右一首久米朝臣広縄

右の一首は、久米朝臣広縄《ひろなわ》。

4054
ほととぎす　こよ鳴き渡れ　灯火《ともしび》を　月夜《つくよ》になそへ　その影も見む

保等登芸須　許欲奈枳和多礼　登毛之備乎　都久欲尓奈蘇倍　曽能可気母見牟

ほととぎすよ、ここを鳴いて通っておくれ。灯火を月の光に見立てて、せめてその姿でも見たいものだ。

4055
可敝流廻《かへるみ》の　道行《ゆ》かむ日は　五幡《いつはた》の　坂に袖《そで》振《ふ》れ　我《われ》をし思はば

可敝流未能　美知由可牟日波　伊都波多野　佐可尓蘇泥布礼　和礼乎事於毛波婆

可敝流あたりの道を行く日には、五幡の坂で袖を振ってください。わたしを思ってくれるなら。

右の二首、大伴宿禰家持《おほとものすくねやかもち》。

前の件《くだり》の歌は、二十六日[1]に作る。

右二首大伴宿禰家持

前件歌者廿六日作之

右の二首は、大伴《おおとも》宿禰家持。

前の一連の歌は、二十六日に作ったものである。

1三月二十六日。太陽暦の五月二日。

太上皇《だいじやうわう》[1]、難波宮《なにはのみや》[2]に御在《いま》しし時の歌七首　清足姫天皇《きよたらしひめのすめらみこと》[3]なり

太上皇御在於難波宮之時歌七首　清足姫天皇也

太上天皇《だいじょうてんのう》が難波宮《なにわのみや》におられた時の歌七首　清足姫天皇《きよたらしひめのてんのう》のことである。

1「太上皇」は他には見えない表記。漢籍では、皇帝の父を指して使う語。ここは元正《げんしょう》上皇を指す。2天平十六年夏、聖武《しょうむ》天皇は紫香楽宮《しがらきのみや》に行幸中であったが、元正上皇や橘諸兄《たちばなのもろえ》は難波宮に滞在していた。3元正天皇の国風諡号《しごう》は「日本根子高瑞浄足姫天皇《やまとねこたかみずきよたらしひめのすめらみこと》」。

左大臣橘宿禰《たちばなのすくね》の歌一首

左大臣橘宿禰歌一首

左大臣橘宿禰（諸兄《もろえ》）の歌一首

4056

堀江《ほりえ》[1]には　玉敷《たまし》かましを　大君《おほきみ》[2]を　御船漕《みふねこ》がむと　かねて知りせば

保里江尓波　多麻之可麻之乎　大皇乎　美敷祢許我牟登　可年弖之里勢婆

水路には玉を敷きつめておくべきでしたのに。大君《おおきみ》が御船を漕がれると、前もって知っていたなら。

1難波《なにわ》の堀江。仁徳《にんとく》天皇が造らせた水路という。現在の大阪市を流れる天満《てんま》川（大川）。2主格をあらわす。

御製《ごせい》[1]の歌一首　和《こた》へ

御製歌一首　和

御製《ぎょせい》の歌一首　唱和した歌

1元正《げんしょう》上皇の作。

4057

玉敷《たまし》かず　君が悔《く》いて言ふ　堀江《ほりえ》[1]には　玉敷き満《み》てて　継《つ》ぎて通はむ　或《あ》るは云《い》ふ「玉扱《こ》[2]き敷きて」

多万之賀受　伎美我久伊弖伊布　保理江尓波　多麻之伎美弖〻　都芸弖可欲波牟　或云多麻古伎之伎弖

玉を敷かなかったとあなたが悔やんで言うこの水路には、私が玉を敷きつめて、これから続けて通いましょう。あるいは「私がこの玉を散らして敷いて」。

1→四〇五六。2コクは、しごく意。

右の二首の件《くだり》の歌は、御船江《おほみふねかは》を泝《さかのぼ》り遊宴する日に、左大臣の奏《そう》せると御製《ごせい》となり。

右二首件歌者御船泝江遊宴之日左大臣奏并御製

右の二首の一連の歌は、上皇の御船《みふね》が川をさかのぼって遊宴《ゆうえん》した日に、左大臣（橘《たちばなのもろえ》諸兄）が奏上《そうじょう》した歌と上皇の御製《ぎょせい》とである。

1御製《ごせい》の歌一首

御製歌一首

御製《ぎょせい》の歌一首

1元正上皇《げんしょう》の作。

4058

橘《たちばな》の　1とをの橘　八《や》つ代《よ》にも　我《あれ》は忘れじ　この橘を

多知婆奈能　登乎能多知婆奈　夜都代尓母　安礼波和須礼自　許乃多知婆奈乎

橘のなかでも、枝もたわむほどに実をつけた橘を、幾代《いくよ》までもわたしは忘れないだろう。この橘を。

1トヲはたわむの意。トヲム・トヲヲと同じ。

河内女王《かふちのおほきみ》の歌一首

河内女王歌一首

4059

橘《たちばな》の　下照《したで》[1]る庭《には》に　殿《との》建てて　酒《さか》[2]みづきいます　わが大君《おほきみ》かも

河内女王《こうちのおおきみ》の歌一首

多知婆奈能　之多泥流尓波尓　等能多弖天　佐可弥豆伎伊麻須　和我於保伎美可母

橘の実が樹の下まで赤く照り輝くこの庭に、御殿を建てて酒宴を催しておられる、わが大君《おおきみ》よ。

1照り輝くのは実ではなく、白い花と考える説もある。2「酒＋水漬《づ》く」で酒盛りを想像させるが、正確には語義未詳。

粟田女王《あはたのおほきみ》の歌一首

粟田女王歌一首

4060

粟田女王《あわたのおおきみ》の歌一首

月待ちて　家《いへ》には行《ゆ》かむ　わが挿《さ》せる　[1]赤ら橘《たちばな》　影に見えつつ

都奇麻知弖　伊敝尓波由可牟　和我佐世流　安加良多知婆奈　可気尓見要都追

月の出を待って家に帰りましょう。わたしが髪に挿してる赤い橘の実を、月の光に照らし出しながら。

1「明ら」と考えて、橘のつぼみとする説もある。

右の件《くだり》の歌は、左大臣　橘卿《たちばなきやう》の　[1]宅《いへ》に在りて肆宴《しえん》するときの御歌《みうた》と奏歌《そうか》となり。

右件歌者在於左大臣橘卿之宅肆宴御歌并奏歌也

右の一連の歌は、左大臣橘（諸兄《もろえ》）卿《きょう》の家におられて宴席を開かれた時の御歌と奏上《そうじょう》した歌である。

1難波《なにわ》京に諸兄邸があったか。平城京の邸宅とする説もある。

4061

[1]堀江《ほりえ》より　水脈《みを》引《び》きしつつ　御船《みふね》さす　賤男《しづを》の伴《とも》は　川《かは》の瀬《せ》申《まう》せ

保里江欲里　水乎妣吉之都追　美布祢左須　之津乎能登母波　加波能瀬麻宇勢

水路から水脈をたどりつつ、御船を進めて行く下々の者どもは、川の瀬に注意してお勤め申せよ。

1↓四〇五六。

4062
夏の夜《よ》は　道たづたづし[1]　船に乗り　川《かは》の瀬《せ》ごとに　棹《さを》さし上《のぼ》れ

奈都乃欲波　美知多豆多都之　布祢尓能里　可波乃瀬其等尓　佐乎左指能保礼

夏の夜は、川辺の道もよくわからない。船に乗り、川の瀬ごとに棹《さお》をさして上ってゆけ。

1たよりない。心細い。

右の件《くだり》の歌は、御船綱手《おほみふねつなで》をもちて江《かは》を泝《さかのぼ》り遊宴せし日に作る。伝誦《でんしょう》する人はこれ田辺史福麻呂《たなべのふひとさきまろ》なり。

右件歌者御船以綱手泝江遊宴之日作也　伝誦之人田辺史福麻呂是也

右の一連の歌は、上皇の御船が曳《ひ》き綱によって川をさかのぼり、遊宴《ゆうえん》した日に作られたものである。伝誦した人は田辺史福麻呂である。

後《おく》れて[1]　橘《たちばな》の歌に追和する二首

後追和橘歌二首

のちに橘の歌に追和した歌二首

4063
常世物《とこよもの》　この橘《たちばな》の　いや照りに　わご大君《おほきみ》は　今も見るごと

等許余物能　己能多知婆奈能　伊夜弖里尓　和期大皇波　伊麻毛見流其登

常世の国からのものであるこの橘の実のように、ますます照り輝いて、わが大君《おおきみ》は今見るようにいつまでもいらっしゃることでしょう。

＊橘には、垂仁《すいにん》天皇の時代に田道間守《たじまもり》が常世《とこよ》に取りに行ったという伝承がある。

4064
大君《おほきみ》は　常磐《ときは》にまさむ　橘《たちばな》の　殿《との》の橘　ひた照りにして

大皇波　等吉波尓麻佐牟　多知婆奈能　等能乃多知婆奈　比多底里尓之弖

わが大君《おおきみ》はいつまでもお変わりなくいらっしゃることでしょう。橘家の御殿の橘の実も一面に照り輝いていて。

右の二首、大伴宿禰家持《おほとものすくねやかもち》作る。

右二首大伴宿禰家持作之

右の二首は、大伴《おおとも》宿禰家持が作ったものである。

射水郡《いみづのこほり》の駅《やく》[1]館《くわん》の屋《や》の柱に題著《しる》したりし歌一首

射水郡駅館之屋柱題著歌一首

射水《いみず》郡の駅舎の建物の柱に書き記してあった歌一首

1駅家に同じ。駅路を利用する官人が宿泊することもできる施設。射水郡の駅館は、『延喜式』に見える「日理《わたり》駅」か。

4065
朝開《あさびら》き　入江漕《こ》ぐなる　梶《かぢ》の音《おと》の　つばらつばらに[1]　我家《わぎへ》し思ほゆ

安佐妣良伎　伊里江許具奈流　可治能於登乃　都波良都婆良尓　吾家之於母保由

朝早く港を出て入江を漕いでいる舟の櫂《かい》の音のように、しきりにわが家のことが思われる。

1よくよく。幾重にも。

右の一首、山上臣《やまのうへのおみ》の作。名を審《つばひ》らかにせず。或《ある》は云《い》はく、憶良大夫《おくらだいぶ》の男《こ》といふ。ただし、その正しき名いまだ詳《つばひ》らかならず。

右一首山上臣作　不審名　或云憶良大夫之男　但其正名未詳也

右の一首は、山上臣《やまのうえのおみ》の作である。その名は明らかではない。あるいは「憶良大夫の子息である」という。ただし、その本当の名も詳しくわかっていない。

四月一日[1]に、掾《じょう》久米《くめの》朝臣《あそみ》広縄《ひろなは》の館《むろつみ》にして宴《うたげ》する歌四首

四月一日掾久米朝臣広縄之館宴歌四首

四月一日に、掾《じょう》久米朝臣広縄《ひろなわ》の館で宴席を開いた時の歌四首

1太陽暦の五月六日。

4066

卯《う》の花《はな》の　咲く月立《つきた》ちぬ　ほととぎす　来鳴《きな》きとよめよ[1]　ふふみたりとも[2]

宇能花能　佐久都奇多知奴　保等登芸須　伎奈吉等与米余　敷布美多里登母

卯の花の咲く月になった。ほととぎすよ、来て鳴き立てておくれ。まだ花がつぼみであっても。

1↓三九九三。2フフムは、芽ぐむ。つぼみがふくらむ意。

右の一首、守《かみ》大伴《おほとも》宿禰《すくね》家持《やかもち》作る。

右一首守大伴宿禰家持作之

右の一首は、守大伴《おおとも》宿禰家持が作ったものである。

4067

二上《ふたがみ》の　山に隠《こも》れる　ほととぎす　今も鳴かぬか　君に聞かせむ

敷多我美能　夜麻尓許母礼流　保等登芸須　伊麻母奈加奴香　伎美尓伎可勢牟

二上の山にこもっているほととぎすよ、今すぐ鳴いてくれないか。わが君にお聞かせしたい。

右の一首、[1]遊行女婦《うかれめ》土師《はにし》作る。

右一首遊行女婦土師作之

右の一首は、遊行女婦の土師が作ったものである。

1ウカレメは→四〇四七。

4068

居《を》り明かしも　今夜《こよひ》は飲まむ　ほととぎす　明けむ朝《あした》は　鳴き渡らむそ　[1]二日は立夏《りふか》の節《せつ》に応《あた》る。ゆゑに「明けむ旦《あした》に喧《な》かむ」といふ

乎里安加之母　許余比波能麻牟　保等登芸須　安気牟安之多波　奈伎和多良牟曽　二日応立夏節　故謂之明旦将喧也

夜明かししてでも今夜は飲もう。ほととぎすは夜の明けた朝にはきっと鳴き渡ってゆくにちがいない。二日は立夏《りっか》の日にあたる。そこで「明けた朝にはきっと鳴くにちがいない」と言った

のである。

1四月二日。太陽暦の五月七日。

右の一首、守大伴宿禰《かみおほとものすくね》家持《やかもち》作る。

右一首守大伴宿禰家持作之

右の一首は、守大伴《おおとも》宿禰家持が作ったものである。

4069

明日よりは　継《つ》ぎて聞こえむ　ほととぎす　一夜《ひとよ》のからに[1]　恋《こ》ひわたるかも

安須欲里波　都芸弖伎許要牟　保登等芸須　比登欲能可良尓　古非和多流加母

明日からは続けて聞こえるはずのほととぎすを、たった一夜の違いで恋しく思いつづけているのです。

1小さなことが原因で、大きなことが生じる場合に用いられる。この場合は、一夜の差でほととぎすに対する恋しさがよりつのる。

右の一首、[1]羽咋郡《はくひのこほり》の擬主帳《ぎしゆちやう》能登臣乙美《のとのおみおとみ》作る。

右一首羽咋郡擬主帳能登臣乙美作

右の一首は、羽咋《はくい》郡の擬主帳《ぎしゆちょう》である能登臣乙美が作ったものである。

1羽咋郡はもと能登国。この時は越中国に属していた。

庭《には》の中《うち》の牛麦《なでしこ》の花を詠む歌一首

詠庭中牛麦花歌一首

庭のなかのなでしこを詠んだ歌一首

1なでしこを指すと考えられるが、漢籍には例がない。万葉集では一般的に「石竹・瞿麦」と書かれる。

4070

一本《ひともと》の　なでしこ植ゑし　その心　誰《たれ》に見せむと　思ひそめけむ

比登母等能　奈泥之故宇恵之　曽能許己呂　多礼尓見世牟等　於母比曽米家牟

一株のなでしこを植えたその心は、誰に見せようと思ってのことだったのだろうか。

右、先《さき》の国師《こくし》の従僧清見《じゆうそうせいけん》、京師《みやこ》に入《い》るべく、よりて飲饌《いんぜん》を設《まう》けて饗宴《きやうえん》す。ここに主人大伴宿禰家持《あろじおほとものすくねやかもち》、この歌詞を作り、酒を清見に送る。

右先国師従僧清見可入京師因設飲饌饗宴　于時主人大伴宿禰家持作此歌詞送酒清見也

右は、先の国師の従僧《じゆうそう》である清見が、上京することになり、そこで飲食の用意をして饗《きよう》宴《えん》を開いた。その時に主人の大伴《おおとも》宿禰家持がこの歌を作って、酒を清見に贈ったのである。

4071

★しなざかる　越《こし》の君らと　かくしこそ　柳[1]かづらき　楽しく遊ばめ

之奈射可流　故之能吉美良等　可久之許曽　楊奈疑可豆良枳　多努之久安蘇婆米

（しなざかる）越の国のあなたがたと、こうやって柳をかずらにして楽しく遊ぼう。

1 一般的に一、二月の題材。この歌から天平《てんぴょう》二十一年になるか。ただし越中での柳の芽ぶきは三月と家持が記している（四一四二・四二三八）。

右、郡司《ぐんじ》已下《いげ》子弟《しだい》已上《いじゃう》の諸人《もろひと》多くこの会《くわい》に集《つど》ふ。よりて守大伴宿禰家持《かみおほとものすくねやかもち》この歌を作る。

右郡司已下子弟已上諸人多集此会　因守大伴宿禰家持作此歌也

右は、郡司以下その子弟《してい》までふくめた諸人がたくさんこの会《かい》に集まった。そこで守大伴《おおとも》宿禰家持がこの歌を作ったのである。

4072

ぬばたまの　夜渡《よわた》る月を　幾夜経《いくよふ》と　数《よ》みつつ妹《いも》は　我《われ》待つらむそ

奴婆多麻能　欲和多流都奇乎　伊久欲布等　余美都追伊毛波　和礼麻都良牟曽

（ぬばたまの）夜空を渡ってゆく月を見て、もう幾夜経ったかと数えながら、いとしい人はわたしを待っていることだろう。

右、この夕《ゆふへ》、月光遅く流れ、[1]和風やくやく扇《あふ》ぐ。すなはち属目《しよくもく》によりて、いささかにこの歌を作る。

右此夕月光遅流和風稍扇　即因属目聊作此歌也

右は、この夜、月の光はゆったりと流れ、やわらかな風はゆるやかに吹いている。そこで目にふれたものを題にして、まずはこの歌を作ったのである。

1おだやかな風。

越前国《こしのみちのくちのくに》の掾《じやう》大伴宿禰《おほとものすくね》池主《いけぬし》の来贈《おこ》せる歌三首

越前国掾大伴宿禰池主来贈歌三首

越前国《えちぜんのくに》の掾《じょう》大伴《おおとも》宿禰池主が贈ってよこした歌三首

[1]今月十四日をもちて、深見村《ふかみのむら》に到来し、かの北方を望拝《ばうはい》す。つねに芳徳を思ふこと、いづれの日にかよく休《や》まむ。兼《か》ねて隣近《りんきん》なるをもちて、たちまちに恋《こひ》を増す。加以《しかのみにあらず》、[2]先《さき》の書に云《い》はく、「暮春惜《を》しむべし、膝《ひざ》を促《ちかづ》くることいまだ期《き》せず、生別

巻十八

の悲しび、それまたいかにか言はむ」と。紙に臨《のぞ》みて悽断《せいだん》し、状《じやう》を奉ること不備なり。

[3]三月十五日、大伴宿禰《おほとものすくね》池主《いけぬし》

以今月十四日到来深見村望拝彼北方　常念芳徳何日能休　兼以隣近忽増恋　加以先書云暮春可惜促膝未期生別悲兮夫復何言　臨紙悽断奉状不備

三月十五日大伴宿禰池主

今月十四日に、深見村にやって来て、北方をはるかに眺めました。いつもあなたの御徳をお慕いしていることは、いつの日になったら止むことがあるでしょうか。その上ここは御地のすぐ近くなので、にわかに慕情がつのってきます。それだけでなく、先の便りに「過ぎて行く春が惜しまれるが、膝つき合わせて会うことはいつとも知れない、生き別れの悲しみを、さてどう言い表したら良いのか」とありました。紙を前にして心が痛み、手紙を差し上げるにも形がととのいません。

三月十五日　大伴《おおとも》宿禰池主

1三月十四日。太陽暦の四月九日。2家持が送った手紙。残っていない。3太陽暦の四月十日。

一　古人《こじん》の云《い》はく

一　古人云

一　古人の言うこと

4073

月見れば　同じ国なり　山こそば　君があたりを　隔《へだ》てたりけれ

都奇見礼婆　於奈自久尓奈里　夜麻許曽婆　伎美我安多里乎　敝太弖多里家礼

月を見ていると、同じ国です。山こそはあなたの住んでいるあたりを隔ててはいますが。

一　物に属《つ》けて思《おも》ひを発《おこ》して

一　属物発思

一　物に寄せて思いをおこして

4074

[1]桜花《さくらばな》　今ぞ盛りと　人は言へど　我《われ》はさぶしも　君としあらねば

桜花　今曽盛等　雖人云　我佐不之毛　支美止之不在者

桜の花は今がまっ盛りだと人は言いますが、わたしは淋しくてなりません。あなたと

巻十八

一緒でないので。

1四〇七七によれば、越中掾《じょう》の館の西北隅に桜樹があった。

一　所心《しょしん》の歌

一　所心歌

一　心に思うところの歌

4075 相思《あひおも》はず　あるらむ君を　あやしくも　嘆きわたるか　人の問《と》ふまで

安必意毛波受　安流良牟伎美乎　安夜思苦毛　奈気伎和多流香　比登能等布麻泥

わたしのことを思ってもくださらないあなたを、不思議なことにも、嘆きつづけています。人が怪しみ問うまで。

越中国《こしのみちのなかのくに》の守大伴家持《かみおほとものやかもち》の報《こた》へ贈る歌四首

越中国守大伴家持報贈歌四首

越中国《えっちゅうのくに》の守大伴《おおとも》家持が返し贈った歌四首

古人《こじん》の云《い》はくに答へて

答古人云

「古人の言うこと」に答えて

1 四〇七三を指す。

4076

あしひきの　山はなくもが　月見れば　同じき里を　心隔《へだ》てつ

安之比奇能　夜麻波奈久毛我　都奇見礼婆　於奈自伎佐刀乎　許己呂敝太底都

（あしひきの）山などなければよいのに。月を見ると同じ里であるなのに、心までも隔ててしまった。

属目《しよくもく》し思ひを発《おこ》すに答へ、兼《か》ねて遷任《せんにん》せる旧宅《きうたく》の西北《いぬゐ》の隅の桜樹《あうじゆ》を詠《よ》みて云《い》ふ

答属目発思兼詠云遷任旧宅西北隅桜樹

見た物に寄せて思いをおこすに答え、合わせて転任した旧宅の西北の隅の桜の木を詠んだもの

1 四〇七四を指す。

4077

わが背子《せこ》が　古き垣内《かきつ》の　桜花《さくらばな》　いまだふふめり[1]　一目見に来《こ》ね

和我勢故我　布流伎可吉都能　佐久良婆奈　伊麻太敷布売利　比等目見尓許祢

あなたの以前の屋敷の庭の桜の花は、まだつぼみのままです。一目見にいらっしゃい。

1→四〇六六。

一　所心《しよしん》[1]に答へ、すなはち古人《こじん》の跡をもちて、今日《けふ》の意に代《か》へて

一　答所心　即以古人之跡代今日之意

一「心に思うところ」に答え、同時に古人の歌によって、今日の気持ちに代えたもの

1四〇七五を指す。

4078

恋《こ》ふといふは　え[1]も名づけたり　言ふすべ[2]の　たづき[3]もなきは　我《あ》が身なりけり

故敷等伊布波　衣毛名豆気多理　伊布須敝能　多豆伎母奈吉波　安我未奈里家利

「恋する」というのは、まことによく名づけたものです。どう言えばいいのかその手だてもないのは、まったくこのわたしのことなのです。

1エは可能をあらわす。よく…しうる。2→三九三四。3タヅキは、手がかり。

一　さらに矚目《しよくもく》して

一　更矚目

一　さらに見た物に寄せて

4079

三島野《みしまの》に　霞たなびき　しかすがに[1]　昨日《きのふ》も今日《けふ》も　雪は降りつつ[2]

美之麻野尓　可須美多奈妣伎　之可須我尓　伎乃敷毛家布毛　由伎波敷里都追

三島野に霞がたなびいていて、それなのに昨日も今日も雪が降りつづいています。

1そうはいうものの。2継続をあらわす。いたずらにその状態が続く場合が多い。

三月十六日[1]

三月十六日

三月十六日。

1太陽暦の四月十一日。

姑大伴氏坂上郎女《をばおほとものうぢさかのうへのいらつめ》、越中守《ゑつちうのかみ》大伴宿禰家持《すくねやかもち》に来贈《おこ》せる歌二首

姑大伴氏坂上郎女来贈越中守大伴宿禰家持歌二首

叔母《おば》の大伴氏《おおとも》の坂上郎女《さかのうえのいらつめ》が、越中守《えっちゅうのかみ》大伴宿禰家持に贈ってよこした歌二首

4080 **常人《つねひと》の　恋《こ》ふといふよりは　あまりにて　我《われ》は死ぬべく　なりにたらずや**

都祢比等能　故布登伊敷欲利波　安麻里尓弖　和礼波之奴倍久　奈里尓多良受也

世の常の人が「恋する」と言うよりは、それにも増して、わたしはもう死にそうになってしまったではありませんか。

4081 **片思《かたおも》ひを　馬[1]にふつまに　負《お》ほせ持《も》て　越辺《こしへ》に遣《や》らば　人[2]かたはむかも**

可多於毛比遠　宇万尓布都麻尓　於保世母天　故事へ[3]尓夜良波　比登加多波牟可母

この片思いを馬にふつまに背負わせて、越の国のほうに届けたら、人はかたはでしょうか。

1「馬荷」とする説もある。フツマニは、語義未詳。2カタフは、語義未詳。3→四〇四四。

越中守大伴宿禰《えっちゅうのかみおほとものすくね》家持《やかもち》の報《こた》ふる歌と所心《しょしん》と三首

越中守大伴宿禰家持報歌并所心三首

越中守《えっちゅうのかみ》大伴《おおとも》宿禰家持が返し答えた歌と思うところの歌三首

4082
天《あま》ざかる　鄙《ひな》の奴《やつこ》に　天人《あめひと》し　かく恋《こひ》[1]すらば　生ける験《しるし》あり

安万射可流　比奈能夜都故尓[2]　安米比度之　可久古非須良波　伊家流思留事安里

（あまざかる）鄙の地に住む下郎に、天人がこのように恋い慕ってくださるのならば、生きている甲斐があります。

1文法的には説明できない。コヒスラムハの約か。2写本は「都夜故」だが、誤写説をとる。「都」をミヤコと訓ませるために「夜故」と付したとする説をとれば、ヒナノミヤコニ。

4083
常《つね》の恋《こひ》　いまだ止《や》まぬに　都より　馬に恋来《こ》ば　荷《に》なひ堪《あ》へむかも

都祢乃孤悲　伊麻太夜麻奴尓　美夜古欲里　宇麻尓古非許婆　尓奈比安倍牟可母

常日頃の恋がまだおさまりもしないのに、都から馬で恋が来たなら、背負いきれるものでしょうか。

別なる所心《しょしん》一首

別所心一首

別にまた思うところを述べた歌一首

巻十八

4084

暁《あかとき》に　名告《なの》り鳴くなる　ほととぎす　いやめづらしく[1]　思ほゆるかも

安可登吉尓　名能里奈久奈流　保登等芸須　伊夜米豆良之久　於毛保由流香母

暁に名乗って鳴いているほととぎすのように、ますますいとおしく思われてなりません。

1心ひかれる意。

右、四日[1]に使《つかひ》に付《ふ》して京師《みやこ》に贈り上《のほ》す。

右四日附使贈上京師

右は、四日に使いの者に頼んで都に贈ったものである。

1四月か五月か不明。この年の立夏は四月十三日。四月四日ではほととぎすに早すぎるか。五月四日では、四月十四日の天平感宝改元後であり、「四日」とだけあるのが不審。

[1]天平感宝《てんぴやうかんぽう》元年五月[2]五日に、東大寺の[3]占墾地使《せんこんちし》の僧平栄等《へいえいら》を饗《あへ》す。ここに守大伴《かみおほともの》宿禰《すくね》家持《やかもち》、酒を僧に送る歌一首

天平感宝元年五月五日饗東大寺之占墾地使僧平栄等　于時守大伴宿禰家持送酒僧歌一首

天平感宝《てんぴょうかんぽう》元年五月五日に、東大寺の占墾地使《せんこんじし》の僧である平栄らに饗応《きょうおう》した。そこで守

大伴《おおとも》宿禰家持が、酒を僧に贈った時の歌一首

1天平二十一年四月十四日に天平感宝と改元した。2太陽暦の五月二十九日。3開墾する土地を占定《せんてい》する使者。この時東大寺は未完成で、盧舎那《るしゃな》大仏建立の作業が進んでいた。

4085

[1]焼大刀《やきたち》を　礪波《となみ》の関に　明日よりは　守部《もりへ》遣《や》り添《そ》へ　君を留《とど》めむ

夜伎多知乎　刀奈美能勢伎尓　安須欲里波　毛利敝夜里蘇倍　伎美乎等登米牟

（やきたちを）礪波の関に、明日からは番人をもっと増やして、あなたを引き留めよう。

1焼いて鍛えた大刀を研《と》ぐところから、礪波のトにかけた枕詞。

同じ月の[1]九日に、諸僚《しょれう》、少目秦伊美吉石竹《せうさくわんはだのいみきいはたけ》の館《むろつみ》に会し飲宴《いんえん》す。ここに主人《あろじ》、白[2]合《ゆり》の花蘰《はなかづら》三枚を造り、[3]豆器《とうき》に畳《かさ》ね置き、賓客《ひんかく》に捧げ贈る。各《おのもおのも》この蘰《かづら》を賦《ふ》して作る三首

同月九日諸僚会少目秦伊美吉石竹之館飲宴　於時主人造白合花縵三枚畳置豆器捧贈賓客　各賦此縵作三首

同じ月の九日に、国庁の役人たちが少目《しょうさかん》秦伊美吉石竹《いわたけ》の館に集まって宴会を開いた。

その時主人が百合《ゆり》の花かずらを三枚作って、高坏に重ね置いて、来客の人たちに贈呈した。各人がこのかずらを詠んで作った三首

1五月九日。太陽暦の六月二日。2ユリを「白合」と記す例がある。「白合花縵《かづら》」がどのようなものであるかは不明。3「豆」は本来肉を盛る木製の器。ここでは、高杯《たかつき》のこと。

4086
油火《あぶらび》の　光に見ゆる　わが縵《かづら》　さ百合《ゆり》の花の　笑《ゑ》まはしきかも

安夫良火乃　比可里尓見由流　和我可豆良　佐由利能波奈能　恵麻波之伎香母

油火の光に映えて見えるわたしのかずらの百合の花の、何とまあほほえましいことよ。

右の一首、守大伴宿禰家持《かみおほとものすくねやかもち》。

右一首守大伴宿禰家持

右の一首は、守大伴《おおとも》宿禰家持。

4087
灯火《ともしび》の　光に見ゆる　さ百合花《ゆりばな》　ゆりも逢《あ》はむと　思ひそめてき[1]

等毛之火能　比可里尓見由流　左由理婆奈　由利毛安波牟等　於母比曽米弖伎

灯火の光に映えて見える百合の花の名のように、「後《ゆり》」にでも逢おうと思いはじめました。

1万葉集では一例のみ。平安時代の歌に多く見られる表現。

右の一首、介内蔵伊美吉《すけくらのいみき》縄麻呂《なはまろ》。

右一首介内蔵伊美吉縄麻呂

右の一首は、介内蔵伊美吉縄麻呂《なわまろ》。

4088

さ百合花《ゆりばな》　ゆりも逢《あ》はむと　思へこそ　今のまさか[1]も　愛《うるは》しみすれ

左由理婆奈　由里毛安波牟等　於毛倍許曽　伊末能麻左可母　宇流波之美須礼

（さゆりばな）「後《ゆり》」にでも逢いたいと思うからこそ、今のこの時からも親しくしているのです。

1マサカは、現在、さしあたっての今。

右の一首、大伴宿禰家持《おほとものすくねやかもち》和《こた》ふ。

右一首大伴宿禰家持和

右の一首は、大伴《おおとも》宿禰家持が唱和したものである。

独《ひと》り幄《とばり》の裏《うち》に居《を》りて、はるかに霍公鳥《ほととぎす》の喧《な》くを聞きて作る歌一首 并《あは》せて短歌

独居幄裏遥聞霍公鳥喧作歌一首并短歌

ひとり帳《とばり》のなかにいて、遠くでほととぎすの鳴く声を聞いて作った歌一首 と短歌

4089

[1]高御座《たかみくら》　天《あま》の日継《ひつぎ》と
皇祖《すめろき》の　神の命《みこと》の
聞こし食《を》す　国のまほらに[2]
山をしも[3]　さはに多《おほ》みと
百鳥《ももとり》の　来居《きゐ》て鳴く声《こゑ》
春されば　聞きのかなしも
いづれをか　別《わ》きてしのはむ
卯《う》の花《はな》の　咲く月立《つきた》てば
[4]めづらしく　鳴くほととぎす
あやめ草《ぐさ》　[5]玉貫《ぬ》くまでに
昼暮らし　夜《よ》わたし聞けど
聞くごとに　[6]心つごきて
うち嘆き　あはれの鳥と
言はぬ時なし

高御座にいます日《ひ》の神《かみ》の後継ぎとして
代々の天皇が
治めてこられた国の麗しいところとして、
山はまあたくさんあると言って、
多くの鳥がやって来て鳴く声は、
春ともなれば聞くとしみじみと感じられる。
どの鳥の声をとりわけ良いものと愛《め》でようか。
卯の花の咲く四月になると、
すてきに鳴くほととぎすの声は、
あやめ草を玉に飾る五月のころまで、
昼のあいだずっと、夜は夜通し聞くけれど、
聞くたびに心がわくわくして、
ため息が出て、なんといとしい鳥よと、
言わない時がないほどだ。

高御座　安麻乃日継登　須売呂伎能　可未能美許登能　伎己之乎須　久尓能麻保良尓　山乎之毛　佐波尓於保美等　百鳥能　来居弖奈久許恵　春佐礼婆　伎吉乃可奈之母　伊豆礼乎可　和枳弓之努波无　宇能花乃　佐久月多弖婆　米都良之久　鳴保等登芸須　安夜女具佐　珠奴久麻泥尓　比流久良之　欲和多之伎気騰　伎久其等尓　許己呂都呉枳弓　宇知奈気伎　安波礼能登里等　伊波奴登枳奈思

1天皇の地位を象徴する御座。2マホラは、格別に秀でた所。3↓三九二九。4↓四〇八四。5↓三九八四。6心ツゴクは、胸がどきどきする意。

反歌《はんか》

反歌

4090

反歌

行《ゆ》くへなく　ありわたるとも　ほととぎす　鳴きし渡らば　かくやしのはむ

由久敝奈久　安里和多流登毛　保等登芸須　奈枳之和多良婆　可久夜思努波牟

何をするというあてもなく生き長らえるとしても、ほととぎすが鳴いて通っていったら、こうして愛《め》でることだろうか。

4091
卯《う》の花《はな》の　ともにし鳴けば　ほととぎす　いや[1]めづらしも　名告《なの》り鳴くなへ

宇乃花能　登聞尓之奈気婆　保等登芸須　伊夜米豆良之毛　名能里奈久奈倍

卯の花が咲くのと同時に来て鳴くので、ほととぎすはいよいよすてきだ。名乗って鳴くにつけても。

1↓四〇八四。

4092
ほととぎす　いと[1]ねたけくは　橘《たちばな》の　花散る時に　来鳴《きな》きとよむる

保登等芸須　伊登祢多家口波　橘乃　播奈治流等吉尓　伎奈吉登余牟流

ほととぎすのひどくしゃくにさわるところは、橘の花が散る時になって来て鳴き立てることだ。

1ネタシは、うらやましくて憎らしいの意。

右の四首、[1]十日に大伴宿禰《おほとものすくね》家持《やかもち》作る。

右四首十日大伴宿禰家持作之

右の四首は、十日に大伴《おおとも》宿禰家持が作ったものである。

1五月十日。太陽暦の六月三日。

英遠《あを》の浦を行《ゆ》く日に作る歌一首

行英遠浦之日作歌一首

阿尾《あお》の浦に行った日に作った歌一首

4093

英遠《あを》の浦に　寄する白波　いや増しに　立ちしき寄せ来《く》　あゆをいたみかも★

安平能宇良尓　余須流之良奈美　伊夜末之尓　多知之伎与世久　安由乎伊多美可聞

阿尾《あお》の浦にうち寄せる白波は、いよいよひどく、ひっきりなしに立ってしきりに寄せて来る。あゆの風が激しいからだろうか。

右の一首、大伴宿禰《おほとものすくね》家持《やかもち》作る。

右一首大伴宿禰家持作之

右の一首は、大伴《おおとも》宿禰家持が作ったものである。

陸奥国《みちのくのくに》に金《くがね》を出《い》だす[1]詔書《せうしよ》を賀《ほ》く歌一首 并《あは》せて短歌

賀陸奥国出金　詔書歌一首并短歌

陸奥国で金が出たという詔書《しょうしょ》を寿《ことほ》いだ歌一首と短歌

巻十八

1天平《てんぴょう》二十一年四月一日の宣命《せんみょう》。『続日本紀《しょくにほんぎ》』第十二・十三詔《しょう》。この時叙位《じょい》もあり、家持《やかもち》は従《じゅ》五位上《ごいじょう》に昇進。二月に陸奥国で黄金が産出し、盧舎那《るしゃな》大仏に鍍金《ときん》するための金の不足に悩んでいた聖武《しょうむ》天皇は喜び、東大寺に報告感謝する詔（第十二詔）と国民にもその喜びを告げる詔（第十三詔）を発した。

4094

葦原《あしはら》の　瑞穂《みづほ》の国を
天降《あまくだ》り　知らしめしける
皇祖《すめろき》の　神の命《みこと》の
御代重《みよかさ》ね　天《あま》の日継《ひつぎ》と
知らし来《く》る　君の御代御代《みよみよ》
敷きませる　四方《よも》の国には
山川《やまかは》を　広み[1]厚みと
奉《たてまつ》る　[2]御調宝《みつきたから》は
数《かぞ》へえず　尽くしもかねつ
しかれども　わが大君《おほきみ》の
諸人《もろひと》を　誘《いざな》ひたまひ
良き事を　始めたまひて
金《くがね》かも　たしけくあらむと

葦原の瑞穂の国を
天から下ってお治めになった
天孫《てんそん》の神々が
御代を重ねて、日《ひ》の神《かみ》の後継ぎとして
治めてこられた御代ごとに、
治められる四方の国々は
山も川も広々と豊かなので、
奉る貢ぎ物や宝物は
数えきれないほどで、挙げ尽くせない。
しかしながら、わが大君《おおきみ》が
人々を仏の道にお導きになり、
（大仏建立という）良いことをお始めになって、
黄金が果たしてあるのだろうかと

思ほして　下悩《したなや》ますに
鶏《とり》が鳴く　東《あづま》の国の
陸奥《みちのく》の　[3]小《を》田《だ》なる山に
金《くがね》ありと　申《まう》したまへれ
御心《みこころ》を　[4]明《あき》らめたまひ
天地《あめつち》の　神相《かみあひ》うづなひ
皇祖《すめろき》の　御霊《みたま》助けて
[5]遠《とほ》き代《よ》に　かかりしことを
朕《わ》が御代に　顕《あら》はしてあれば
食《を》す国は　栄《さか》えむものと
神《かむ》ながら　思ほしめして
もののふの　八十伴《やそとも》の男《を》を
[6]まつろへの　向けのまにまに
老人《おいひと》も　女童《をみなわらは》も
しが願ふ　心足《だ》らひに
撫《な》でたまひ　治《をさ》めたまへば
ここをしも　あやに貴《たふと》み

お思いになってお心を悩ませておられたところ、
（とりがなく）東《あずま》の国の
陸奥国の小田《おだ》郡にある山に
黄金があると奏上してきたので、
お心も晴れ晴れとなり、
「天地の神々もともに愛《め》でられ、
代々の天皇の御霊《みたま》もお助けになり、
遠い昔の代にもこのようなことがあったことを、
朕が御代にも再現してくれたので、
わが治める国は栄えるであろう」と、
神の御心のままにお思いになり、
もろもろの官人たちを
心からお仕えさせられるままに、
老人も女子どもも
それぞれが願う心が満足するまで、
慈《いつく》しみくださってお治めになるので、
このことがなんともありがたく、

嬉《うれ》しけく　いよよ思ひて
大伴《おほとも》の　遠《とほ》つ神祖《かむおや》の
その名をば　大久米主《おほくめぬし》と
負《お》ひ持ちて　仕《つか》へし官《つかさ》
海行《ゆ》かば　水漬《みづ》く屍《かばね》
山行かば　草生《む》す屍
大君《おほきみ》の　辺《へ》にこそ死なめ
[7]顧《かへり》みは　せじと言立《ことだ》て
ますらをの　清きその名を
いにしへよ　今の[8]をつつに
流さへる　祖《おや》の子《こ》どもぞ
大伴と　佐伯《さへき》の氏《うぢ》は
人の祖の　立つる言立
人の子は　祖の名絶たず
大君に　まつろふものと
言ひ継《つ》げる　言《こと》の官《つかさ》ぞ
梓弓《あづさゆみ》　手に取り持ちて

うれしい思いをいよいよ強くして、
大伴《おおとも》の遠い祖先の、
その名を大久米主《おおくめぬし》と
名乗りお仕えしてきた役目柄、
「海を行くのなら水につかった屍《しかばね》、
山を行くのなら草むした屍をさらしても、
大君《おおきみ》のそばで死のう。
わが身を顧るようなことはしない」と誓ってきた
ますらおの汚れなき名を、
昔から今のこの世まで
伝えてきた家柄の子孫なのだ。
大伴と佐伯の氏は、
先祖の立てた誓いに、
「子孫は先祖の名を絶やさず、
大君にお仕えするものだ」と
言い継いできた名誉の家なのだ。
「梓弓を手に持って、

剣大刀《つるぎたち》　腰に取り佩《は》き
朝守《まも》り　夕《ゆふ》の守りに
大君《おほきみ》の　御門《みかど》の守り
我《われ》をおきて　人はあらじと
いや立て　思ひし増さる
大君の　命《みこと》の幸《さき》の 一《いつ》に云《い》ふ「を」
聞けば貴《たふと》み 一に云ふ「貴くしあれば」

剣大刀を腰にしっかりとつけて、
朝の守りにも夕の守りにも、
大君《おおきみ》の御門の警護は
われらをおいてほかに人はあるはずがない」と
さらに誓い、その思いはつのるばかりだ。
大君のお言葉のありがたさが　また「を」。
承ると貴くて。　また「貴いので」。

葦原能　美豆保国乎　安麻久太利　之良志売之家流　須売呂伎能　神乃美許等能　御代可佐祢　天乃日嗣等　之良志久流　伎美能御代〻〻　之伎麻世流　四方国尓波　山河乎　比呂美安都美等　多弖麻都流　御調宝波　可蘇倍衣受　都久之毛可祢都　之加礼騰母　吾大王乃　毛呂比登乎　伊射奈比多麻比　善事乎　波自米多麻比弖　[9]久我祢可毛　多之気久安良牟登　於母保之弖　之多奈夜麻須尓　鶏鳴　東国乃　美知能久乃　小田在山尓　金有等　麻宇之多麻敝礼　御心乎　安吉良米多麻比　天地乃　神安比宇豆奈比　皇御祖乃　御霊多須気弖　遠代尓　可〻里之許登乎　朕御世尓　安良波之弖安礼婆　食国波　左可延牟物能等　可牟奈我良　於毛保之売之弖　毛能乃布能　八十伴雄乎　麻都呂倍乃　牟気乃麻尓〻〻　老人毛　女童児毛　之我願　心太良比尓　撫賜　治賜婆　許己乎之母　安夜尓多敷刀美　宇礼之家久　伊余与於母比弖　大伴乃　遠都神祖乃　其名乎婆　大来目主等　於比母知弖　都加倍之官　海行者　美都久屍　山行者　草牟須屍　大皇乃　敝尓許曽死米　可敝

里見波　勢自等許等大弖　大夫乃　伎欲吉彼名乎　伊尓之敝欲　伊麻乃乎追通尓　奈我佐敝流　於夜乃子等毛曽　大伴等　佐伯乃氏者　人祖乃　立流辞立　人子者　祖名不絶　大君尓　麻都呂布物能等　伊比都雅流　許等能都可左曽　梓弓　手尓等里母知弖　剣大刀許之尓等里波伎　安佐麻毛利　由布能麻毛利尓　大王乃　三門乃麻毛利　和礼乎於吉弖比等波安良自等　伊夜多氏　於毛比之麻左流　大皇乃　御言能左吉乃　一云乎　聞者貴美

一云貴久之安礼婆

1アツシは、肥沃の意。2ツキは、朝廷に納める税。各国の特産品。3陸奥国小田郡。現在の宮城県遠田《とおだ》郡。砂金を産出した場所は、遠田郡涌谷《わくや》町字黄金迫《こがねはざま》の黄金山神社に比定されている。4明ラムは、明るくする意。5大宝《たいほう》元年に対馬《つしま》から献上されたことを指すか。和銅《わどう》八年に秩父《ちちぶ》からも献上されている。6マツロフは、服属させる意。7第十三詔には「のどには死なじ」とある。8→三九八五。9ここに「久我祢」とあるので、金をクガネと訓む。

反歌《はんか》三首

反歌三首

反歌三首

4095
ますらをの　心思ほゆ　大君《おほきみ》の　命《みこと》の幸《さち》を 一《いっ》に云《い》ふ「の」 **聞けば貴《たふと》み** 一に云ふ「貴《たふと》くしあれば」

大夫能　許己呂於毛保由　於保伎美能　美許登乃佐吉乎　一云能　聞者多布刀美　一云貴久之安礼婆

ますらおの心を身にしみて感じた。大君《おおきみ》のお言葉のありがたさを　また「が」。承ると貴くて。また「貴いので」。

4096

大伴《おほとも》の　遠《とほ》つ神祖《かむおや》の　奥《おく》つ城《き》は　著《しる》く[1]標立《しめた》て　人の知るべく

大伴乃　等保追可牟於夜能　於久都奇波　之流久之米多弖　比等能之流倍久

大伴《おおとも》の遠い先祖の御霊《みたま》を祀《まつ》る墓所には、はっきりと印《しるし》を立てよ。人がそれと知るように。

1 領有の場所であることを示すための印。

4097

天皇《すめろき》の　御代《みよ》栄《さか》えむと　東《あづま》なる　陸奥山《みちのくやま》に　金花《くがね》咲く

須売呂伎能　御代佐可延牟等　阿頭麻奈流　美知乃久夜麻尓　金花佐久

天皇の御代が栄えるしるしとして、東《あずま》にある陸奥国の山に黄金の花が咲いた。

[1]天平感宝《てんぴやうかんぽう》元年五月[2]十二日に、越中国《こしのみちのなかのくに》の守《かみ》の館《むろつみ》にして大伴宿禰家持《おほとものすくねやかもち》作る。

天平感宝元年五月十二日於越中国守館大伴宿禰家持作之

巻十八

天平感宝《てんぴょうかんぽう》元年五月十二日に、越中国《えっちゅうのくに》の守の館で大伴《おおとも》宿禰家持が作ったものである。

1→四〇八五。2太陽暦の六月五日。

1芳野《よしの》の離宮《とつみや》に幸行《いでま》さむ時のために儲《ま》[2]け作る歌一首 并《あは》せて短歌

為幸行芳野離宮之時儲作歌一首并短歌

吉野《よしの》の離宮に行幸される時のために準備して作っておいた歌一首と短歌

1奈良県吉野郡一帯の地域の総称。応神《おうじん》天皇の吉野宮行幸が初見で、雄略《ゆうりゃく》天皇の吉野の狩の説話など、古くから大和朝廷の聖地として語られて来た。特に天武《てんむ》天皇がここから挙兵して壬申《じんしん》の乱（六七二年）に勝利して以来、吉野は天武王権の原点として、持統《じとう》天皇は在位十一年の間に三十一回もの行幸を記録した。柿本人麻呂《かきのもとのひとまろ》の吉野離宮を讃《たた》える歌がある。聖武《しょうむ》天皇もしばしば行幸し、笠金村《かさのかなむら》・山部赤人《やまべのあかひと》らが行幸従駕《じゅうが》歌を競作した。2前もって作った歌。

4098

1高御座《たかみくら》　天《あま》の日継《ひつぎ》と
天《あめ》の下《した》　知らしめしける
皇祖《すめろき》の　神の命《みこと》の
恐《かしこ》くも　始めたまひて
貴《たふと》くも　定めたまへる

高御座にいます日《ひ》の神《かみ》の後継ぎとして
治めてこられた
天孫《てんそん》の神々が、
恐れ多くもお始めになり、
貴くもお定めになられた、

み吉野《よしの》の　この大宮《おほみや》に
あり通《がよ》ひ　見《め》したまふらし
もののふの　八十伴《やそとも》の男《を》も
おのが負《お》へる　おのが名負《お》ひて
★大君《おほきみ》の　任《ま》けのまにまに
この川《かは》の　絶ゆることなく
この山の　いや継《つ》ぎ継《つ》ぎに
かくしこそ　仕《つか》へ奉《まつ》らめ
いや遠長《とほなが》に

み吉野のこの宮殿に、
ずっと通い続けてはご覧になるらしい。
もろもろの官人たちも、
それぞれに負った家名をしっかりと背負って、
大君《おおきみ》の仰せのままに、
この川のように絶えることなく、
この山のようにますます長く続いて、
このようにして　お仕え申し上げよう、
いついつまでも、末長く。

多可美久良　安麻乃日嗣等　天下　志良之売師家類　須売呂伎乃　可未能美許等能　可之
古久母　波自米多麻比弖　多不刀久母　左太米多麻敝流　美与之努能　許乃於保美夜尓
安里我欲比　売之多麻布良之　毛能乃敷能　夜蘇等母能乎毛　於能我於弊流　於能我名負
弖　大王乃　麻気能麻尓ゝゝ　此河能　多由流許等奈久　此山能　伊夜都芸都芸尓　可久
之許曽　都可倍麻都良米　伊夜等保奈我尓

↓四〇八九。

反歌《はんか》

反歌

反歌

4099
いにしへを　思ほすらしも　わご大君《おほきみ》　吉野《よしの》の宮を　あり通《がよ》ひ見《め》す

伊尓之敝乎　於母保須良之母　和期於保伎美　余思努乃美夜乎　安里我欲比売須

遠い昔の代を思い起こされているらしい。わが大君《おおきみ》は吉野の宮を絶えずお通いになってご覧になる。

4100
もののふの　八十氏人《やそうぢひと》も　吉野河《よしのがは》　絶ゆることなく　仕《つか》へつつ見む

物能乃布能　夜蘇氏人毛　与之努河波　多由流許等奈久　都可倍追通見牟

（もののふの）たくさんの官人たちも、吉野川の絶える時がないようにいつまでも、お仕えしては見に来ることだろう。

京《みやこ》の家《いへ》に贈らむために真珠《しんじゆ》を願ふ歌一首 并《あは》せて短歌

為贈京家願真珠歌一首并短歌

都の家に贈るために真珠を手に入れたいと願った歌一首 と短歌

4101

珠洲《すず》の海人《あま》の　沖つ御神《みかみ》に
い渡りて　潜《かづ》き取るといふ
[1]鮑玉《あはびたま》　五百箇《いほち》もがも
はしきよし　妻の命《みこと》の
衣手《ころもで》の　別れし時よ
[2]ぬばたまの　夜床片《よとこかた》さり
朝寝髪《あさねがみ》　掻《か》きも梳《けづ》らず
出《い》でて来《こ》し　月日《つきひ》数《よ》みつつ
嘆くらむ　心なぐさに
ほととぎす　来鳴《きな》く五月《さつき》の
あやめ草《ぐさ》　花橘《はなたちばな》に
貫《ぬ》き交《ま》じへ　蘰《かづら》にせよと
包みて遣《や》らむ

珠洲の海人《あま》が沖にある神の島に
渡って行って潜って取るという、
真珠がたくさん欲しいものだ。
いとしい妻であるあの方が
袂《そで》を分かって別れた時から、
（ぬばたまの）夜の床の片方をあけて休み、
朝の寝乱れた髪も梳らずに、
わたしが都を出てきてからの月日を数えながら
嘆いているだろう、その心の慰めに、
ほととぎすの来て鳴く五月の
あやめ草や橘の花に
混ぜて緒《お》に通してかずらにしなさいと、
包んで届けてやりたい。

珠洲乃安麻能　於伎都美可未尓　伊和多利弖　可都伎等流登伊布　安波妣多麻　伊保知毛
我母　波之吉余之　都麻乃美許登能　許呂毛泥乃　和可礼之等吉欲　奴婆玉乃　夜床加多
左里　安佐祢我美　可伎母気頭良受　伊泥氐許之　月日余美都追　奈気久良牟　心奈具佐
尓　保登等芸須　伎奈久五月能　安夜女具佐　波奈多知婆奈尓　奴吉麻白倍　可頭良尓世

巻十八

余等　都追美氏夜良牟

1↓動物　関連事項「しらたま」。2↓三九三八。

4102
白玉《しらたま》を　包みて遣《や》らば　あやめ草《ぐさ》　花橘《はなたちばな》に　合《あ》へも貫《ぬ》くがね

白玉乎　都〻美氏夜良婆　安夜女具佐　波奈多知婆奈尓　安倍母奴久我祢

真珠を包んで届けてやったら、あやめ草や橘の花に交ぜて緒《お》に通すことだろうに。

4103
沖つ島　い行《ゆ》き渡りて　潜《かづ》くちふ[1]　鮑玉《あはびたま》もが　包みて遣《や》らむ

於伎都之麻　伊由伎和多里弖　可豆久知布　安波妣多麻母我　都々美弖夜良牟

沖の島に渡って行って潜って取るという真珠が欲しいものだ。包んで届けてやりたい。

1チフはトイフの約まったもの。

4104
我妹子《わぎもこ》が　心なぐさに　遣《や》らむため　沖つ島なる　白玉《しらたま》もがも[1]

和伎母故我　許己呂奈具佐尓　夜良無多米　於伎都之麻奈流　之良多麻母我毛

いとしい妻の心の慰めに届けてやるために、沖の島にある真珠が欲しいものだ。

1↓三九四五。＊この歌を四一〇三の前に置く写本がある。歌の構成から、それが正しいとする説がある。

4105
白玉《しらたま》の　五百《いほ》つ集《つど》ひを　手に結び　おこせむ海人《あま》は　むがしくもあるか[1]　一《いつ》に云《い》ふ「我家牟伎波母[2]」

思良多麻能　伊保都追度比乎　手尓牟須妣　於許世牟安麻波　牟賀思久母安流香　一云　我家牟伎波母

真珠のたくさんの玉を手にすくい取って、よこしてくれる海人がいたら、どんなにありがたいことか。また「我家牟伎波母」。

1ムガシは、喜ばしいの意。2読み方不明。写本で、「伎」や「波」の文字がないものがある。誤写・誤脱の可能性が高い。

右、五月十四日[1]に、大伴宿禰家持《おほとものすくねやかもち》　興《きよう》[2]に依《よ》りて作る。

右五月十四日大伴宿禰家持依興作

右は、五月十四日に、大伴《おおとも》宿禰家持が興《きょう》によって作ったものである。

1太陽暦の六月七日。2↓三九八七。

史生《ししやう》尾張少咋《をはりのをくひ》に教へ喩《さと》す歌一首　并《あは》せて短歌

教喩史生尾張少咋歌一首并短歌

史生《ししょう》尾張少咋《おわりのおくい》を教え諭す歌一首 と短歌

[1]七出例《しちしゆつれい》に云《い》はく、「ただし一条《でう》を犯《をか》さば、すなはち出《い》だすべし。七出なくしてたやすく棄《す》つる者《ひと》は、[2]徒《づ》一年半なり」といふ。

[3]三不去《さんふきよ》に云はく、「七出を犯すといへどもこれを棄つべからず。違《たが》ふ者は[4]杖《ちやう》一百なり。ただし、姧《かん》を犯したると悪疾《あくじつ》とはこれを棄つること得《う》」といふ。

[5]両妻例《りやうさいれい》に云はく、「妻ありてさらに娶《めと》る者は徒一年。女家《ぢよか》は杖一百にしてこれを離《はな》て」といふ。

詔書《せうしよ》に云はく、「義夫節婦《ぎふせつぷ》を愍《めぐ》み賜《たま》ふ」といふ。

謹《つつし》みて案《かむが》ふるに、先《さき》の件《くだり》の数条《すでう》は、法《のり》を建つる基《もと》にして、道を化《をし》ふる源なり。しかればすなはち義夫の道は、情別《べち》なきに存し、一家財を同じくす。あに旧《ふる》きを忘れ新《あら》しきを愛《うつく》しぶる志あらめや。このゆゑに数行《すかう》の歌を綴《つづ》り作《な》し、旧きを棄つる惑《まと》ひを悔《く》いしむ。その詞《ことば》に曰《いは》く、

七出例云　但犯一条即合出之　無七出輙棄者徒一年半

三不去云　雖犯七出不合棄之　違者杖一百　唯犯姧悪疾得棄之

両妻例云　有妻更娶者徒一年　女家杖一百離之

詔書云　愍賜義夫節婦
謹案先件数条建法之基化道之源也　然則義夫之道情存無別一家同財　豈有忘旧愛新之志哉
所以綴作数行之歌令悔棄旧之惑　其詞曰

『七出例《しちしゅつれい》』に言う、「このうちの一か条でも犯せば、ただちに妻を離別してもよい。この七条に該当する事実もないのに軽々しく捨てた者は、一年半の徒刑《とけい》に処する」と。

『三不去《さんふきょ》』に言う、「七出を犯しても、こんな場合は捨ててはならない。違反する者は杖《じょう》百たたきの刑に処する。ただし妻に姦通《かんつう》と悪疾《あくしつ》がある時は捨てることができる」と。

『両妻例《りょうさいれい》』に言う、「妻がありながらさらに婚姻した者は一年の徒刑。女子は杖百たたきして離別せよ」と。

詔書《しょうしょ》に言う、「義夫節婦《ぎふせっぷ》をいつくしみたまう」と。

謹《つつし》んで考えるに、以上の数か条は、世に法を敷く基盤であり、人を徳へと導く源である。したがって義夫の道とは、人情として夫婦は平等とする点にあり、ひとつの家で財産を共有するのが当然である。どうして古い妻を忘れ新しい女を愛する気持ちなどあってよかろうか。そこで、数行の歌を作り、古い妻を捨てる迷いを後悔させようとするものである。その歌詞とは、

1夫が妻を離婚できる七つの条件。2懲役刑。3七出例に該当しても離婚できない三つの条件。

4杖で打つ刑。5重婚の条例。

4106
大汝《おほなむち》　少彦名《すくなひこな》の
神代《かみよ》より　言ひ継《つ》ぎけらく
父母《ちちはは》を　見れば貴《たふと》く
妻子《めこ》見れば　[1]かなしく[2]めぐし
うつせみの　世《よ》の　理《ことはり》と
かくさまに　言ひけるものを
世の人の　立つる言立《ことだ》て
ちさの花　咲ける盛りに
はしきよし　その妻《つま》の子と
朝夕《あさよひ》に　笑《ゑ》みみ笑まずも
うち嘆き　語りけまくは
とこしへに　かく[3]しもあらめや
天地《あめつち》の　神言《かみこと》寄《よ》せて
春花の　盛りもあらむと
待たしけむ　時の盛りそ
離れ居《ゐ》て　嘆かす妹《いも》が
いつしかも　使《つか》ひの来《こ》むと

大汝命《おおなむちのみこと》と少彦名命《すくなひこなのみこと》の
神代から言い伝えられたことに、
「父母を見れば貴く、
妻子を見ればせつなくいとしい。
（うつせみの）世間の道理だ、これが」と、
このように言ってきたのに、
これが世の人の立てる誓いの言葉であるのに。
ちさの花の咲いている盛りの時に、
いとしいその妻である人と、
朝夕に時には笑顔、時には真顔で、
ため息まじりに語りあったことは、
「いつまでもこうしてばかりいられようか。
天地の神々のうまく取り持ってくださって、
春花のような盛りの時も来るだろう」と、
待っておられた盛りの時なのだ、今は。
離れていて嘆いておられるあの方が、
いつになったら使いが来るのかと

待たすらむ　心さぶしく
南風《みなみふ》吹き　雪消《ゆきげ》溢《はふ》りて
射水河《いみづかは》　流る水沫《みなわ》の
寄るへなみ　左夫流《さぶる》その児に
紐の緒《を》の　いつがりあひて
にほ鳥《どり》の　二人並び居《ゐ》
奈呉《なご》の海の　奥を深めて
[4]さどはせる　君が心の
すべもすべなさ
「左夫流《さぶる》」といふは[5]遊行女婦《うかれめ》の字《あざな》なり。
お待ちになっているその心は淋しいことだろうに、
南風《みなみかぜ》が吹いて雪解け水が溢れ、
射水《いみず》河の流れに浮かぶ水泡《みなわ》のように
拠り所もなくて、左夫流という名の女に、
（ひものをの）くっつき合って、
（にほどりの）ふたり並んで、
（なごのうみの）心の奥底までも
迷っている君の心の、
なんともどうしようもないことよ。
「左夫流」というのは遊行女婦の呼び名である。

於保奈牟知　須久奈比古奈野　神代欲里　伊比都芸家良久　父母乎　見波多布刀久　妻子見波　可奈之久米具之　宇都世美能　余乃許等和利止　可久佐末尓　伊比家流物能乎　世人能　多都流許等太弖　知左能花　佐家流沙加利尓　波之吉余之　曽能都末能古等　安沙余比尓　恵美〻恵末須毛　宇知奈気支　可多里家末久波　等己之へ[6]尓　可久之母安良米也　天地能　可未許等余勢天　春花能　佐可里裳安良牟等　末多之家牟　等吉能沙加利曽　波奈礼居弖　奈介可須移母我　何時可毛　都可比能許牟等　末多須良无　心左夫之苦　南吹雪消益而　射水河　流水沫能　余留弊奈美　左夫流其児尓　比毛能緒能　移都我利安比弖　尓保騰里能　布多理双坐　那呉能宇美能　於支乎布可米天　左度波世流　支美我許己呂能　布多理双坐　那呉能宇美能

須敝母須敝奈佐　言佐夫流者遊行女婦之字也

1カナシは、心にしみて強く感じることで、ここは、せつないの意。2ナグシは、見て切なくなるほどにいとおしい。3→三九二九。4サドフは、マドフと同じく心乱れる意とされるが、未詳。5→四〇四七。6→四〇四四。

反歌《はんか》三首

反歌三首

反歌三首

4107　**あをによし　[1]奈良にある妹《いも》が　高々《たかだか》に　待つらむ心　しかにはあらじか**

安乎尓与之　奈良尓安流伊毛我　多可ゝゝ尓　麻都良牟許己呂　之可尓波安良司可

（あをによし）奈良にいる妻がひたすら待っているだろう心よ、そういうものではないだろうか。

1少咋《おくい》の妻が、奈良のどこにいたのかは不明。

4108　**里人《さとびと》の　見る目恥《は》づかし　左夫流児《さぶるこ》に　[1]さどはす君が　宮出《みやで》　[2]後姿《しりぶり》**

左刀妣等能　見流目波豆可之　左夫流児尓　佐度波須伎美我　美夜泥之理夫利

里人の見る目が恥ずかしいではないか。左夫流という女に迷っている君の出勤する後ろ姿は。

1→四一〇六。2シリは、後ろ。フリは、様子。

4109

紅《くれなゐ》[1]は　うつろふものそ　橡《つるはみ》[2]の　なれにし衣《きぬ》に　なほ及《し》かめやも

久礼奈為波　宇都呂布母能曽　都流波美能　奈礼尓之伎奴尓　奈保之可米夜母

紅色は褪《あ》せやすいもの。橡《つるばみ》色の着古した衣に、やはりかなうはずがない。

1左夫流を指す。2橡の衣は普段着。奈良の妻を指す。

右、五月十五日[1]に守大伴宿禰家持《かみおほとものすくねやかもち》作る。

右五月十五日守大伴宿禰家持作之

右は、五月十五日に守大伴《おおとも》宿禰家持が作ったものである。

1太陽暦の六月八日。

先妻《こなみ》[1]、夫君《せのきみ》の喚《よ》ぶ使ひを待たずしてみづから来る時《きた》に作る歌一首

先妻不待夫君之喚使自来時作歌一首

巻十八

本妻が、夫からの迎えの使者を待たずに自分からやって来た時に作った歌一首

1コナミは、ウハナリと対。それぞれ、先妻（本妻）と後妻（妾）を指す。

4110

左夫流児《さぶるこ》が　斎《いつ》[1]きし殿《との》に　鈴掛《すずか》[2]けぬ　駅馬下《はゆまくだ》れり　里もとどろに

左夫流児我　伊都伎之等乃尓　須受可気奴　波由麻久太礼利　佐刀毛等騰呂尓

左夫流という女が大切にお仕えしていたお屋敷に、駅鈴《えきれい》も付けない駅馬《えきば》が下ってきた。さあ里中は大騒ぎだ。

1ここのイックは、大切にするの意。2公用の駅馬は、鈴を付ける。これは私用。

同じ月十七日[1]に、大伴宿禰家持《おほとものすくねやかもち》作る。

同月十七日大伴宿禰家持作之

同じ月の十七日に、大伴《おおとも》宿禰家持が作ったものである。

1五月十七日。太陽暦の六月十日。

橘《たちばな》の歌一首　并《あは》せて短歌

橘歌一首并短歌

橘の歌一首 と短歌

4111

かけまくも　あやに恐《かしこ》し
皇祖《すめろき》の　神の大御代《おほみよ》に
[1]田道間守《たぢまもり》　常世《とこよ》に渡り
八矛《やほこ》持ち　参《ま》ゐ出来《でこ》し時
[2]時じくの　かくの木《こ》の実《み》を
恐《かしこ》くも　残したまへれ
国も狭《せ》に　生《お》ひ立《た》ち栄《さか》え
春されば　孫枝《ひこえ》萌《も》[3]いつつ
ほととぎす　鳴く五月《さつき》には
初花《はつはな》を　枝に手折《たを》りて
娘子《をとめ》らに　[4]つとにも遣《や》りみ
白たへの　袖にも　[5]扱《こき》入れ
かぐはしみ　置きて枯らしみ
落《あ》ゆる実は　玉に貫《ぬ》きつつ
手に巻きて　見れども飽《あ》かず

口にするのもはなはだ恐れ多いこと、
天孫《てんそん》の神々の御代に、
田道間守《たじまもり》が常世の国に渡り、
八矛を持って帰朝して来た時に、
「時じくのかくの木の実」を、
恐れ多くもお残しになったので、
国も狭くなるほどに生い茂り、
春になると新しい枝が次々と芽生え、
ほととぎすの鳴く五月には、
初花を枝ごと手折《たお》って
少女たちに贈り物としてやったり、
（しろたへの）袖にもしごき入れたり、
良い香りなので置いたままで枯らしたりして、
落ちた実は玉として緒《お》に通して
手首に巻いて、見ても見飽きることがない。

秋づけば　しぐれの雨降り
あしひきの　山の木末《こぬれ》は
紅《くれなゐ》に　にほひ散れども
橘《たちばな》の　成れるその実は
ひた照《て》りに　いや見《み》が欲《ほ》しく
★み雪降る　冬に至れば
霜置けども　その葉も枯れず
常磐《ときは》なす　いやさかばえに
しかれこそ　神の御代《みよ》より
6 よろしなへ　この橘を
時じくの　かくの木《こ》の実《み》と
名づけけらしも

秋になると時雨が降って、
（あしひきの）山の木々の梢は
紅《くれない》に色づいて散るけれども、
橘のなっているその実は、
あたり一面に照り輝いてますます見ていたくなるほどで、
（みゆきふる）冬になると、
霜は置いてもその葉も枯れず、
変わることなく栄えるばかりである。
それだからこそ神代の昔から、
いみじくもこの橘を、
「時じくのかくの木の実」と
名づけたのであるらしい。

可気麻久母　安夜尓加之古思　皇神祖乃　可見能大御世尓　田道間守　常世尓和多利　夜
保許毛知　麻為泥許之登吉　時及能　香久乃菓子乎　可之古久母　能許之多麻敝礼　国毛
勢尓　於非多知左加延　波流左礼婆　孫枝毛伊都追　保登等芸須　奈久五月尓波　波都波
奈乎　延太尓多乎理弖　乎登女良尓　都刀尓母夜里美　之路多倍能　蘇泥尓毛古伎礼　香
具播之美　於枳弖可良之美　安由流実波　多麻尓奴伎都追　手尓麻吉弖　見礼騰毛安加受

秋豆気婆　之具礼乃雨零　阿之比奇能　夜麻能許奴礼波　久礼奈為尓　仁保比知礼止毛
多知波奈乃　成流其実者　比太照尓　伊夜見我保之久　美由伎布流　冬尓伊多礼婆　霜於
気騰母　其葉毛可礼受　常磐奈須　伊夜佐加波延尓　之可礼許曽　神乃御代欲理　与呂之
奈倍　此橘乎　等伎自久能　可久能木実等　名附家良之母

1→四〇六三。2時ジは、時ならず、その時でないの意。3「萌ユ」は下二段活用。上二段活用もあったか。4ツトは、贈り物。5→四〇五七。6ふさわしい。ちょうど具合よく。

反歌《はんか》一首

反歌一首

4112 橘《たちばな》は　花にも実にも　見《み》つれども　いや[1]時《とき》じくに　なほし見《み》が欲《ほ》し

反歌一首

橘波　花尓毛実尓母　美都礼騰母　移夜時自久尓　奈保之見我保之

橘は、花でも実でも見ているけれど、ますますいつと時を決めずに、なおも見たいものだ。

1→四一一一。

巻十八

閏《うるふ》[1]五月二十三日に、大伴宿禰家持《おほとものすくねやかもち》作る。

閏五月廿三日大伴宿禰家持作之

閏《うるう》五月二十三日に、大伴《おおとも》宿禰家持が作ったものである。

1太陽暦の七月十六日。ウルフは→三九二七。＊花には遅く、実には早すぎる時期である。そのため四月十五日に臣下最高位の正一位《しょういちい》になった橘諸兄《もろえ》に対する讃歌《さんか》と見る説がある。

庭《には》の中《うち》の花の作歌《うた》一首 并《あは》せて短歌

庭中花作歌[1]一首并短歌

庭のなかの花の歌一首と短歌

1このままでは訓みようがないため、「見」を付けて、「庭中の花を見て作る歌」と訓む説がある。

4113
★大君《おほきみ》の　遠《とほ》の朝廷《みかど》と
任《ま》[1]きたまふ　官《つかさ》のまにま
★み雪降る　越《こし》に下《くだ》り来《き》
あらたまの　年の　五年《いつとせ》[2]

天皇の遠方の地の朝廷にあたるところとして、
遣わされた役目のままに、
（みゆきふる）越の国に下って来て、
（あらたまの）五年ものあいだ、

しきたへの　手枕《たまくら》まかず
紐解《ひもと》かず　丸寝《まろね》をすれば
いぶせみと　心なぐさに
なでしこを　やどに蒔《ま》き生《お》ほし
夏の野の　さ百合《ゆり》引き植ゑて
咲く花を　出《い》で見るごとに
なでしこが　その花妻《はなづま》に
さ百合花《ゆりばな》　ゆりも逢《あ》はむと
慰《なぐさ》むる　心しなくは
天《あま》ざかる　鄙《ひな》に一日《ひとひ》も
あるべくもあれや

（しきたへの）妻の手枕もせずに、
着物の紐も解かずにごろ寝をしていると
気が滅入るので、気晴らしにと、
なでしこを庭に蒔いて育て、
夏の野の百合を引き移して植えて、
咲く花を庭に出て見るたびに、
なでしこの花のような美しい妻に、
（さゆりばな）「後《ゆり》」にでも逢おうと思って
心を慰めることでもなければ、
（あまざかる）鄙の地に一日でもいられるものか、
いられるものではない。

於保支見能　等保能美可等〻　末支太末不　官乃末尓末　美由支布流　古之尓久多利来
安良多末能　等之乃五年　之吉多倍乃　手枕末可受　比毛等可須　末呂宿乎須礼婆　移夫
勢美等　情奈具左尓　奈泥之故乎　屋戸尓末枳於保之　夏能〻　佐由利比伎宇恵天　開花
乎　移弓見流其等尓　那泥之古我　曽乃波奈豆末尓　左由理花　由利母安波無等　奈具佐
無流　許己呂之奈久波　安末射可流　比奈尓一日毛　安流[3]へ久母安礼也

1マキは、本来マケとあるべき。2実際には三年目。3↓四〇四四。

反歌《はんか》二首

反歌二首

反歌二首

4114
なでしこが　花見るごとに　娘子《をとめ》らが　笑《ゑ》まひのにほひ　思ほゆるかも

奈泥之故我　花見流其等尓　乎登女良我　恵末比能尓保比　於母保由流可母

なでしこの花を見るたびに、あの少女の笑顔のあでやかさが思い出されてならない。

4115
さ百合花《ゆりばな》　ゆりも逢《あ》はむと　下延《したは》ふる　心しなくは　今日《けふ》も経《へ》めやも

佐由利花　由利母相等　之多波布流　許己呂之奈久波　今日母倍米夜母

（さゆりばな）「後《ゆり》」にでも逢おうと、心のなかでひそかに思っていることでもなければ、今日一日も過ごせようか、過ごせるものではない。

同じ閏《うるふ》[1]五月二十六日に、大伴宿禰家持《おほとものすくねやかもち》作る。

同閏五月廿六日大伴宿禰家持作

同じ閏《うるう》五月二十六日に、大伴《おおとも》宿禰家持が作ったものである。

1太陽暦の七月十九日。ウルフは↓三九二七。

国の掾久米朝臣広縄《じようくめのあそみひろなは》、天平《てんぴやう》二十年をもちて朝集使《てうじふし》に付きて京《みやこ》に入る。その事畢《をは》りて、[1]天平感宝元年《てんぴやうかんぽう》 [2]閏《うるふ》五月二十七日に本任《ほんにん》に還り到《いた》る。よりて[3]長官《ちやうくわん》の館《むろつみ》に詩酒の宴《うたげ》を設《ま》け楽飲《らくいん》す。ここに主人守大伴宿禰家持《あろじかみおほとものすくねやかもち》の作る歌一首 并せて短歌

国掾久米朝臣広縄以天平廿年附朝集使入京　其事畢而天平感宝元年閏五月廿七日還到本任　仍長官之館設詩酒宴楽飲　於時主人守大伴宿禰家持作歌一首并短歌

国の掾《じょう》久米朝臣広縄《ひろなわ》が、天平《てんぴょう》二十年に朝集使《ちょうしゅうし》となって上京した。その任が終わって、天平感宝元年《てんぴょうかんぽう》閏《うるう》五月二十七日に元の任務に戻った。そこで長官の館で詩酒の宴会を開いて楽しく飲んだ。その時主人である守大伴《おおとも》宿禰家持が作った歌一首 と短歌

1↓四〇八五。2太陽暦の七月二十日。ウルフは↓三九二七。3↓歴史「守」。

4116

★大君《おほきみ》の　[1]任《ま》きのまにまに
取り持ちて　仕《つか》ふる国の
年《とし》のうちの　[2]事《こと》かたね持ち
玉桙《たまほこ》の　道に出《い》で立ち
岩根《いはね》踏《ふ》み　山越え野行《ゆ》き

大君《おおきみ》の仰せのままに、
任務を授かってお仕えする国の、
一年のあいだの出来事をとりまとめて、
（たまほこの）道に旅立ちして、
岩を踏み山を越え野を通って、

都辺《みやこへ》に　参《ま》ゐしわが背《せ》を
あらたまの　年行《ゆ》きかへり
月重《つきかさ》ね　見ぬ日さまねみ
恋《こ》ふるそら[3]　安くしあらねば
ほととぎす　来鳴《きな》く五月《さつき》の
あやめ草《ぐさ》　蓬《よもぎ》かづらき
[4]酒《さか》みづき　遊び和《な》ぐれど
射水河《いみづかは》　雪消溢《ゆきげはふ》りて
行《ゆ》く水の　いや増しにのみ
鶴《たづ》が鳴く　奈呉江《なごえ》の菅の
ねもころに　思ひ結ぼれ
嘆きつつ　我《あ》が待つ君が
事終《ことを》はり　帰り罷《まか》りて
夏の野の　さ百合《ゆり》の花の
花笑《はなゑ》みに　[5]にふぶに笑みて
逢《あ》はしたる　今日《けふ》を始めて
鏡なす　かくし常《つね》見む

都に上って行った君に、
（あらたまの）年が改まり
何か月が過ぎても、逢わない日が続き
恋しく思う心は安らかでないので、
ほととぎすの来て鳴く五月の
あやめ草やよもぎをかずらにして、
酒宴をしては遊んで気を紛らそうとするけれど、
射水《いみず》河の雪解け水が溢れて
流れ行くように、恋しさはますますつもるばかりで、
鶴《つる》が鳴く奈呉江の菅の根のように、
ねんごろに思い悩み
嘆きつつ待っていた君が、
務めを終えて帰って来られて、
夏の野の百合の花が
ぱっと咲いたように、にこやかに笑って
お逢いできた今日の日からずっと、
（かがみなす）こうしていつも逢いましょう、

面変《おもが》はりせず　そのままのお顔で。

於保支見能　末支能末尔〻〻　等里毛知氐　都可布流久尔能　年内能　許登可多𣏐母知
多末保許乃　美知尓伊天多知　伊波祢布美　也末古衣野由支　弥夜故敝尓　末為之和我世
乎　安良多末乃　等之由吉我弊理　月可佐祢　美奴日佐末祢美　故敷流曽良　夜須久之安
良祢波　保止〻支須　支奈久五月能　安夜女具佐　余母疑可豆良伎　左加美都伎　女蘇比
奈具礼止　射水河　雪消溢而　逝水乃　伊夜末思尓乃末　多豆我奈久　奈呉江能須気能
根毛己呂尓　於母比牟須保礼　奈介伎都〻　安我末川君我　許登乎波里　可敝利末可利天
夏野乃　佐由利乃波奈能　花咲尓　〻布夫尓恵美天　阿波之多流　今日乎波自米氐　鏡
奈須　可久之都祢見牟　於毛我波利世須

1マキは↓四一一三。2カタヌは、一括するの意。3↓三九六九。4↓四〇五九。5ニフブは、にっこりと笑う様子。

反歌《はんか》二首

反歌二首

反歌二首

4117

去年《こぞ》の秋　相見《あひみ》しまにま　今日《けふ》見れば　面《おも》やめづらし[1]　都方人《みやこかたひと》

許序能秋　安比見之末尓末　今日見波　於毛夜目都良之　美夜古可多比等

去年の秋にお逢いしたままで、今日見ると、お顔もすてきです。都風のお方だ。

1↓四〇五〇。

4118 かくしても　相見《あひみ》るものを　少なくも　年月《としつき》経《ふ》れば　恋《こひ》しけれやも

可久之天母　安比見流毛乃乎　須久奈久母　年月経礼波　古非之家礼夜母

こうして逢えるものなのに、ほんとうに年月を経たので、恋しかったですよ。

霍公鳥《ほととぎす》の喧《な》くを聞きて作る歌一首

聞霍公鳥喧作歌一首

ほととぎすが鳴く声を聞いて作った歌一首

4119 いにしへよ[1]　しのひにければ　ほととぎす　鳴く声《こゑ》聞きて　恋《こひ》しきものを

伊尓之敝欲　之怒比尓家礼婆　保等登伎須　奈久許恵伎吉弖　古非之吉物乃乎

遠い昔からずっと愛《め》でてきたので、ほととぎすの鳴く声を聞いて恋しく思うものなのだが。

1このヨは、時間の起点をあらわす。ヨリと同じ。

京《みやこ》に向ふ時に、貴人《うまひと》を見また美人[1]に逢《あ》ひて飲宴《いんえん》せむ日のために懐《おもひ》を述べ儲《ま》[2]けて作る歌二首

為向京之時見貴人及相美人飲宴之日述懐儲作歌二首

上京する時に、貴人にお目にかかったり美人に逢ったりして飲宴する日のために、思いを述べあらかじめ作った歌二首

1美人は、本来男女を問わず容姿端麗な人や才徳優れた人。2↓四〇九八。

4120 見まく欲《ほ》り　思ひしなへ[1]に　蘰《かづら》かげ　かぐはし君を　相見《あひみ》つるかも

見麻久保里　於毛比之奈倍尓　賀都良賀気　香具波之君乎　安比見都流賀母

逢いたいと思っていたちょうど折りしも、かずら飾りを着けた美しい君にお逢いすることができました。

1ナヘニは、…すると同時に、ちょうど…の意。

4121 朝参[1]の　君が姿を　見ず久《ひさ》に　鄙《ひな》にし住めば　我恋《あれこ》ひにけり　一《いっ》に云《い》ふ「はしきよし　妹《いも》が姿を」

朝参乃　伎美我須我多乎　美受比左尓　比奈尓之須米婆　安礼故非尓家里　一云　波之吉
与思　伊毛我須我多乎

朝礼に参列される君のお姿を長く見ないままに、鄙の地に住んでいたので、わたしは恋しくてなりませんでした。　また「いとしいあなたのお姿を」。

1マヰリ・ミヤデ・ミカドマヰリなどの訓読みと、テウサン・テウサム・デウサムと音読みする説がある。「朝参」は「公式令《くしきりょう》」に見える語であるから、音読みが良いか。

同じ閏《うるふ》[1] 五月二十八日に、大伴宿禰《おほとものすくね》家持《やかもち》作る。

同閏五月廿八日大伴宿禰家持作之

同じ閏《うるう》五月二十八日に、大伴《おおとも》宿禰家持が作ったものである。

1太陽暦の七月二十一日。ウルフは→三九二七。

[1]天平感宝《てんぴょうかんぽう》元年 閏《うるふ》[2] 五月六日より以来《このかた》、小旱《せうかん》[3]を起こし、百姓《おほみたから》の田畝《でんぼ》やくやくに彫《しぼ》む色あり。[4]六月朔日《つきたち》に至りて、たちまちに雨雲の気《け》を見る。よりて作る雲の歌一首
短歌一絶《ぜつ》[5]

天平感宝元年閏五月六日以来起小旱百姓田畝稍有彫色也　至于六月朔日忽見雨雲之気　仍
作雲歌一首短歌一絶

天平感宝《てんぴょうかんぽう》元年閏《うるう》五月六日以来、しばらく日照りが続き、民の田畑はしだいに生気を失っていった。六月一日になって、突然雨雲の立つ気配があった。そこで作った雲の歌一首と短歌一首

1↓四〇八五。2太陽暦の六月二十九日。3「旱」は、ひでり。4太陽暦の七月二十三日。5
↓解2「賦」を参照。

4122

天皇《すめろき》の　敷《し》きます国の
天《あめ》の下《した》　四方《よも》の道には
馬《うま》の爪《つめ》　い尽《つ》くす極《きは》み
船《ふな》の舳《へ》の　い泊《は》つるまでに
いにしへよ　今のをつつに[1]
[2]万調《よろづつき》　奉《まつ》るつかさと[3]
作りたる　その生業《なりはひ》を
雨降らず　日《ひ》の重《かさ》なれば
植《う》ゑし田も　まきし畑《はたけ》も
朝ごとに　しぼみ枯れ行《ゆ》く
そを見れば　心を痛み

天皇のお治めになるこの国の、
天の下の四方に広がる国々には、
馬の爪がすり減ってなくなる地の果てまで、
船首が行き着ける海のかなたまで、
遠い昔から今にいたるまで
あらゆる貢ぎ物を奉るなかでも第一としてきた
その農作物であるのに、
雨の降らない日が重なってゆくので、
植えた田もまいた畑も
朝ごとにしぼんで枯れてゆく。
それを見ると心が痛んで、

4みどり子の　乳乞《ちこ》ふがごとく
天《あま》つ水《みづ》　仰《あふ》ぎてそ待つ
あしひきの　山のたをりに5
この見ゆる　天《あま》の白雲《しらくも》
6海神《わたつみ》の　沖《おき》つ宮辺《みやへ》に
立ち渡り　との曇《ぐも》りあひて
雨も賜《たま》はね

幼子が乳をせがむように、
天からの水を振り仰いで待っているのだ。
（あしひきの）山の鞍部に
今見えている天の白雲よ、
海の神さまの沖の宮のあたりまで
立ち広がって、一面に空を曇らせて
雨をお与えください。

須売呂伎乃　之伎麻須久尓能　安米能之多　四方能美知尓波　宇麻乃都米　伊都久須伎波
美　布奈乃倍能　伊波都流麻泥尓　伊尓之敝欲　伊麻乃乎都頭尓　万調　麻都流都可佐等
都久里多流　曽能奈里波比乎　安米布良受　日能可左奈礼婆　宇恵之田毛　麻吉之波多気
毛　安佐其登尓　之保美可礼由苦　曽乎見礼婆　許己呂乎伊多美　弥騰里児乃　知許布我
其登久　安麻都美豆　安布芸弖曽麻都　安之比奇能　夜麻乃多乎里尓　許乃見油流　安麻
能之良久母　和多都美乃　於枳都美夜敝尓　多知和多里　等能具毛利安比弖　安米母多麻
波祢

1↓三九八五。2ツキは↓四〇九四。3第一のもの。主だったもの。4三歳までの男児を指す。5もののたわんだ部分。6海神が天候を意のままにするという話が『古事記』・『日本書紀』の神話に見える。

4123

反歌《はんか》一首

反歌一首

反歌一首

この見ゆる　雲ほびこりて[1]　との曇《ぐも》り　雨も降らぬか　心足《だ》らひに

許能美由流　久毛保妣許里弖　等能具毛理　安米毛布良奴可　己許呂大良比尓

今見えている雲が広がっていって、一面にかき曇って雨が降ってくれないかなあ、満足するまで。

1ハビコルと同じ。

右の二首、六月一日[1]の晩頭《ひのぐれ》に、守大伴家持《かみおほとものやかもち》作る。

右二首六月一日晩頭守大伴家持作之[2]

右の二首は、六月一日の夕方に、守大伴《おおとも》家持が作ったものである。

1太陽暦の七月二十三日。2「宿禰」がないのは、神に対する謹慎の気持ちの表れとする説がある。

雨の落《ふ》るを賀《ほ》く歌一首

賀雨落歌一首

雨が降ったのを寿《ことほ》いだ歌一首

4124

わが欲《ほ》りし　雨は降り来《き》ぬ　かくしあらば　言挙《ことあ》げせずとも　稔《とし》は栄《さか》えむ

和我保里之　安米波布里伎奴　可久之安良婆　許登安気世受杼母　登思波佐可延牟

わたしが待ち望んだ雨は降ってきた。この分なら、言あげしなくても、秋の実りは豊かだろう。

1コトアゲは、言葉に出して言いたてること。2このトシは、五穀、とくに稲の実りを指す。

右の一首、同じ月四日[1]に、大伴宿禰家持《おほとものすくねやかもち》作る。

右一首同月四日大伴宿禰家持作

右の一首は、同じ月の四日に、大伴《おおとも》宿禰家持が作ったものである。

1六月四日。太陽暦の七月二十六日。

七夕《たなばた》の歌一首 并《あは》せて短歌

七夕歌一首并短歌

4125

七夕の歌一首 と短歌

天《あま》[1]照《で》らす　神の御代《みよ》より
安《やす》の河《かは》　中に隔《へだ》てて
向かひ立ち　袖《そで》振りかはし
息《いき》の緒《を》に　嘆かす子ら
渡《わた》り守《もり》　舟も設《まう》けず
橋だにも　渡してあらば
その上《へ》[2]ゆも　い行《ゆ》き渡らし
携《たづさ》はり[3]　うながけり居《ゐ》て
思ほしき　言《こと》も語らひ
慰《なぐさ》むる　心はあらむを
なにしかも　秋にしあらねば
言問《ことど》ひの　乏《とも》しき子ら
うつせみの　世《よ》の人我《ひとわれ》も
ここを[4]しも　あやに奇《くす》しみ

天照大神《あまてらすおおみかみ》の神代の昔から、
天《あめ》の安の河を中に隔てて、
向かい合って立って袖を振り交わし、
命がけで恋い焦がれておられるふたりよ。
渡し守は舟も用意していないし、
せめて橋だけでも渡してあったら、
その上を渡って行って、
手を取り合いうながけ合って、
心に思うことを語り合い
気を晴らすこともあるだろうに、
どうして秋でなければ、
言葉を交わすこともまれなふたりなのか。
（うつせみの）この世の人であるわれわれも、
このことがなんとも不思議で、

行《ゆ》き変《か》はる　年《とし》[5]のはごとに
天《あま》の原《はら》　ふりさけ見つつ
言《い》ひ継《つ》ぎにすれ

過ぎてはまた来る年ごとに、
天の原を振り仰いで見ては、
語り継いでいるのだ。

安麻泥良須　可未能御代欲里　夜洲能河波　奈加尓敝太弖ゝ　牟可比太知　蘇泥布利可波之　伊吉能乎尓　奈気加須古良　和多里母理　布祢毛麻宇気受　波之太尓母　和多之弖安良波　曽乃倍由母　伊由伎和多良之　多豆佐波利　宇奈我既里為弖　於毛保之吉　許登母加多良比　奈具左牟流　許己呂波安良牟乎　奈尓之可母　安吉尓之安良祢波　許等騰比能等毛之伎古良　宇都世美能　代人和礼毛　許己乎之母　安夜尓久須之弥　往更　年乃波其登尓　安麻乃波良　布里左気見都追　伊比都芸尓須礼

1原文に「泥」とあるのでデ。2→三九三五。3ウナガケリは、うなじに手をかけることとする説もあるが、語義未詳。4→三九二九。5トシノハは、年ごとに（毎年）の意。本来、ゴトニはいらない。

反歌《はんか》二首

反歌二首

反歌二首

4126

天《あま》の川《がは》　橋渡せらば[1]　その上《へ》[2]ゆも　い渡らさむを　秋にあらずとも

安麻能我波　々志和多世良波　曽能倍由母　伊和多良佐牟乎　安吉尓安良受得物

天の川に橋を渡してあったら、その上を通ってでも渡って行かれるだろうに、秋でなくても。

1ワタセラバは、ワタシアラバの約まったもの。2→三九三五。

4127

安《やす》の河《かは》　い向かひ立ちて　年《とし》の恋《こひ》　日長《けなが》き子らが　妻問《つまど》ひの夜《よ》ぞ

夜須能河波　伊牟可比太知弖　等之乃古非　気奈我伎古良河　都麻度比能欲曽

天《あめ》の安の河を間に向かい合って立って、一年間日数《ひかず》長く恋しつづけていたふたりが、逢える夜なのだ、今夜は。

右七月七日仰見天漢大伴宿禰家持作

右、七月七日[1]に、天漢《あまのがは》[2]を仰《あふ》ぎ見て、大伴宿禰《おほとものすくね》家持《やかもち》作る。

右は、七月七日に、天の川を仰ぎ見て、大伴《おおとも》宿禰家持が作ったものである。

1太陽暦の八月二十八日。七月二日に聖武《しょうむ》天皇が退位し孝謙《こうけん》天皇が即位した。年号も天《てん》平勝宝《びょうしょうほう》に改元《かいげん》されている。2天にある漢水。天の川のこと。

越前国《こしのみちのくちのくに》の掾《じよう》大伴宿禰《おほとものすくね》池主《いけぬし》が来《お》贈《こ》せる戯《たはぶ》れの歌四首

越前国掾大伴宿禰池主来贈戯歌四首

越前国《えちぜんのくに》の掾大伴《じようおおとも》宿禰池主が贈ってよこした戯《たわむ》れの歌四首

たちまちに恩賜《おんし》を辱《かたじけ》なみし、驚欣《きやうきん》すでに深し。心中咲《ゑ》みを含《ふふ》み、独《ひと》り座《を》りてややくに開けば、表裏《へうり》同じからず、相違何《なに》しかも異なる。所由《そのゆゑ》を推量《すいりやう》するに、率爾《ゆくりな》く策を作《な》せるか。明らかに知りて言《こと》を加《くは》ふること、あに他意あらめや。凡《おほかた》本物《ほんもつ》を貿《もう》易《やく》することは、その罪軽からず。正贓《しやうさう》[1]倍贓《ばいさう》[2]、急ぎて并満《ひやうまん》すべし。今、風雲を勒《ろく》して、徴使《びし》を発遣《はつけん》す。早速《さうそく》に返報《へんぽう》せよ、延廻《えんくわい》すべからず。

勝宝《しようほう》元年[3]十一月十二日、物の貿易《もうやく》せられたる下吏《げり》、

謹みて　貿易人《もうやくにん》を断官司《だんくわんし》の庁下《ちやうか》に訴《うれ》ふ。

別に白《まを》さく、可怜《かれん》の意《こころ》、黙止《もだを》ること能《あた》はず、いささかに四詠《しえい》を述べ、睡覚《すいかく》に准《しゆん》擬《ぎ》せむと。

忽辱恩賜驚欣已深　心中含咲独座稍開表裏不同相違何異　推量所由率尓作策歟　明知加言豈有他意乎　凡貿易本物其罪不軽正贓倍贓宜急并満　今勒風雲発遣徴使　早速返報不須延廻

勝宝元年十一月十二日物所貿易下吏

謹訴　貿易人断官司庁下
別白可怜之意不能黙止聊述四詠准擬睡覚

思いがけずもかたじけない贈り物をいただき、大いに驚き喜びでいっぱいです。胸中に喜びを覚えつつ、ひとり座っておもむろに開いて見ますと、表書きと中身が違っていて、どうしてこのように違ったのかわかりません。そのわけを推量してみると、無造作に荷札を付けられたのではないかと考えます。誤りをわかっていていて一言申し上げることは、悪意あってのことではありません。そもそも本物と別物とすり替えることは、その罪が軽くありません。まさにその物の返却、また倍に当たる物の返却を、ともに直ちに行うべきです。いま風雲を利用して徴収の使いを派遣します。すぐに返事をなさるように。ぐすぐすしてはいけません。

勝宝《しょうほう》元年十一月十二日、物を取り替えられた下役人が、謹《つつし》んで、取り替えた張本人を裁判官殿に訴えます。

追伸、あまりのおもしろさに黙っていることができず、まずは四首の歌を作り、眠気覚ましにさせていただきます。

1「贓《そう》」は、法律用語。平安時代の訓みにヌスミモノとあるように、不正に授受奪取された財貨。2盗品の倍額の賠償。3太陽暦の十二月二十九日。

4128

草枕《くさまくら》　旅の翁《おきな》と　思ほして　針《はり》そ賜《たま》へる　縫《ぬ》はむものもが

久佐麻久良　多比乃於伎奈等　於母保之天　波里曽多麻敝流　奴波牟物能毛賀

（くさまくら）旅の老人とお思いになって、針をくださったのですね。なにか縫うものがあればよいのに。

＊針と糸は旅の必需品であった。

4129

針袋《はりぶくろ》　取り上げ前に置き　返《かへ》さへば　おのともおのや[1]　裏も継《つ》ぎたり

芳理夫久路　等利安宜麻敝尓於吉　可辺佐倍波　於能等母於能夜　宇良毛都芸多利

針袋を取り上げて前に置き、裏返して見ると、おやまあ何ということか、裏地まで付いています。

1平安時代初期の字書に、「吁」をオノと訓んでいる。吁は驚きをあらわす字。オノトモオノヤでオノを強調したものか。

4130

針袋《はりぶくろ》　帯《お》び続《つ》けながら　里ごとに　照《て》らさひあるけど　人も咎《とが》めず

波利夫久路　応婢都〻気奈我良　佐刀其等迩　天良佐比安流気騰　比等毛登賀米授

針袋を腰に下げたままで、里ごとに見せびらかして歩き回ったが、誰も変だと思ってくれません。

4131

鶏《とり》が鳴く　東《あづま》[1]をさして　ふさへしに[2]　行《ゆ》かむと思へど　よしもさねなし

等里我奈久　安豆麻乎佐之天　布佐倍之尓　由可牟等於毛倍騰　与之母佐祢奈之

（とりがなく）東を目指して、ふさへしに行こうと思うが、まったくそのきっかけがありません。

1越中を、越前の東と考えたか。2語義未詳。

右の歌の返報《へんぱう》の歌は脱漏《だつろう》し、探り求むること得ず。

右歌之返報歌者脱漏不得探求也

右の歌の返事の歌は紛失して、探し求めることができない。

さらに来贈《おこ》せる歌二首

更来贈歌二首

さらに贈ってよこした歌二首

駅使《やくし》を迎ふる事によりて、今月十五日[1]に、部下[2]加賀郡《かがのこほり》の境《さかひ》に到来《いた》る。面影《おもかげ》に射水《いみづ》の

巻十八

郷《さと》を見、恋緒《れんしよ》深海《ふかみ》の村に結《むす》ぼほる。身は [3]胡馬《こば》に異なれども、心は [4]北風《ほくふう》に悲しぶ。月《つき》に乗《じやう》じて徘徊《たもとほ》れども、かつてなす所なし。やくやくに来封《らいふう》を開くに、その辞《こと》云々《しかしか》とあれば、先に奉《たてまつ》る所の書《ふみ》、返《かへ》りて畏《おそ》る、疑《うたが》ひに度《わた》れるかと。僕羅《やつかれら》を嘱《しよく》することを作《な》し、かつがつ使君《しくん》を悩ます。それ、水を乞《こ》ひて酒を得るは、従来《もとより》能き口なり。時を論じて 理《ことわり》に合はば、何《なに》せむに強吏《がうり》と題《しる》さむや。尋《つ》ぎて針袋《はりぶくろ》の詠《えい》を誦《よ》むに、詞《し》泉酌《ぜんく》めども渇《つ》きず。膝を抱《むだ》き独り咲《ゑ》み、能《よ》く旅愁を蠲《のぞ》く。陶然《たうぜん》に日《ひ》をやれば、何をか慮《はか》らむ何をか思はむ。[5]短筆不宣《たんぴつふせん》。

勝宝《しようほう》元年[6]十二月十五日　物を徴《はた》りし下司《げし》

謹上《きんじやう》　不伏《ふぶく》の使君《しくん》　[7]記室《きしつ》

別に奉る云々《しかしか》歌二首

依迎駅使事今月十五日到来部下加賀郡境　面蔭見射水之郷恋緒結深海之村　身異胡馬心悲北風　乗月徘徊曽無所為　稍開来封其辞云〻者　先所奉書返畏度疑歟　僕作嘱羅且悩使君　夫乞水得酒従来能口　論時合理何題強吏乎　尋誦針袋詠詞泉酌不渇　抱膝独咲能蠲旅愁　陶然遣日何慮何思　短筆不宣

勝宝元年十二月十五日　徴物下司

謹上　不伏使君　記室

別奉云〻歌二首

駅使《えきし》を迎える用事で、今月十五日に、越前国管轄の加賀郡の境までやって来ました。面影に射水《いみず》の里を見て、恋しい思いが深見《ふかみ》村でひとしお感じられました。この身は胡馬でもないのに、心は北風に悲しんでおります。月の光に乗じてうろうろと歩き回っても、どうすることもできません。おもむろにお手紙を開くと、そこにはしかじかと書いてありましたので、先に差し上げた手紙に、かえって誤解を受けるような節があったのではないかと恐れています。私が羅をお願いしたばかりに、心ならずも国守《こくしゅ》さまをわずらわしました。そもそも、水を願って酒を得るのは、昔から口達者の者のすることです。どうして時世を論じて道理に合致させる者だけが、優秀な官吏《かんり》の名に値すると言えましょう。針袋のお歌をたずね当てて読んで見ますと、言葉の泉は汲めども尽きません。膝を抱いてひとり笑い、十分に旅の愁いを消すことができました。うっとりとして日を過ごし、なんの思い悩むこともありません。短筆不宣。

　勝宝《しょうほう》元年十二月十五日　物を取り立てた下役人

謹上　なかなかへこまれない国守さま　記室

　別に奉る云々歌二首

1十二月十五日。太陽暦の翌年一月三十一日。2このとき、加賀郡は越前国管轄。「部下」は管内の意。3中国の古詩に「胡馬は北風に依る」とある。4越中は越前の北。家持の住む越中を恋い慕う気持ちをあらわす。5書簡末尾の常用句。6→1　7書簡の脇付。

巻十八

4132 縦《たた》さにも　かにも横さも　奴《やつこ》とそ　我《あれ》はありける　主《ぬし》の殿戸《とのど》に

多々佐尒毛　可尒母与己佐母　夜都故等曽　安礼波安利家流　奴之能等乃度尒

縦《たて》からしても横からしても、どちらから見ても奴という者でございました、わたしは。ご主人さまのお屋敷の戸の所に控えて。

4133 針袋《はりぶくろ》　これは賜《たば》りぬ　すり袋　今は得《え》てしか　翁《おきな》さびせむ

波里夫久路　己礼波多婆利奴　須理夫久路　伊麻波衣天之可　於吉奈佐備勢牟

針袋、これはたしかにいただきました。すり袋を今度は欲しくなりました。老人らしくふるまいましょう。

1タバルは、タマハルの約まったもの。2どのような物か不明。歌意からすれば老人にふさわしいもの。3サブは、名詞に接続して、それらしく見えるの意。

宴席に雪月梅花《せつげつばいくわ》を詠む歌一首

宴席詠雪月梅花歌一首

宴席で雪と月と梅の花を詠んだ歌一首

4134

雪の上《うへ》に　照れる月夜《つくよ》に　梅の花　折《を》りて贈らむ　愛《は》しき子[1]もがも

由吉乃宇倍尓　天礼流都久欲尓　烏梅能播奈　乎理天於久良牟　波之伎故毛我母

雪の上に照り映える月が美しい夜に、梅の花を折《お》って贈ってやれるような、かわいい子がいたらなあ。

1↓三九四五。

右の一首、十二月に大伴宿禰家持《おほとものすくねやかもち》作る。

右一首十二月大伴宿禰家持作

右の一首は、十二月に大伴《おおとも》宿禰家持が作ったものである。

4135

わが背子《せこ》が　琴《こと》取るなへ[1]に　常人《つねひと》の　言ふ嘆《なげ》きし[2]も　いやしき増すも

和我勢故我　許登等流奈倍尓　都祢比登乃　伊布奈宜吉思毛　伊夜之伎麻須毛

あなたが琴を手に取られると、世間の人が言う嘆きというものが、ますます増してくるよ。

1↓四一二〇。2↓三九二九。

右の一首、少目《せうさくわん》秦伊美吉石竹《はだのいみきいはたけ》の館《むろつみ》の宴《うたげ》にして守大伴宿禰家持《かみおほとものすくねやかもち》作る。

右一首少目秦伊美吉石竹館宴守大伴宿禰家持作

右の一首は、少目《しょうさかん》秦伊美吉石竹《いわたけ》の館の宴席において守大伴《おおとも》宿禰家持が作ったものである。

天平勝宝《てんぴやうしようほう》二年正月[1]二日に、国庁《こくちやう》にして饗《あへ》を諸《もろもろ》の郡司等《ぐんじら》に給《たま》ふ宴《うたげ》の歌一首

天平勝宝二年正月二日於国庁給饗諸郡司等宴歌一首

天平勝宝《てんぴょうしょうほう》二年正月二日に、国庁《こくちょう》において諸郡司《しょぐんじ》たちに饗応《きょうおう》して宴席を開いた時の歌一首

1太陽暦の二月十六日。

4136

あしひきの　山の木末《こぬれ》の　寄生《ほよ》取りて　かざしつらくは　千年寿《ちとせほ》くとそ

安之比奇能　夜麻能許奴礼能　保与等理天　可射之都良久波　知等世保久等曽

（あしひきの）山の木々の梢の宿り木を取って髪に挿《さ》しているのは、千年の長寿を願う気持ちからだ。

*宿り木は、冬枯れの植物の中で緑色を保つ。長寿の象徴として見られたのだろう。

右の一首、守《かみ》大伴《おほとも》宿禰《すくね》家持《やかもち》作る。

右一首守大伴宿禰家持作

右の一首は、守大伴《おおとも》宿禰家持が作ったものである。

[1]判官久米朝臣広縄《はんぐわんくめのあそみひろなは》の館《むろつみ》に宴《うたげ》する歌一首

判官久米朝臣広縄之館宴歌一首

判官《はんがん》久米朝臣広縄《ひろなわ》の館で宴席を開いた時の歌一首

1→歴史。

4137

正月《むつき》立つ　春の初めに　かくしつつ　相《あひ》し笑《ゑ》みてば　[1]時《とき》じけめやも

牟都奇多都　波流能波自米尓　可久之都追　安比之恵美天婆　等枳自家米也母

正月になって春の初めに、こうやってお互いに笑っていれば、いつでも楽しい。

1時ジク→四一一一。

同じ月五日[1]に、守《かみ》大伴宿禰《おほとものすくね》家持《やかもち》作る。

同月五日守大伴宿禰家持作之

同じ月の五日に、守大伴《おおとも》宿禰家持が作ったものである。

1正月五日。太陽暦の二月十九日。

墾田地《こんでんち》を検察《けんさつ》する事に縁《よ》りて、礪波郡《となみのこほり》の主帳《しゆちやうた》多治比部北里《ぢひべのきたさと》の家《いへ》に宿る。ここにたちまちに風雨起こり、辞去すること得ずして作る歌一首

縁検察墾田地事宿礪波郡主帳多治比部北里之家　于時忽起風雨不得辞去作歌一首

墾田地《こんでんじ》を検察する用事で、礪波郡の主帳多治比部北里《しゅちょうたじひべ》の家に泊まった。その時思いがけず風雨が起こり、帰ることができなくなって作った歌一首

4138

夜夫奈美《やぶなみ》の　里に宿借り　春雨《はるさめ》に　隠《こも》り[1]つつむと　妹《いも》[2]に告げつや

夜夫奈美能　佐刀尓夜度可里　波流佐米尓　許母理都追牟等　伊母尓都宜都夜

夜夫奈美の里で宿を借り、春雨に降りこめられていると、いとしい人に告げてやったか。

1ツツムは、差し支える。邪魔される。2家持の妻大伴坂上大嬢《おおとものさかのうえのおおいらつめ》が前年十一月には越中に来ていたと考えられている。

二[1]月十八日に、守大伴宿禰家持《かみおほとものすくねやかもち》作る。

二月十八日守大伴宿禰家持作

二月二十八日に、守大伴《おおとも》宿禰家持が作ったものである。

1太陽暦の四月三日。

家持伝説

富山県に残る「家持伝説」については、山口博「越中家持伝説」（高岡市・万葉のふるさとづくり委員会『大伴家持と越中万葉の世界』昭六一年一二月、雄山閣）が基本文献となる。子孫伝説・遺品伝説・家持勧請の神社・家持遺跡・家持神社など、広範囲にわたる家持伝説をまとめてある。その後に出た中葉博文「越中の大伴家持伝説」（『とやま民芸文化誌』平成一〇年八月、シーエーピー）には、江戸期の俳書に見られる家持伝説が採録されている。さらに、高尾哲史「越中の家持伝説─残映と幻影」（『大伴家持研究』創刊号、平成一二年三月）の「神社縁起に見る家持」はとくに丹念に史料を拾っており、山口「越中家持伝説」に触れていない子孫伝説を載せている。

この他、『北陸タイムス』（昭和六年一二月）に「家持卿の古墳発掘　守護神石現はる」の見出しで報じられた子孫伝説や、南砺市（福光）岩木の寛勝寺には、東北からやって来た家持子孫の伝説がある。

かつて越中であった現在の石川県羽咋郡宝達志水町にも、家持の館跡などが残っていた（『志雄町史』）という。

その他、能登には羽咋市・輪島市などに、越中守ではなく、勅使として下向した家持の詠んだ歌が伝承されている（『能登のくに─半島の風土と歴史─』平成一五年七月、北國新聞社）。

（関　隆司）

巻十九

「磯の上の都万麻を見れば…」（⑲4159）歌碑〔415ページ・64〕

天平勝宝《てんぴやうしようほう》二年三月一日の暮《ゆふへ》に、春苑《しゆんゑん》の桃李《たうり》の花を眺矚《2てうしよく》して作る二首

天平勝宝二年三月一日之暮眺矚春苑桃李花作二首

天平勝宝《てんぴょうしょうほう》二年三月一日の夕方に、春の庭園の桃《もも》とすももの花を見渡して作った歌二首

1太陽暦の四月十五日。2高所から遠くを望みながめること。

4139
春の苑《その》　紅《1くれなゐ》にほふ　桃《もも》の花　下照《したで》る道に　出《い》で立つ娘子《をとめ》

春苑　紅尓保布　桃花　下照道尓　出立嬬嬬

春の庭園は一面に赤く照り映えている。紅色に咲く桃の花、その樹の下まで赤く照り輝く道に、ふと立ちあらわれる少女の姿。

1→四〇二一。この二ホフは、連体形と考えて「桃の花」にかかるとする説がある。

4140
わが園《その》の　李《1すもも》の花か　庭《には》に降る2　はだれ3のいまだ　残りたるかも

吾園之　李花可　庭尓落　波太礼能未　遺在可母

わが庭園のすももの花であろうか。それとも庭に降った薄雪がまだ木に残っているのであろうか。

1↓四一三九。2ハダレは、うっすらと降り積もる雪や霜。＊三句切れと考えて、「庭に散る」と訓む説もある。

4141

翻《と》び翔《かけ》る 鴫《しぎ》[1]を見て作る歌一首

見翻翔鳴作歌一首

飛びかけるしぎを見て作った歌一首

1「鴫」という字は漢籍に見えない。歌からシギと訓む。家持の造字か。

春まけて[1] もの悲《がな》しきに さ夜ふけて 羽振《はぶ》[2]き鳴く鴫《しぎ》 誰《た》が田にか住む

春儲而 物悲尓 三更而 羽振鳴志芸 誰田尓加須牟

春になってなんとなく悲しい時に、夜も更けてから羽ばたきながら鳴く鴫は、誰の田んぼに住みついているのであろうか。

1マクは、その時期になる意。2フクは、振り動かす意。

二日[1]に、柳黛《りうたい》を 攀《よ》[2]ぢて京師《みやこ》を思ふ歌一首

二日攀柳黛思京師歌一首

二日に、眉《まゆ》のような柳の葉を引き寄せて都をしのぶ歌一首

1三月二日。太陽暦の四月十六日。2ヨヅは、つかんで引く意。

4142

春の日に　萌《は》れる柳を　取り持ちて　見れば都の　大路《おほち》し思ほゆ

春日尓　張流柳乎　取持而　見者京之　大路所念

春の日の光のなかに芽をふいている柳の枝を手に取り持って見ると、奈良の都の大路が思い出される。

1ハルは、ふくらむ意。

堅香子草《かたかご》の花を攀《よ》ぢ折《を》る歌一首

攀折堅香子草花歌一首

かたかごの花を引き折る歌一首

1→四一四二。

4143

もののふの　八十娘子《やそをとめ》らが　汲《く》みまがふ　寺井《てらゐ》の上《うへ》の　堅香子《かたかご》の花

物部乃　八十嬿嬬等之　挹乱　寺井之於乃　堅香子之花

（もののふの）たくさんの少女たちが入り乱れて水を汲んでいる寺井のほとりに群がり咲いているかたかごの花。

1マガフは、入り乱れるの意。この歌では、何が入り乱れているのかわかりにくい。

帰《かへ》る雁《かり》を見る歌二首

見帰雁歌二首

帰る雁を見る歌二首

4144 燕来《つばめく》る　時になりぬと　雁《かり》がねは　国しのひつつ　雲隠《がく》り鳴く

燕来　時尓成奴等　雁之鳴者　本郷思都追　雲隠喧

燕がやってくる時季になったと、雁は故郷をしのびながら、雲に隠れて鳴き渡ってゆく。

＊つばめとかりが入れ違いになるというのは三九七五後漢詩にも見えるように漢詩文の発想。

4145 春まけて[1]　かく帰《かへ》るとも　秋風に　もみたむ[2]山を　越え来《こ》ざらめや　一《いつ》に云《い》ふ「春されば　帰るこの雁《かり》」

春設而　如此帰等母　秋風尓　黄葉山乎　不超来有米也　一云　春去者　帰此雁

春になってこのように帰って行っても、秋風で紅葉する山を越えてまたここに来ないことがあろうか。また「春になって帰るこの雁も」。

1→四一四一。2モミツは、紅葉する意。「もみちの山を」と訓む説もある。

夜《よ》の裏《うち》に千鳥《ちどり》の喧《な》くを聞く歌二首

夜裏聞千鳥喧歌二首

夜中に千鳥が鳴く声を聞く歌二首

4146
夜《よ》[1]ぐたちに　寝覚《ねざ》めて居《を》れば　川瀬《かはせ》尋《と》め　心もしのに　鳴く千鳥《ちどり》かも

夜具多知尓　寝覚而居者　河瀬尋　情毛之努尓　鳴知等理賀毛

夜中過ぎに眠れずにいると、川の浅瀬伝いに、聞く人の心もせつなくなるほどに鳴いている千鳥よ。

1クタツは盛りを過ぎること。夜グタツは真夜中を過ぎて明け方近く。

4147
夜《よ》[1]くたちて　鳴く川千鳥《かはちどり》　うべし[2]こそ　昔の人も　しのひ来《き》にけれ

夜降而　鳴河波知登里　宇倍之許曽　昔人母　之努比来尓家礼

夜中過ぎになって鳴く川千鳥の声を、なるほどもっともなことだ、昔の人も心ひかれてきたのは。

1→四一四六。2ウベは、なるほどと納得すること。

暁《あかとき》に鳴く雉《きぎし》を聞く歌二首

聞暁鳴雉歌二首

明け方に鳴くきじの声を聞く歌二首

4148

杉の野に　さ躍《をど》る雉《きぎし》　いちしろく[1]　音《ね》にしも泣かむ　隠《こも》[2]り妻《づま》かも

椙野尓　左乎騰流鴙　灼然　啼尓之毛将哭　己母利豆麻可母

杉林の野ではねまわるきじよ、おまえは、はっきりと人に知られるほどに声をあげて泣く隠《こも》り妻《づま》だというのか。

1→三九三五。2人目をさけてとじこもっている妻。

4149

あしひきの　八《や》[1]つ峰《を》の雉《きぎし》　鳴きとよむ　朝明《あさけ》[2]の霞　見れば悲しも

足引之　八峰之鴙　鳴響　朝開之霞　見者可奈之母

（あしひきの）峰々のきじが鳴き立てている夜明けの霞を見ていると、せつなく悲しいなあ。

1四一七七で大伴池主《いけぬし》も「八つ峰」を詠んでいる。二上山か。2→三九四七。

はるかに1江《かは》を泝《さかのぼ》る船人《ふなびと》の唱《うた》を聞く歌一首

遥聞泝江船人之唱歌一首

川をさかのぼってゆく船人の歌声をはるかに聞く歌一首

1射水河のこと。

4150
朝床《あさとこ》に　聞けばはるけし　射水河《いみづかは》　朝漕《こ》ぎしつつ　唱《うた》ふ船人《ふなびと》

朝床尓　聞者遥之　射水河　朝己芸思都追　唱船人

朝の床《とこ》のなかで耳を澄ますと遠くはるかに聞こえてくる。射水《いみず》河を朝漕ぎながら歌う舟人の声が。

＊四一五〇は、現代の感覚では三日朝だが、四一四二～四一五〇は三月二日の作。

[1]三日に、守大伴宿禰家持《かみおほとものすくねやかもち》の館《むろつみ》にして宴《うたげ》する歌三首

三日守大伴宿禰家持之館宴歌三首

三日に、守大伴《おおとも》宿禰家持の館で宴会を開いた時の歌三首

1三月三日は上巳《じょうし》の節句。太陽暦の四月十七日。

4151

今日《けふ》のためと　思ひて　[1]標《し》めし　あしひきの　峰《を》の上《うへ》の桜　かく咲きにけり

今日之為　等思標之　足引乃　峰上之桜　如此開尓家里

今日の日のためにと思って印《しるし》をつけておいた（あしひきの）峰《みね》の上の桜は、こんなにも咲きました。

1領有の場所であることを示すために、縄などを結んだり、印をつけること。

4152

奥山《おくやま》の　[1]八《や》つ峰《を》の椿《つばき》　[2]つばらかに　今日《けふ》は暮らさね　ますらをの伴《とも》

奥山之　八峰乃海石榴　都婆良可尓　今日者久良佐祢　大夫之徒

奥山の峰々に咲くつばきの名のように、「つばらかに」今日一日楽しくお過ごしください、ますらおたちよ。

1→四一四九。2ツバラカは、十分の意。「奥山の八つ峰の椿」が序。

4153

漢人《からひと》も　筏《いかだ》浮かべて　遊ぶといふ　今日《けふ》そわが背子《せこ》　花縵《はなかづら》せよ

漢人毛　筏浮而　遊云　今日曾和我勢故　花縵世余[1]

唐の国の人たちもいかだを浮かべて遊ぶという今日は今日なのです。さあ皆さん、花かずらをかざしなさい。

1「奈」とする写本をとって、セナ（勧誘）とする説もある。

八日[1]に、白き[2]大鷹《おほたか》を詠む[3]歌一首 并《あは》せて短歌

八日詠白大鷹歌一首并短歌

八日に、白い大鷹《おおたか》を詠んだ歌一首 と短歌

1三月八日。太陽暦の四月二十二日。2三年前に愛鷹「大黒《おおぐろ》」を逃がした（四〇一一～四〇一五）。3家持が「詠」と題して長歌を作った最初。

4154

あしひきの　山坂《やまさか》越えて
行《ゆ》きかはる　年の緒《を》長く
★しなざかる　越《こし》にし住めば
大君《おほきみ》の　敷きます国は

（あしひきの）山や坂を越えてやって来て、
過ぎ去ってはまた来る年々を長く経て、
（しなざかる）越中に住んでいると、
大君《おおきみ》の治めておられる国は、

都をも　ここも[1]同《おや》じと
心には　思ふものから
語りさけ　見さくる人目《ひとめ》
ともしみと　思ひし繁《しげ》し
そこ故《ゆゑ》に　心和《な》ぐやと
秋づけば　萩《はぎ》咲きにほふ
石瀬野《いはせの》に　[2]馬だき行《ゆ》きて
をちこちに　鳥踏《ふ》み立て
白塗《しらぬり》の　小鈴《こすず》もゆらに
あはせ遣《や》り　ふりさけ見つつ
[3]憤《いきどほ》る　心のうちを
思ひ延《の》べ　嬉《うれ》しびながら
枕《まくら》づく　妻屋《つまや》の内に
[4]鳥座《とぐら》結《ゆ》ひ　据《す》ゑてそ我《あ》が飼ふ
真白斑《ましらふ》の鷹

都でもここでも同じだと、
心では思っているものの、
語り合ったり慰め合ったりする人が
少ないので、もの思いは絶えない。
それゆえに、心のなごむこともあろうかと、
秋になると、萩の花が咲きにおう
石瀬野《いわせの》に、馬を乗り進めて、
あちこちの茂みから鳥を追い出し、
白く塗った小鈴を鳴らせて、
鳥に合わせて飛び立たせ、それをふり仰ぎ見ては、
ふさぎがちな心を
まぎらして、うれしく思いながら、
（まくらづく）妻屋の中に
とまり木を作って、とまらせてわたしは飼っている、
このまっ白な鷹を。

安志比奇乃　山坂超而　去更　年緒奈我久　科坂在　故志尓之須米婆　大王之　敷座国者
京師乎母　此間毛於夜自等　心尓波　念毛能可良　語左気　見左久流人眼　乏等　於毛比

志繁　曽己由恵尓　情奈具也等　秋附婆　芽子開尓保布　石瀬野尓　馬太伎由吉氏　乎知
許知尓　鳥布美立　白塗之　小鈴毛由良尓　安波勢也理　布里左気見都追　伊伎騰保流
許己呂能宇知乎　思延　宇礼之備奈我良　枕附　都麻屋之内尓　鳥座由比　須恵弖曽我飼
真白部乃多可

1→三九七八。2タクは、操《く》ること。3憂いが胸いっぱいにつかえること。4鳥のとまり木。

4155
矢形尾《やかたを》の　真白《ましろ》の鷹《たか》を　やどに据《す》ゑ　かき撫《な》で見つつ　飼《か》はくし良《よ》しも

矢形尾乃　麻之路能鷹乎　屋戸尓須恵　可伎奈泥見都追　飼久之余志毛

矢形尾のまっ白な鷹を家に置いて、なでたり見たりしながら飼うのは良いものだ。

鸕《う》を潜《かづ》くる歌一首　并《あは》せて短歌

鵜飼《うかい》をする歌一首と短歌

潜鸕歌一首并短歌

4156
あらたまの　年行《としゆ》きかへり
春されば　花のみにほふ
あしひきの　山下《やました》とよみ

（あらたまの）年が過ぎてはまた来て、
春になると、花が一面に咲きにおっている
（あしひきの）山のふもとを揺るがして、

落ち激《たぎ》ち　流る辟田《さきた》の
河《かは》の瀬《せ》に　鮎子《あゆこ》さ走《ばし》る
島つ鳥　鵜飼伴《うかひとも》なへ
篝《かがり》さし　なづさひ[1]行《ゆ》けば
我妹子《わぎもこ》が　形見《かたみ》[2]がてらと
紅《くれなゐ》の　[3]八入《やしほ》に染《そ》めて
おこせたる　衣《ころも》の裾《すそ》も
通《とほ》りて濡れぬ

激しく流れ落ちる辟田の、
河の瀬に若鮎は躍っている。
（しまっとり）鵜飼の者どもを連れて、
かがり火を焚《た》き、水に濡れながらさかのぼって行くと、
いとしい妻が身代わりにするようにと、
紅花《べにばな》で何度も染めて
贈ってくれた衣の裾も、
下まで濡れ通ってしまった。

荒玉乃　年往更　春去者　花耳尓保布　安之比奇能　山下響　堕多芸知　流辟田乃　河瀬尓　年魚児狭走　島津鳥　鸕養等母奈倍　可我理左之　奈頭佐比由気婆　吾妹子我　可多見我氏良等　紅之　八塩尓染而　於己勢多流　服之襴毛　等宝利氏濃礼奴

1→四〇一一。2→三九四三。3ヤシホは、何度も染汁に浸して濃さが増したその度合。

4157
紅《くれなゐ》の　衣《ころも》にほはし　辟田河《さきたがは》　絶ゆることなく　我《われ》かへり見む

紅乃　衣尓保波之　辟田河　絶己等奈久　[1]吾等眷牟

紅《くれない》の衣を色鮮やかに染めて、この辟田河を、絶えることなくわたしは訪れて眺めよう。

1「吾等」で、宴《うたげ》に集う人々を想像させる。

4158

[1]年《とし》のはに　鮎《あゆ》し走らば　辟田河《さきたがは》　鵜《う》八《や》つ潜《かづ》けて　河瀬《かはせ》尋《たづ》ねむ

毎年尓　鮎之走婆　左伎多河　鸕八頭可頭気氐　河瀬多頭祢牟

毎年鮎が躍るころになったら、辟田河で鵜をいっぱい使って、川の瀬をたどって行こう。

1→四一二五。

[1]季春《きしゅん》 [2]三月九日に、[3]出挙《すいこ》の政《まつりごと》に擬《あた》りて、旧江《ふるえ》の村に行《ゆ》く。道の上《ほとり》に物花《ぶっくわ》を属目《しょくもく》する詠《うた》、并《あは》せて[4]興《きょう》の中《うち》に作る所の歌

季春三月九日擬出挙之政行於旧江村道上属目物花之詠并興中所作之歌

春の末三月九日に、出挙の事務の用事で、旧江村に行った。その途中で、風景をながめて詠んだ歌と興《きょう》によって作った歌

1三月の異名。季は末を意味する。2太陽暦の四月二十三日。3→歴史。4「興《きよう》に依《よ》りて作る歌」に同じか。→三九八七。

渋谿《しぶたに》の崎《さき》に過《よき》[1]り、巌《いはほ》の上の樹《き》を見る歌一首 樹の名は「都万麻《つまま》」

過渋谿埼見巌上樹歌一首　樹名　都万麻

渋谿の崎に立ち寄った時に、巌の上の木を見た歌一首 樹の名は「都万麻」

1「過」は、立ち寄るの意とする説をとる。

4159

磯《いそ》の上《うへ》の　都万麻《つまま》を見れば　根を延《は》へて　年深《としふか》からし　神《かむ》さび[1]にけり

礒上之　都万麻乎見者　根乎延而　年深有之　神左備尓家里

海辺の岩の上に立つつままを見ると、根をがっちりと張っていて、見るからに年を重ねているようだ。なんとも神々しいことだ。

1→四一三三。

世間《よのなか》の無常を悲しぶる歌一首 并《あは》せて短歌

悲世間無常歌一首并短歌

世の中の無常を悲しむ歌一首と短歌

4160

天地《あめつち》の　遠《とほ》き初《はじ》めよ

天地の始まった遠い昔から、

巻十九

世の中は　常《つね》なきものと
語り継《つ》ぎ　流《なが》らへ来《き》たれ
天《あま》の原　ふりさけ見れば
照る月も　満ち欠けしけり
あしひきの　山の木末《こぬれ》も
春されば　花咲きにほひ
秋づけば　露霜《つゆしも》負《お》ひて
風交《ま》じり　もみち散りけり
うつせみも　かくのみならし
紅《くれなゐ》の　色もうつろひ
ぬばたまの　黒髪変はり
朝の笑《ゑ》み　夕《ゆふへ》変はらひ
吹く風の　見えぬがごとく
行《ゆ》く水の　止まらぬごとく
常もなく　うつろふ見れば
にはたづみ　流るる涙《なみた》
留《とど》めかねつも

世の中は常無きものだと
語り継ぎ、言い伝えられてきているが、
大空を振り仰いで見ると、
照る月も満ちたり欠けたりしているし、
（あしひきの）山の梢も、
春になると花が美しく咲き、
秋になると露を受けて、
風に混じって紅葉は散るのだ。
この世の人もみんなこれと同じであるらしい。
紅《くれない》の顔色もあせて、
（ぬばたまの）黒髪も白く変わり、
朝の笑顔も夕方には消え失せ、
吹く風が目には見えないように、
流れ行く水が止まらないように、
あっけなく変わっていくのを見ると、
（にはたづみ）流れる涙は
止めようもないのだ。

天地之　遠始欲　俗中波　常無毛能等　語続　奈我良倍伎多礼　天原　振左気見婆　照月毛　盈昃之家里　安之比奇乃　山之木末毛　春去婆　花開尓保比　秋都気婆　露霜負而風交　毛美知落家利　宇都勢美母　如是能未奈良之　紅乃　伊呂母宇都呂比　奴婆多麻能黒髪変　朝之咲　暮加波良比　吹風乃　見要奴我其登久　逝水乃　登麻良奴其等久　常毛奈久　宇都呂布見者　尓波多豆美　流渧　等騰米可祢都母

4161

言問《ことと》はぬ　木すら春咲き　秋づけば　もみち散らくは[1]　常《つね》をなみこそ　一《いつ》に云《い》ふ「常なけむとそ」

言等波奴　木尚春開　秋都気婆　毛美知遅良久波　常乎奈美許曽　一云　常无牟等曽

物を言わない木でさえも、春は咲き、秋になると紅葉して散るのは、常というものが無いからなのだ。　また「常がないのだぞということなのであろう」。

1原文「遅」は濁音仮名のため、ヂと訓む説がある。

4162

うつせみの　常《つね》なき見れば　世間《よのなか》に　心付《つ》けずて　思ふ日そ多《おほ》き　一《いつ》に云《い》ふ「嘆く日そ多き」

宇都世美能　常无見者　世間尓　情都気受弖　念日曽於保伎　一云　嘆日曽於保吉

この世の人の身の常無いのを見ると、こんな世にあまり心をかかわらせないで、もの思いする日が多い。また「嘆く日が多い」。

予《あらかじ》[1]め作る七夕《たなばた》の歌一首

予作七夕歌一首

前もって作った七夕の歌一首

1「予作」は、家持の歌にしか見られない。→四〇九八「儲作」。

4163

妹《いも》が袖《そで》　我枕《われまくら》かむ　河《かは》の瀬《せ》に　霧立ちわたれ　さ夜《よ》ふけぬとに[1]

妹之袖　和礼枕可牟　河湍尓　霧多知和多礼　左欲布気奴刀尓

愛しい人の袖をわたしは枕にして寝たい。川の瀬に、霧よ立ちこめておくれ、夜が更けないうちに。

1…ないうちにの意。

勇士《ゆうじ》の名を振《ふ》るはむことを慕《ねが》ふ歌一首 并《あは》せて短歌

慕振勇士之名歌一首并短歌

勇士としての名声をあげることを願う歌一首と短歌

4164

ちちの実《み》の　父の命《みこと》
ははそ葉《ば》の　母の命
おほろかに　心尽《つ》くして
思ふらむ　その子なれやも
大夫《ますらを》や　空《むな》しくあるべき
梓弓《あづさゆみ》　末《すゑ》振り起こし
投矢《なげや》持ち　千尋《ちひろ》射《い》わたし
剣大刀《つるぎたち》　腰に取り佩《は》き
あしひきの　八《や》つ峰《を》踏《ふ》み越え
[1]さしまくる　心障《さは》らず
後《のち》の代《よ》の　語り継《つ》ぐべく
名を立つべしも

知智乃実乃　父能美許等　波播蘇葉乃　母能美己等　於保呂可尓　情尽而　念良牟　其子奈礼夜母　大夫夜　无奈之久可在　梓弓　須恵布理於許之　投矢毛知　千尋射和多之　剣刀　許思尓等理波伎　安之比奇能　八峯布美越　左之麻久流　情不障　後代乃　可多利都具倍久　名乎多都倍志母

（ちちのみの）父君も、
（ははそばの）母君も、
いい加減に心を傾けて
思っているような、そんな子であるものか。
大夫《ますらお》たる者は、むなしく世を過ごしてよいものか。
梓弓の先を振り立てて、
投げ矢を手に取ってずっと遠くまで射通し、
剣大刀を腰にしっかりさして、
（あしひきの）峰々を踏み越えて、
さしまくる御心のままに働き、
のちの世の語りぐさになるように、
名を立てるべきである。

[1]語義未詳。

4165

大夫《ますらを》は　名をし立つべし　後《のち》の代《よ》に　聞き継《つ》ぐ人も　語り継ぐがね[1]

大夫者　名乎之立倍之　後代尓　聞継人毛　可多里都具我祢

大夫《ますらお》たる者は名を立てなければならない。のちの世に伝え聞く人も、ずっと語り伝えてくれるように。

1→四〇〇〇。

右の二首、山上憶良臣《やまのうへのおくらのおみ》の作る歌[1]**に追和す。**

右二首追和山上憶良臣作歌

右の二首は、山上《やまのうえ》憶良臣の作った歌に追和したものである。

1「男《をのこ》やも空《むな》しくあるべき万代《よろづよ》に語り継《つ》ぐべき名は立てずして」（巻六・九七八）の歌を指す。

霍公鳥《ほととぎす》と時《とき》の花とを詠む歌一首 并《あは》せて短歌

詠霍公鳥并時花歌一首并短歌

ほととぎすと季節の花を詠んだ歌一首 と短歌

4166

時《とき》ごとに　いやめづらしく
八千種《やちくさ》に　草木《くさき》花咲き
鳴く鳥の　声《こゑ》も変はらふ
耳に聞き　目に見るごとに
うち嘆《なげ》き　しなえうらぶれ
しのひつつ　争《あらそ》ふはしに
木《こ》の暗《くれ》の　四月《うづき》し立てば
夜隠《よごも》りに　鳴くほととぎす
いにしへゆ[1]　語り継《つ》ぎつる
鶯《うぐひす》の　うつし真子《まこ》かも
あやめ草《ぐさ》　花橘《はなたちばな》を
娘子《をとめ》らが　[2]玉貫《ぬ》くまでに
あかねさす　昼は[3]しめらに
あしひきの　八《や》つ峰《を》飛び越え
[4]ぬばたまの　夜《よる》はすがらに
暁《あかとき》の　月に向かひて
行《ゆ》き帰《かへ》り　鳴きとよむれど

四季それぞれに、目にもあらたに、
さまざまに草木は花咲き、
それにあわせて鳴く鳥の声も変わってゆく。
それを耳に聞き、目に見るたびに、
ため息をつき、深く心打たれて
愛《め》でながら、どれが一番か決めかねているうちに、
木陰が暗くなる四月ともなると、
夜ふけて鳴くほととぎすは、
昔から言い伝えているように
鶯《うぐいす》の本当の子どもなのか、
あやめ草や花橘を
少女たちが玉に通す五月の節句の日まで、
（あかねさす）昼は一日中、
（あしひきの）峰々を飛び越え、
（ぬばたまの）夜は夜通し、
暁の月に向かって、
行ったり来たりしては鳴き立てるけれども、

なにか飽《あ》き足《だ》らむ　　どうして飽きることがあろうか。

毎時尓　伊夜目都良之久　八千種尓　草木花左伎　喧鳥乃　音毛更布　耳尓聞　眼尓視其
等尓　宇知嘆　之奈要宇良夫礼　之努比都追　有争波之尓　許能久礼能　四月之立者　欲
其母理尓　鳴霍公鳥　従古昔　可多里都芸都流　鶯之　宇都之真子可母　菖蒲　花橘乎
𡢳嬬良我　珠貫麻泥尓　赤根刺　昼波之売良尓　安之比奇乃　八丘飛超　夜干玉乃　夜者
須我良尓　暁　月尓向而　往還　喧等余牟礼杼　何如将飽足

1→三九三五。2→三九九七。3いっぱいの意。4→三九三八。

反歌《はんか》二首

反歌二首

反歌二首

4167 時《とき》ごとに　いやめづらしく[1]　咲く花を　折《を》りも折らずも　見らくし良《よ》しも

毎時　弥米頭良之久　咲花乎　折毛不折毛　見良久之余志母

四季それぞれに、すばらしく咲く花を、折っても折らなくても、見るのは良いものだ。

1→四〇五〇。

4168

毎年《としのは》[1]に　来鳴《きな》くものゆゑ　ほととぎす　聞けばしのはく　逢《あ》はぬ日を多《おほ》み 毎年、これを「としのは」と云《い》ふ[2]

毎年尓　来喧毛能由恵　霍公鳥　聞婆之努波久　不相日乎於保美　毎年謂之　等之乃波

毎年来て鳴くものなのに、ほととぎすを聞くと心ひかれる。逢うことができない日が多いので。　毎年は、「としのは」と読む。

1↓四一二五。2トシゴトニと訓まれないための家持自身の注。

右、二十日[1]に、いまだ時[2]に及《いた》らねども、興《きよう》[3]に依《よ》りて預《あらかじ》[4]め作る。

右廿日雖未及時依興預作之

右は、二十日に、まだその季節になっていないけれども、興《きょう》によって前もって作ったものである。

1三月二十日。太陽暦の五月四日。2四一七一に二十四日立夏とある。3↓三九八七。
4「予作」と同じ。↓四一六三。

家婦が京《みやこ》に在《いま》す尊母に贈らむために、誂《あとら》へられて作る歌一首 并《あは》せて短歌

為家婦贈在京尊母所誂作歌一首并短歌

妻が都にいらっしゃる母上に贈るために、頼まれて作った歌一首 と短歌

4169

ほととぎす　来鳴《きな》く五月《さつき》に
咲き[1]にほふ　花橘《はなたちばな》の
かぐはしき　親の御言《みこと》
朝夕《あさよひ》に　聞かぬ日まねく
天《あま》ざかる　鄙《ひな》にし居《を》れば
あしひきの　山の[2]たをりに
立つ[3]雲を　よそのみ見つつ
嘆くそら　安《やす》けなくに
思ふそら　苦しきものを
奈呉《なご》の海人《あま》の　潜《かづ》き取るといふ
白玉《しらたま》の　見《み》が欲《ほ》し御面《みおもわ》
直向《ただむ》かひ　見む時までは
松柏《まつかへ》の　栄《さか》えいまさね
貴《たふと》き我《あ》が君
御面、これを「みおもわ」と云ふ

ほととぎすが来て鳴く五月に
咲き薫る花橘のように、
かぐわしく心ひかれる母のお声を、
朝夕に聞かない日が積もるばかりで、
（あまざかる）鄙の地におりますので、
（あしひきの）山の鞍部に
立つ雲を遠くに見るばかりで、
嘆く心も安らかでなく、
思う心も苦しいのですが、
奈呉の海人が潜って採るという
真珠のように、見たいと思うお顔を、
目の当たりに見る時までは、
（まつかへの）お変わりなく元気でいらしてください。
大切なお母様。
御面は、「みおもわ」と読む。

霍公鳥　来喧五月尓　咲尓保布　花橘乃　香吉　於夜能御言　朝暮尓　不聞日麻祢久　安麻射可流　夷尓之居者　安之比奇乃　山乃多乎里尓　立雲乎　余曽能未見都追　嘆蘇良夜須家奈久尓　念蘇良　苦伎毛能乎　奈呉乃海部之　潜取云　真珠乃　見我保之御面　多太向　将見時麻泥波　松栢乃　佐賀延伊麻佐祢　尊安我吉美　御面謂之　美於毛和

1この二ホフは、嗅覚表現と見る。2→四一二一。3→三九六九。

反歌《はんか》一首

反歌一首

4170

白玉《しらたま》の　見《み》が欲《ほ》し君を　見ず久《ひさ》に　鄙《ひな》にし居《を》れば　生けるともなし

白玉之　見我保之君乎　不見久尓　夷尓之乎礼婆　伊家流等[1]毛奈之

反歌一首

真珠のように見たいと思うあなたに、お目にかかることなく長いこと鄙の地におりますと、生きた気もありません。

1「等」は乙類の仮名。本来は「生ける（連体形）＋ト（甲）もなし」と甲類の仮名を使うべきところ。家持の誤用と考えられている。

[1]二十四日は立夏《りふか》四月の節《せつ》に応《あた》る。これによりて二十三日の暮《ゆふへ》に、たちまちに霍公《ほととぎ》鳥《す》の暁《あかとき》に喧《な》く声を思ひて作る歌二首

廿四日応立夏四月節也　因此廿三日之暮忽思霍公鳥暁喧声作歌二首

二十四日は立夏《りっか》四月の節にあたる。そこで二十三日の夕方に、ふとほととぎすが明け方に鳴く声を思って作った歌二首

1 三月二十四日。太陽暦の五月八日。

4171 常人《つねひと》も　起きつつ聞くそ　ほととぎす　この暁《あかとき》に　来鳴《きな》く初声《はつこゑ》

常人毛　起都追聞曽　霍公鳥　此暁尓　来喧始音

世間の人誰もが起きていて聞くのだ。ほととぎすがこの夜明けに来て鳴く、その初声は。

4172 ほととぎす　来鳴《きな》きとよめば　草取らむ　花橘《はなたちばな》を　やどには植ゑずて

霍公鳥　来喧響者　草等良牟　花橘乎　屋戸尓波不殖而

ほととぎすが来て鳴き立てたなら、草を取ろう、花橘をわざわざ家の庭に植えたりせずに。

京《みやこ》の丹比《たぢひ》の家《いへ》に贈る歌一首

贈京丹比家歌一首

都の丹比《たじひ》の家に贈る歌一首

4173

妹《いも》を見ず　越《こし》の国辺《くにへ》に　年経《としふ》れば　我《あ》が心どの　和《な》ぐる日もなし

妹乎不見　越国敝尓　経年婆　吾情度乃　奈具流日毛無

愛しい人にお目にかからないで、越の国で年を過ごしていますと、わたしの心のなごむ日もありません。

筑紫《つくし》[1]の　大宰《ださい》[2]の時の　春苑《しゅんゑん》[3]の梅の歌に追和する一首

追和筑紫大宰之時春苑梅歌一首

筑紫の大宰府《だざいふ》にいた時の春苑《しゅんえん》の梅の歌に追和する一首

1九州地方の称。とくに九州北部、さらに大宰府を指すこともある。2大宰府の略。現在の福岡県太宰府市。3父旅人《たびと》が大宰帥《だざいのそち》として大宰府にいた天平《てんぴょう》二年正月に開かれた宴で詠まれた「梅花《ばいか》の歌三十二首」（巻五・八一五～八四六）。大伴書持《ふみもち》もこの宴の追和歌《ついわか》を詠んでいる（巻十七・三九〇一～三九〇七）。

4174

春のうちの　楽しき終《を》[1]へは　梅の花　手折《たを》り招《を》きつつ　遊ぶにあるべし

春裏之　楽終者　梅花　手折乎伎都追　遊尓可有

春のなかでいちばんの楽しみは、梅の花を手折《たお》って客として迎えて、楽しく遊ぶことにあるのだ。

1ヲフは、極まり、極限の意。

右の一首、[1]二十七日に[2]興《きよう》に依《よ》りて作る。

右一首廿七日依興作之

右の一首は、二十七日に興《きょう》によって作ったものである。

1三月二十七日。太陽暦の五月十一日。2→三九八七。

霍公鳥《ほととぎす》を詠む二首

詠霍公鳥二首

ほととぎすを詠む二首

4175

ほととぎす　今来鳴《きな》きそむ　あやめ草《ぐさ》　かづらくまでに　離《か》るる日《ひ》あらめや　も・

の・は、三つの辞《こと》を闕《か》く

霍公鳥　今来喧曽无　菖蒲　可都良久麻泥尓　加流ゝ日安良米也　毛能波三箇辞闕之

ほととぎすが今来て鳴きはじめた。あやめ草をかずらにする五月の節句の日まで、ここを離れてしまう日があろうか。も・の・は、の三つの語を用いないもの。

4176

我《わ》が門《かど》[1]ゆ　鳴き過ぎわたる　ほととぎす　いやなつかしく　聞けど飽《あ》き足《だ》らず も・の・は・て・に・を、六つの辞《こと》を闕《か》く

我門従　喧過度　霍公鳥　伊夜奈都可之久　雖聞飽不足　毛能波氐尓乎六箇辞闕之

わが家の門を鳴きながら通り過ぎるほととぎすは、ますます心ひかれて、いくら聞いても飽きることがない。も・の・は・て・に・を、の六つの語を用いないもの。

1→三九三五。

[1]**四月三日に、越前《ゑちぜん》の 判官大伴宿禰池主《はんぐわんおほとものすくねいけぬし》[2]に贈る霍公鳥《ほととぎす》の歌、感旧《かんきう》[3]の意《こころ》に勝《あ》へずして、懐《おもひ》を述ぶる一首** 并《あは》せて短歌

四月三日贈越前判官大伴宿禰池主霍公鳥歌不勝感旧之意述懐一首并短歌

四月三日に、越前《えちぜん》の判官大伴《はんがんおおとも》宿禰池主に贈ったほととぎすの歌で、過ぎた日を懐かし

む気持ちに耐えかねて思いを述べた歌一首 と短歌

1太陽暦の五月十六日。 2→歴史。 3昔を思い出して心を動かすこと。

4177

わが背子《せこ》と　手携《てたづさ》はりて
明けくれば　出《い》で立ち向かひ
夕《ゆふ》されば　ふりさけ見つつ
思ひ延《の》べ　見和《みな》ぎし山に
1八《や》つ峰《を》には　霞《かすみ》たなびき
谷辺《たにへ》には　椿《つばき》花咲き
うら悲《がな》し　春し過ぐれば
ほととぎす　いやしき鳴きぬ
ひとりのみ　聞けばさぶしも
君と我《あ》れと　隔《へだ》てて恋《こ》ふる
礪波《となみ》山　飛び越え行《ゆ》きて
明け立たば　松のさ枝《えだ》に
夕《ゆふ》さらば　月に向かひて
あやめ草《ぐさ》　2玉貫《ぬ》くまでに

あなたと仲良く手を取り合って、
夜が明けると外に出て向かい合い、
夕方になると振り仰いで見ては、
気を晴らし慰めていたあの山に、
峰々には霞がたなびき、
谷のあたりにはつばきの花が咲いて、
もの悲しい春が過ぎると、
ほととぎすがしきりに鳴くようになった。
でも、ひとりだけで聞くのは寂しい。
あなたとわたしとを隔てて恋しく思わせる
礪波山を飛び越えて行って、
夜が明けたら松の枝に、
夕方になったら月に向かって、
あやめ草を玉に通す五月になるまで

鳴きとよめ　安眠《やすい》寝《ね》しめず
君を悩ませ

鳴き立てて、安眠させないように
あなたを悩ませるがよい。

和我勢故等　手携而　暁来者　出立向　暮去者　振放見都追　念暢　見奈疑之山尓　八峰尓波　霞多奈婢伎　谿敝尓波　海石榴花咲　宇良悲　春之過者　霍公鳥　伊也之伎喧奴　独耳　聞婆不怜毛　君与吾　隔而恋流　利波山　飛超去而　明立者　松之狭枝尓　暮去者　向月而　菖蒲　玉貫麻泥尓　鳴等余米　安寝不令宿　君乎奈夜麻勢

1↓四一四九。2↓三九八四。

4178

我《あ》れのみに　聞けばさぶしも　ほととぎす　丹生《にふ》の山辺《やまへ》に　い行《ゆ》き鳴かにも

吾耳[1]　聞婆不怜毛　霍公鳥　丹生之山辺尓　伊去鳴尓毛

わたしだけで聞くと寂しい。ほととぎすよ、丹生《にう》の山辺に行って鳴いてやっておくれ。

1ワレノミニ・ヒトリノミと訓む説もある。

4179

ほととぎす　夜《よ》鳴きをしつつ　わが背子《せこ》を　安眠《やすい》な寝《ね》しめ　ゆめ心あれ

霍公鳥　夜喧乎為管　和我世児乎　安宿勿令寝　由米情在

ほととぎすよ、夜中に鳴きつづけてあの人を安眠などさせるな。きっと心得よ。

霍公鳥《ほととぎす》を感《め》づる情《こころ》に飽《あ》かずして、懐《おもひ》を述べて作る歌一首 并《あは》せて短歌

不飽感霍公鳥之情述懐作歌一首并短歌

ほととぎすを愛《め》でる気持ちがいっぱいで収まりきれず、思いを述べて作った歌一首と短歌

4180

春過ぎて　夏来向《きむ》かへば
あしひきの　山呼びとよめ
さ夜中《よなか》に　鳴くほととぎす
初声《はつこゑ》を　聞けばなつかし
あやめ草《ぐさ》　花橘《はなたちばな》を
貫《ぬ》き交《ま》じへ　かづらくまでに
里とよめ　鳴き渡れども
なほししのはゆ

春が過ぎて夏がやってくると、
（あしひきの）山を響かせて
夜中に鳴くほととぎす、
その初声を聞くと心がひかれる。
あやめ草や橘の花と
混ぜて緒に通してかずらにするその日まで、
里じゅうを響かせ鳴き渡っているが、
それでもやはり心ひかれてならない。

春過而　夏来向者　足檜木乃　山呼等余米　左夜中尓　鳴霍公鳥　始音乎　聞婆奈都可之
菖蒲　花橘乎　貫交　可頭良久麻泥尓　里響　喧渡礼騰母　尚之努波由

反歌《はんか》三首

反歌三首

4181
さ夜《よ》ふけて　暁月《あかときつき》に　影見えて　鳴くほととぎす　聞けばなつかし

左夜深而　暁月尓　影所見而　鳴霍公鳥　聞者夏借

夜が更けて、明け方近くの月の光に影を映して鳴くほととぎすは、聞けば聞くほど心がひかれる。

4182
ほととぎす　聞けども飽《あ》かず　網《あみ》取りに　取りてなつけな　離《か》れず鳴くがね[1]

霍公鳥　雖聞不足　網取尓　獲而奈都気奈　可礼受鳴金

ほととぎすはいくら聞いても飽きることがない。網で捕まえて飼い慣らしたいなあ、そばを離れずに鳴くように。

1→四〇〇〇。

4183
ほととぎす　飼《か》ひ通《とほ》せらば　今年《ことし》経《へ》て　来向《きむ》かふ夏は　まづ鳴きなむを

霍公鳥　飼通良婆　今年経而　来向夏波　麻豆将喧乎

ほととぎすをずっと飼いつづけたら、今年が過ぎて、来るべき夏にはまっ先に鳴くだろうに。

京師《みやこ》より贈来《おこ》せる歌一首

従京師贈来歌一首

都から贈ってよこした歌一首

4184

山吹《やまぶき》の　花取り持ちて　つれもなく　離《か》れにし妹《いも》[1]を　しのひつるかも

山吹乃　花執持而　都礼毛奈久　可礼尓之妹乎　之努比都流可毛

山吹の花を手に取り持って、あっさりと別れて行ったあなたのことを思いしのんでおります。

1 大伴坂上大嬢《おおとものさかのうえのおおいらつめ》を指す。

右、[1]四月五日に、[2]留女《るめ》の女郎《いらつめ》より送れるなり。

右四月五日従留女之女郎所送也

右は、四月五日に、留女の女郎から送ってきたものである。

1太陽暦の五月十八日。2「留守居の女性」の意か。＊この歌への返歌は四一九七・四一九八。

山振《やまぶき》の花を詠む歌一首 并《あは》せて短歌

詠山振花歌一首并短歌

山吹《やまぶき》の花を詠む歌一首 と短歌

4185

うつせみは　恋《こひ》を繁《しげ》みと
[1]春まけて　思ひ繁けば
引き[2]攀《よ》ぢて　折《を》りも折らずも
見るごとに　心和《な》ぎむと
茂山《しげやま》の　谷辺《たにへ》に生《お》ふる
山吹《やまぶき》を　やどに引き植ゑて
朝露《あさつゆ》に　にほへる花を
見るごとに　思ひは止《や》まず
恋《こひ》し繁《しげ》しも

人の身はとかく恋が絶えないもので、
春ともなると、もの思いが絶えないものだから、
手元に引き寄せて折っても折らなくても、
見るたびに気も晴れるだろうと、
木々が茂る山の谷のあたりに生えている
山吹を家の庭に移し植えて、
朝露に照り映えている花を
見るたびに、もの思いは止むことなく、
恋しさはいっぱいです。

宇都世美波　恋乎繁美登　春麻気氏　念繁波　引攀而　折毛不折毛　毎見　情奈疑牟等

繁山之　谿敝尓生流　山振乎　屋戸尓引殖而　朝露尓　仁保敝流花乎　毎見　念者不止
恋志繁母

1→四一四一。2→四一四二。

4186

山吹《やまぶき》を　やどに植ゑては　見るごとに　思ひは止《や》まず　恋《こひ》こそ増され

山吹乎　屋戸尓殖弖波　見其等尓　念者不止　恋己曽益礼

山吹を庭に移し植えたら、見るたびにもの思いは止まず、恋しさが募るばかりです。

[1]六日に、布勢《ふせ》の水海《みづうみ》を遊覧して作る歌一首　并《あは》せて短歌

六日遊覧布勢水海作歌一首并短歌

六日に、布勢の水海《みずうみ》を遊覧《ゆうらん》して作った歌一首と短歌

1四月六日。太陽暦の五月十九日。

4187

[1]思ふどち　ますらをのこの
木《こ》の暗《くれ》　繁《しげ》き思ひを
見明《みあき》らめ　心遣《や》らむと
布勢《ふせ》の海に　小船《をぶね》つら並《な》め

気のあった者同士のますらおたちが、
木の下の茂みの暗闇のようにいっぱいにつのるもの思いを、
景色を見て晴らし気を紛らわそうと、
布勢の水海に小船をたくさん連ねて、

ま櫂《かい》掛《か》け　い漕《こ》ぎめぐれば
乎《を》布《ふ》の浦に　霞たなびき
垂姫《たるひめ》に　藤波《ふぢなみ》咲きて
浜清く　白波騒《さわ》き
[2]しくしくに　恋《こひ》はまされど
今日《けふ》のみに　飽《あ》き足《だ》らめやも
かくしこそ　いや年《とし》[3]のはに
春花の　茂き盛りに
秋の葉の　[4]もみたむ時に
あり通《かよ》ひ　見つつしのはめ
この布勢の海を

櫂を取り付けて岸を漕ぎめぐると、
乎布《おふ》の浦には霞がたなびき、
垂姫の崎には藤《ふじ》の花が咲いて、
浜は清く白波は立ち騒ぎ、
その波のようにしきりに恋しさはつのるけれども、
今日だけで満足できようか、いやできない。
こんな風にこれからも毎年、
春花が咲き盛る時に、
秋の葉が紅葉する時に、
ずっと通ってきて見ては愛《め》でよう、
この布勢の水海を。

念度知　大夫乃　許能久礼　繁思乎　見明良米　情也良牟等　布勢乃海尓　小船都良奈米
真可伊可気　伊許芸米具礼婆　乎布能浦尓　霞多奈妣伎　垂姫尓　藤浪咲而　浜浄久　白
波左和伎　及ゝ尓　恋波末左礼杼　今日耳　飽足米夜母　如是己曽　弥年乃波尓　春花之
繁盛尓　秋葉能　黄色時尓　安里我欲比　見都追思努波米　此布勢能海乎

1→三九六九。2→三九七四。3→四一二五。4→四一四五。

4188

藤波《ふぢなみ》の　花の盛りに　かくしこそ　浦漕《うらこ》ぎ廻《み》つつ　年《とし》にしのはめ

藤奈美能　花盛尓　如此許曽　浦己芸廻都追　年尓之努波米

藤《ふじ》の花の満開の時に、このように浦を漕ぎめぐっては、毎年愛《め》でよう。

水鳥《う》を越前《ゑちぜん》の [1]判官《はんぐわん》 大伴宿禰池主《おほとものすくねいけぬし》に贈る歌一首 **并《あは》せて短歌**

贈水烏越前判官大伴宿禰池主歌一首并短歌

鵜《う》を越前《えちぜん》の判官《はんがん》大伴《おおとも》宿禰池主に贈る歌一首 と短歌

→歴史。

4189

天《あま》ざかる　鄙《ひな》としあれば
そこここも　同じ心そ
家離《いへざか》り　年《とし》の経《へ》ゆけば
うつせみは　物思《ものも》ひ繁《しげ》し
そこゆゑに　心なぐさに
ほととぎす　鳴く初声《はつこゑ》を
橘《たちばな》の　[1]玉にあへ貫《ぬ》き

（あまざかる）鄙の地で暮らしているので、
そちらもこちらも同じ気持ちでしょう。
奈良の家を離れて何年も経ったので、
この世に住む身は物思いが絶えません。
それゆえに、心を慰めるために、
ほととぎすの鳴く初声を、
橘の玉に混ぜて通し、

かづらきて　遊ばむはしも
ますらをを　伴《とも》なへ立てて
叔羅河《しくらがは》　なづさひ上《のぼ》り
平瀬《ひらせ》には　小網《さで》さし渡し
早き瀬《せ》に　鵜《う》を潜《かづ》けつつ
月《つき》に日《ひ》に　しかし遊ばね
愛《は》しきわが背子《せこ》

かずらにして遊ぶべき時季でも、
ますらおの仲間たちを誘い出して、
叔羅河を水に浸かりながらさかのぼり、
ゆるやかな浅瀬では網をあちこちに仕掛けて、
流れの急な瀬では鵜を潜らせたりして、
月ごと日ごとにそうして遊びたまえ、
いとしいあなたよ。

天離　夷等之在者　彼所此間毛　同許己呂曽　離家　等之乃経去者　宇都勢美波　物念之
気思　曽許由恵尓　情奈具左尓　霍公鳥　喧始音乎　橘　珠尓安倍貫　可頭良伎氏　遊波
之母　麻須良乎ゝ　等毛奈倍立而　叔羅河　奈頭左比泝　平瀬尓波　左泥刺渡　早湍尓
水烏乎潜都追　月尓日尓　之可志安蘇婆祢　波之伎和我勢故

↓三九八四。

4190

叔羅河《しくらがは》　瀬《せ》を尋《たづ》ねつつ　わが背子《せこ》は　鵜川《うかは》立たさね　心なぐさに

叔羅河　湍乎尋都追　和我勢故波　宇可波多ゝ佐祢　情奈具左尓

叔羅河の瀬をたどりながら、あなたも鵜飼《うかい》をしなさい、気晴らしに。

4191

鵜《う》川《かは》立ち　取らさむ鮎《あゆ》の　しが鰭《はた》[1]は　我《われ》にかき向《む》け　思ひし思はば

鸕河立　取左牟安由能　之我波多波　吾等尓可伎无気　念之念婆

鵜《う》飼《かい》をして捕らえた鮎のそのひれは、わたしに送ってください、気が向いたならば。

1魚のひれ。

右、九日[1]に使ひに附《つ》けて贈る。

右九日附使贈之

右は、九日に使いにことづけて贈ったものである。

1四月九日。太陽暦の五月二十二日。

霍公鳥《ほととぎす》と藤《ふぢ》の花とを詠む一首 并《あは》せて短歌

詠霍公鳥并藤花一首并短歌

ほととぎすと藤《ふじ》の花を詠む歌一首 と短歌

4192

桃の花　紅色《くれなゐ》に
にほひたる　面輪《おもわ》のうちに

桃の花のような紅《くれない》色に
輝いている顔のなかに、

青柳《あをやぎ》の　細き眉根《まよね》を
笑《ゑ》みまがり　朝影見つつ
娘子《をとめ》らが　手に取り持てる
まそ鏡　二上山《ふたがみやま》に
木の暗《くれ》の　茂き谷辺《たにへ》を
呼びとよめ　朝飛びわたり
夕月夜《ゆふづくよ》　[1]かそけき野辺《のへ》に
[2]はろはろに　鳴くほととぎす
立ち潜《く》くと　羽触《はぶ》れに散らす
藤波《ふぢなみ》の　花なつかしみ
引き[3]攀《よ》ぢて　袖《そで》に[4]扱入《こき》れつ
染《し》まば染むとも

青柳《あおやぎ》のような細い眉を下げて
ほほえみ、朝の姿を写して見ながら、
少女たちが手に取っている
鏡の、その箱のふたではないが、その二上山に、
木陰が暗くなるほどに茂った谷のあたりを
鳴き響かせて朝に飛び渡ってゆき、
夕月の光のかすかに照らす野辺に
はるかに遠く鳴くほととぎすが、
その下を飛びくぐっては羽が触れて散らす
藤《ふじ》の花がいとおしくて、
引き寄せて袖にしごき入れた。
色が染まるなら染まってもよいと思って。

桃花　紅色尓　〻保比多流　面輪乃宇知尓　青柳乃　細眉根乎　咲麻我理　朝影見都追
嬬嬬良我　手尓取持有　真鏡　盖上山尓　許能久礼乃　繁谿辺乎　呼等余米　旦飛渡　暮
月夜　可蘇気伎野辺　遥〻尓　喧霍公鳥　立久〻等　羽触尓知良須　藤浪乃　花奈都可
之美　引攀而　袖尓古伎礼都　染婆染等母

1カソケキは細々と消え入りそうな様子。2はるかに遠く隔って。ハロバロ　ーと訓む説がある。

3↓四一四二。4コキレは、コキイレの約まったもの。コキ↓四〇五七。

4193

ほととぎす　鳴く羽触《はぶ》れにも　散りにけり　盛り過ぐらし　藤波《ふぢなみ》の花　一《いつ》に云《い》ふ「散りぬべみ　袖に扱《こ》[1]き入れつ　藤波の花」

霍公鳥　鳴羽触尓毛　落尓家利　盛過良志　藤奈美能花　一云　落奴倍美　袖尓古伎納都　藤浪乃花　也

ほととぎすが鳴いて羽が触れて散ってしまった。もう盛りが過ぎたらしいな、藤《ふじ》の花は。　また「今にも散りそうなので、袖にしごき入れた、藤の花を」。

1↓四〇五七。

同じ九日[1]に作る。

同九日作之

同じ九日に作ったものである。

1四月九日。太陽暦の五月二十二日。

さらに霍公鳥《ほととぎす》の　哢《な》[1]くこと晩《おそ》きを怨《うら》むる歌三首

更怨霍公鳥哢晩歌三首

さらにほととぎすの鳴くのが遅いのを恨んだ歌三首

─↓四〇三〇。

4194 ほととぎす　鳴き渡りぬと　告《つ》ぐれども　我《われ》聞き継《つ》がず　花は過ぎつつ

霍公鳥　喧渡奴等　告礼騰毛　吾聞都我受　花波須疑都追

ほととぎすが鳴いて渡ったと人が知らせてくれたけれど、わたしはまだ聞いてはいない。藤の花は盛りを過ぎてゆくのに。

4195 わがここだ　しのはく知らに　ほととぎす　いづへの山を　鳴きか越ゆらむ

吾幾許　斯努波久不知尓　霍公鳥　伊頭敝能山乎　鳴可将超

わたしがこんなに心ひかれているのも知らずに、ほととぎすはどのあたりの山を鳴きながら越えているのだろうか。

4196 月立《つきた》ちし[1]　日《ひ》より招《を》きつつ　うちじのひ　待てど来鳴《きな》かぬ　ほととぎすかも

月立之　日欲里乎伎都追　敲自努比[2]　麻泥騰伎奈可奴[3]　霍公鳥可母

月が改まった（四月になった）その日から、来てほしいと心ひかれて待っているけれど、いっこうに来て鳴かないほととぎすだなあ。

1四月一日。2「自」は濁音仮名。接頭語ウチは連濁する動詞が他にないので疑問が残る。3濁音仮名だがマデドは想定しがたいので清音に訓む。

京《みやこ》の人《ひと》に贈る歌二首

贈京人歌二首

都の人に贈る歌二首

＊四一八四の返歌。

4197

妹《いも》に似る　草と見しより　わが標《し》[1]めし　野辺《のへ》の山吹《やまぶき》　誰《たれ》か手折《たを》りし

妹尓似　草等見之欲里　吾標之　野辺之山吹　誰可手乎里之

あなたに似た草だと見た時から、わたしが印《しるし》をつけておいた野辺の山吹を、いったい誰が手折《たお》ったのでしょうか。

1→四一五一。

4198

つれもなく　離《か》れにしものと　人は言へど　逢《あ》はぬ日まねみ　思《おも》ひそ我《あ》がする

都礼母奈久　可礼尓之毛能登　人者雖云　不相日麻祢美　念曽吾為流

あっさりと別れていったと誰かさんは言うけれど、逢わない日が多いので、わたしはもの思いをしています。

右、[1]留女《るめ》の女郎《いらつめ》に贈らむために、家婦に誂《あとら》へられて作る。女郎はすなはち大伴家持《おほとものやかもち》が妹《いもひと》。

右為贈留女之女郎所誂家婦作也　女郎者即大伴家持之妹

右は、留女の女郎に贈るために、妻に頼まれて作ったものである。この女郎とはすなわち大伴《おおとも》家持の妹である。

↓四一八四。

[1]十二日に、布勢《ふせ》の水海《みづうみ》に遊覧するに、多祜《たこ》の湾《うら》に船泊《ふなはて》し、藤《ふぢ》の花を望み見て、各《おのもおのも》懐《おもひ》を述べて作る歌四首

十二日遊覧布勢水海船泊於多祜湾望見藤花各述懐作歌四首

十二日に、布勢の水海《みずうみ》に遊覧《ゆうらん》した時に、多祜の浦に舟を泊め、藤《ふじ》の花をはるかに見て、各人が思いを述べて作った歌四首

1四月十二日。太陽暦の五月二十五日。六日前にも布勢の水海を訪れている（四一八七）。

4199
藤波《ふぢなみ》の　影なす海の　底清《そこきよ》み　沈《しづ》く石をも　玉とぞ我《あ》が見る

藤奈美乃　影成海之　底清美　之都久石乎毛　珠等曽吾見流

藤《ふじ》の花が影を映している水海の水底までが清く澄んでいるので、沈んでいる石も真珠だと私は見てしまう。

守大伴宿禰《かみおほともすくね》家持《やかもち》。

守大伴宿禰家持

4200
多祜《たこ》の浦の　底さへにほふ[1]　藤波《ふぢなみ》を　かざして行《ゆ》かむ　見ぬ人のため

多祜乃浦能　底左倍尓保布　藤奈美乎　加射之氐将去　不見人之為

多祜の浦の水底まで照り輝くほどの美しい藤《ふじ》の花を、髪に挿《さ》して行こう、まだ見ていない人のために。

守大伴《おおとも》宿禰家持。

1→四〇二二。

[1]次官内蔵忌寸縄麻呂《じくわんくらのいみきなはまろ》。

次官内蔵忌寸縄麻呂

次官《じかん》内蔵忌寸縄麻呂《なわまろ》。

1→歴史「介」。＊四一一六に「長官」が見える。

4201

いささかに[1]　思ひて来《こ》しを　多祜《たこ》の浦に　咲ける藤《ふぢ》見て　一夜《ひとよ》経《へ》ぬべし

伊佐左可尓　念而来之乎　多祜乃浦尓　開流藤見而　一夜可経

ほんのちょっとと思って来たのだが、多祜の浦に咲いている藤《ふじ》を見たら、一夜を過ごしてしまいそうだ。

1ほんのわずか。藤の花の咲き具合についての感想とする説もある。

判官久米朝臣広縄《はんぐわんくめのあそみひろなは》[1]。

判官久米朝臣広縄

判官《はんがん》久米朝臣広縄《ひろなわ》。

1→歴史。

4202

藤波《ふぢなみ》を　仮廬《かりほ》に造り　浦廻《うらみ》する　人とは知らに　海人《あま》とか見らむ

藤奈美乎　借廬尓造　湾廻為流　人等波不知尓　海部等可見良牟

藤《ふじ》の花で仮小屋をふいて浦めぐりをする人とは知らずに、海人だと見られているのではなかろうか。

久米朝臣継麻呂《くめのあそみつぐまろ》。

久米朝臣継麻呂

久米朝臣継麻呂。

霍公鳥《ほととぎす》の喧《な》かぬことを恨《うら》むる歌一首

恨霍公鳥不喧歌一首

ほととぎすが鳴かないことを恨む歌一首

4203

家《いへ》に行《ゆ》きて　何を語らむ　あしひきの　山ほととぎす　一声《ひとこゑ》も鳴け

家尓去而　奈尓乎将語　安之比奇能　山霍公鳥　一音[1]毛奈家

家に帰って何を土産話にしようか。（あしひきの）山にいるほととぎすよ、一声だけでも鳴いてくれ。

1 四二〇九に「比等己恵《ひとこゑ》」とあるので「一音」をヒトコヱと訓む。

判官久米朝臣広縄[1]《はんぐわんくめのあそみひろなは》。

判官久米朝臣広縄

判官《はんがん》久米朝臣広縄《ひろなわ》。

1→歴史。

攀《よ》[1]ぢ折《を》れる保宝葉《ほほがしは》を見る歌二首

見攀折保宝葉歌二首

引き折ったほおの木の葉を見た時の歌二首

1→四一四一。

4204

わが背子《せこ》が　捧《ささ》げて持てる　ほほがしは　あたかも[1]似るか　青《あを》き蓋《きぬがさ》[2]

吾勢故我　捧而持流　保宝我之婆　安多可毛似加　青盖

あなたが捧げて持っておられるほおの木の葉は、まことにそっくりですね、青いきぬがさに。

1アタカモは、まさしくの意。2絹などを張った長い柄のかさ。蓋《きぬがさ》の色は、一位・深緑、三位以上・紺、四位以上・縹《はなだ》と規定されている。それぞれの色は、古代日本語では「青」の範ちゅうに入る。

[1]講師《かうし》僧恵行《ゑぎやう》。

講師僧恵行

講師《こうし》僧恵行《えぎょう》。

1法会で教典の意味を講議する僧侶のこと。延暦十四年（七九五）に講師と改称された国師《こくし》（国ごとに置かれた官僧）とは異なる。

4205

皇祖《すめろき》の　遠御代御代《とほみよみよ》は　い敷《し》き折《を》り　酒《き》飲みきといふそ　このほほがしは

皇神祖之　遠御代三世波　射布折　酒飲等伊布曽　此保宝我之波

いにしえの天皇の御代御代には、これを折りたたんで酒を飲んだそうですよ、このほおの木の葉は。

守大伴宿禰《かみおほとものすくね》家持《やかもち》。

守大伴宿禰家持

守大伴《おおとも》宿禰家持。

還《かへ》る時に、浜の上《うへ》に月の光を仰《あふ》ぎ見る歌一首

還時浜上仰見月光歌一首

帰るときに、浜辺で月の光を仰《あお》ぎ見た歌一首

4206
渋谿《しぶたに》を　さしてわが行《ゆ》く　この浜に　月夜《つくよ》飽《あ》きてむ　馬しまし止《と》め

之夫多尓乎　指而吾行　此浜尓　月夜安伎氐牟　馬之末時停息

渋谿を目指してわれらが行くこの浜で、月を飽きるまで眺めよう。馬をしばらく止めよ。

守《かみ》大伴宿禰《おほとものすくね》家持《やかもち》。

守大伴宿禰家持

守大伴《おおとも》宿禰家持。

[1]二十二日に、[2]判官《はんぐわん》久米朝臣《くめのあそみ》広縄《ひろなは》に贈る霍公鳥《ほととぎす》の怨恨《うらみ》の歌一首 并《あは》せて短歌

廿二日贈判官久米朝臣広縄霍公鳥怨恨歌一首并短歌

二十二日に、判官《はんがん》久米朝臣広縄《ひろなわ》に贈ったほととぎすを恨む歌一首と短歌

1 四月二十二日。太陽暦の六月四日。 2→歴史。

4207

ここにして　そがひに見ゆる
わが背子《せこ》が　垣内《かきつ》の谷に
明けされば　榛《はり》のさ枝《えだ》に
夕《ゆふ》されば　藤《ふぢ》の茂みに
はろはろに　鳴くほととぎす
わがやどの　植《う》ゑ木橘《きたちばな》
花に散る　時をまだしみ
来鳴《きな》かなく　そこは恨《うら》みず
しかれども　谷片《たにかた》づきて
家居《いへゐ》せる　君が聞きつつ
告げなくも憂《う》し

ここからは遠くはるかに離れて見える
あなたの屋敷内の谷に、
夜が明けると、はりの木の枝で、
夕方になると、藤《ふじ》の茂みで、
はるかに鳴いているほととぎすが、
わが家の植木の橘の
花が咲いて散る時になっていないので、
来て鳴いてくれないが、そのことは恨まない。
しかし、その谷のかたわらに
家があるあなたが、聞いていながら
知らせてくれないのはひどいではないか。

此間尓之氏　曽我比尓所見　和我勢故我　垣都能谿尓　安気左礼婆　榛之狭枝尓　暮左礼婆　藤之繁美尓　遥〻尓　鳴霍公鳥　吾屋戸能　殖木橘　花尓知流　時乎麻大之美　伎奈加奈久　曽許波不怨　之可礼杼毛　谷可多頭伎氏　家居有　君之聞都〻　追気奈久毛宇之

反歌《はんか》一首

反歌一首

4208 我《あ》がここだ　待てど来鳴《きな》かぬ　ほととぎす　ひとり聞きつつ　告げぬ君かも

吾幾許　麻氏騰来不鳴　霍公鳥　比等里聞都追　不告君可母

わたしがこんなに待っているのに来て鳴かないほととぎすを、ひとりで聞きながら知らせてもくれないね、君は。

霍公鳥《ほととぎす》を詠む歌一首 并《あは》せて短歌

詠霍公鳥歌一首并短歌

ほととぎすを詠む歌一首 と短歌

4209 谷近く　家《いへ》は居《を》れども　木高《こだか》くて　里はあれども　ほととぎす　いまだ来鳴《きな》かず

谷近くに家をかまえていますけれども、
また里はこんもりと茂っていますけれども、
ほととぎすはまだ来て鳴きません。

鳴く声《こゑ》を　聞かまく欲《ほ》りと
朝《あした》には　門《かど》に出《い》で立ち
夕《ゆふへ》には　谷を見わたし
恋《こ》ふれども　一声《ひとこゑ》だにも
いまだ聞こえず

鳴く声を聞きたいと、
朝には門に出て立ち、
夕方には谷を見わたして
待ち望んでいるのですが、一声さえも
まだ聞こえて来ません。

多尓知可久　伊敝波乎礼騰母　許太加久氏　佐刀波安礼騰母　保登等芸須　伊麻太伎奈加受　奈久許恵乎　伎可麻久保理登　安志多尓波　可度尓伊氏多知　由布敝尓波　多尓乎美和多之　古布礼騰毛　比等己恵太尓母　伊麻太伎己要受

4210

藤波《ふぢなみ》の　茂《しげ》りは過《す》ぎぬ　あしひきの　山ほととぎす　などか来鳴《きな》かぬ

敷治奈美乃　志気里波須疑奴　安志比紀乃　夜麻保登等芸須　奈騰可伎奈賀奴

藤《ふじ》の花の盛りは過ぎました。（あしひきの）山にいるほととぎすよ、どうして来て鳴かないのだ。

右、[1]二十三日、掾《じょう》久米《くめ》朝臣《あそみ》広縄《ひろなは》和《こた》ふ。

右廿三日掾久米朝臣広縄和

右は、二十三日に、掾《じょう》久米朝臣広縄《ひろなわ》が唱和したものである。

[1]四月二十三日。太陽暦の六月五日。

処女墓《をとめはか》の歌に[1]追同《ついどう》する一首 并《あは》せて短歌

追同処女墓歌一首并短歌

処女《おとめ》の墓の歌に追同した一首 と短歌

[1]巻九に「葦屋《あしのや》の処女《をとめ》の墓に過《よき》る時に作る歌」（一八〇一～一八〇三、田辺福麻呂《たなべのさきまろ》歌集）と「菟原《うなひ》処女《をとめ》の墓を見る歌」（一八〇九～一八一一、高橋虫麻呂《たかはしのむしまろ》歌集）がある。どちらに追同したものかは不明。

4211

いにしへに　ありけるわざの
くすばしき　事《こと》と言《い》ひ継《つ》ぐ
茅渟壮士《ちぬをとこ》　菟原壮士《うなひをとこ》の
うつせみの　名を争《あらそ》ふと
たまきはる　命《いのち》も捨てて
争ひに　妻問《つまど》ひしける
処女《をとめ》らが　[1]聞けば悲しさ
春花の　にほえ栄《さか》えて

遠い昔にあったことで、
珍しい話だと言い伝えている、
茅渟壮士《ちぬおとこ》と菟原壮士《うないおとこ》とが、
この世の名誉を争って、
（たまきはる）命も捨てて、
競い合って妻問いをした
処女《おとめ》の話は、聞くもあわれだ。
春花のように照り映えて、

秋の葉の　にほひに照れる
[2]あたらしき　身《み》の盛りすら
ますらをの　言《こと》いたはしみ
父母《ちちはは》に　申《まを》し別れて
家離《いへざか》り　海辺《うみへ》に出《い》で立ち
朝夕《あさよひ》に　満ち来《く》る潮《しほ》の
八重波《やへなみ》に　なびく玉藻《たまも》の
節《ふし》の間《ま》も　惜《を》しき命を
露霜《つゆしも》の　過ぎましにけれ
奥《おく》つ城《き》を　ここと定めて
後《のち》の世《よ》の　聞き継ぐ人も
いや遠《とほ》に　しのひにせよと
黄楊小櫛《つげをぐし》　しか刺《さ》しけらし
生《お》ひてなびけり

秋の葉のように赤く光り輝いている、
そんな惜しむべき女盛りの身なのに、
二人のおとこの求愛の言葉をつらく思い、
父母に別れを告げて、
家を離れて海辺にたたずみ、
朝に夕に満ちてくる潮《しお》の、
幾重にも重なる波になびいている玉藻の、
節のあいだのように短かい間も惜しい命なのに、
（つゆしもの）みまかってしまわれた。
そこで、その墓をここと定めて、
後の世に聞き伝える人も
いつまでも永遠にしのぶよすがとしてほしいと、
つげのくしをそのように挿《さ》したのであるらしい。
それが生い茂ってなびいている。

古尓　有家流和射乃　久須婆之伎　事跡言継　知努乎登古　宇奈比壮子乃　宇都勢美能
名乎競争登　玉剋　寿毛須底弖　相争尓　嬬問為家留　嬬嬬等之　聞者悲左　春花乃　尓
太要盛而　秋葉之　尓保比尓照有　惜　身之壮尚　大夫之　語労美　父母尓　啓別而　離

家　海辺尓出立　朝暮尓　満来潮之　八隔浪尓　靡珠藻乃　節間毛　惜命乎　露霜之　過麻之尓家礼　奥墓乎　此間定而　後代之　聞継人毛　伊也遠尓　思努比尓勢余等　黄楊小櫛　之賀左志家良之　生而靡有

1ニホフと同源のニホユという動詞があった。2惜しむの意。

4212
処女《をとめ》らが　後《のち》のしるしと　黄楊小櫛《つげをぐし》　生《お》ひ変はり生《お》ひて　なびきけらしも

乎等女等之　後乃表跡　黄楊小櫛　生更生而　靡家良思母

処女《おとめ》の後の世への目じるしにと、つげのくしが木となって生え変わり生い茂って、なびいているらしい。

右、[1]五月六日に、[2]興《きよう》に依《よ》りて大伴宿禰家持《おほとものすくねやかもち》作る。

右五月六日依興大伴宿禰家持作之

右は、五月六日に、興《きょう》によって大伴《おおとも》宿禰家持が作ったものである。

1太陽暦の六月十八日。2↓三九八七。

4213
★あゆをいたみ　奈呉《なご》の浦廻《うらみ》に　寄する波　いや千重《ちへ》しきに　恋《こ》ひわたるかも

安由乎疾　奈呉之浦廻尓　与須流浪　伊夜千重之伎尓　恋度可母

あゆの風が激しく吹いて奈呉の浦辺に寄せる波のように、ますますしきりに恋しく思いつづけています。

右の一首、京《みやこ》の丹比《たぢひ》の家《いへ》に贈る。

右一首贈京丹比家

右の一首は、都の丹比《たじひ》の家に贈ったものである。

挽歌《ばんか》一首 并《あは》せて短歌

挽歌一首并短歌

挽歌一首と短歌

4214

天地《あめつち》の　初《はじ》めの時ゆ
うつそみの　八十伴《やそとも》の男《を》は
大君《おほきみ》に　まつろふものと
定まれる　官《つかさ》にしあれば
大君の　命恐《みことかしこ》み
鄙《ひな》ざかる　国を治《をさ》むと

天地の始まった時から、
世の中のたくさんの官人たちは、
大君《おおきみ》に従うものと
定まっている職にあるのだから、
大君の仰せを恐れ謹《つつし》んで、
都を遠く離れた鄙の国を治めるためにと、

あしひきの　山川《やまかは》へなり
風雲《かぜくも》に　言《こと》は通《かよ》へど
直《ただ》に逢《あ》はぬ　日《ひ》の重《かさ》なれば
思ひ恋《こ》ひ　息《いき》づき居《を》るに
玉桙《たまほこ》の　道来《く》る人の
伝《つ》て言《こと》に　我《われ》に語らく
はしきよし　君はこのころ
[1]うらさびて　嘆かひいます
世の中の　憂《う》けく辛《つら》けく
咲く花も　時にうつろふ
うつせみも　常《つね》なくありけり
たらちねの　み母《はは》の命《みこと》
なにしかも　時しはあらむを
まそ鏡《かがみ》　見れども飽《あ》かず
玉の緒《を》の　惜《を》しき盛りに
立つ霧の　失《う》せぬるごとく
置く露の　消《け》ぬるがごとく

（あしひきの）山や川に隔てられて、
風や雲につけて便りは通うとは言え、
じかに逢えない日が積もりましたので、
恋しく思い、ため息をついているところへ、
（たまほこの）道をやってくる人が
伝言としてわたしに語ったことは、
「いとしいあの方は最近
しょんぼりとして嘆いておいでです。
この世で何よりもいやなこと辛いことは、
咲く花も時が経てば散り失せ、
この世の人も常無きものであることです。
（たらちねの）母上様は、
どういうつもりなのか、ほかに時はありましょうに、
（まそかがみ）お見受けしても見飽きることがなく、
（たまのをの）惜しむべき盛りの歳に、
立つ霧がなくなってゆくように、
置く露が消えてゆくように、

玉藻《たまも》なす　なびき臥《こ》い伏《ふ》し
行《ゆ》く水の　留《とど》めかねつと
狂言《たはこと》か　人の言ひつる
逆言《およづれ》か　人の告げつる
梓弓《あづさゆみ》　爪弾《つまび》く夜音《よおと》の
遠音《とほおと》にも　聞けば悲しみ
にはたづみ　流るる涙《なみた》
留めかねつも

玉藻のように床になびき伏されて、
行く水のように引き留めもできませんでした」と。
ふざけたうそを人が言ったのか、
でたらめを人が告げたのか、
梓弓《あずさゆみ》を爪で弾き鳴らす夜の音のように、
遠くはるかな噂話としても、聞けば悲しくて、
（にはたづみ）流れる涙は
止めようもありません。

天地之　初時従　宇都曽美能　八十伴男者　大王尓　麻都呂布物跡　定有　官尓之在者
天皇之　命恐　夷放　国乎治等　足日木　山河阻　風雲尓　言者雖通　正不遇　日之累者
思恋　気衝居尓　玉桙之　道来人之　伝言尓　吾尓語良久　波之伎余之　君者比来　宇良
左備弖　嘆息伊麻須　世間之　猒家口都良家苦　開花毛　時尓宇都呂布　宇都勢美毛　无
常阿里家利　足千根之　御母之命　何如可毛　時之波将有乎　真鏡　見礼杼母不飽　珠緒
之　惜盛尓　立霧之　失去如久　置露之　消去之如　玉藻成　靡許伊臥　逝水之　留不得[2]
常　枉言哉　人之云都流　逆言乎　人之告都流　梓弓　爪弦夜音之　遠音尓毛　聞者悲弥
庭多豆水　流涕　留可祢都母

1心楽しまず、さびしい意。2カネテキ・モエヌと訓む説がある。

反歌《はんか》二首

反歌二首

反歌二首

4215 **遠音《とほおと》にも　君が嘆くと　聞きつれば　音《ね》のみし泣かゆ　相思《あひおも》ふ我《あれ》は**

遠音毛　君之痛念跡　聞都礼婆　哭耳所泣　相念吾者

遠くはるかな噂話としても、あなたが嘆いておられると聞いたので、声に出して泣いてしまいます、同じ思いのわたしは。

4216 **世間《よのなか》の　常《つね》なきことは　知るらむを　心尽《つ》くすな　ますらをにして**

世間之　无常事者　知良牟乎　情尽莫　大夫尓之氏

世の中が常でないことはご存じでしょうに、くよくよなさるな、ますらおの身なのだから。

右、大伴宿禰《おほとものすくね》家持《やかもち》、聟《むこ》の南右大臣家の藤原二郎《ふぢはらのじらう》の慈母を喪《うしな》ひつる患《うれ》へを弔《とぶら》ふ。 五月[1]二十七日

右大伴宿禰家持弔聟南右大臣家藤原二郎之喪慈母患也　五月廿七日

右は、大伴《おおとも》宿禰家持が、婿の南右大臣家の藤原二郎《ふじわらのじろう》が慈母を亡くした悲しみを弔問したものである。五月二十七日。

1太陽暦の七月九日。

霖雨《ながあめ》の晴れぬる日に作る歌一首

霖雨晴日作歌一首

長雨の晴れた日に作った歌一首

1「霖」は長雨。平安時代初期の辞書に、三日以上の雨とある。

4217

卯《う》の花《はな》を　腐《くた》す長雨《ながあめ》の　始水《はなみづ》[1]に　寄るこつみ[2]なす　寄らむ子もがも[3]

宇能花乎　令腐霖雨之　始水迩　縁木積成　将因児毛我母

卯の花を腐《くさ》らす長雨のせいでおこる大水の出鼻に流れ寄る木《こ》っ端《ぱ》のように、寄ってくる娘がいないかなあ。

1ミヅハナと訓む説もある。2コツミは、木のくず。3↓三九四五。

漁夫《あま》の火光《いざりひ》を見る歌一首

見漁夫火光歌一首

漁夫の漁《いさ》り火《び》を見る歌一首

4218

鮪《しび》突《つ》くと　海人《あま》の燭《とも》せる　いざり火《ひ》の　ほにか出《い》ださむ　わが下思《したもひ》を

鮪衝等　海人之燭有　伊射里火之　保尓可将出[1]　吾之下念乎

鮪突き漁で海人がともしている漁り火のように、表にはっきりと出してしまおうか、わたしの胸のうちを。

1イデナムと訓む説がある。

右の二首、五月。

右二首五月

右の二首は、五月。

4219

わがやどの　萩《はぎ》咲きにけり　秋風の　吹かむを待たば　いと遠《とほ》みかも

吾屋戸之　芽子開尓家理　秋風之　将吹乎待者　伊等遠弥可母

わが家の庭の萩が咲いたよ。秋風が吹いてくるのを待っていたら、待ちきれないからだろうか。

右の一首、六月十五日に、[1] 萩《はぎ》の早花《はつはな》を見て作る。

右一首六月十五日見芽子早花作之

右の一首は、六月十五日に、萩の初花を見て作ったものである。

1 太陽暦の七月二十六日。

京師《みやこ》より来贈《おこ》せる歌一首 并《あは》せて短歌

従京師来贈歌一首并短歌

都から贈ってよこした歌一首 と短歌

4220

海神《わたつみ》の　神の命《みこと》の
み櫛笥《くしげ》に　貯《たくは》ひ置きて
斎《いつ》くとふ　玉にまさりて
思へりし　我《あ》が子にはあれど
うつせみの　世《よ》の理《ことわり》と
ますらをの　引きのまにまに
★しなざかる　越路《こしぢ》をさして

わたつみの海の神さまが
くし箱の中にしまって
大切にしているという、その真珠にもまして
大事に思ってきたわが子だけれど、
（うつせみの）世の中の一般の習いと、
ますらおの呼び寄せるままに、
（しなざかる）越路《こしじ》を目指して

延《は》ふつたの　別れにしより
沖つ波　[1]とをむ眉引《まよび》き
大船《おほぶね》の　ゆくらゆくらに
面影《おもかげ》に　[2]もとな見えつつ
かく恋《こ》ひば　老いづく我《あ》が身
[3]けだし堪《あ》へむかも

（はふつたの）別れて行ったその日から、
（おきつなみ）しなやかなあなたの眉が、
（おほぶねの）ゆらゆらと
面影にやたらと見えて、
こんなに恋い慕っていると、年老いたわたしのからだは、
はたして持ちこたえられるでしょうか。

和多都民能　可味能美許等乃　美久之宜尓　多久波比於伎氏　伊都久等布　多麻尓末佐里氏　於毛敝里之　安我故尓波安礼騰　宇都世美乃　与能許等和利等　麻須良乎能　比伎能麻尓麻仁　之奈謝可流　古之地乎左之氏　波布都多能　和可礼尓之欲理　於吉都奈美　等乎牟麻欲妣伎　於保夫祢能　由久良〻〻〻耳　於毛可宜尓　毛得奈民延都〻　可久古非婆　意伊豆久安我未　気太志安倍牟可母

1トヲムは、湾曲する。2→三九三九。3恐らく、ひょっとすると。

反歌《はんか》一首

反歌一首

反歌一首

4221

かくばかり　恋《こひ》しくしあらば　まそ鏡　見ぬ日時《ひとき》なく　あらましものを

可久婆可里　古非之久志安良婆　末蘇可我美　弥奴比等吉奈久　安良麻之母能乎

これほどに恋しくなるのだったら、（まそかがみ）見ない日も見ない時もなく一緒にいればよかったのに。

右の二首、大伴《おほともの》氏《うぢ》坂上《さかのうへの》郎女《いらつめ》の、女子《むすめ》[1]大嬢《おほいらつめ》に賜《たま》へるなり。

右二首大伴氏坂上郎女賜女子大嬢也

右の二首は、大伴《おおとも》氏の坂上郎女《さかのうえのいらつめ》が、娘の大嬢《おおいらつめ》に与えられたものである。

1大伴坂上大嬢を指す。

九[1]月三日の宴《うたげ》の歌二首

九月三日宴歌二首

九月三日の宴会の歌二首

1太陽暦の十月十一日。

4222

このしぐれ　いたくな降《ふ》りそ　我妹子《わぎもこ》に　見せむがために　もみち取りてむ

許能之具礼　伊多久奈布里曽　和芸毛故尓　美勢牟我多米尓　母美知等里氏牟

この時雨よ、そんなにひどく降るな。いとしい妻に見せるために、もみじを折り取りたいから。

右の一首、掾《じょう》久米《くめの》朝臣《あそみ》広縄《ひろなは》作る。

右一首掾久米朝臣広縄作之

右の一首は、掾《じょう》久米朝臣広縄《ひろなわ》が作ったものである。

4223

あをによし　奈良人《ならひと》見むと　わが背子《せこ》が　標《し》[1]めけむもみち　地《つち》に落ちめやも

安乎尓与之　奈良比等美牟登　和我世故我　之米家牟毛美知　都知尓於知米也毛

（あをによし）奈良の人に見せようとあなたが印《しるし》をつけておいたというもみじは、むなしく土の上に落ちることなどありましょうか。

1→四一五一。

右の一首、守《かみ》大伴《おほとも》宿禰《のすくね》家持《やかもち》作る。

右一首守大伴宿禰家持作之

右の一首は、守大伴《おおとも》宿禰家持が作ったものである。

4224

朝霧《あさぎり》の　たなびく田居《たゐ》に　鳴く雁《かり》を　留《とど》め得《え》むかも　わがやどの萩《はぎ》

朝霧之　多奈引田為尓　鳴雁乎　留得哉　吾屋戸能波義

朝霧のたなびいている田んぼで鳴く雁を、引き留めることができるだろうか、わが家の庭の萩は。

右の一首の歌、[1]芳野宮《よしののみや》に幸《いでま》しし時に、藤原皇后《ふぢはらのおほきさき》の作らしたるなり。ただし、年月いまだ審詳《つばひ》らかならず。

右一首歌者幸於芳野宮之時藤原皇后御作　但年月未審詳

右の一首の歌は、吉野《よしの》の宮に行幸《ぎょうこう》があった時に、藤原皇后《ふじわらのこうごう》が作られたものである。ただし、年月は不明である。

1→四〇九八。判明している聖武《しょうむ》天皇の吉野行幸《ぎょうこう》は、神亀《じんき》元年三月、同二年五月、天平《てんぴょう》八年六月〜七月。

[1]十月五日、河辺朝臣東人《かはへのあそみあづまひと》が伝誦《でんしょう》せるなりと云尓《いふ》。

十月五日河辺朝臣東人伝誦云尓

十月五日に、河辺《かわへ》朝臣東人《あずまひと》が伝誦したものだという。

1太陽暦の十一月十二日。

4225
あしひきの　山のもみちに　しづくあひて　散らむ山路《やまぢ》を　君が越《こ》えまく

足日木之　山黄葉尓　四頭久相而　将落山道乎　公之超麻久

（あしひきの）山のもみじが、時雨のしずくとともに散る山道を、あなたは越えて行くのですね。

右の一首、[1]同じ月十六日に、朝集使《てうじふし》少目《せうさくわん》秦《はだの》伊美吉《いみき》石竹《いはたけ》に餞《せん》する時に、守《かみ》大伴《おほとも》宿《すく》禰《ね》家持《やかもち》作る。

右一首同月十六日餞之朝集使少目秦伊美吉石竹時守大伴宿禰家持作之

右の一首は、同じ月の十六日に、朝集使《ちょうしゅうし》の少目《しょうさかん》秦伊美吉石竹《いわたけ》の送別の宴会を開いた時に、守大伴《おおとも》宿禰家持が作ったものである。

1太陽暦の十一月二十三日。朝集使《ちょうしゅうし》は十一月一日までに入京するきまりであった。

雪の日に作る歌一首

雪日作歌一首

雪の日に作る歌一首

4226
この雪の　消残《けのこ》る時に　いざ行《ゆ》かな　山橘《やまたちばな》の　実《み》の照るも見む

此雪之　消遺時尓　去来帰奈　山橘之　実光毛将見

この雪が消えてしまわないうちに、さあ出かけよう。やぶこうじの実が雪に照り輝くさまも見よう。

右の一首、十二月に、大伴宿禰家持《おほとものすくねやかもち》作る。

右一首十二月大伴宿禰家持作之

右の一首は、十二月に、大伴《おおとも》宿禰家持が作ったものである。

4227

大殿《おほとの》の　このもとほり[1]の
雪な踏《ふ》みそね
しばしばも　降らぬ雪そ
山のみに　降りし雪そ
ゆめ寄るな　人や
な踏みそね　雪は

御殿の、このまわりの
雪は踏んではいけない。
しょっちゅうは降らない雪なのだ。
山だけに降っていた雪なのだ。
けっして近寄るな、みんな。
踏んではいけない、この雪は。

大殿之　此廻之　雪莫踏祢　数毛　不零雪曽　山耳尓　零之雪曽　由米縁勿　人哉　莫履祢　雪者

1モトホリは、まわり。＊定型になっていない。五七七五七五七八八と区切る説もある。

反歌《はんか》一首

反歌一首

4228
ありつつも　見《め》したまはむそ　大殿《おほとの》の　このもとほりの[1]　雪な踏《ふ》みそね

反歌一首
有都〻毛　御見多麻波牟曽　大殿乃　此母等保里能　雪奈布美曽祢

このままにしておいてご覧になられようとするのだ。御殿の、このまわりの雪は踏んではいけない。

↓四二二七。

右の二首の歌、三形沙弥《みかたのさみ》、贈《ぞう》左大臣藤原北卿《ふぢはらほくきやう》の語《ことば》を承《う》けて作り誦《よ》みけるなり。これを聞き伝へたる者は笠朝臣子君《かさのあそみこきみ》にして、また後《のち》に伝へ読む者は越中国《こしのみちのなかのくに》の掾《じようくめの》久米朝臣広縄《あそみひろなは》これなり。

右二首歌者三形沙弥承贈左大臣藤原北卿之語作誦之也　聞之伝者笠朝臣子君復後伝読者越中国掾久米朝臣広縄是也

右の二首は、三形沙弥が、贈左大臣藤原北卿《ふじわらほっきょう》の言葉を受けて作って誦詠したものである。これを聞き伝えたのは笠朝臣子君で、さらに後に伝誦したのは越中国《えっちゅうのくに》の掾《じょう》久米朝臣広縄《ひろなわ》である。

である。

[1]天平《てんぴやう》勝宝《しようほう》三年

天平勝宝三年

天平《てんぴょう》勝宝《しょうほう》三年

1西暦七五一年。家持三十四歳。

4229

新《あらた》しき　年《とし》の初めは　いや年に　雪踏《ふ》み平《なら》し　常《つね》かくにもが

新　年之初者　弥年尓　雪踏平之　常如此尓毛我

新しい年の初めは、毎年毎年ずっと、雪を踏みならして、いつもこうして集まりたいものです。

右の一首の歌、[1]正月二日に、守《かみ》の館《むろつみ》に集宴す。ここに降る雪ことに多く、積《つ》みて[2]四尺あり。すなはち主人《あろじ》大伴宿禰《おほとものすくね》家持《やかもち》この歌を作る。

右一首歌者正月二日守館集宴　於時零雪殊多積有四尺焉　即主人大伴宿禰家持作此歌也

右の一首は、正月二日に、守の館で宴会を開いた。そのとき雪がたくさん降って、四尺積もった。そこで主人の大伴《おおとも》宿禰家持がこの歌を作ったのである。

1太陽暦の二月六日。2一尺は、約三〇センチ。

4230

降る雪を　腰に[1]なづみて　参《まゐ》り来《こ》し　験《しるし》もあるか　年《とし》の初めに

落雪乎　腰尓奈都美弖　参来之　印毛有香　年之初尓

降り積もる雪に腰まで埋もれて参上した苦労の甲斐がありましたね、年の初めに。

1ナヅムは、障害物に妨げられて進行に苦労する意。

右の一首、三日[1]に、介内蔵忌寸縄麻呂《すけくらのいみきなはまろ》の館《むろつみ》に会集して宴楽《えんらく》する時に、大伴宿禰《おほとものすくね》家《やか》持《もち》作る。

右一首三日会集介内蔵忌寸縄麻呂之館宴楽時大伴宿禰家持作之

右の一首は、三日に、介内蔵忌寸縄麻呂《なわまろ》の館に集まって宴会をした時に、大伴《おおとも》宿禰家持が作ったものである。

1一月三日。太陽暦の二月七日。

ここに、雪を積みて重巌《ちょうがん》[1]の起《た》てるを彫《ゑ》り成《な》し、奇巧《たくみ》に草樹の花を綵《いろど》[2]り発《いだ》す。これに属《つ》きて掾久米朝臣広縄《じょうくめのあそみひろなは》の作る歌一首

于時積雪彫成重巌之起奇巧綵発草樹之花　属此掾久米朝臣広縄作歌一首

このとき、積もった雪に重なる岩山のそそり立つさまを彫刻し、見事に草木の花を彩り咲かせる趣向がしてあった。それについて掾《じょう》久米朝臣広縄《ひろなわ》が作った歌一首

1「重巌」は、幾重にも重なる岩山。2「綵」は、いろどり。色とりどりの草木の花をあしらった。

4231

なでしこは　秋咲くものを　君が家《いへ》の　雪の巌《いはほ》に　咲けりけるかも

奈泥之故波　秋咲物乎　君宅之　雪巌尓　左家理家流可母

なでしこは秋咲くものなのに、あなたの家の雪の岩山にはずっと咲いていたのですね。

遊《う》行《か》女《れ》婦《め》蒲《かま》生《ふの》娘《をと》子《め》の歌一首[1]

遊行女婦蒲生娘子歌一首

遊行女婦の蒲生娘子《かもうのおとめ》の歌一首

1ウカレメは→四〇四七。

4232

雪の島　巌《いはほ》に植《う》ゑたる　なでしこは　千代《ちよ》に咲かぬか　君がかざしに

雪島　巌尓殖有　奈泥之故波　千世尓開奴可　君之挿頭尓

雪の積もった庭の岩山に植えてあるなでしこは、千年も変わらず咲いていてくれないだろうか、あなたの髪飾りにするために。

ここに、諸人《もろひと》[1]酒酣《たけなは》に更深《よふ》[2]け鶏《にはつとり》鳴く。これによりて主人《あろじ》内蔵伊美吉縄麻呂《くらのいみきなはまろ》の作る歌一首

于是諸人酒酣更深鶏鳴　因此主人内蔵伊美吉縄麻呂作歌一首

このとき、一同酒宴たけなわで、夜更けに鶏が鳴いた。そこで主人の内蔵伊美吉縄麻《なわま》呂《ろ》が作った歌一首

1「酒酣」は、酒盛りのまっさかり。2「更深」は、夜の更けゆくこと。

4233

うち羽振《はぶ》き　鶏《とり》は鳴くとも　かくばかり　降り敷《し》く雪に　君いまさめやも

打羽振　鶏者鳴等母　如此許　零敷雪尓　君伊麻左米也母

はばたいて鶏は鳴いたとしても、これほどにも降り積もった雪のなかを、どうしてあなたは帰られましょうか。

守大伴宿禰家持《かみおほとものすくねやかもち》の和《こた》ふる歌一首

守大伴宿禰家持和歌一首

守大伴《おおとも》宿禰家持が唱和した歌一首

4234

鳴く鶏《とり》は　いやしき鳴けど　降る雪の　千重《ちへ》に積めこそ　わが立ちかてね

鳴鶏者　弥及鳴杼　落雪之　千重尓積許曽　吾等[1]立可氏祢

鳴く鶏はしきりに鳴くけれども、降る雪が幾重にも降り積もっているので、わたしは立ち去りかねています。

1「吾等」は、その場にいる一同の気持ちになっていることを示す。

[1]太政大臣藤原《だいじやうだいじんふぢはら》家の[2]県犬養命婦《あがたいぬかひのみやうぶ》、[3]天皇《すめらみこと》に奉《たてまつ》る歌一首

太政大臣藤原家之県犬養命婦奉　天皇歌一首

太政大臣藤原《だじょうだいじんふじわら》家の県犬養命婦《あがたいぬかいのみょうぶ》が、天皇に奉った歌一首

1藤原不比等《ふひと》。2不比等の妻、県犬養三千代《みちよ》。光明皇后の母。3聖武《しょうむ》天皇。

4235

天雲《あまくも》を　[1]ほろに踏《ふ》みあだし　鳴《な》る神も　今日《けふ》にまさりて　恐《かしこ》けめやも

天雲乎　富呂尓布美安太之　鳴神毛　今日尓益而　可之古家米也母

空の雲をほろに踏みあだして鳴る雷でも、今日以上に恐れ多いことがありましょうか。

1ホロニ・アダシともに語義未詳。

右の一首、伝誦《でんしょう》するは掾久米朝臣広縄《じょうくめのあそみひろなは》なり。

右一首伝誦掾久米朝臣広縄也

右の一首は、伝誦したのは掾《じょう》久米朝臣広縄《ひろなわ》である。

4236

死にし妻を悲傷《ひしやう》する歌一首 并《あは》せて短歌　**作主《さくしゅ》いまだ詳《つばひ》らかならず**

悲傷死妻歌一首并短歌　作主未詳

死んだ妻を悲しみ悼む歌一首と短歌　作者は不明である

天地《あめつち》の　神はなかれや
愛《うつく》しき　わが妻離《つまさか》る
光る神　[1]鳴《な》りはた娘子《をとめ》
携《たづさ》はり　ともにあらむと
思ひしに　心違《たが》ひぬ
言はむ[2]すべ　せむすべ知らに

天にも地にも神などはいないのか、
いとしいわが妻は遠くへ去ってしまった。
光る神が鳴りはた娘子《おとめ》と
手を取り合って、いつまでも一緒にいようと
思っていたのに、期待ははずれてしまった。
何と言ったらいいか、どうしたらよいかわからないので、

巻十九

[3]木綿《ゆふ》だすき　肩に取り掛《か》け
[4]倭文幣《しつぬさ》を　手に取り持ちて
な放《さ》けそと　我《われ》は祈れど
まきて寝《ね》し　妹《いも》が手本《たもと》は
雲にたなびく

木綿《ゆう》だすきを肩に取り掛け、
倭文幣《しずぬさ》を手に取り持って、
引き離さないでくださいとわたしは祈るけれども、
手枕を交わして寝た妻の腕は、
雲となって空にたなびいている。

天地之　神者无可礼也　愛　吾妻離流　光神　鳴波多𡢳嬬　携手　共将有等　念之尓　情違奴　将言為便　将作為便不知尓　木綿手次　肩尓取挂　倭文幣乎　手尓取持氐　勿令離等　和礼波雖禱　巻而寝之　妹之手本者　雲尓多奈妣久

1「光る神」が、「鳴りはた娘子」にかかるのか、「光る神鳴り」が「はた娘子」にかかるのか不明。2→三九三四。3木綿で作ったたすき。木綿は、みつまたの繊維。4シツのヌサ。シツ→四〇一一。

反歌《はんか》一首

反歌一首

反歌一首

4237
うつつにと　思ひてしかも　夢《いめ》のみに　手本《たもと》まき寝《ぬ》と　見ればすべなし[1]

寝尓等　念氏之可毛　夢耳尓　手本巻寝等　見者須便奈之

現実にそばにいるものと思いたいものだ。夢のなかだけで手枕を交わして寝ると見るのは、どうにも切ない。

右の二首、伝誦《でんしょう》するは遊行女婦蒲生《うかれめかまふ》[1]これなり。

1→三九三四。

右二首伝誦遊行女婦蒲生是也

右の二首は、伝誦したのは遊行女婦の蒲生《かもう》である。

1ウカレメは→四〇四七。

二月二日[1]に、守《かみ》の館《むろつみ》に会集し宴《うたげ》して作る歌一首

二月二日会集于守館宴作歌一首

二月二日に、守の館に集まって宴会をした時に作った歌一首

1太陽暦の三月七日。

4238

君が行《ゆ》き　もし久《ひさ》にあらば　梅柳《うめやなぎ》　誰《たれ》とともにか　わがかづらかむ

君之往　若久尓有婆　梅柳　誰与共可　吾縵可牟

あなたの旅がもし長引いたら、梅と柳を、誰と一緒にわたしはかずらにして遊べばいいのだろうか。

右、[1]判官《はんぐわん》久米朝臣《くめのあそみ》広縄《ひろなは》、[2]正税帳《しやうぜいちやう》を以《も》ちて京師《みやこ》に入るべし。よりて守大伴宿禰《かみおほとものすくね》家持《やかもち》、この歌を作る。ただし、越中《ゑつちう》の風★土に、梅の花と柳の[3]絮《わた》三月にして初めて咲くのみ。

右判官久米朝臣広縄以正税帳応入京師　仍守大伴宿禰家持作此歌也　但越中風土梅花柳絮三月初咲耳

右は、判官《はんがん》久米朝臣広縄《ひろなわ》が、正税帳《しょうぜいちょう》を持って上京することになった。そこで守大伴《おおとも》宿禰家持が、この歌を作ったのである。ただし、越中《えっちゅう》の土地がらとして、梅の花や柳の綿毛は三月になってやっと咲き始めるのである。

1↓四一三七。2正税帳の提出期限は二月末日。3「絮」は、わた。

霍公鳥《ほととぎす》を詠む歌一首

詠霍公鳥歌一首

ほととぎすを詠む歌一首

4239

二上《ふたがみ》の　峰《を》の上《うへ》の茂《しげ》に　隠《こも》りにし　そのほととぎす　待てど来鳴《きな》かず

二上之　峰於乃繁尓　許毛里尓之　彼霍公鳥　待騰来奈賀受

二上山の峰の上の茂みに隠れてしまったあのほととぎすは、待っても来て鳴かない。

右、[1]四月十六日に、大伴宿禰家持《おほとものすくねやかもち》作る。

右四月十六日大伴宿禰家持作之

右は、四月十六日に、大伴《おおとも》宿禰家持が作ったものである。

1太陽暦の五月十九日。

[1]春日《かすが》に神を祭る日に、藤原太后《ふぢはらのだいごう》の作らす歌一首
すなはち [2]入唐大使《にふたうたいし》藤原朝臣清河《ふぢはらのあそみきよかは》に賜《たま》ふ　参議従四位下遣唐使《さんぎじゆしゐのげけんたうし》

春日祭神之日藤原太后御作歌一首
即賜入唐大使藤原朝臣清河　参議従四位下遣唐使

春日で神を祭った日に、藤原太后《ふじわらのたいこう》が作られた歌一首
つまり入唐大使《にゅうとうたいし》藤原朝臣清河《きよかわ》に下された　参議従四位下《じゅしいのげ》遣唐使《けんとうし》

1奈良市にある春日大社の地。藤原氏の氏神を祀《まつ》った。2天平勝宝《てんぴょうしょうほう》二年九月拝命。

4240

大船《おほぶね》に　ま梶《かぢ》[1]しじ貫《ぬ》き　この我子《あご》を　唐国《からくに》へ遣《や》る　斎《いは》へ神たち

大船尓　真梶繁貫　此吾子乎　韓国辺遣　伊波敝神多智

大船《おおぶね》に左右の櫂《かい》をいっぱい取り付け、このいとし子を唐国へ送り出します。守ってください、神々よ。

1シジ→四〇〇〇。

大使《たいし》藤原朝臣清河《ふぢはらのあそみきよかは》の歌一首

大使藤原朝臣清河歌一首

大使藤原《ふじわら》朝臣清河《きよかわ》の歌一首

4241

春日野《かすがの》[1]に　斎《いつ》くみもろ[2]の　梅の花　栄《さか》えてあり待て　帰《かへ》り来《く》るまで

春日野尓　伊都久三諸乃　梅花　栄而在待　還来麻泥

春日野に祀《まつ》る杜《もり》の梅の花よ、ずっと咲いたまま待っていておくれ、帰ってくるまで。

1奈良市東方の御蓋山《みかさやま》の西麓一帯。2ミモロは、神が降臨する場所。

[1]大納言《だいなふごん》藤原《ふぢはら》の家《いへ》にして、入唐使《にふたうし》等《ら》に餞《せん》する宴《うたげ》の日の歌一首　すなはち主人卿《あろじきやう》作る

大納言藤原家餞之入唐使等宴日歌一首　即主人卿作之

大納言《だいなごん》藤原《ふじわら》の家において、入唐使《にゅうとうし》たちの送別の宴会を開いた日の歌一首　つまり主人の卿《きょう》が作ったのである

1天平勝宝《てんぴょうしょうほう》三年時の大納言は、藤原仲麻呂《なかまろ》。兄の豊成《とよなり》は、天平二十年に大納言、天平勝宝元年に右大臣となっている。

4242

天雲《あまくも》の　行《ゆ》き帰《かへ》りなむ　ものゆゑに　思ひそ我《あ》がする　別れ悲しみ

天雲乃　去還奈牟　毛能由恵尓　念曽吾為流　別悲美

（あまくもの）行ってすぐ帰って来るものなのに、わたしは思い乱れる。別れが悲しくて。

民部少輔《みんぶのせうふ》多治真人土作《たぢひのまひとはにつくり》の歌一首

民部少輔多治真人土作歌一首

民部少輔《しょうふ》多治《たじひ》真人土作の歌一首

4243

[1]住吉《すみのえ》に　斎《いつ》く祝《はふり》が　神言《かむごと》と　行《ゆ》くとも来《く》とも　船は速けむ

住吉尓　伊都久祝之　神言等　行得毛来等毛　船波早家无

住吉《すみよし》の社《やしろ》にお仕えする神官のお告げでは、行きも帰りも船は速かろうとのことです。

1大阪市にある住吉《すみよし》大社。海神を祀《まつ》る。遣唐使派遣の際に、航海安全を祈った。

大使《たいし》藤原朝臣《ふぢはらのあそみ》清河《きよかは》の歌一首

大使藤原朝臣清河歌一首

大使藤原《ふじわら》朝臣清河《きよかわ》の歌一首

4244

あらたまの　年の緒《を》長く　我《あ》が思《おも》へる　子らに恋《こ》ふべき　月《つき》近づきぬ

荒玉之　年緒長　吾念有　児等尓可恋　月近附奴

（あらたまの）年月長くわたしが思ってきた人を恋しく思わずにはいられない月が近づいてきた。

[1]天平《てんぴやう》五年、入唐使《にふたうし》に贈る歌一首 并《あは》せて短歌　**作主《さくしゅ》いまだ詳《つばひ》らかならず**

天平五年贈入唐使歌一首并短歌　作主未詳

天平《てんぴょう》五年、入唐使《にゅうとうし》に贈った歌一首と短歌　作者は不明である

1西暦七三三年。四二二九以下は、天平勝宝《てんぴょうしょうほう》三年（七五一）に家持が聞きとった順に載せられている。

4245

そらみつ　大和《やまと》の国
あをによし　奈良《なら》の都《みやこ》ゆ
おしてる　難波《なには》に下《くだ》り
[1]住吉《すみのえ》の　御津《みつ》に船乗《ふなの》り
直渡《ただわた》り　日《ひ》の入《い》る国に
[2]任《ま》けらゆる　わが背《せ》の君を
かけまくの　ゆゆし恐《かしこ》き
住吉の　わが大御神《おほみかみ》
船《ふな》の舳《へ》に　うしはきいまし
船艫《ふなども》に　み立たしまして
さし寄らむ　磯の崎々《さきざき》
漕《こ》ぎ泊《は》てむ　泊《と》まり泊まりに
荒き風　波にあはせず

（そらみつ）大和の国の
（あをによし）奈良の都から、
（おしてる）難波《なにわ》に下って、
住吉の御津で船に乗り、
まっすぐに海を渡って、日の沈む国に
遣《つか》わされるわが夫の君を、
口にするのも恐れ多い
住吉のわが大御神《おおみかみ》よ、
船首に鎮座され、
船尾にお立ちになって、
立ち寄る磯の崎ごとに、
停泊する港ごとに、
激しい風や波に遭わせないようにして、

平《たひら》けく　率《ゐ》て帰《かへ》りませ
もとの朝廷《みかど》に

どうか無事につれて帰ってきてください。
もとのこの大和の国に。

虚見都　山跡乃国　青丹与之　平城京師由　忍照　難波尓久太里　住吉乃　三津尓船能利　直渡　日入国尓　所遣　和我勢能君乎　懸麻久乃　由〻志恐伎　墨吉乃　吾大御神　船乃倍尓　宇之波伎座　船騰毛尓　御立座而　佐之与良牟　礒乃埼〻　許芸波氏牟　泊〻尓　荒風　浪尓安波世受　平久　率而可敝理麻世　毛等能国家尓[3]

1→四二四三。2ツカハサルと訓む説がある。3原文「国家」は鎌倉時代以来ミカドと訓まれているが、クニイヘと訓み、「本郷」とする説もある。

反歌《はんか》一首

反歌一首

4246
沖つ波　辺波《へなみ》な立ちそ　君が船　漕《こ》ぎ帰《かへ》り来《き》て　津に泊《は》つるまで

反歌一首

奥浪　辺波莫起　君之船　許芸可敝里来而　津尓泊麻泥

沖の波も岸辺の波も立たないでくれ。わが君の船が漕ぎ帰って来て御津に停泊するまでは。

阿倍朝臣老人《あへのあそみおきな》、唐《たう》[1]に遣《つか》はされし時に、母に奉《たてまつ》る別れを悲しぶる歌一首

阿倍朝臣老人遣唐時奉母悲別歌一首

阿倍朝臣老人が唐に遣わされた時に、母に捧げた別れを悲しむ歌一首

1→四二四五～四二四六と同時か不明。

4247

天雲《あまくも》の　そき[1]への極《きは》み　我《あ》が思へる　君に別れむ　日《ひ》近くなりぬ

天雲能　曽伎敝能伎波美　吾念有　伎美尓将別　日近成奴

天雲の果てのように限りなくわたしが大切に思っているあなたとお別れする日が近づきました。

1ソキヘ→三九六四。

右の件《くだり》の歌、伝誦《でんしよう》する人は、越中《ゑつちう》の大目高安倉人種麻呂《だいさくわんたかやすのくらひとのたねまろ》これなり。ただし年月《としつき》の次《つぎて》は、聞きし時のままに、ここに載す。

右件歌者伝誦之人越中大目高安倉人種麻呂是也　但年月次者随聞之時載於此焉

右の一連の歌は、伝誦したのは、越中《えっちゅう》の大目《だいさかん》高安倉人種麻呂である。ただし年月の順序は、聞いた時のとおりに、ここに載せた。

巻十九

[1]七月十七日をもちて、少納言《せふなふごん》に遷任《せんにん》す。よりて別れを悲しぶる歌を作り、[2]朝集使《てうじふし》掾《じよう》久米《くめの》朝臣《あそみ》広縄《ひろなは》の館《むろつみ》に贈り貽《のこ》す二首

以七月十七日遷任少納言　仍作悲別之歌贈貽朝集使掾久米朝臣広縄之館二首

七月十七日に、少納言《しょうなごん》に転任することとなった。そこで別れを悲しむ歌を作り、朝集《ちょうしゅう》使《し》久米朝臣広縄《ひろなわ》の館に贈って残した歌二首

1太陽暦の八月十六日。2正税使の誤り（↓四二三八）。

すでに[1]六載《ろくさい》の期《き》に満ち、たちまちに遷替《せんたい》の運《とき》に値《あ》ふ。ここに旧《ふる》きを別るる悽《かな》しびは、心中に欝結《むすぼ》れ、渧《なみた》を拭《のご》ふ袖《そで》は、何をもちてかよく旱《ほ》さむ。よりて悲歌二首を作り、もちて莫忘《ばくぼう》の志を遺《のこ》す。その詞《ことば》に曰《いは》く

既満六載之期忽値遷替之運　於是別旧之悽心中欝結　拭渧之袖何以能旱　因作悲歌二首式遺莫忘之志　其詞曰

もう六年の任期が満了し、いつのまにか転任の時になりました。さて旧友と別れる悲しみは、心のなかにわだかまり、涙を拭く袖は、乾かしようもありません。そこで悲しみの歌二首を作って、忘れることはないという気持ちを書き残します。その歌とは、

1天平十八年から足かけ六年、満五年。

4248
あらたまの　年《とし》の緒《を》長く　相見《あひみ》てし　その心引《こころび》き　忘らえめやも

荒玉乃　年緒長久　相見氏之　彼心引　将忘也毛

（あらたまの）年久しく見てきたあなたのそのご厚情は、忘れように忘れられません。

4249
石瀬野《いはせの》に　秋萩《あきはぎ》しのぎ　馬並《な》めて　初鳥狩《はつとがり》[1]だに　せずや別れむ

伊波世野尓　秋芽子之努芸　馬並　始鷹猟太尓　不為哉将別

石瀬野《いわせの》で秋萩を踏みしだき、馬を並べてせめて初鳥狩だけでもと思っていたのに、それもせずに別れることとなるのか。

1「鳥狩」は鷹狩のこと。

右、八月四日[1]に贈る。

右八月四日贈之

右は、八月四日に贈ったものである。

1太陽暦の九月二日。

すなはち、大帳使《だいちやうし》に附し、八月五日[1]を取りて京師《みやこ》に入《い》るべし。これによりて四日

をもちて、国厨《こくちゅう》の饌《ぜん》を介内蔵伊美吉縄麻呂《すけくらのいみきなはまろ》の館《むろつみ》に設《ま》けて餞《せん》す。ここに大伴宿禰家《おほとものすくねやか》持《もち》の作る歌一首

便附大帳使取八月五日応入京師　因此以四日設国厨之饌於介内蔵伊美吉縄麻呂館餞之　于時大伴宿禰家持作歌一首

さて、大帳使《だいちょうし》に当てられて、八月五日に上京することとなった。そこで四日に、国庁《こくちょう》の厨房で作った料理を介内蔵忌寸縄麻呂《なわまろ》の館に用意して送別の宴会を開いた。このとき大伴《おおとも》宿禰家持が作った歌一首

1太陽暦の九月二日。

4250

★しなざかる　越《こし》に五年《いつとせ》　住み住みて　立ち別れまく　惜《を》しき宵《よひ》かも

之奈謝可流　越尓五箇年　住〻而　立別麻久　惜初夜可毛

（しなざかる）越中の国に五年ものあいだ住み続けて、今宵かぎりに別れて行かなければならないと思うと、名残惜しい。

[1]五日[2]平旦《へいたん》に道に上《のぼ》る。よりて国司《こくし》の[3]次官已下《じくわんいげ》の諸僚《しょれう》みなともに視送《みおく》る。ここに、射水郡《いみづのこほり》の大領《だいりやう》安努君広島《あののきみひろしま》が、門前の林中に預《あらかじ》め餞饌《せんぜん》の宴《うたげ》を設《ま》けたり。ここに大帳《だいちやう》

使大伴宿禰家持《しおほとものすくねやかもち》、内蔵伊美吉縄麻呂《くらのいみきなはまろ》の盞《さかづき》を捧《ささ》ぐる歌[4]に和《こた》ふる一首

五日平旦上道　仍国司次官已下諸僚皆共視送　於時射水郡大領安努君広島門前之林中預設
餞饌之宴　于此大帳使大伴宿禰家持和内蔵伊美吉縄麻呂捧盞之歌一首

五日の早朝に旅路についた。それで国司の次官《じかん》以下の諸官人はみなそろって見送ってくれた。このとき、射水《いみず》郡の大領《だいりょう》安努君広島は、門前の林のなかに前もって餞別の宴席を用意していた。そこで大帳使《だいちょうし》の大伴《おおとも》宿禰家持が、内蔵伊美吉縄麻呂《なわまろ》が盃を捧げて詠んだ歌に唱和した一首

1八月五日。太陽暦の九月三日。2夜明けの頃。3→歴史「介」。4この歌は残されていない。

4251

玉桙《たまほこ》の　道に出《い》で立ち　行《ゆ》く我《われ》は　君が事跡《ことと》を　負《お》ひてし行《ゆ》かむ

玉桙之　道尓出立　往吾者　公之事跡乎　負而之将去

（たまほこの）道に旅立ちして行くわたしは、あなたの治績を背負って行こう。

正税《しやうぜい》帳使《ちやうし》掾《じやう》久米朝臣《くめのあそみ》広縄《ひろなは》事《こと》畢《をは》り任《にん》に退《まか》る。たまさかに越前《こしのみちのくち》国《のくに》の掾《じようおほ》大伴宿禰《とものすくね》池主《いけぬし》の館《むろつみ》に遇《あ》ひ、よりてともに飲楽す。ここに久米朝臣広縄《くめのあそみひろなは》萩《はぎ》の花を矚《み》て作る歌一首

正税帳使掾久米朝臣広縄事畢退任　適遇於越前国掾大伴宿禰池主之館仍共飲楽也　于時久米朝臣広縄矚芽子花作歌一首

正税帳使《しょうぜいちょうし》の掾《じょう》久米朝臣広縄《ひろなわ》がその仕事を終えて任地に帰ってきた。たまたま越前国《えちぜんのくに》の掾大伴《じょうおおとも》宿禰池主の館で会い、そこで一緒に飲んで楽しんだ。この時に久米朝臣広縄《ひろなわ》が萩の花を見て作った歌一首

4252

君[1]が家《いへ》に　植ゑたる萩《はぎ》の　初花を　折《を》りてかざさな　旅別《たびわか》るどち[2]

君之家尓　殖有芽子之　始花乎　折而挿頭奈　客別度知

あなたの家に植えてある萩の初花を手折《たお》って髪に挿《さ》しましょう。旅で別れ別れになるわたしたちは。

1大伴池主を指す。2→三九六九。

大伴宿禰《おほとものすくね》家持《やかもち》の和《こた》ふる歌一首

大伴宿禰家持和歌一首

大伴《おおとも》宿禰家持が唱和した歌一首

4253

立ちて居《ゐ》て　待てど待ちかね　出《い》でて来《こ》し　君にここに逢《あ》ひ　かざしつる萩《はぎ》

立而居而　待登待可祢　伊泥氏来之　君尓於是相　挿頭都流波疑

立ったり座ったりして待ったが待ちきれなくて出発してきたが、そのあなたにここで逢えて髪に挿《さ》した萩の花よ。

＊久米広縄の帰越を待っていた。大伴家持は越中を離れるにあたり、広縄あての歌を残している（四二四八）。

京《みやこ》に向かふ路《みち》の上《うへ》にして、興[1]《きよう》に依《よ》りて預[2]《あらかじ》め作る侍宴応詔《じえんおうせう》の歌一首 并《あは》せて短歌

向京路上依興預作侍宴応詔歌一首并短歌

上京する途中、興《きょう》によって前もって作った、宴《うたげ》に侍《じ》して天皇の詔《みことのり》に答える歌一首と短歌

1→三九八七。2→四一六八。

4254

あきづ島《しま》　大和《やまと》の国を
天雲《あまくも》に　磐船[1]《いはふね》浮かべ
艫《とも》に舳《へ》に　ま櫂《かい》しじ貫《ぬ》き

（あきづしま）大和の国を、
天雲に磐船《いわふね》を浮かべて、
船尾にも船首にも櫂《かい》をすべて取り付け、

い漕《こ》ぎつつ　国見《くにみ》しせして
[2]天降《あも》りまし　払《はら》ひ平《たひ》らげ
千代《ちよ》重ね　いや継《つ》ぎ継ぎに
知らし来《く》る　天《あめ》の日継《ひつぎ》と
神《かむ》ながら　わが大君《おほきみ》の
天《あめ》の下《した》　治《をさ》めたまへば
もののふの　八十伴《やそとも》の男《を》を
撫《な》でたまひ　整《ととの》へたまひ
食《を》す国も　四方《よも》の人をも
あぶさはず　恵みたまへば
いにしへゆ　[3]なかりし瑞《しるし》
度《たび》まねく　申《まを》したまひぬ
手抱《たむだ》きて　事《こと》なき御代《みよ》と
天地《あめつち》　日月《ひつき》とともに
万代《よろづよ》に　記し継がむそ
やすみしし　わが大君
秋の花　しが色々に

漕ぎながら国見をなさり、
天から降《くだ》ってこられて、従わない者を討ち平らげ、
千代を重ねて次々に
治めてこられた日《ひ》の神《かみ》の後継ぎとして
神であるままにわが大君《おおきみ》が
天下をお治めになると、
たくさんの官人たちを
慈しみ、正しく統率なさり、
お治めになる国も四方の民をも
もらさずお恵みになるので、
昔から例のなかった瑞祥《ずいしょう》が
くり返し報告されました。
腕組みしたままでいられる平和な御代だとして
天地や日月が続く限り
いつまでも記録され続けるでしょう。
（やすみしし）わが大君が、
秋の花を、その花の色ごとに

見《め》したまひ　明《あき》らめたまひ
[4]酒《さか》みづき　栄ゆる今日《けふ》の
あやに貴《たふと》さ

ご覧になって、心をお晴らしになり、
酒宴を催して楽しく栄えている今日の日は
まことにめでたいことよ。

蜻嶋　山跡国乎　天雲尓　磐船浮　等母尓倍尓　真可伊繁貫　伊許芸都追　国看之勢志氏
安母里麻之　掃平　千代累　弥嗣継尓　所知来流　天乃日継等　神奈我良　吾皇乃　天下
治賜者　物乃布能　八十友之雄乎　撫賜　等登能倍賜　食国毛　四方之人乎母　安夫左波
受　恨賜者　従古昔　無利之瑞　多婢末祢久　申多麻比奴　手拱而　事無御代等　天地
日月等登聞仁　万世尓　記続牟曽　八隅知之　吾大皇　秋花　之我色〻尓　見賜　明米多
麻比　酒見附　栄流今日之　安夜尓貴左

1日本神話では、天と地をつなぐ交通手段としてあらわれる。2アモリは、アマモリの約まったもの。3↓三九三五。4↓四〇五九。

反歌《はんか》一首

反歌一首

反歌一首

4255

秋の花　種々《くさぐさ》にあれど　色ごとに　見《め》し明《あき》らむる　今日《けふ》の貴《たふと》さ

秋時花　種尓有等　色別尓　見之明良牟流　今日之貴左

秋の花はさまざまにあるけれども、その色ごとにご覧になって心をお晴らしになる今日の日のめでたいことよ。

左大臣橘卿《たちばなきやう》を寿《ほ》かむために[1]預《あらかじ》め作る歌一首

為寿左大臣橘卿預作歌一首

左大臣橘（諸兄《もろえ》）卿《きょう》を祝福するために前もって作った歌一首。

1→四一六八。

4256

いにしへに　君の[1]三代経《みよへ》て　仕《つか》へけり　[2]我《あ》が大主《おほぬし》は　[3]七代申《ななよまを》さね

古昔尓　君之三代経　仕家利　吾大主波　七世申祢

いにしえには三代の天皇にお仕えした大臣もあります。わがご主君は、七代にまでわたって政治をおとりください。

1 橘諸兄《たちばなのもろえ》は、元明《げんめい》・元正《げんしょう》・聖武《しょうむ》の三代に仕えたと考える説もあるが、橘三千代《みちよ》のこととする説もある。2橘諸兄を指す。3なぜ七代かは不明。

巻十六

「渋谿の二上山に…」（⑯3882）歌碑〔415ページ・65〕

能登国《のとのくに》の歌三首

能登国歌三首

能登国の歌三首

3878

はしたての[1] 熊来《くまき》のやらに[2] 新羅斧《しらきをの》 落とし入れ わし あげてあげて な泣かし
そね 浮き出《い》づるやと 見む わし

𥴩楯 熊来乃夜良尓 新羅斧 堕入 和之 阿毛侶阿毛侶 勿鳴為曽祢 浮出流夜登
将見 和之

（はしたての）熊来のやらに、新羅斧《しらぎおの》を落としてしまって。ワッショイ。声を立てし
やくりあげて、お泣きなさるな。浮き出てくるか見てやろう。ワッショイ。

1ハシタテは梯子《はしご》と考えられるが、「熊来のやら」へかかる理由は不明。2左注に「海の底に堕
ちて」とあるが、ヤラの語義未詳。

右の歌一首、伝へて云《い》はく、あるところに愚人《おろかひと》あり。斧《をの》海の底に堕《お》ちて、鉄《くろがね》の沈
み水に浮く理《ことわり》無きことを解《し》らず。いささかにこの歌を作り口吟《うた》ひて喩《をし》へとなす、
といふ。

右歌一首伝云或有愚人 斧堕海底而不解鉄沈無理浮水 聊作此歌口吟為喩也。

右の歌一首は、言い伝えによると、「ある愚か者がいて、持っていた斧が海の底に堕ちたが、鉄が沈んでしまえば水に浮かぶはずがないという道理がわからない。とりあえずこの歌を作って、口ずさんで教訓にしてやった」という。

3879
はしての　熊来《くまき》[1]酒屋《さかや》に　まぬらる[2]奴《やつこ》　わし　さすひ立て　率《ゐ》て来《き》なましを　まぬらる奴　わし

埼楯　熊来酒屋尓　真奴良留奴　和之　佐須比立　率而来奈麻之乎　真奴良留奴　和之

（はしての）熊来の酒屋でののしられている奴さん。ワッショイ。誘って立たせて連れて来られたらよかったのに。ののしられている奴さん。ワッショイ。

1酒屋は醸造所。2マヌラルは、語義未詳。「罵《の》る」と関係があるか。＊ワシを除けば五七七五七七の旋頭歌。

右の一首。

右一首

3880
香島嶺《かしまね》の　机《つくえ》の島の

香島嶺の机の島の

1しただみを　い拾《ひり》ひ持ち来《き》て
石もち　つつき破《やぶ》り
速川《はやかは》に　洗ひ濯《すす》ぎ
辛塩《からしほ》に　2こごと揉《も》み
高坏《たかつき》に盛り　机に立てて
母に3あへつや　4目豆児《めづこ》の　5刀自《とじ》
父にあへつや　6身女児《みめご》の刀自

しただみを、拾って持って来て、
石でつついて殻を割り、
流れの速い川で洗い濯ぎ、
辛い塩水で揉んで、
足付き皿に盛って、机の上に立てて、
お母さんにごちそうしたかい、目豆児《めずこ》のおかみさん。
お父さんにごちそうしたかい、身女児《みめご》のおかみさん。

所聞多祢乃　机之島能　小螺乎　伊拾持来而　石以　都追伎破夫利　早川尓　洗濯　辛塩尓　古胡登毛美　高坏尓盛　机尓立而　母尓奉都也　目豆児乃召　父尓献都也　身女児乃召

1↓動物。2ココトは、語義未詳。3アフは、食事をもてなす意。マツリツヤと訓む説がある。4メヅは愛でる意。5主婦。若年でも尊敬して呼ぶことがある。6ミメゴは、語義未詳。

越中国《こしのみちのなかのくに》の歌四首

越中国歌四首

越中国《えっちゅうのくに》の歌四首

3881

大野路《おほのち》は　繁道茂路《しげちしげみち》　茂くとも　君し通《かよ》はば　道は広けむ

大野路者　繁道森俓[1]　之気久登毛　君志通者　俓者広計武

大野《おおの》の道は草木が茂りに茂った道です。いくら草木が茂っていても、あなたが通ってきたならば、道はきっと広くなるでしょう。

1原文「森」は樹木の多いさまをあらわす語。「モリミチ」と訓む説がある。

3882

渋谿《しぶたに》の　二上山《ふたがみやま》に　鷲《わし》そ子産《こう》むといふ　翳《さしば》[1]にも　君がみために　鷲《わし》そ子産《こう》むといふ

渋谿乃　二上山尓　鷲曽子産跡云　指羽尓毛　君之御為尓　鷲曽子生跡云

渋谿の二上山に鷲が子を産むと言います。せめて翳にでもなって主君のお役に立とうと、鷲が子を産むと言います。

1貴人の顔を隠すためのうちわ。鳥の羽で作ることもあった。＊五七七五七七の旋頭歌。

3883

弥彦《いやひこ》　おのれ神《かむ》[1]さび　[2]青雲《あをくも》の　たなびく日《ひ》すら　小雨《こさめ》そほ降る　一《いっ》に云《い》ふ「あなに神さび」

伊夜彦　於能礼神佐備　青雲乃　田名引日須良　霂曽保零　一云　安奈尓可武佐備

弥彦《やひこ》の山はおのずから神々しくて、青雲がたなびいている日でさえ、小雨がそぼ降っている。　また「不思議に神々しくて」。

1サブ→四一三三。　2古代のアオは霊的な様相を示した。

3884

弥彦《いやひこ》　神の麓《ふもと》に　今日《けふ》らもか　鹿の伏《ふ》すらむ　皮衣《かはごろも》着て　角《つの》つきながら

伊夜彦　神乃布本　今日良毛加　鹿乃伏良武　皮服著而　角附奈我良

弥彦《やひこ》の神の山の麓に、今日あたりも鹿がひれ伏しているだろうか。毛皮の着物を着て、角をつけたままで。

＊万葉集唯一の五七五七七七の仏足石《ぶっそくせき》歌体《かたい》の歌。

◆解説１（巻十七の家持と池主の贈答）

『万葉集』巻十七には、大伴家持が赴任先の越中の地で病の床に臥《ふ》した時に、部下の大伴池主と交わした書簡が収められている。漢文の序に続き、春の風物や病に関する短歌や長歌、漢詩などが記載されている。

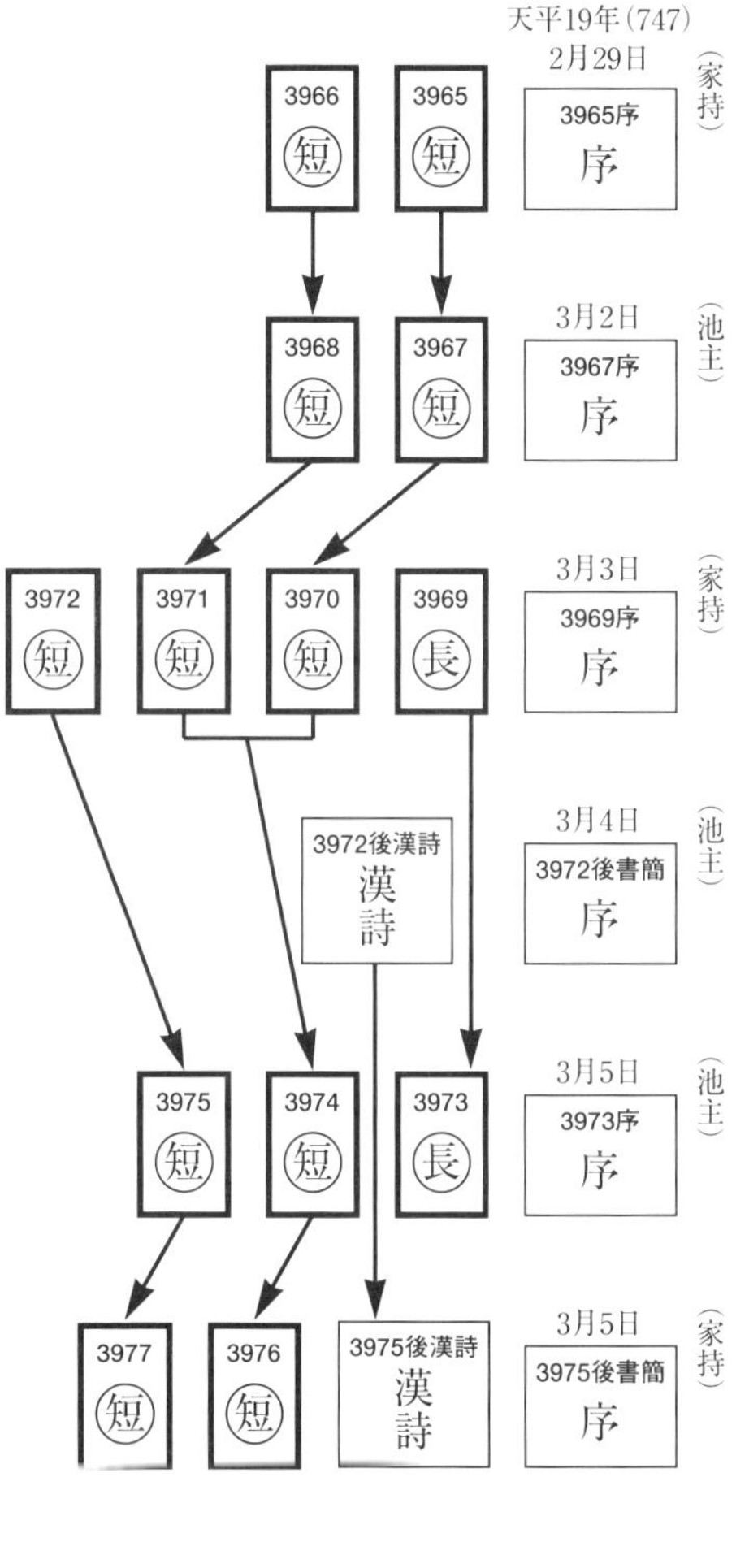

枠内の数字…歌番号
太枠…短歌・長歌　細枠…漢文・漢詩　㊦短＝短歌　㊦長＝長歌
※（　）内は作者　※矢印は内容の影響関係

◆解説2（越中万葉の特徴的な歌語・用語）

あゆの風

「あゆ（安由）」とも。『万葉集』には、越中万葉で家持が用いた四例のみ。今も日本海沿岸にはアイ、アイノカゼ、またはアエの語が分布するが、いずれの地方でも海上から陸地に向かって吹いてくる海の風をいうので、地域によってその風向きは微妙に異なる。したがって、当時の越中国府のあった高岡市伏木《ふしき》付近では東から北寄りの風を指すと思われる。

四例のうち、⑰四〇〇六が四月三十日の作で、⑱四〇九三と⑲四二一三が五月の作というように三首までが夏の歌であるが、⑰四〇一七は正月二十九日の作である。この歌は「東風」と表記され、家持自注に「越の俗《くにひと》の語《ことば》に東風をあゆのかぜといふ」とあることから、あゆの風は春先に吹く強い風のことで、そのような春風を指すコチ（東風）の語が越中にないのを珍しく思い、ひろく都の人に紹介したいという意図から「東風」の文字を用いて「あゆの風」を示したと見る説もある。しかし、「あゆの風」は特定の季節に限られる風の名ではない。春先から夏を通して、時に、はげしく吹く海からの風であったことは、家持の四例いずれも「いたく吹く」ものと歌うことからわかる。

⑰四〇〇六・四〇一七　⑱四〇九三　⑲四二一三

大君《おほきみ》の任《ま》けのまにまに

少し変形した形「大君《おほきみ》の　遠《とほ》の朝廷《みかど》と　任《ま》きたまふ　官《つかさ》のまにま」（⑱四一一三）などを含めて、家持が八例使用する語句。そのうち六例が越中時代に集中する。家持以前に二例（③三六九、⑬三一九一）あるが、ほとんど家持の独自句と言ってもよく、古い語句を発掘して自分専用としたものであろう。マケは、差しつかわす、任命するの意をあらわす動詞「まく」の名詞化したもの。

類似した語句に、防人歌などに多く見える「大君の命《みこと》恐《かしこ》み」があるが、これは天皇の命令を恐れ慎んで受ける心を歌う語句。家持も、夜中にふと急に恋の感情をもよおして作った「恋緒《れんしょ》を述ぶる歌」（⑰三九七八～三九八二）の長歌で一度使っているが、原則的に家持はこの語句を用いなかった。家持が天皇の命令を恐れ多いと思っていなかったわけではない。天皇の命令にただひたすら服従するという受動的な意識ではなく、天皇の「みこともち」（代言者）だという自覚をしっかり持った能動的な精神の反映のあらわれと考えられている。つまり、天皇の命令のままに天皇に代わって政事《まつりごと》をおこなう、天皇に代わって意志をおこなってゆくという家持の「ますらを」意識を象徴する語句なのである。

⑰三九五七・三九六二・三九六九　⑱四〇九八・四一一三（少し変形した形）・四一一六

「しなざかる」と「み雪降る」

　いずれも「越《こし》」にかかる枕詞。「しなざかる」は越中万葉に五例のみ見られるだけで、坂上郎女の一例（⑲四二二〇）を除くといずれも家持の用例であることから、家持の造語と考えられている。語義未詳だが、おそらく「鄙《ひな》ざかる」（⑬三二九一）や、越中時代の家持も頻繁に使用した「鄙」にかかる枕詞「天《あま》ざかる」を下地にした語と考えられる。なお、「科坂在」（⑲四一五四）と表記された例を根拠に、層、階段、坂（⑨一七四二の「しなでる」の用例）の意のシナが「離《さか》る」（隔てる）意と解して、階段のように幾重にも重なる山坂があって、それを越えて行くのが「越」、もしくは山野が幾重にも重なる地で都から遠く隔たっているのが「越」だということをあらわそうとしたとする説が一般的。

　また、同じ「越」にかかる枕詞として家持は「み雪降る」も二度（⑰四〇一一、⑱四一一三）使用する。家持自身「冬」にかかる枕詞として使用している（⑱四一一一）ように、本来は実景を描写したものにすぎなかったと考えられるが、越中の風土の特質を端的にあらわしたものとして、あえて家持は枕詞として使用したのであろう。

⑰三九六九　⑱四〇七一　⑲四一五四・四二二〇・四二五〇（以上、「しなざかる」の用例）

⑰四〇一一　⑱四一一三（以上、「み雪降る」の用例）

賦《ふ》

巻十七におさめられた家持の「二上山《ふたがみやま》の賦」（三九八五～三九八七）・「布勢《ふせ》の水海《みづうみ》に遊覧する賦」（三九九一～三九九二）・「立山《たちやま》の賦」（四〇〇〇～四〇〇二）の三例と、あとの二作品に「敬和」した大伴池主の歌に二例（三九九三～三九九四、四〇〇三～四〇〇五）見られる語。ただし、「賦」と直接題したのは家持だけ。

「賦」とは、中国における漢詩文の文体の名称。内容的には感じたものをそのまま詠じた作品のことを意味し、形式的には長い体裁をとるリズムのある文章を意味する。この両面において万葉集の長歌に通じると判断した家持が、はじめて「長歌」の意味で用いた。このような「賦」と題する作品が生まれたのは、この直前に池主とのあいだで交わされた漢詩文をともなう書簡のやりとり（三九六五～三九九七）に由来すると考えられている。

なお、さきに記したように、池主は「賦」と題した家持の長歌の敬和歌を詠んでいるが、みずからの歌を「賦」と題していない。しかし、その長歌にともなう反歌を「絶《ぜつ》」と題する。「絶」とは、五字または七字の四句からなる漢詩である「絶句」のことで、元来は長い詩の一部を絶ち切った形で作られた詩の意。短歌形態をとる反歌を「絶」と題したのは、長歌を「賦」と題した家持の意を汲んだ池主の工夫であろう。

⑰三九八五題・三九九一題・三九九三題・四〇〇〇題・四〇〇三題

風土

万葉集では、越中万葉での家持の用例二例のみ。立夏も過ぎたのにほととぎすが鳴かないことを恨んで詠んだ歌（⑰三九八三～三九八四）の左注「霍公鳥《ほととぎす》は、立夏《りふか》に日に来鳴《きな》くこと必定《ひつぢやう》なり。また越中の風土は橙橘《たうきつ》あること希《まれ》らなり」と、久米広縄の上京に際して催された宴席で「梅柳」を詠んだ歌（⑲四二三八）の左注「ただし、越中の風土に、梅の花と柳の絮《わた》三月にして初めて咲くのみ」という家持の用例に見える。いずれも越中と都との差異に対する家持の驚きをあらわしている。

　このような越中の「風土」に対する家持の驚きは、越中万葉にのみ歌われる素材（動植物を中心に）という形でも確認できる。

・都奈之《つなし》（⑰四〇一一）　・葦附《あしつき》（⑰四〇二一）
・保与《ほよ》（⑱四一三六）　・李《すもも》（⑲四一四〇）
・鴫《しぎ》（⑲四一四一）　・堅香子《かたかご》（⑲四一四三）
・燕《つばめ》（⑲四一四四）　・都万麻《つまま》（⑲四一五九）
・柏《かへ》（⑲四一六九）
・保宝葉《ほほがしは》（⑲四二〇四・四二〇五）

なお、李、燕などは漢籍の影響によると考える向きもあるが、それ以外の用例のうち「葦附」「保与」「堅香子」「都万麻」などは、赴任してきた家持が越中ではじめて目にしたか、もしくは身近に見ることができたために歌の素材となったものであろう。

　さらに、つぎに示した家持の季節ごとの歌数の違いからも、越中の「風土」に対する家持の驚きを見て取ることができる。

⑰三九八四左　⑲四二三八左

	巻八のみ	越中時代	越中時代前後
春	6首（約12%）	98首（約44%）	53首（約57%）
夏	17首（約34%）	93首（約42%）	12首（約13%）
秋	26首（約51%）	26首（約12%）	20首（約22%）
冬	2首（約4%）	6首（約3%）	8首（約9%）

（新谷秀夫）

犬養孝・かたかごの歌（伏木勝興寺）

もののふの　八十娘子《やそをとめ》らが　汲《く》みまがふ
寺井《てらゐ》の上《うへ》の　堅香子《かたかご》の花　（巻十九・四一四三）

越中で大伴家持《おおとものやかもち》が詠んだこの一首のみにうたわれる「かたかご」の花は、平成七年に高岡市の花となった。

かたかご（カタクリ）

位階《いかい》 八世紀以後、律令《りつりょう》に規定された朝廷内での序列を示す標識。天皇、親王（品階）以外の臣下は正一位《しょういちい》～少初《しょうそ》位下《いげ》までの三十階とされた。そのうち五位以上が貴族として様々な特権をもった。↓末尾の「二官八省と国司の官位相当略表」参照。

姓《かばね》 氏《うじ》の尊称から派生したヤマト政権の身分秩序。葛城《かずらき》氏・蘇我《そが》氏など地名を氏名とする氏族には臣《おみ》・君《きみ》、大伴氏、物部氏など職掌を氏名とする氏族には連《むらじ》・造《みやつこ》、地方有力豪族には直《あたい》などの姓《かばね》が賜与された。その後、天武十三年（六八四）十月一日に従来の身分秩序を天皇家との親疎により再整備し、真人《まひと》、朝臣《あそみ》、宿禰《すくね》、忌寸《いみき》、道師《みちのし》、臣《おみ》、連《むらじ》、稲置《いなき》の「八色《やくさ》の姓《かばね》」を新たに定めた。但し、第五の道師以下の賜姓の実例はない。

・**真人**《まひと》＝継体天皇以降の天皇の近親やその後裔である旧「公《きみ》」姓の氏族に賜与された。なお、奈良時代には皇親より臣籍降下する場合、通常は真人が賜与された。

例…大原高安真人

・**朝臣**《あそみ》＝主に旧「臣」姓の有力氏族に賜与された。

例…久米朝臣広縄

・**宿禰**《すくね》＝主に旧「連」姓の有力氏族に賜与された。

例…大伴宿禰家持、土師宿禰道良

・**忌寸**《いみき》＝主に旧「直《あたい》」姓であった国造や渡来系などの有力氏族に賜与された。「忌寸」は「伊美吉」「伊美伎」とも表記された。

例…秦忌寸八千島、内蔵伊美吉縄麻呂

守《かみ》 国司《こくし》の長官をさす。国司という場合、この守だけをさす場合があった。↓国司（こくし）

郡司《ぐんじ》 地方行政区画である郡の行政官。七世紀後半の評《こおり》《ひょう》の成立にともなう評司《こおりのつかさ》《ひょうじ》（評造・評督）がその前身。国造《こくぞう》《くにのみやつこ》など伝統的な在地の有力豪族が任命され、終身官であった。

八世紀以後の律令官制では大領《だいりょう》（長官）・少領《しょうりょう》（次官）・主政《しゅせい》（第三等官）・主帳《しゅちょう》（第四等官）からなり、定員は郡の等級により異なった。各郡は大郡《だいぐん》・上郡《じょうぐん》・中郡《ちゅうぐん》・下郡《げぐん》・小郡《しょうぐん》の五等級に区分された。

国司《こくし》　地方行政区画である国の行政官。七世紀末の国の成立にともなって任命されたクニノミコトモチ（国宰）がその前身。八世紀以後の律令官制では守《かみ》（長官）、介《すけ》（次官）、掾《じょう》（第三等官）、目《さかん》（第四等官）の四等官を基本として、その下に下級書記官である史生《ししょう》などがあり、中央の官人が任命派遣された。任期は六年ないし四年。定員は国の等級により異なった。各国は大国《だいこく》・上国《じょうこく》・中国《ちゅうごく》・下国《げこく》の四等級に区分された。

1 国司の定員と相当位

律令制では位階に応じた官職に任命される官位相当制が原則とされた。

【国司の定員と相当位（養老令）】

等級	長官	次官	第三等官	次席	第四等官	次席	史生
大国	守1（従五位上）	介1（正六位下）	大掾1（正七位下）	少掾1（従七位上）	大目1（従八位上）	少目1（従八位下）	史生3
上国	守1（従五位下）	介1（従六位上）	掾1（従七位上）		目1（従八位下）		史生3
中国	守1（正六位下）		掾1（正八位上）		目1（大初位下）		史生3
下国	守1（従六位下）				目1（少初位上）		史生3

＊数字は定員　＊史生は相当位無し

2 『万葉集』に見える越中の国司

守《かみ》……大伴宿禰家持
介《すけ》……内蔵忌寸縄麻呂《くらのいみきなわまろ》
掾《じょう》……大伴宿禰池主→久米朝臣広縄《ひろなわ》
目《さかん》……（大目）秦忌寸八千島《やちしま》→（大目）高安倉人縄麻呂
（少目）秦伊美吉石竹《いわたけ》
史生《ししょう》……土師宿禰道良
尾張連少咋《おくい》（＊連姓は「交替記」(注1)による）
越中国は延暦二十三年（八〇四）上国とされた

（『日本後紀』）。奈良時代の越中国の等級は不明であるが、『万葉集』をみると、大掾・少掾の別はないものの大国に准じた配員となっている。家持は越中守として赴任した時点では従五位下であり、上国の守《かみ》に相当、天平二十年四月に従五位上に昇叙、これは大国の守に相当している。また、内蔵縄麻呂は正六位上であり、大国の介《すけ》で申し分ない。当時の越中国が能登国を含む広大な国であったことによるか。

3 国司の職務

国司の仕事は民政、警察、裁判、軍事、交通、宗教など多方面にわたった。また、毎年定期的にさまざまな文書・帳簿などを携行して上京、中央との連携を密にして、中央の出先機関として全国支配を実現した。ただし、現地の行政には在地の有力豪族である郡司に依存する面が強かった。

・元日朝賀の儀　国司は元日には次官以下の属僚や郡司を率いて国庁に向かって朝拝を行い、次に属僚たちから賀礼を受け、その後に宴会を行った（儀制令《ぎせいりょう》18元日国司条[注2]）。属僚たちとの臣従関係を確認する重要な儀礼であり、宴会は公費で行われた。賀歌の記録からすると、必ずしも元日に行われず、二日のこともあったらしい。万葉終焉歌は元日に国庁で詠まれているが（⑳四五一六題）、越中万葉では二日に国庁で宴が行われた例（⑱四一三六題）、守（家持）の館で行われた例（⑲四二二九題）がある。ただし、後者の天平勝宝三年の場合は大雪によるもので、「集宴」とあるように私的意識が認められる。

・出挙《すいこ》　古代に行われた利息付の貸付制度。国家が行う公出挙《くすいこ》と私人が行う私出挙《しすいこ》とがあった。公出挙は国府が備える穂付の稲（穎稲《えいとう》）を春と夏に貸し付け、秋の収穫時に元本と利息の稲を徴収した。利息の稲（利稲《りとう》）は五割（一時期三割）であった。

天平二十年（七四八）、越中守であった大伴家持はみずから春の出挙のために諸郡を巡行した（⑰四〇二一～四〇二九左）。また、天平勝宝二年（七五〇）にも「季春三月九日」に、出挙のために旧江村《ふるえ》に行っている（⑲四一五九題）。春の出挙が三月に行われたことが知られる貴重な史料である。なお、木簡では夏五月の出挙、秋九月の回収の例が知られ

越中万葉の歴史用語

ている。天平十年（七三八）の正税帳《しょうぜいちょう》では春の貸付には掾《じょう》・目《さかん》・史生《ししょう》などの下級官人があたり、秋の収納に際しては守《かみ》があたっている。守の家持が春の出挙に出かけた背景には公出挙が地方税として重視され、天平十七年に諸国の出挙が定数化されるといった変化があったためとみられている（直木孝次郎「出挙雑考三題」『奈良時代史の諸問題』）。

目《さかん》 国司の第四等官。書記などを担当。→国司（こくし）

令史《さかん》 八省の下に置かれた役所に、――職《しき》、――寮《りょう》、――司《し》がある。令史は――司の第四等官のこと。位階は大初位《だいそい》相当。なお、――司は次官を欠く。天平二十年に来越した左大臣橘家の使者、田辺福麻呂は宮内省造酒司《さけのつかさ》の令史であった（⑱四〇三二題）。

四等官《しとうかん》 令制の官職は四等官制をとり、長官（かみ）、次官（すけ）、判官（じょう）、主典（さかん）の四等級に分ける。役所により表記は異なるが、すべて「かみ」「すけ」「じょう」「さかん」と読む。省の場合は卿《かみ》（長官）、輔《すけ》（次官）、丞《じょう》（第三等官）、録《さかん》（第四等官）と表記し、国司の場合は、守《かみ》、介《すけ》、掾《じょう》、目《さかん》と表記する。→国司（こくし）

参議《さんぎ》 朝政に参議するという意味、即ち国政に参与する者。権《かり》の制度であったが天平三年（七三一）に正式な官職とされた。

掾《じょう》 国司の第三等官をさす。→国司（こくし）

判官《はんがん》《じょう》 四等官制の第三等官。「判官久米朝臣広縄」（⑲四二三八）とあるのは、国司の第三等官である「掾《じょう》」を、同じ第三等官を意味する「判官」と表記したもの。

正税帳使《しょうぜいちょうし》 諸国の財政報告書である正税帳を持参して上京した使者。正税使、税帳使ともいう。中央政府はこの収支決算報告により地方の財政状況を把握した。

『延喜式』（民部下）によると、毎年二月三十日以前（大宰府は五月三十日以前）に太政官に報告し、関係官庁の監査を受けた。奈良時代も同様であったとみられている。

天平十九年（七四七）、正税帳使となった大伴家持は（⑰三九九〇左）、五月二日以後に上京（⑰四〇一〇）、九月二十六日には帰任している（⑰四〇一五左）。巻十七・三九九五題詞に「税帳使」とある。『政治要略』（雑公文事上）には、越中など八か国については提出期限を四月とする規定がみられる。これは積雪の多い国に対する特別措置とみられるが、この規定を奈良時代にまで遡らせても、家持の場合、五月上京で規定に合わない。現存する正税帳の中には四月五日（天平九年度「和泉《いずみ》監《げん》正税帳」）七月三日（天平六年度「周防国正税帳」）の日付をもつものもあるが、特殊な事情があったのだろうか。家持はその春、病床にあったが、それが遅延の理由になったのであろうか。なお、不明な点が残されている。また、天平勝宝三年（七五一）、判官久米広縄《ひろなわ》は二月二日には正税帳使となり（⑲四二三八左）、任務を果たしての帰路、隣国越前の掾となった大伴池主の館で帰京途中の家持と飲宴している（⑲四二五二題）。→四度使（よどのつかい）。

少納言《しょうなごん》　日常的な政務を天皇に奏上したり、天皇の命令を伝達する秘書官。侍従として天皇の側近に仕えた。定員三人、太政官印《だいじょうかんいん》の押捺《おうなつ》や天皇御璽《ぎょじ》、駅鈴の授受にも関わり重要な役職であった。天平勝宝三年（七五一）七月十七日に大伴家持は少納言に任命された（⑲四二四八題）。

出挙《すいこ》　古代に行われた利息付の貸付制度。
→国司の職務

介《すけ》　国司の次官をさす。→国司（こくし）

大納言《だいなごん》　太政官の次官、定員四名。天皇に近侍して、国政上の重要な問題について合議し、あるいは天皇の諮問に答える執政官。

大帳使《だいちょうし》　大帳（計帳《けいちょう》）を持参して上京し、国府の政務を報告する使者。大帳というのは計帳のことで、税である調《ちょう》・庸《よう》を課すために毎年作成する基本帳簿。国司は戸ごとの姓名・年齢などの申告書（手実《しゅじつ》）をもとに一国の戸数、口数（人口）、課税対象者数（課口《かく》）、調庸物数を集計した計帳（目録とも）を作成した。政府はこれにもとづき歳入予定額を計算して予算編成を行った。計帳は六月三十日までに作成し、それを集計して八月三十日までに上京、太政官に持参することになっていた（戸令18造計帳条など）。

天平十八年（七四六）、掾《じょう》大伴池主は八月に越中を出発、十一月に帰任している（⑰三九六一左）。天平勝宝三年（七五一）、少納言として帰京する大伴家持も、大帳使を兼ねて八月五日に出発している（⑲四二五〇題、四二五一題）。いずれも規定どおり八月末までには上京したとみられる。

→四度使（よどのつかい）

朝集使《ちょうしゅうし》　国司（目《さかん》以上）が毎年交替で上京し、国内の政務一般や国司・郡司などの勤務評定を太政官に報告、またその他の公文書を持参した。畿内の国々は十月一日、その他の国は十一月一日に出頭した（考課令1内外官条、61大弐以下条など）。

天平二十年（七四八）に朝集使として上京した掾《じょう》久米広縄《ひろなわ》は、翌年閏五月二十七日に帰任（⑱四一一六題）。天平勝宝二年（七五〇）の少目秦石竹《いわたけ》は十月十六日以後に出発しているが（⑲四二五五左）、規定どおり十月中には都に着いたであろう。なお、巻十九・四二四八題詞に朝集使久米広縄とあるのは、正税帳使の誤り。

→四度使（よどのつかい）

四度使《よどのつかい》　中央政府は地方政治を把握するために、国司を毎年定期的に上京させ、政府に行政状況を報告させた。その任に当たる朝集使《ちょうしゅうし》、大帳使《だいちょうし》、貢調使《こうちょうし》、正《しょう》税帳使《ぜいちょうし》の総称。越中万葉にはこのうち貢調使は見えない。ちなみに貢調使は一国の調・庸物などを京に運搬・納入する指揮をとり、あわせて調・庸の品目、数量などを記した調帳・庸帳などを持参・報告した使者。

（注1）正しくは「越中国官倉納穀交替記」（『平安遺文』（1）所収）

（注2）以下、令の規定について、詳しくは岩波日本思想大系3『律令』を参照されたい。

（川崎　晃）

【二官八省と国司の官位相当略表】

	二官		八省		国司	
位階（30階）	神祇官	太政官	中務省	他の七省	大国	上国
1正一位 2従一位		太政大臣				
3正二位 4従二位		左・右大臣 内大臣				
5正三位		大納言				
6従三位		中納言				
7正四位上			卿			
8正四位下		参議		卿		
9従四位上		左・右大弁				
10従四位下	伯					
11正五位上		左・右中弁	大輔			
12正五位下		左・右少弁		大輔・大判事		
13従五位上			少輔		守	
14従五位下	大副	少納言	侍従・ 大監物	少輔		守
15正六位上	少副	左・右大史	大内記			
16正六位下			大丞	大丞・中判事	介	
17従六位上	大佑		少丞 中監物	少丞		介
18従六位下	少佑			少判事 大蔵大主鑰		
19正七位上		大外記 左・右少史	大録	大録		
20正七位下			少監物 大主鈴	判事大属	大掾	
21従七位上		少外記			少掾	掾
22従七位下			大典鑰	大蔵少主鑰		
23正八位上			少主鈴 少録 少内記	少録		
24正八位下	大史			判事少属		目
25従八位上	少史		少典鑰		大目	
26従八位下					少目	
27大初位上						
28大初位下						
29少初位上						
30少初位下						

＊国司の定員と相当位については p.388 参照

越中万葉の歴史用語

越中万葉略年譜　大伴家持の歌と足跡でたどる

西暦（元号）	日付	巻	越中万葉歌（歴史事項）
七四六（天平十八）	6／21	十七	**家持、越中守《えっちゅうのかみ》に任じられる**
	8／7	十七	越中赴任最初の宴席が催される（三九四三〜三九五六）
	9／25	十七	弟書持《ふみもち》への挽歌をよむ（三九五七〜三九五九）
七四七（天平十九）	2／29〜3／5	十七	病に臥《ふ》した家持、大伴池主《いけぬし》と贈答する（三九六五〜三九七七）
	3／30	十七	「二上山《ふたがみやま》の賦《ふ》」をよむ（三九八五〜三九八七）
	4／24	十七	「布勢《ふせ》の水海《みずうみ》に遊覧する賦」をよむ（三九九一・三九九二）
	4／27	十七	「立山《たちやま》の賦」をよむ（四〇〇〇〜四〇〇二）
	5／	十七	**家持、税帳使《ぜいちょうし》として上京**
	9／26	十七	逃げた鷹を夢に見て感激して歌をよむ（四〇一一〜四〇一五）
七四八（天平二十）	1／29	十七	「東風《あゆのかぜ》」の歌をふくむ連作4首（四〇一七〜四〇二〇）
	2／	十七	出挙《すいこ》のため越中諸郡を巡行し、その所々で歌をよむ（四〇二一〜四〇二九）
	3／23〜26	十八	橘諸兄《たちばなのもろえ》の使者として田辺福麻呂《たなべのさきまろ》が来越し、宴席が催される（四〇三二〜四〇五五）
七四九（天平二十一）	2／22	十八	**陸奥国《みちのくのくに》より大仏造営のための黄金が貢上**
	3／15・16	十八	越前国掾《じょう》大伴池主と贈答する（四〇七三〜四〇七九）
	4／1	十八	**家持、従五位上《じゅごいじょう》となる**

年	月日	事項
(天平感宝元)	4/14	**天平感宝に改元**
	5/5	東大寺の占墾地使《せんこんじし》の僧平栄《へいえい》らに酒を贈る (四〇八五)
	5/12	「陸奥国《みちのくのくに》に金《くがね》を出《い》だす詔書《しょうしょ》を賀《ほ》く歌」をよむ (四〇九四〜四〇九七)
	5/15	尾張少咋《おわりのおくい》を歌で教え喩《さと》す (四一〇六〜四一〇九)
(天平勝宝元)	7/2	**孝謙《こうけん》天皇即位　天平勝宝に改元**
		秋に大帳使《だいちょうし》として上京し、初冬に妻坂上大嬢《さかのうえのおおいらつめ》を伴って帰任か
	12/	宴席で「雪月梅花」をよむ (四一三四)
巻十		
七五〇(天平勝宝二)	1/2	宴席で「寄生《ほよ》」をよむ (四一三六)
	2/18	墾田地検察のときの歌 (四一三八)
	3/1〜3	「越中秀吟」12首 (四一三九〜四一五〇)
	3/3	上巳《じょうし》の宴が催される (四一五一〜四一五三)
	3/8	白い大鷹をよむ (四一五四・四一五五)、鵜飼《うかい》の歌 (四一五六〜四一五八)
	3/9	「都万麻《つまま》」の歌 (四一五九)、山上憶良《やまのうえのおくら》の歌に和する歌 (四一六四〜四一六五)
	3/20〜 4/23	ホトトギスを中心に、多くの長歌をよむ (四一六六〜四二一〇)
巻十九		
七五一(天平勝宝三)	1/2	大雪のなか宴席が催される (四二二九)
	7/17	**家持、少納言《しょうなごん》に遷任される**
	8/4・5	家持の帰京をめぐる悲別の歌 (四二四八・四二四九) と餞別《せんべつ》の宴の歌 (四二五〇・四二五一)

越中万葉カレンダー

凡例

一、このカレンダーは、各月にどのような歌が詠まれたかを知るために、越中万葉の歌を並び替えたものである。

一、歌の内容を容易に想像できるように、題詞や左注を基にした作歌事情と巻・歌番号・作者名を付した。

一、その歌が詠まれた時季を知るために「太陽暦」を付したが、これは現在使われている「グレゴリオ暦」（一五八二年制定）を基に換算したものである。なお、研究者によっては「ユリウス暦」で換算する場合もあるが、本書では現在の月日と対比させるため「グレゴリオ暦」を基にした。

作歌日	太陽暦	西暦（和暦）	歌の内容
●1月（睦月）			
2日	2・16	750年（天平勝宝2）	国庁で諸郡司等に饗す（⑱４１３６家持）
2日	2・6	751年（天平勝宝3）	国守館に集宴。降雪四尺（⑲４２２９家持）
3日	2・7	751年（天平勝宝3）	内蔵縄麻呂の館に宴楽（⑲４２３０家持、４２３１久米広縄、４２３２蒲生娘子、４２３３内蔵縄麻呂、４２３４家持、４２３５久米広縄伝誦、４２３６・４２３７蒲生娘子伝誦）
5日	2・19	750年（天平勝宝2）	久米広縄の館で宴（⑱４１３７家持）
29日	3・7	748年（天平20）	連作四首（⑰４０１７～４０２０家持）
●2月（如月）			
2日	3・7	751年（天平勝宝3）	国守館に会集して宴（⑲４２３８家持）
18日	4・3	750年（天平勝宝2）	礪波郡主帳多治比部北里の家に宿る（⑱４１３８家持）

20日	4・8	747年（天平19）	国守館に病に臥して悲しみ傷む ⑰3962〜3964家持
29日	4・17	747年（天平19）	大伴池主に贈る悲歌 ⑰3965・3966家持
●3月（弥生）			
1日	4・15	750年（天平勝宝2）	春苑桃李の花を眺矚する ⑲4139・4140家持 飜び翔る鴫を見る ⑲4141家持
2日	4・16	750年（天平勝宝2）	柳黛を攀じて京師を思う ⑲4142家持 堅香子草の花を攀じ折る ⑲4143家持 帰雁を見る ⑲4144・4145家持 夜裏に千鳥の喧くを聞く ⑲4146・4147家持 暁に雉の鳴くを聞く ⑲4148・4149家持 はるかに江を泝る船人の唱を聞く ⑲4150家持
2日	4・19	747年（天平19）	家持に送る ⑰3967・3968池主
3日	4・20	747年（天平19）	池主に送る ⑰3969〜3972家持
3日	4・17	750年（天平勝宝2）	大伴家持の館で宴 ⑲4151〜4153家持
4日	4・21	747年（天平19）	家持に送る ⑰3972後漢詩池主
5日	4・22	747年（天平19）	家持に送る ⑰3973〜3975池主
5日	4・22	747年（天平19）	池主に送る ⑰3975後漢詩 3976・3977家持
8日	4・22	750年（天平勝宝2）	白き大鷹を詠む ⑲4154・4155家持
8日か	4・22か	750年（天平勝宝2）	鸕を潜くる ⑲4156〜4158家持
9日	4・23	750年（天平勝宝2）	渋谿の崎を過り、巌の上の樹を見る ⑲4159家持
15日	4・10	749年（天平21）	越前国掾大伴池主から来贈 ⑱4073〜4075池主

16日	4・11	７４９年（天平21）	大伴家持が大伴池主に贈る（⑱４０７６〜４０７９家持）
20日	5・12	７４７年（天平19）	恋緒を述べる（⑰３９７８〜３９８２家持） ★３月25日説あり
20日	5・4	７５０年（天平勝宝２）	霍公鳥と時の花とを詠む（⑲４１６６〜４１６８家持）
20日〜23日か	5・4〜5・7か	７５０年（天平勝宝２）	家婦が母に贈る為に作る（⑲４１６９・４１７０家持）
23日	4・29	７４８年（天平20）	田辺福麻呂を大伴家持の館に饗す （⑱４０３２〜４０３５田辺福麻呂）
23日	5・7	７５０年（天平勝宝２）	霍公鳥の暁に喧く声を思う（⑲４１７１・４１７２家持）
24日	4・30	７４８年（天平20）	明日布勢の水海に遊覧しようと約束して作る （⑱４０３６田辺福麻呂、４０３７家持、 ４０３８〜４０４２福麻呂、４０４３家持）
24日〜26日か	5・8〜5・10か	７５０年（天平勝宝２）	京の丹比家に贈る（⑲４１７３家持）
25日	5・17	７４７年（天平19）	恋緒を述べる（⑰３９７８〜３９８２家持） ★３月20日説あり
25日	5・1	７４８年（天平20）	布勢の水海に行く道中馬上にして口号 （⑱４０４４・４０４５家持） 水海に至り遊覧（４０４６田辺福麻呂、４０４７土師、 ４０４８家持、４０４９福麻呂、４０５０久米広縄、 ４０５１家持）
26日	5・2	７４８年（天平20）	久米広縄の館で田辺福麻呂に饗する宴（⑱４０５２福麻呂、 ４０５３広縄、４０５４・４０５５家持）

27日	5・11	750年（天平勝宝2）	大宰府の春苑梅歌に追和する（⑲4174家持）
29日	5・16	747年（天平19）	霍公鳥の喧くを聞かずを恨む（⑰3983・3984家持）
30日	5・17	747年（天平19）	二上山の賦（⑰3985〜3987家持）
3月中		750年（天平勝宝2）	世間の無常を悲しむ（⑲4160〜4162家持） 予め作る七夕の歌（⑲4163家持） 勇士の名を振るうことを願う（⑲4164・4165） 霍公鳥を詠む（⑲4175・4176家持）
●4月（卯月）			
1日	5・6	748年（天平20）	久米広縄の館で宴（⑱4066家持、4067土師、4068家持、4069能登乙美）
3日	5・16	750年（天平勝宝2）	越前判官大伴池主に贈る霍公鳥の歌（⑲4177〜4179家持）
3日か	5・16か	750年（天平勝宝2）	霍公鳥に感じる情に飽きず懐を述べる（⑲4180〜4183家持）
4日	4・28	749年（天平21）	大伴家持が報える（⑱4082・4083家持） 別なる所心（⑱4084家持）★5月4日説あり
5日	5・18	750年（天平勝宝2）	京師より贈来する（⑲4184留女の女郎）
5日〜6日か	5・18〜19か	750年（天平勝宝2）	山吹の花を詠む（⑲4185・4186家持）
6日	5・19	750年（天平勝宝2）	布勢の水海に遊覧（⑲4187・4188家持）
9日	5・22	750年（天平勝宝2）	水鳥を越前判官大伴池主に贈る（⑲4189〜4191家持） 霍公鳥と藤花とを詠む（⑲4192・4193家持）

9日～12日か	5・22～25か	７５０年（天平勝宝2）	更に霍公鳥の哢くこと晩きを怨む（⑲４１９４～４１９６家持） 京の人に贈る（⑲４１９７・４１９８家持）
12日	5・25	７５０年（天平勝宝2）	布勢の水海に遊覧して、多祜湾に船泊し藤の花を望み見る（⑲４１９９家持、４２００内蔵縄麻呂、４２０１久米広縄、４２０２久米継麻呂） 霍公鳥の喧かないことを恨む（４２０３久米広縄） 攀じ折れる保宝葉を見る（４２０４恵行、４２０５家持） 還る時に浜の上に月の光を仰ぎ見る（４２０６家持）
16日	6・2	７４７年（天平19）	夜裏にはるかに霍公鳥の喧くを聞きて懐を述ぶる（⑰３９８８家持）
16日	5・19	７５１年（天平勝宝3）	霍公鳥を詠む（⑲４２３９家持）
20日	6・6	７４７年（天平19）	秦八千島の館で大伴家持に餞する宴の歌（⑰３９８９・３９９０家持）
22日	6・4	７５０年（天平勝宝2）	久米広縄に贈る霍公鳥の怨恨の歌（⑲４２０７・４２０８家持）
23日	6・5	７５０年（天平勝宝2）	霍公鳥を詠む歌（⑲４２０９・４２１０久米広縄）
24日	6・10	７４７年（天平19）	布勢の水海に遊覧する賦（⑰３９９１・３９９２家持）
26日	6・12	７４７年（天平19）	敬みて布勢の水海に遊覧する賦に和する（⑰３９９３・３９９４池主） 大伴池主の館で税帳使守大伴家持に餞する宴（⑰３９９５家持、３９９６内蔵縄麻呂、３９９７家持、３９９８池主伝誦） 大伴家持の館で飲宴（⑰３９９９家持）

27日	6・13	747年（天平19）	立山の賦（⑰4000〜4002家持）
28日	6・14	747年（天平19）	敬みて立山の賦に和する（⑰4003〜4005池主）
30日	6・16	747年（天平19）	京に入ること漸く近づき、悲情撥ひ難くして懐を述ぶる（⑰4006・4007家持）
●5月（皐月）			
2日	6・18	747年（天平19）	忽ちに京に入らむとして懐を述ぶる作を見るに聊かに所心を奉る（⑰4008〜4010池主）
4日	5・28	749年（天平感宝元）	大伴家持が報える（⑱4082・4083家持） 別なる所心（⑱4084家持）★4月4日説あり
5日	5・29	749年（天平感宝元）	東大寺の占墾地使僧平栄等を饗す（⑱4085家持）
6日	6・18	750年（天平勝宝2）	処女墓の歌に追同する（⑲4211・4212家持）
9日	6・2	749年（天平感宝元）	秦石竹の館で飲宴する（⑱4086家持、4087内蔵縄麻呂、4088家持）
10日	6・3	749年（天平感宝元）	独り幄の裏に居りはるかに霍公鳥の喧くを聞く（⑱4089〜4092家持）
11日か	6・4か	749年（天平感宝元）	英遠の浦に行く（⑱4093家持）
12日	6・5	749年（天平感宝元）	陸奥国に金を出だす詔書を賀く（⑱4094〜4097家持）
14日	6・7	749年（天平感宝元）	芳野の離宮に幸行さむ時の為に儲け作る（⑱4098〜4100家持） 京の家に贈る為に真珠を願う（⑱4101〜4105家持）
15日	6・8	749年（天平感宝元）	史生尾張少咋を教へ喩す（⑱4106〜4109家持）

17日	6・10	749年（天平感宝元）	妻が夫君の喚ぶを待たずして自ら来る ⑱4110家持
27日	7・9	750年（天平勝宝2）	挽歌 ⑲4214〜4216家持
5月中		750年（天平勝宝2）	京の丹比家に贈る ⑲4213家持
5月中		750年（天平勝宝2）	霖雨の晴れぬ日に ⑲4217家持
5月中		750年（天平勝宝2）	漁夫の火光を見る ⑲4218家持
●閏5月			
23日	7・16	749年（天平勝宝元）	橘の歌 ⑱4111・4112家持
26日	7・19	749年（天平勝宝元）	庭中の花の作歌 ⑱4113〜4115家持
27日	7・20	749年（天平感宝元）	朝集使久米広縄が本任に還り到り国守館で宴 ⑱4116〜4118家持
27日か28日	7・20か21	749年（天平感宝元）	霍公鳥の喧くを聞く ⑱4119家持
28日	7・21	749年（天平感宝元）	京に向かう時に儲けて作る ⑱4120〜4121家持
●6月（水無月）			
1日	7・23	749年（天平感宝元）	雨雲の気を見て作る雲の歌 ⑱4122・4123家持
4日	7・26	749年（天平感宝元）	雨の落ちるを賀す ⑱4124家持
15日	7・26	750年（天平感宝2）	萩の早花を見て ⑲4219家持
●7月（文月）			
7日	8・28	749年（天平勝宝元）	七夕歌 ⑱4125〜4127家持

●8月（葉月）			
4日	9・2	751年（天平勝宝3）	少納言に遷任するに久米広縄の館に残す（⑲4248・4249家持） 国厨の饌を内蔵縄麻呂の館に設けて餞する（⑲4250家持）
5日	9・3	751年（天平勝宝3）	道に上るに安努広島の門前の林中で餞饌の宴（⑲4251家持）
7日	8・31	746年（天平18）	大伴家持の館で宴（⑰3943家持、3944〜3946池主、3947・3948家持、3949池主、3950家持、3951秦八千島、3952玄勝伝誦、3953・3954家持、3955土師道良）
7日〜8日か	8・31〜9・1か	746年（天平18）	秦八千島の館で宴（⑰3956八千島）
8月中		751年（天平勝宝3）	久米広縄と家持が池主の館に遇ひ飲楽する（⑲4252広縄、4253家持）
8月中		751年（天平勝宝3）	京に向かう途上で興に依りて予め作る（⑲4254、4255、4256家持）
●9月（長月）			
3日	10・11	750年（天平勝宝2）	宴の歌（⑲4222久米広縄、4223家持）
25日	10・18	746年（天平18）	長逝した弟を哀傷する（⑰3957〜3959家持）
26日	11・7	747年（天平19）	放逸した鷹を夢に見る（⑰4011〜4015家持）
●10月（神無月）			
5日	11・12	750年（天平勝宝2）	藤原皇后御作を河辺東人が伝誦（⑲4224河辺東人伝誦）

16日	11・23	750年（天平勝宝2）	朝集使秦石竹に餞する ⑲4225家持
●11月（霜月）			
12日	12・29	749年（天平勝宝元）	越前から贈って来た戯れの歌 ⑱4128～4131池主
11月中		746年（天平18）	池主の帰任を相歓ぶる歌 ⑰3960・3961家持
●12月（師走）			
15日	1・31	749年（天平勝宝元）	越前から更に贈った歌 ⑱4132・4133池主
16日以降か	2・1以降か	749年（天平勝宝元）	雪月梅花歌 ⑱4134家持 秦石竹の館で宴 ⑱4135家持
12月中		750年（天平勝宝2）	雪の日に作る ⑲4226家持
12月中		750年（天平勝宝2）	雪の古歌 ⑲4227・4228久米広縄伝読

太陰太陽暦と閏月

古代に使われていた暦は、1年の長さを太陽の周期によって計り、1ヶ月の長さを月（太陰）の満ち欠けによって計る暦で、「太陰太陽暦」と呼ばれる。

月の周期は約29・5日のため、1ヶ月を29日（小の月）と30日（大の月）とするが、12ヶ月で354日前後となり、太陽の周期（365・2422日）に対して約10日少ない。そのため三年で1ヶ月、月と季節が大きくずれてしまう。その調整のため3、4年に1ヶ月を追加する、その月を「閏月」と呼ぶ。

日本では、持統天皇6年（692）から元嘉暦が使われ、文武天皇元年（697）からは儀鳳暦を用いたことがわかっている。

大伴家持が越中国守だった頃の暦は、以下の通りである。

元号	西暦	大の月	小の月	1年の日数
天平18年	746	1、2、4、5、8、閏9、11	3、6、7、9、10、12	384日
天平19年	747	1、3、4、6、8、10、12	2、5、7、9、11	355日
天平20年	748	2、4、6、7、9、11	1、3、5、8、10、12	354日
天平勝宝元年	749	1、4、5、6、8、9、11	2、3、閏5、7、10、12	384日
天平勝宝2年	750	1、4、6、8、9、10、12	2、3、5、7、11	355日
天平勝宝3年	751	2、5、7、9、10、12	1、3、4、6、8、11	354日

（関　隆司）

越中万葉歌碑・関連碑等（平成十八年十二月現在）

凡例

一、歌碑は、故地碑、家持像台座などに歌の刻されているものも含む。
一、碑の歌、碑銘は、刻されたとおりに記写した。但し、長歌は、中略したものがある。
一、表記について、
・変体仮名は、その原漢字で記した。
・誤記、誤字、あるいは仮名遣いが『万葉集』の本文と異なるものは、その箇所に傍点（・）を付した。
一、家持歌以外の歌について、歌の後の（　）内にその作者名などを記した。
一、書者について、
・本名のものも雅号のものもある。
・雅号のものの一部については、（　）内に本名を記した。
・＊印は、活字で刻されているものであることを示す。
一、建立年月日について、碑、副碑に刻されている場合はその年月日による。

万葉歌碑

●富山県

魚津市・上市町

	巻 歌番号	碑の歌	書者	建立年月日	建立地
1	十七 四〇〇二	片貝の川の瀬清く行く水の絶ゆることなくあり通ひ見む	宮坂翠峰 （書家）	昭和51・12・吉日	魚津市黒谷 片貝川黒谷橋東詰

2	十七 四〇〇二	可多加比能可波能瀬伎欲久由久美豆能多由流許登奈久安里我欲比見牟 片貝の川の瀬清く行く水の絶ゆることなくあり通ひ見む	高瀬重雄（富山大学名誉教授）	平成2・7	魚津市持光寺慈興院大徳寺境内
3	十七 四〇〇二	片貝の川の瀬清く行く水の絶ゆることなくあり通ひ見む	清河七良（魚津市長）	平成元・4・吉日	魚津市木下新川の瀬団地公園
4	十七 四〇二〇	越の海の信濃の濱を行き暮らし長き春日を忘れて思へや 故之能宇美能信濃乃波麻乎由伎久良之奈我伎波流比毛和須礼弖於毛倍也	高瀬重雄（富山大学名誉教授）	平成7・4	魚津市北中しんきろうロード「懐かしの灯台塚」広場
5	十七 四〇二四	多知夜麻乃由吉之久良之毛波比都奇能河波能和多理瀬安夫美都加須毛	山田孝雄《よしお》（国語学者）	昭和29・3建立 昭和55・11移設	魚津市三ケ魚津水族館並びレストハウス・無料休憩所右横
6	十七 四〇二四	たち山の雪しくらしもはひつきの河のわたり瀬あぶみつかすも	堀田政重治《せいじゅうじ》（北陸電力久婦須川第一・第二発電所長）	昭和40・11	中新川郡上市町折戸白萩東部公民館前庭

富山市

7	三 四一五	家尓在ら盤妹の手ま可む草枕たびに臥せる此の旅人あはれ（上宮聖徳皇子）	上原欣堂《かみはらきんどう》（書家）	昭和6・7	富山市下大久保「太子さま」境内
8	十九 四二四九	伊波世野爾秋芽子之努藝馬並始鷹狩太爾不為哉將別	千種有功《ちくさありこと》（歌人）	嘉永6（一八五三）	富山市東岩瀬諏訪神社入口
9	十七 四〇〇一	太刀山にふり於ける雪を常夏尓みれともあかす加ん可らならし	旧碑の拓本写真により再刻	昭和51・11再建	富山市新庄全福寺境内
10	十九 四一三九	春の苑久れなゐ匂ふ桃のは奈した照る美ちに出でたつをとめ	深山 榮（北日本新聞社長）	昭和60・9・8	富山市本丸富山城址公園内「富山歌塚」
11	十七 四〇〇一	立山に降りおける雪を常夏に見れともあかす神からならし	青柳石城（書家）題額 吉田 実（富山県知事）	昭和43・7	富山市呉羽山旧天文台跡地登り口
12	十七 四〇一六	賣比能野能須須伎於之奈倍布流由伎爾夜度加流家敷之可奈之久於毛保遊（高市黒人）	不詳 題額 高辻武邦（富山県知事）	昭和29	富山市茶屋峠茶屋交差点（三叉路）
13	十八 四〇九四の一部	海由か波水津久屍山由か波草む壽屍大君乃邊耳古そ死奈めかへ李み波勢し	教純（護国寺貫首）	昭和16・12	富山市八ヶ山長岡墓地内「忠魂碑」

14	十七 四〇二二	宇佐可河泊和多流瀬於保美許乃安我馬乃安我枳乃美豆爾伎奴奴禮爾家里	中川壽伯（書家）題額 高辻武邦（富山県知事）	昭和31・7・1	富山市婦中町鵜坂 鵜坂神社後方 神通川堤防
15	十七 四〇二三	売比河の早き瀬ごとに篝さ志八十伴の男は鵜川立ちけり	西田秀雄（書家）	平成10・10・吉日	富山市婦中町鵜坂 鵜坂神社境内
16	十九 四一四八	杉の野にさ踊る雉いちしろくねにしもなかむ隠妻かも	赤羽栄水	昭和63・10・吉日	富山市八尾町井田 白山社境内

射水市

17	十八 四〇七九	美之麻野爾可須美多奈妣伎之可須我爾伎乃敷毛家布毛由伎波敷理都追	入江爲守（宮内庁御歌所長）	昭和10・8・吉日	射水市藤巻 藤巻神明宮境内
18	十八 四〇七九	三島野に霞たなびきしかすがに昨日も今日も雪はふりつつ	中川 敬（書家）	昭和52・11	射水市二口 大門中学校校庭
19	十七 四〇一七	安由乃風以多久吹久良志奈呉能海人農釣春流小舟己幾隠留見遊	佐佐木信綱（国文学者・歌人）	昭和14・12	射水市八幡町 放生津八幡宮境内
20	十七 四〇一八	水門風寒く吹くらし奈呉の江に夫婦呼びかわし鶴さはに鳴く	浜谷芳仙（書家）	平成9・11・吉日	射水市桜町 新湊小学校前の道路（大石川沿い）

越中万葉歌碑・関連碑等

21	十七 四〇一八	水門風寒くふくらし奈呉の江に妻呼び交し鶴さはになく	小澤翠香(和子)(書家)	平成7・3・19	射水市立町 大楽寺境内

高岡市

22	十七 四〇二一	雄神河久礼なゐ尓ほふ少女等し葦附と流と瀬尓立たす良之	佐佐木信綱(国文学者・歌人)	昭和15・11建立 昭和49・8移設	高岡市葦附 あしつき公園
23	十七 四〇二一	雄神川紅にほふ少女らし葦附採ると瀬に立たすらし	中村嶺煌(睦夫)(元高岡市立南星中学校長)	平成3・11	高岡市常国 中田小学校前庭
24	十九 四一四三	物部乃八十𡢳嬬等之挹乱寺井之於乃堅香子之花	社浦荻水《てきすい》(宗三郎)(書家)	昭和56・9	高岡市下関 JR高岡駅前広場(家持像台座・前)
25	十八 四一三八	夜夫奈美能佐刀爾夜度可里波流佐米爾許母理都追牟等伊母爾都宜都夜	能坂利雄(作家)	昭和63・10・吉日	高岡市和田 荊波《うばら》神社境内
26	十九 四二九〇	春野尓霞多奈毗伎宇良悲許暮影尓鶯奈久母	今井凌雪(書家)	昭和63・4	高岡市鐘紡町 新保秀夫宅庭
	六 九九四	ふりさけて若月見れば一目見し人の眉引思ほゆるかも	山田無涯(書家)		

No.	巻・番号	歌	揮毫者	建立	所在地
27	十九 四一四二	春日尓張流柳乎取持而見者京之大路所念 春の日に萌れる柳を取りもちて見れば都の大路おもほゆ	新保清齋（秀夫）（書家）	昭和56・12・1	高岡市鐘紡町 新保秀夫宅庭
28	十九 四一四六	夜具多知尓寐覺而居者河瀬尋情毛之努爾鳴知等理賀毛	新保清齋（秀夫）（書家）	昭和59・5	同右
29	十四 三四〇〇	信濃なるちく万能川のさゝ礼志もき三之不みて者玉と比ろ者舞（東歌）	佐佐木信綱書歌碑の拓本の模写	昭和57か	同右
30	十九 四二四九	石瀬野に秋萩しぬぎ馬並めて初鷹狩だにせずや別れむ	佐藤孝志（高岡市長）	平成2・11	高岡市野村 野村小学校前庭
31	十九 四二四九	石瀬野に秋萩凌ぎ馬並めて初鷹狩だにせずや別れむ	綿貫民輔（衆議院議員）	平成4・8・吉日	高岡市野村 高岡いわせの郵便局前角
32	十九 四二四九	石瀬野に秋萩しのぎ馬並めて初鳥狩だにせずや別れむ	野守翠峰（勇蔵）（書家）	昭和56・9・吉日	高岡市石瀬 高岡向陵高校中庭
33	十九 四一五〇	朝床に聞けば遙けし射水川朝漕ぎしつつ歌ふ船人	中田睦子（書家）	昭和52・11・3	高岡市能町南二丁目 能町小学校前庭

越中万葉歌碑・関連碑等

34	十七 三九八七	玉くしげ二上山に鳴く鳥の聲の恋しき時は来にけり	社浦荻水《てきすい》（宗三郎）（書家）	昭和59・5・27	高岡市二上町 万葉小学校校門脇
35	十七 三九八七	玉くしげ二上山に鳴く鳥の声の恋しき時は来にけり	不詳 家持像台座銘 入江相政《すけまさ》（宮内庁侍従）	昭和56・9 家持像 昭和28・11建立 昭和56・9移設	高岡市二上山 奥御前下（家持像台座・裏）
36	十七 四〇〇六の一部	かき数ふ二上山に神さびて立てる栂の木もとも枝も同じ常磐に	不詳	昭和53・春修復建立	高岡市二上山 万葉植物園
37	十九 四一九二	桃の花紅色ににほひたる面輪のうちに（中略）袖に扱入れつ染まば染むとも	社浦荻水（宗三郎）（書家）	昭和60・3・29	高岡市二上鳥越 富山県二上青少年の家中庭
	十九 四一九三	霍公鳥鳴く羽触にも散りにけり盛り過ぐらし藤波の花			
38	二 一六六	磯の上に生ふる馬酔木を手折らめど見すべき君がありと言はなくに（大伯皇女）	小山季穂（高校生）	同右	同右
39	四 七七三	言問はぬ木すら紫陽花諸弟らが練の村戸にあざむかえけり	松田由紀美（高校生）	同右	同右

番号	巻・番号	歌	揮毫者	建立年月日	所在地
40	十七 三九七〇	あしひきの山桜花ひと目だに君とし見てば吾恋ひめやも	平井純子（高校生）	昭和60・3・29	高岡市二上鳥越 富山県二上青少年の家中庭
41	十八 四〇九一	卯の花のともにし鳴けばほととぎすいやめづらしも名告り鳴くなへ	経沢　透（高校生）	同右	同右
42	十九 四一四三	物部の八十少女らが汲みまがふ寺井の上の堅香子の花	黒田真紀子（中学生）	同右	同右
43	十九 四一五九	磯の上の都万麻を見れば根を延へて年深からし神さびにけり	中谷教子（高校生）	同右	同右
44	十七 三九八七	多麻久之氣敷多我美也麻尓鳴鳥能許恵乃弧悲思吉登岐波伎尓家里	吉田　實（富山県知事）	昭和44・7	高岡市城光寺大谷 二上山郷土資料館前
		玉くしげ二上山に鳴くとりのこゑの恋しきときは来にけり	青柳志郎（書家）		
45	十七 三九八七	玉久之希二上山耳那久鳥乃聲能己悲志支時者来尓介利	佐佐木信綱（国文学者・歌人）	昭和31・4・28	高岡市伏木一宮 止法寺「越中萬葉植物園」
	雄神河紅匂乙女良志葦附採留東瀬尓多々須羅四（十七・四〇二一）外四十七基（十九・四一四三）（八・一六二三）（三・三九五）（三・三九五）				同右

	（三・三三〇）（四・四九六）（十九・四一五九）（八・一四七八） （十九・四一四〇）（十・二二三三）（三・三二二）（七・一三五九） （八・一六四九）（十・二二七〇）（十一・二七六二）（十四・三三七六） （十五・三五八七）（十・一八七九）（七・一一九五）（三・四〇四） （六・九四二）（十四・三五六三）（二十・四三二三）（十八・四一三六） （十九・四一六九）（三・三三四）（六・九〇九）（十一・二六二三） （三・三八七）（十六・三八三四）（七・一三一一）（三・四四六） （二・九〇）（十九・四二二六）（七・一三三九）（十一・二四五六） （十二・三〇四八）（十一・二五〇〇）（十・一九五三）（十六・三八八七） （十四・三四五九）（十七・三九二二）（十・二三一五）（十・一八四七） （七・一三六〇）（七・一三五二）（二・九六） 正法寺の「越中萬葉植物園」には、円形・楕円形などの自然石（大きいもので長径72㎝・短径58㎝、小さいもので長径35㎝・短径33㎝）に植物を詠み込んだ万葉歌を刻したものが置かれている。開園当時は、六十基内外あったようであるが、現在、確認することができたものは右の四十八基である。				高岡市伏木一宮 正法寺「越中萬葉 植物園」
46	十七 三九八五	射水川い行き廻れる玉匣二上山は（中略）古ゆ今の現にかくしこそ見る人ごとに懸けて偲はめ	深松海月 （書家）	平成2・10	高岡市伏木一宮 高岡市万葉歴史館 前庭
47	十七 四〇〇〇	安麻射可流比奈尓名可加須古思能奈可久奴知許登其等（中略）名能未母伎吉氏登母之夫流我祢	犬養　孝 （国文学者）	平成6・10	高岡市伏木一宮 高岡市万葉歴史館 屋上庭園
48	十九 四一五一	今日のためと思ひて標めしあしひきの峰の上の桜かく咲きにけり	＊	平成14・6	同右

49	十七	三九八七	玉久しげ二上山に鳴く鳥の声の恋しき時は来にけり	五嶋道男（校長）	平成3・10	高岡市伏木古府 古府小学校校門脇
50	十九	四一四八	榲野爾左乎騰流鴙灼然啼爾之毛将哭己母利豆麻可母	亀畑明廣（書家）	平成13・4	高岡市伏木古府 伏木中学校正門左側の椙の森公園
51	十九	四二五〇	しなざかる越に五年住み住みて立ち別れまく惜しき夕かも	*	平成8・7	高岡市伏木古府 万葉ライン入口交差点西北角
52	十七	四〇〇四	立山に降り置ける雪の常夏に消ずて渡るは神ながらとそ（大伴池主）	*	同右	高岡市伏木一宮 高岡市万葉歴史館入口交差点東北角
53	十八	四〇三二	奈呉の海に舟しまし貸せ沖に出でて波立ち来やと見て帰り来む（田辺福麻呂）	*	同右	高岡市伏木東一宮 伏木一の宮バス停奥
54	十七	三九四三	秋の田の穂向き見がてり我が背子がふさ手折り来るをみなへしかも	*	同右	高岡市伏木一宮 気多神社入口交差点東北角
55	十七	三九五四	馬並めていさうち行かな渋谷のきよき磯みによするなみ見に	大島文雄（富山大学教授）	昭和38・9・9	高岡市伏木一宮 気多神社境内

56	十八 四一三六	安之比奇能夜麻能許奴礼能保与等理天可射之都良久波知等世保久等曽	上原欣堂《かみはらきんどう》（書家）	昭和51・5	高岡市伏木古国府 勝興寺本堂左横
57	十八 四〇九四の一部	雲美由可者美川久可波祢也末遊可波久斜武春閑者祢大君能部耳己所志那女駕獘利見者勢之	禅野天涯（左馬太郎）（書家）	昭和12・8・4	高岡市伏木古国府 勝興寺鼓堂（太鼓堂）右横
58	十九 四一五〇	朝床に聞けば遥けし射水川朝漕ぎしつつ唱ふ船人	鶴木大壽（書家）	昭和57・10・1	高岡市伏木古国府 高岡市伏木気象資料館前庭
59	十九 四一四三	物部乃八十𡢳嬬等之挹乱寺井之於乃堅香子之花	犬養 孝（国文学者）	昭和62・10・吉日	高岡市伏木古国府 勝興寺右側後方
60	十九 四一三九	春能苑紅尓保布桃能花下照類道尓出天立津少女	大江道正（気多神社宮司）	昭和56・9	高岡市伏木東一宮 光暁寺前庭
61	十九 四一四三	も能ゝふのやそをとめら可く三万かふ寺井の上のかたかこの花	米田瑞穂（小三）（書家）	昭和42・3	高岡市伏木東一宮 伏木小学校校庭
62	十九 四一三九	春の園紅匂う・桃の花下照る道二出立つ乙女	小澤翠香（和子）（書家）	平成元・12・2	同右
63	十八 四〇九四	海行者美都久屍山行者草牟須屍大皇乃敝尓許曽死米可獘里見波	尾山篤二郎（歌人・国文学	昭和15・春建立準備完了	高岡市伏木国分 喜笛庵横の台地

	の一部	勢自	者）	昭和38・8	（旧石雲寺後方の台地）
64	十九 四一五九	磯上之都萬麻乎見者根乎延而年深有之神佐備尓家里	不詳	安政5（一八五八） 平成6・4修復	高岡市太田岩崎 つまま小公園
65	十六 三八八二	渋渓の二上山に鷲ぞ子産とふ翳にも君が御為に鷲ぞ子産とふ （越中国の歌）	堀　健治 （高岡市長）	昭和46・11	高岡市太田 太田の湯への道の途中
66	十九 四一五九	磯の上のつまゝを見れば根を延へて年深からし神さびにけり	不詳	昭和63	高岡市太田 雨晴観光駐車場
67	十九 四二〇六	渋谿を指して我がゆくこの濱に月夜飽きてむ馬しまし停め	村田豊二 （元校長）	昭和57・10・5	高岡市太田 太田小学校校門脇
68	十六 三八八一	大野路は繁道森徑志け久登も君しかよはゝ徑は廣けむ （越中国の歌）	平野峡雪（良作） （元富山県立図書館長） 題額　山崎和信 （福岡町長）	昭和44・10建立 平成8・11移設	高岡市福岡町大野 高岡市福岡ふるさと会館前庭

氷見市

69	十八 四〇五一	多胡乃佐伎許能久礼之氣爾霍公鳥伎奈伎等余米婆波太古非米夜母	関　成若（宮司）	昭和4・4	氷見市上田子国泰寺入口四つ辻角
70	十九 四一九九	藤奈美能影成海之底清美之都久石乎毛珠等曽吾見流	本居豊穎《もとおりとよかい》（東宮侍講）題字　巖谷　修（貴族院議員）	明治36	氷見市下田子田子浦藤波神社境内（本殿後方）
71	十八 四〇五一	多胡の崎木の暗茂にほととぎす来鳴き響めばはだこひめやも	山崎平樹（元上庄小学校長）	平成12・11・吉日	氷見市上泉ヴィラージュ泉の杜公園
72	十八 四〇四三	明日の日の布勢の浦みの藤波にけだし来鳴かず散らしてむかも	茶谷一男（氷見市長）	昭和60・9・22	氷見市布施（円山）御影社右横
73	十九 四一八七の前半	念ふどち丈夫の木能暗乃繁き思を見明らめ（中略）小船連竝め真櫂懸けい漕ぎ廻れば	吉川正文（宮司）	平成2・11・17	氷見市湖光湖光神社標柱
74	十八 四〇四三異伝歌	保等登芸須布勢の浦み能藤浪に蓋し来鳴かず散らしてむ可も	吉川正紀（祢宜）	平成10・春	氷見市十二町字矢崎稲荷社境内

75	十七 三九九二	布勢能海の沖つ白波在り通ひいや毎年尓見つゝ偲ばむ	吉川正紀（宮司）	平成11・12・吉日	氷見市十二町字津野日宮神社境内
76	十七 三九九二	布勢の海の沖つ白波あり通ひいや年のはに見つつしのばむ	茶谷一男（氷見市長）	昭和59・10	氷見市窪十二町潟排水機場
77	十九 四二二六	この雪の消遺る時にいざゆかな山たちばなの実の光るも見む	千代さと子（書家）	昭和61・3	氷見市鞍川県立有磯高校前庭
78	十九 四二一八	鮪衝くと海人のともせる漁火のほにか出ださむわが下念を	小倉松代（書家）	昭和62・3	同右
79	二十 四五一六	新しき年の始の初春の今日降る雪のいや重け吉事	佐野昌男（校長）	平成元・3	同右
80	十九 四一九九	藤浪の影なす海の底清みしづく石をも珠とぞ吾が見る	大島文雄（富山大学名誉教授）	平成2・6	氷見市本町中の橋詰
81	十七 四〇一一の一部	都奈之等流比美乃江過弖	堂故　茂（氷見市長）	平成14・10	氷見市中央町海鮮館左側横
82	十八 四一二四	わが欲りし雨は降り来ぬかくしあらばことあげせずとも年は栄えむ	茶谷一男（氷見市長）	昭和62・3・吉日	氷見市諏訪野上庄川左岸排水機場

83	十八 四〇九三	英遠の浦に寄する白波いや増しに立ちしき寄せく東風をいたみかも	茶谷一男（氷見市長）	昭和58・1	氷見市阿尾 榊葉乎布神社参道入口
84	十九 四二五一	玉桙の道に出て立ち往く吾は君可事跡を負ひてし行かむ	吉川正文（宮司）	昭和43・夏	氷見市加納 加納八幡神社境内
85	十八 四一一三	大君の遠の朝廷と任き給ふ官のまにま（中略）天離る鄙に一日もあるべくもあれや	中西　進（国文学者）	平成17・7・吉日	氷見市日名田字唐小「臼が峰往来」入口
86	十七 四〇二五	志乎路加良直越来者羽咋之海朝凪之多里船楫毛加毛	松村謙三（元文部大臣）	昭和40・6	氷見市床鍋 臼が峰山頂　親鸞聖人銅像前方

砺波市

87	十七 三九五二	妹か家に伊久里能森之藤の花いま来む春も常か久し見む（大原高安）	永森文秀（常称寺住職）	昭和33	砺波市井栗谷 寺尾温泉玄関
88	十七 三九五二	いもが家にいくりの杜の藤の花今こむ春も常かくし見む（大原高安）	安念　弘（元清瀬市立清瀬第二中学校長）	平成元・10	砺波市井栗谷 梅谷神社境内

89	十八 四一三八	荊波乃里尓宿加利春雨耳隠利徒ゝ舞登以毛尓告希川也	徳大寺米子	昭和41・10	砺波市池原 荊波《やぶなみ》神社境内

小矢部市

90	十九 四一五六	あらたまの年往き更り春されば花のみにほふ（中略）おこせたる衣の裾も徹りて濡れぬ 荒玉能年往更春去者花耳尓保布（中略）於己勢多流服之襴毛等宝利氏濃礼奴	松本正雄（小矢部市長）	昭和56・5・7建立 平成5・9移設	小矢部市横谷 国道8号下り線（富山方面行）パーキング・エリア
91	十九 四一五七	紅の衣にほはし辟田川絶ゆることな久吾かへりみむ	同右	同右	同右
92	十九 四一五八	毎年に鮎し走らば辟田川鵜八頭潜け天河瀬たづねむ	同右	同右	同右
93	十八 四〇八五	夜起多知遠礪波の關耳あすよりは守部やりそへ君を登ゝめむ	林 義幹（書家）	明治42	小矢部市蓮沼 地蔵堂そば
94	十八 四〇八五	やきたちの礪波の関にあすよりは守部やりそえ君を留めむ	田中知一	平成12・11	同右 旧碑の右横

越中万葉歌碑・関連碑等

95	十八 四〇八五	焼太刀を砺波の関に明日よりは守部やり添え君を留めむ	谷敷　寛（通産省局長）	昭和53・6・22	小矢部市蓮沼 源平ライン沿い
96	十八 四一三八	荊波の里に宿借り春雨にこもりつゝむと妹に告げつや	松本正雄（小矢部市長）	昭和58・5・26	小矢部市臼谷 臼谷八幡宮境内（拝殿前左側）
97	十七 三九四七	今朝の朝明秋風寒し遠つ人雁が来鳴かむ時近みかも	松本正雄（小矢部市長）	昭和59・10・25	小矢部市蓮沼 源平ライン沿い「萬葉公園」
	十九 四二五〇	しなざかる越に五箇年住み住みて立ち別れまく惜しき初夜かも			
98	十七 三九五七の一部	愛しきよしな弟の命何しか毛時しはあらむをはた薄穂二出る秋の芽子の花	青木信子（書家）	昭和60・11・23	同右
	十七 三九七三の一部	春の野に菫を摘むと白栲の袖折り反し（中略）君待つとうら恋すなり（大伴池主）			
	十七 三九九一の一部	玉くしげ二上山にはふ蔦の行き八別れす（中略）かくし遊はむ今も見ること			
	十七	かき数ふ二上山に神さひて立て			

	99
四〇〇六の一部 十八 四一〇六の一部 十七 三九六七の序文 十八 四一一六の一部 十九 四一六四 十九 四一六六の一部	十九 四一六九の一部
る栂の木幹も枝毛同し常磐二愛しきよし 世の人のたつる言立ちさの花咲ける盛に（中略）語りけまくは永久二かくしもあらめや 豈慮りきや蘭蕙藂を隔てて琴罇用奈く（中略）物色人を軽三せむと八（大伴池主） 蓬蘰き酒宴遊ひ和久れと射水川（中略）奈呉江の菅のねもころ二思ひ結ほれ ちちのみの父の命柞葉の母の命（中略）語り継くへく名を立つへしも 四月し立ては夜こもりになく霍公鳥（中略）なき響むれといか二飽き足らむ	真珠のみ可ほし御面たた向ひ見む時まては松柏の栄えいまさねたふとき吾か君
青木信子（書家）	同右
昭和60・11・23	同右
小矢部市蓮沼 源平ライン沿い「萬葉公園」	同右

	十九 四二〇七 の一部	垣内の谷に明けされは榛のさ枝二夕され八藤の繁三にはろは呂になく霍公鳥	青木信子（書家）	昭和60・11・23	小矢部市蓮沼 源平ライン沿い「萬葉公園」
	十七 三九七二 後の漢詩	桃源は海に通ひて仙舟を浮ふ 雲罍二桂を酌めは三清湛へ 羽爵八人を催して九曲に流る （大伴池主）			
	十九 四二一一 の一部	後の代のきき継く人もいや遠二しのひにせよと黄楊小櫛しか刺しけらし生ひて靡け里			
100	十七 三九四三	秋の田能穂むき見かてりわかせこかふさ手折りける女郎花かも	左登下枝《さとうしずえ》（小矢部市華道連合会参与）	同右	同右
	十七 三九五一	日くらしの鳴きぬる時八をみなへし咲きたる野辺をゆきつつ見へし （秦八千島）			
	十七 三九七七	葦垣の外にも君かより立たし恋ひけれこそ八夢に見えけれ			
	十七 四〇二一	雄神川紅に本ふをとめらしあしつきとると瀬に立たすらし			
	十八	卯の花能咲く月たちぬほと、き			

	四〇六六	すきなきとよめよふふみたりとも	左登下枝（小矢部市華道連合会参与）	昭和60・11・23	小矢部市蓮沼 源平ライン沿い「萬葉公園」
	十八 四〇七〇	一本のなてしこ植ゑしその心誰二みせむとおもひそめけむ			
	十八 四一〇九	紅八うつろふものそつるはみ能なれ二し衣二なほしかめやも			
	十八 四一一五	さ百合花ゆりも逢八むと下はふる心しなく八今日もへめやも			
	十八 四一三六	あしひき能山の木ぬれのほよとりてかさしつらく八千年ほくとそ			
	十九 四一三九	春の苑くれなゐにほふもも の花下照る道二いて立つをとめ			
	十九 四一四〇	わか園の李能花か庭に落るはたれのいまたのこりたるかも			
101	十九 四一四二	春の日に萌れるやなきをとりもちてみれ八京の大路おもほゆ	同右	同右	同右
	十九 四一四三	毛のゝふ能八十をとめらかくみまかふ寺井の上のかたかこの花			

十九 四一五一	今日のためと思ひて志めしあしひきの峰の上乃桜かく咲きにけり	左登下枝（小矢部市華道連合会参与）	昭和60・11・23	小矢部市蓮沼 源平ライン沿い 「萬葉公園」
十九 四一五二	おく山の八峰の椿つはらかに今日八久らさね丈夫のとも			
十九 四一五九	磯の上能つままを見れ八根をはへて年深からし神さひにけり			
十九 四一七四	春のうち能楽しき終八梅の花手折りをきつつ遊ふ二あるへし			
十九 四一八六	山吹をやとにう恵て八見ることに念八やます恋こそまされ			
十九 四一八八	藤浪の花のさかりにかくしこそうら漕きみつつ年にしのはめ			
十九 四二〇五	皇神祖の遠みよみよ八い布き折り酒のむといふそこの厚朴			
十九 四二二五	あしひきの山能黄葉に雫あひて散らむ山道を公か越えまく			
十九	この雪の消のこる時二いさゆか			

番号	巻・歌番号	歌	揮毫	建立	所在地
	四二二六	な山たちはな能実の光るもみむ			
102	十九 四一七七	わが夫子と手携はりて暁け来ればいで立ち向ひ（中略）鳴き響め安寐宿しめず君を悩ませ 和我勢故等手携而暁来者出立向（中略）鳴等余米安寐不令宿君乎奈夜麻勢	松本正雄（小矢部市長） 矢田　剛（津幡町長）	昭和56・10・6	小矢部市埴生奥山源平ライン沿い
103	十九 四一七八	吾のみ聞けばさぶしも霍公鳥丹生の山辺にい行き鳴くにも 吾耳聞婆不怜毛霍公鳥丹生之山辺尓伊去鳴尓毛	松本正雄（小矢部市長） 矢田　剛（津幡町長）	同右	同右
104	十九 四一七九	霍公鳥夜喧をしつつわが夫子を安宿な寐しめゆめ情あれ 霍公鳥夜喧乎為管和我世児乎安宿勿令寐由米情在	松本正雄（小矢部市長） 矢田　剛（津幡町長）	同右	同右

●石川県

津幡町

105	十七 四〇〇八	安遠迩与之奈良乎伎波奈礼阿麻射可流比奈尓波安礼登（中略）波奈乃佐可里尓阿比見之米等曽（大伴池主） あをによし奈良を来離れ天ざかる鄙にはあれど（中略）花の盛りに相見しめとぞ（大伴池主）	矢田 剛（津幡町長） 松本正雄（小矢部市長）	昭和56・10・6	河北郡津幡町 倶利伽羅公園
106	十七 四〇〇九	多麻保許乃美知能可未多知麻比波勢牟安賀於毛布伎美乎奈都可之美勢余（大伴池主） 玉桙の道の神たち幣はせむ我が念ふ君をなつかしみせよ（大伴池主）	矢田 剛（津幡町長） 松本正雄（小矢部市長）	同右	同右
107	十七 四〇一〇	宇良故非之和賀勢能伎美波奈泥之故我波奈尓毛我母奈安佐奈佐奈見牟（大伴池主） うら恋しわが夫の君は瞿麦が花にもがもな朝な朝な見む（大伴池主）	矢田 剛（津幡町長） 松本正雄（小矢部市長）	同右	同右

能登地区

No.	巻・番号	歌	揮毫者	建立	所在地
108	十九 四一五四 の前半	あし比きの山坂越えて去支更る年の緒長く（中略）思し繁しそこゆえに	寺島ときよ	平成12・早春	羽咋郡宝達志水町見砂 臼が峰山頂「太子堂」前
109	一 一	籠も与美籠母知布久思もよみ夫君志持ち（中略）我許そ者告良馬家を毛名越母　（雄略天皇）	中西　進（国文学者）	平成16・8	羽咋郡宝達志水町見砂 臼が峰山頂　親鸞聖人銅像前方
	立山に降り置ける雪を常夏に見れども飽かず神からならし（十七・四〇〇一）外九基（一・四八）（二・一四二）（六・九九六）（十九・四一三九）（六・九七八）（五・九〇五）（五・八〇三）（一・一五）（三・四三二）				羽咋郡宝達志水町見砂 臼が峰山頂　展望台の付近
110	十八 四一一六 の一部	大君の任の萬に、、執り持ちて仕ふる國の（中略）月重ね見ぬ日沙まね三恋ふる楚ら	南　世津子（金沢市民生委員）	平成15・8	羽咋郡宝達志水町所司原 石仏地区
111	十八 四一一三	大君の遠の朝廷と任きたまふ官のまにま（中略）天離る鄙に一日もあるべくもあれや	石崎外志雄（元羽咋市立一宮小学校長）	平成16・8・中旬	同右

越中万葉歌碑・関連碑等

		ぬ者多万農月尓むか日てほと、き須鳴く音遙けし里遠三可母（十七・三九八八）外三十八基 （十九・四二八一）（十七・三九二二）（十九・四一五一）（十九・四二二九） （十七・三九六六）（十八・四〇七六）（十七・三九九九）（十九・四二一六） （十七・三九六〇）（十八・四〇八八）（十七・三九四三）（十九・四二五三） （十七・三九八一）（十七・三九一一）（十七・四〇二五）（十七・三九九七） （十八・四一二四）（十七・三九七〇）（十七・三九六七）（十七・三九六五） （十八・四〇九五）（十七・三九二六）（十八・四〇九六）（十九・四二八七） （二十・四四五三）（二十・四四九〇）（三・四六五）（八・一五九八） （三・四〇八）（八・一四七九）（八・一五六八）（八・一五六七） （八・一五六九）（十七・三九七一）（十七・四〇二六）（八・一五六九） （十七・三九六一）（八・一五六六）			羽咋郡宝達志水町所司原 石仏地区
112	十八 四〇六九	明日よりは継ぎて聞こえむほととぎす一夜のからに恋ひ渡るかも（能登乙美）	赤尾由起子（志雄町役場職員）	平成16・8・16	羽咋郡宝達志水町下石 下石バス停左横
		新しき年の始め能初春の今日ふる雪のいや重け吉事（二十・四五一六）外四基 （十八・四一三六）（十八・四一〇九）（二十・四四六七）（八・一四四二）			羽咋郡宝達志水町下石 「臼が峰往来」沿い
113	十七 四〇二五	之乎路から直越えくれば羽咋の海朝凪ぎしたり船梶もがも	松井吉二（志雄町長）	平成元・5・吉日	羽咋郡宝達志水町出浜 千里浜なぎさドライブウェイ沿い

114	十七 四〇二五	之乎路可良多太古要久禮婆波久比能海安佐奈藝思多理船梶母我毛	寛永版本による	昭和37・11	羽咋市千里浜町千里浜レストハウス北側広場
115	十七 四〇二七	香島欲里久麻吉乎左之弖許具布祢能可治等流間奈久京師之於母保由	澤瀉久孝《おもだかひさたか》（国文学者）	昭和48	七尾市府中町円山病院裏口
116	十七 四〇二六	鳥総立て船木伐るといふ能登の島山今日見れば木立繁しも幾代神びそ	小田禎彦（和倉温泉観光協会長）	平成14・6	七尾市和倉町（和倉温泉）白崎公園
117	十七 四〇二七	香島より熊来を指して漕ぐ船の楫取る間なく都し思ほゆ	同右	同右	同右
118	十七 四〇二六	登夫佐多氏船木伎流等伊布能登乃嶋山今日見者許太知之氣思物伊久代神備曽	犬養　孝（国文学者）	昭和58・7・7	七尾市能登島曲町のとじま臨海公園水族館前
119	十六 三八七八	はしたての熊来のやらに新羅斧落し入れわし（中略）浮き出づるやと見むわし（能登国の歌）	川口宇一郎（書家）	平成元・7	七尾市中島町上町熊木川水辺公園
120	十六 三八七八	はしたての熊来のやらに新羅斧おとしいれワシ（中略）浮き出づるやと見むワシ（能登国の歌）	草野靄田《あいでん》（書家）	昭和56	七尾市中島町宮前久麻加夫都阿良加志比古神社（熊甲社）境内

	十六 三八七九	はしたての熊来酒屋にまぬらる奴ワシ誘いたてゐて来なましをまぬらる奴ワシ（能登国の歌）	草野靄田（書家）	昭和56	七尾市中島町宮前久麻加夫都阿良加志比古神社（熊甲社）境内
	十六 三八八〇	香島ねの机の島の小螺をい拾い持ち来て（中略）父に献りつやみめこの刀自（能登国の歌）			
121	十六 三八八〇	所聞多祢能机之嶋能小螺乎伊拾持来而（中略）父尓獻都也身女児乃刀自（能登国の歌）	犬養 孝（国文学者）	昭和50・10・佳日	七尾市中島町瀬嵐机島 船着場右側の海岸
122	十七 四〇二八	伊毛尓安波受比左思久奈里奴尓藝之河波伎欲吉瀬其登尓美奈宇良波倍弖奈	田谷充實（石川県知事）	昭和32・4	輪島市門前町剱地 剱地大橋畔
123	十八 四一〇三	沖つ島い行き渡りて潜くちふ鰒珠もが包みて遣らむ	古今輝彦（元輪島市立三井小学校長）	平成2・8	輪島市鳳至町寺山 奥津比咩神社境内
124	十七 四〇二九	珠洲乃海尓朝びらきし天古ぎ久れ者長濱能浦に月い天尓希り	不詳	昭和53か	鳳珠郡能登町字恋路 体験交流施設「ラブロ恋路」中庭
125	十七 四〇二九	珠洲能宇美爾安佐比良伎之底許藝久禮婆奈我波麻能宇良爾都奇底理爾家里	小松砂丘（俳人）	昭和33・8	珠洲市飯田町春日通 春日神社境内（正面石段途中）

126	十七 四〇二九	珠洲能宇美爾安佐妣良伎之弓許藝久禮婆奈我波麻能宇良爾都奇氏里爾家里	泉崎善次（元珠洲市立宝立小学校教諭）	平成4・6・吉日	珠洲市上戸町柳田神社前「柳田児童公園」

万葉関連碑等

●富山県

	碑銘・歌など	書者	建立年月日	建立地
1	鶏の音も聞こえぬ里に夜もすがら月よりほかに訪う人もなし（伝大伴家持作）	吉田帰雲（正弘）（書家）	平成元・8	黒部市宇奈月町浦山鶏野神社境内
2	中納言大伴家持卿碑	不詳	文化13（一八一六）	射水市八幡町放生津八幡宮境内
3	あゆの風いたく吹くらし奈呉の海人の釣する小舟漕ぎ隠る見ゆ（十七・四〇一七）外三首（十七・四〇二〇）（十七・四〇一八）（十九・四一五〇）	十七・四〇一七 十七・四〇二〇 倉町光璋（書家） 十七・四〇一八 十九・四一五〇 浜谷芳仙（書家）	平成5・3	射水市港町〜放生津町 奈呉の浦大橋欄干

4	秋の田の穂向見がてり吾背子がふさ手折りける女郎花かも（十七・三九四三）外十一首 （十六・三八八二）（十七・三九八七） （十七・四〇〇一）（十八・四一二六） （十八・四一三六）（十九・四一三九） （十九・四一四三）（十九・四一四六） （十九・四一五〇）（十九・四一五九） （十九・四二二六）	＊	平成2・3	高岡市二上〜米島 米島大橋欄干など
5	大伴宿禰家持卿顕彰碑	西田豊彦（書家） 題額　中沖　豊（富山県知事） 撰文　川口常孝（国文学者）	昭和60・4	高岡市伏木一宮 気多神社境内
6	萬葉故地　麻都太要能奈我波麻	犬養　孝（国文学者）	平成2・10	氷見市柳田 海浜植物園東側
7	大伴家持卿遊覧之地	題字　花山藤公 撰文　山(本)有香 撰文書　内藤元鑑(注1)	享和2（一八〇二）・5・18	氷見市布施（円山） 布勢神社境内
8	大伴家持卿之碑	題字　小松宮彰仁親王	明治33・8	同右

		撰文 重野安繹《やすつぐ》 撰文書 金井之恭		
9	萬葉布勢水海之跡	犬養 孝 （国文学者）	平成7・12・吉日	氷見市十二町 十二町潟水郷公園

注1「撰文書 内藤元鑑」は、森田柿園著『越中志徴』による。

●石川県・能登地区

10	船とむる岩瀬能王たり小夜ふけて御薪山をいつる月加希（伝大伴家持作）	寺下隆昭 （八幡寺住職）	昭和49	輪島市町野町東 町野川左岸

万葉歌碑・関連碑等地区別数

●富山県

	万葉歌碑	関連碑等	合計
黒部市		1	1
魚津市	5		5

中新川郡上市町	1		1
富山市	10		10
射水市	5	2	7
高岡市	47 他に48 注1	2	49 (97)
氷見市	18	4	22
砺波市	3		3
小矢部市	15		15
合計	104 (152)	9	113 (161)

注1　高岡市伏木一宮の「正法寺」境内の「越中萬葉植物園」にある円形・楕円形などの自然石（大きいもので長径72㎝・短径58㎝、小さいもので長径35㎝・短径33㎝）に植物を詠み込んだ万葉歌を刻したものの基数である。開園当時は、六十基内外あったようであるが、現在、確認することができたものは四十八基である。
　なお、表中の( )内の数字は、「正法寺」境内の「越中萬葉植物園」にある四十八基を加えたものである。

●石川県（津幡町・能登地区）

	万葉歌碑	関連碑等	合計
河北郡津幡町	3		3

羽咋郡宝達志水町	6 他に54 注2		6 (60)
羽咋市	1		1
七尾市	7		7
輪島市	2	1	3
鳳珠郡能登町	1		1
珠洲市	2		2
合計	22 (76)	1	23 (77)

注2　羽咋郡宝達志水町の見砂、所司原、下石にある歌碑群の基数である。見砂の臼が峰山頂にある展望台付近に十基、所司原の石仏地区に三十九基、下石の「臼が峰往来」沿いに五基、合計五十四基ある。
　なお、表中の( )内の数字は、見砂、所司原、下石にある歌碑群の合計五十四基を加えたものである。

（川崎重朗）

越中万葉研究文献目録（高岡市万葉歴史館所蔵）

凡例

一、平成十七年十二月までに刊行された越中万葉とそれに関わる書籍のうち、高岡市万葉歴史館が所蔵するものを、「Ⅰ・越中万葉全般」「Ⅱ・大伴家持」「Ⅲ・小説」「Ⅳ古代の越中」に分類し年代順に配列した。いずれも図書閲覧室で自由に閲覧できる。

一、「著者・編者」「書名」「出版社等」「刊行年」の順に記載した。

一、「Ⅳ・古代の越中」については、明治以前のものを冒頭に掲出し、翻刻版などの「出版社等」と「刊行年」を（　）で囲んで示した。

Ⅰ越中万葉全般

高澤瑞信　『萬葉越路廼栞』（上・下）　（私家版）　明治42・11

森田平次　『萬葉事實餘情＊越中萬葉遺事』　石川県図書館協会　昭和5・6

鴻巣盛廣　『北陸萬葉集古蹟研究』　宇都宮書店　昭和9・12

　（復刻版は、うつのみや　昭和55・6）

田邊武松　『都萬麻乃之遠里』　（私家版）　昭和12・12

田邊武松　『越中万葉堅香子花』　（私家版）　昭和17・3

山田孝雄　『萬葉五賦』　一正堂書店　昭和25・8

富山県立新湊高等学校文芸部　『越中万葉研究序説』　（私家版）　昭和29・9

岩佐虎一郎　『越中萬葉讀本』　越中史話会　昭和31・2

富山県郷土史会　『越中文学読本（富山県郷土史会叢書　第六集）』　富山県郷土史会　昭和35・7

犬養　孝　『万葉の旅 下 山陽・四国・九州・山陰・北陸』　社会思想社　昭和39・7
門野　實　『万葉集と能登―附 歌と郷土史と―』　鳥屋町公民館　昭和41・8
富山県立志貴野高等学校庄川教場　『越中万葉歌枕の研究』（私家版）　昭和44・9
越中万葉顕揚の会　『越中の万葉』　北日本新聞社　昭和46・5
竹谷蒼郎　『北陸の万葉』　金沢工業大学旦月会　昭和46・11
中田地区葦附誌編纂委員会　『葦附誌』　中田地区記念物保存会　昭和51・12
小沢昭巳　『ふるさとの万葉』　桂書房　昭和60・6
山口　博　『万葉の歌―人と風土―15 北陸』　保育社　昭和60・12
高岡市万葉のふるさとづくり委員会　『大伴家持と越中万葉の世界』　雄山閣　昭和61・12
片山　武・武部弥十武　『東海北陸の万葉鑑賞』　和泉書院　昭和62・3
中野謙二　『万葉のふるさと―高岡とその周辺―』　人と文化社　平成2・1
氷見の万葉と郷土文学編集委員会　『氷見の万葉と郷土文学』　氷見市教育委員会　平成2・1
高岡市万葉歴史館　『ふるさとの万葉 越中』　桂書房　平成2・10
高岡市万葉歴史館　『越中万葉歌碑めぐり』　桂書房　平成4・3
高岡市万葉歴史館　『越中万葉への誘い』　桂書房　平成4・4
「高岡と万葉」編集委員会　『高岡と万葉（小学校編）』、『同（中学校編）』　高岡市教育委員会　平成4・9
現代万葉の会　『越の国から―万葉の四季写真集―』　シエナ出版　平成8・1
廣瀬　誠　『越中萬葉と記紀の古伝承』　桂書房　平成8・4

長崎　健・岡本　聡・綿抜豊昭『越中の歌枕―付・和歌名所追考 越中国―』　桂書房　平成9・12
廣瀬　誠『越中の文学と風土』　桂書房　平成10・1
現代万葉の会『大伴家持越中赴任千二百五十年記念 越の国から―万葉風土の心の記憶―』　シエナ出版　平成12・8
近藤芳竹（書）・村　閑歩（画）『越中万葉百歌』　（私家版）平成12・11
高岡市万葉歴史館『越の万葉集（高岡市万葉歴史館論集6）』　笠間書院　平成15・3
西　仙関『しろうとの私的探訪記―能登の家持歌碑めぐり―』　（私家版）平成16・7
犬養　孝『万葉の旅 下 改訂新版 山陽・四国・九州・山陰・北陸』　平凡社　平成16・4
小谷野善三郎『万葉の旅 北陸道―万葉の歌碑を訪ねて―』　行路文芸社　平成16・12
清田秀博『越中 萬葉地名雑考』　桂書房　平成17・12

＊　＊　＊　＊　＊

富山県立図書館『越中万葉研究文献目録（書誌と情報№97）』　富山県立図書館　昭和46
太田久夫『越中万葉研究文献目録　昭和61年3月現在』　（私家版）

Ⅱ大伴家持

小泉苳三『評釋 大伴家持全集』　修文館　大正15・6

瀬古　確　『大伴家持の研究』　青々館　昭和10・2
窪田空穂・谷　馨・都筑省吾『大伴家持・高橋蟲麿（作者別萬葉集評釋 第五巻）』　非凡閣　昭和11・3
志田延義　『人麿、憶良、家持』　北海出版社　昭和12・8
佐佐木信綱　『大伴旅人 大伴家持（歴代歌人研究3）』　厚生閣　昭和14・5
保田與重郎　『萬葉集の精神―その成立と大伴家持―』　筑摩書房　昭和17・6
尾山篤二郎　『大伴家持の研究 上』　大八洲出版　昭和23・12
尾山篤二郎　『大伴家持の研究』　平凡社　昭和31・4
大越寛文　『大伴家持の類歌類句』（私家版）　昭和44・12
山本健吉　『大伴家持（日本詩人選5）』　筑摩書房　昭和46・9
北山茂夫　『大伴家持』　平凡社　昭和46・9
川村幸次郎　『万葉集研究―憶良・家持を中心に―』　教育出版センター　昭和48・3
加倉井只志　『大伴家持』　短歌研究社　昭和49・11
尾崎暢殃　『大伴家持論攷』　笠間書院　昭和50・9
村上教俊　『越中国守 大伴家持雑記』（私家版）　昭和51・2
川口常孝　『大伴家持』　桜楓社　昭和51・11
宮城正俊　『わがこころの家持』　アポロン社　昭和52・12
小野　寛　『大伴家持研究』　笠間書院　昭和55・3
川上正二　『家持の立山の賦』　富山出版社　昭和57・12

針原孝之 『大伴家持研究序説』 桜楓社 昭和59・10
橋本達雄 『大伴家持―天平の孤愁を詠す―（王朝の歌人2）』 集英社 昭和59・12
山﨑泰正 『人生の三視点から見た 大伴家持の心象』（私家版） 昭和60・6
有木摂美 『大伴家持の認識論的研究』 教育出版センター 昭和60・10
中西 進 『大伴家持 人と作品』 桜楓社 昭和60・10
橋本達雄 『大伴家持作品論攷』 塙書房 昭和60・11
北日本新聞社 『大伴家持 光と影と』 北日本新聞社 昭和60・12
青田伸夫 『大伴家持の人と歌』 短歌新聞社 昭和62・4
上代文学会 『家持を考える（万葉夏季大学 第14集）』 笠間書院 昭和63・8
菅野雅雄 『大伴氏の伝承―旅人・家持への系譜―』 桜楓社 昭和63・10
小野 寛 『孤愁の人 大伴家持（日本の作家4）』 新典社 昭和63・12
海老義雄 『越中と大伴家持』（私家版） 平成元・3
針原孝之 『越路の家持』 新典社 平成2・3
川口常孝 『人麿・憶良と家持の論』 桜楓社 平成3・10
町野修三 『大伴家持論Ⅰ』 短歌新聞社 平成4・3
木本好信 『大伴旅人・家持とその時代―大伴氏凋落の政治史的考察―』 桜楓社 平成5・2
佐藤 隆 『大伴家持作品論説』 おうふう 平成5・10
多田一臣 『大伴家持―古代和歌表現の基層―』 至文堂 平成6・3

中西　進　『大伴家持―万葉歌人の歌と生涯―』（全6巻）　角川書店　平成6・8〜平成7・3
吉田政博　『越中における家持』（私家版）　平成6・10
江口　洌　『大伴家持研究』　おうふう　平成7・6
横島武郎　『大伴家持と続日本紀』　梟社　平成7・7
高岡市万葉歴史館　『越中三賦を考える（高岡市萬葉歴史館叢書6）』　高岡市万葉歴史館　平成7・9
扇畑忠雄　『家持とその後（著作集 第二巻）』　おうふう　平成8・1
市瀬雅之　『大伴家持論―文学と氏族伝統―』　おうふう　平成9・5
北日本新聞社　『絵草紙 越中の家持』　北日本新聞社　平成10・9
浜田数義　『歌人家持』　南の風社　平成11・2
高岡市万葉歴史館　『大伴家持と女性たち（高岡市萬葉歴史館叢書11）』　高岡市万葉歴史館　平成11・3
中西　進　『万葉歌人の愛そして悲劇―憶良と家持―』　日本放送出版協会　平成12・1
藤元徳造　『孤愁の万葉歌人 大伴家持』（私家版）　平成12・3
高岡市万葉歴史館　『家持と萬葉集（高岡市萬葉歴史館叢書12）』　高岡市万葉歴史館　平成12・3
佐藤　隆　『大伴家持作品研究』　おうふう　平成12・5
吉田金彦　『秋田城木簡に秘められた万葉集―大伴家持と笠女郎―』　おうふう　平成12・9
高岡市万葉歴史館　『大伴家持―その生涯の軌跡―（第4回企画展示図録）』　高岡市万葉歴史館　平成12・10
円山義一　『万葉 鄙が良かった家持卿』　生生会　平成12・12

高岡市万葉歴史館『家持の争点Ⅰ（高岡市萬葉歴史館叢書13）』高岡市万葉歴史館　平成13・3
なかのげんご『大伴家持と万葉集』花神社　平成13・6
吉村　誠『大伴家持と奈良朝和歌』おうふう　平成13・9
保田與重郎『萬葉集の精神―その成立と大伴家持―（保田與重郎文庫12）』新学社　平成14・1
高岡市万葉歴史館『家持の争点Ⅱ（高岡市萬葉歴史館叢書14）』高岡市万葉歴史館　平成14・3
小野寺静子『坂上郎女と家持―大伴家の人々―』翰林書房　平成14・5
神野志隆光・坂本信幸『大伴家持（一）（セミナー万葉の歌人と作品 第八巻）』和泉書院　平成14・5
太田光一『大伴家持』郁朋社　平成14・7
第17回国民文化祭国府町実行委員会『大伴家持の愛と悲劇―第17回国民文化祭・とっとり2002万葉フェスティバル・万葉シンポジウム―』国府町　平成15・3
廣川晶輝『万葉歌人 大伴家持―作品とその方法―』北海道大学図書刊行会　平成15・5
神野志隆光・坂本信幸『大伴家持（二）（セミナー万葉の歌人と作品 第九巻）』和泉書院　平成15・7
佐佐木信綱『大伴旅人・大伴家持（萬葉集歌人研究叢書1）』クレス出版　平成16・4（厚生閣 昭和14年版の複製）

針原孝之 『家持歌の形成と創造』 おうふう 平成16・6
菊池威雄 『天平の歌人 大伴家持』 新典社 平成17・10

Ⅲ小説

高木 卓 『歌と門の盾』 三笠書房 昭和15・9
佐佐木幸綱 『「万葉集の生みの親」大伴家持』 さえら書房 昭和59・4
岩倉政治 『長編小説 大伴家持』 新興出版社 昭和61・8
田中阿里子 『悲歌 大伴家持』 徳間書店 平成3・4
長野 規 『大伴家持』 思潮社 平成5・8
澤田洋太郎 『撫子の君―大伴家持の悲願―』 近代文芸社 平成9・4
中山和之 『大伴家持―うつせみの借れる身―』 （私家版） 平成11・10
實吉一夫 『移り行く時見るごとに―悲運の官人大伴家持―』 新風舎 平成14・12
廣澤虔一郎 『大伴家持』 叢文社 平成17・1

Ⅳ古代の越中

富田景周 『越登賀三州志』 （石川県図書館協会 昭和8・12）
富田景周／日置謙 （校訂）『加能越三州地理志稿』 （石川県図書館協会 昭和45・9）
富田景周／日置謙 （校訂）『楢葉越枝折』 （石川県図書館協会 昭和47・12）
宮永正運 『越之下草（富山県郷土史会叢書 第二）』 （富山県郷土史会 昭和26・3）

宮永正運　『越の下草』　（富山県郷土史会　昭和55・8）
森田柿園　『越中志徴』（上・下）　（富山新聞社　昭和26・10）

＊　＊　＊　＊　＊

大屋愷敆　『小学用 越中地誌略』　就正堂　明治11・7
篠島久太郎　『越中史略』　学海堂　明治28・3
金子安次郎　『越中史料 全―喚起泉達録―』　中田書店　大正15・1
林喜太郎　『越中郷土史』　学海堂書店　昭和11・5
井上通泰　『上代歴史地理新考 南海道・山陽道・山陰道・北陸道―附 風土記逸文註釋―』
三省堂　昭和16・4
米沢　康　『越中古代史の研究―律令国家展開過程における地方史研究の一齣―』
越飛文化研究会　昭和40・10
橋本澄夫　『北陸の古代史』　中日新聞北陸本社　昭和49・11
浅香年木　『古代地域史の研究（北陸の古代と中世1）』　法政大学出版局　昭和53・3
越中郷土研究会　『越中郷土研究』　国書刊行会　昭和57・6
能坂利雄　『北陸史23の謎』　新人物往来社　昭和60・1
藤井一二　『初期荘園史の研究』　塙書房　昭和61・6
米沢　康　『北陸古代の政治と社会』　法政大学出版局　平成元・12
高岡市児童文化協会　『越中たかおかふるさと誌料抄』　高岡市児童文化協会　平成2・6
正和勝之助　『越中伏木地理史稿』　桂書房　平成3・5

宇野隆夫『律令社会の考古学的研究―北陸を舞台として―』桂書房　平成3・12
北陸電力㈱地域総合研究所『越の海、波濤の道―古代国際交流の拠点・北陸―』北陸電力　平成6・3
米沢　康『日本古代の神話と歴史』吉川弘文館　平成4・5
弘源禅寺総合調査団『越中二上山と国泰寺』桂書房　平成8・5
藪田　貫『家持から野麦峠まで―中山道・北陸道をあるく―（歴史の道・再発見　第3巻）』フォーラム・A　平成8・7
小林昌二『越と古代の北陸（古代王権と交流3）』名著出版　平成8・7
藤井一二『東大寺開田図の研究』塙書房　平成9・2
中葉博文『北陸地名伝承の研究』五月書房　平成10・6
小口雅史『デジタル古文書集　日本古代土地経営関係史料集成　東大寺領・北陸編』同成社　平成11・11
深井甚三『越中・能登と北陸街道（街道の日本史27）』吉川弘文館　平成14・2
木本秀樹『越中古代社会の研究』高志書院　平成14・11
武部健一（著）／木下良（監修）『完全踏査　古代の道―畿内・東海道・東山道・北陸道―』吉川弘文館　平成16・10

（新谷秀夫）

◆初句索引

凡例

一、本索引は、「越中万葉の歌」にもとづき、越中万葉歌を初句から検索できるよう、五十音順に分類配列したものである。

一、見出し句の所在を、たとえば「⑱四〇八四　220」というように、丸数字で巻数を示し、漢数字で『国歌大観』の歌番号を示したあと、「越中万葉の歌」のページ数で示した。

一、ある句が越中万葉歌に二回以上あらわれる場合は、下位分類として、その後に続く句を五十音順に配列し、上に「—」印をつけた。さらに、後に続く句にも同じ形が重なるときは、さらにもう一句下まで掲出し、上に「=」印をつけた。

（例）　たまほこの
　—みちにいでたち
　　=ゆくわれは　⑲四二五一　369
　　=わかれなば　⑰三九九五　149
　—みちのかみたち　⑰四〇〇九　163

一、「越中万葉の歌」で、書き下し文を付さなかった初句（巻十八・四一一二）は、末尾におさめた。

（新谷秀夫）

あ

あとがき

本書の出版構想は開館一〇周年を迎えた平成十二年頃から起こった。当館編の先行書として『ふるさとの万葉　越中』（桂書房）があるが、これは開館を記念して刊行された。それから一五年の歳月が流れ、研究の進展はめざましいものがある。

周知のように高岡市では毎年十月に「万葉集全二〇巻朗唱の会」（高岡万葉まつり）が開かれるのをはじめ、『万葉集』への市民の感心も高い。全二〇巻は大部だが、せめて「越中万葉」のわかりやすい入門書が欲しい。当初は手軽なハンドブックを夢見ていたが、取り組み始めてみると手軽なというわけにはいかなくなった。

本書の核となる「越中万葉の歌」の部分については、本文（田中）、訓み下し文・現代語訳（新谷）、注（関）とそれぞれ分担して進めたが、最終的には三人の合議による難産の賜物であり、その上に小野館長と館員による検討会議が重ねられた。また、その他の項目は署名原稿であるので、最終的判断は担当者に委ねられたが、これもまた検討会議での討議を経ての所産である。なお、いうまでもないが、全篇にわたって小野館長の厳しい監修の目が及んでいる。

計画に関わられ、刊行を待ちに待っておられる名誉館長大久間喜一郎先生には、刊行が大幅に遅れたことを深くお詫び申し上げたい。また、本書の発行にご高配をたまわった笠間書院の池田つや子社長、橋本孝編集長に謝意を申し上げるとともに、遅々として進まぬ仕事に、我慢に我慢を重ねて編集の労を執ってくださった笠間書院の大久保康雄氏に厚く御礼申し上げる。

終わりにあたって、なによりも本書が「越中万葉」の入門・手引きとなり、そこに歌い上げられた越中の厳しくも美しい自然、温かい人情を通して、ひとりでも多くの越中万葉ファンが生まれてくださることを執筆者一同願ってやまない。

平成十九年二月

執筆関係者

小野　寛（おの・ひろし）　高岡市万葉歴史館館長
川﨑　晃（かわさき・あきら）　同　学芸課長
新谷　秀夫（しんたに・ひでお）　同　総括研究員
関　隆司（せき・たかし）　同　主任研究員
田中夏陽子（たなか・かよこ）　同　研究員
川﨑　重朗（かわさき・しげろう）　同　嘱託研究員
梅原　輝之（うめはら・てるゆき）　同　嘱託研究員
佐々木敏雄（ささき・としお）　同　元嘱託研究員
米田　憲三（よねだ・けんぞう）　同　元嘱託研究員

越中万葉百科《えっちゅうまんようひゃっか》

2007年 9 月25日　初版第 1 刷発行

編　者　高岡市万葉歴史館

装　幀　右澤　康之

発行者　池田つや子

有限会社 笠間書院

〒101-0064　東京都千代田区猿楽町2-2-3

NDC 分類：911.12　電話 03-3295-1331　Fax 03-3294-0996

印刷　モリモトト印刷

組版　A&Dスタジオ

ISBN978-4-305-70325-5　

http://www.kasamashoin.co.jp

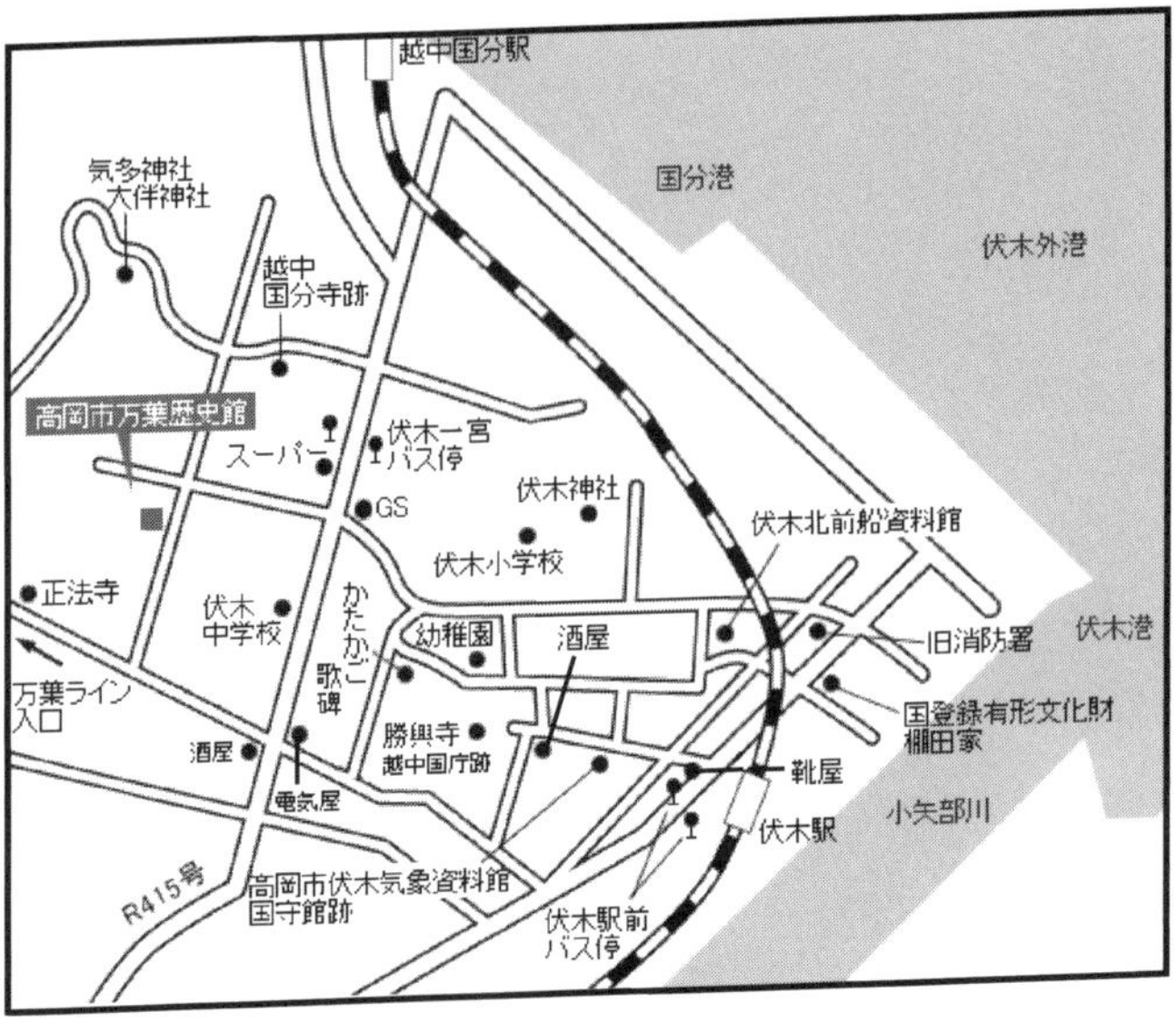

高岡市万葉歴史館

〒933−0116　富山県高岡市伏木一宮1-11-11
電話 0766-44-5511　FAX 0766-44-7335
E-mail：manreki@office.city.takaoka.toyama.jp
http://www.manreki.com

交通のご案内

■ＪＲ高岡駅より車で25分
■ＪＲ高岡駅正面口4番のりばより
バスで約25分乗車…伏木一宮下車…徒歩7分
(西まわり古府循環・東まわり古府循環・西まわり伏木循環行きなど)

◆高岡市万葉歴史館のご案内◆

高岡市万葉歴史館は、『万葉集』に関心の深い全国の方々との交流を図るための拠点施設として、1989（平元）年の高岡市市制施行百周年を記念する事業の一環として建設され、1990（平2）年10月に開館しました。

万葉の故地は全国の41都府県にわたっており、「万葉植物園」も全国に存在していました。しかしながら『万葉集』の内容に踏みこんだ本格的な施設は、それまでどこにもありませんでした。その大きな理由のひとつは、万葉集の「いのち」が「歌」であって「物」ではないため、施設内容の構成が、非常に困難だったからでしょう。

『万葉集』に残された「歌」を中心として、日本最初の展示を試みた「高岡市万葉歴史館」は、万葉集に関する本格的な施設として以下のような機能を持ちます。

【第１の機能●調査・研究・情報収集機能】『万葉集』とそれに関係をもつ分野の断簡・古写本・注釈書・単行本・雑誌・研究論文などを集めた図書室を備え、全国の『万葉集』に関心をもつ一般の人々や研究を志す人々に公開し、『万葉集』の研究における先端的研究情報センターとなっています。

【第２の機能●教育普及機能】『万葉集』に関する学習センター的性格も持っています。専門的研究を推進して学界の発展に貢献するばかりではなく、講演・学習講座・刊行物を通して、広く一般の人々の学習意欲にも十分に応えています。

【第３の機能●展示機能】 当館における研究や学習の成果を基盤とし、それらを具体化して展示し、『万葉集』を楽しく学び、知識の得られる場となる常設展示室と企画展示室を持っています。

【第４の機能●観光・娯楽機能】 １万㎡に及ぶ敷地は、約80％が屋外施設です。古代の官衙風の外観をもたせた平屋の建物を囲む「四季の庭」は、『万葉集』ゆかりの植物を主体にし、屋上自然庭園には、家持の「立山の賦」を刻んだ大きな歌碑が建ち、その歌にうたわれた立山連峰や、家持も見た奈呉の浦（富山湾）の眺望が楽しめます。

以上4つの大きな機能を存分に生かしながら、高岡市万葉歴史館は21世紀に向かって、大きく飛躍しようと思っています。

図（学説の変遷）

家持が好んで遊覧した布勢の水海は、発掘調査により、従来指定されていたよりも小規模な水海であったとみられている。

土地理院撮影の空中写真を複製し、測量法第29条に基づく複製承認『平17北複、第165号』を転載したものである。

橋本芳雄説〔昭和45年〕

大野究説（氷見市立博物館）〔平成16年〕